KB248276

옛시조 백 편

시조학연구총서 3

옛시조 백 편

초판 1쇄 발행 2026년 1월 13일

엮은이 | 한국시조학회
지은이 | 김창원 외 31인

펴낸이 | 김연우
펴낸곳 | (주)태학사
등록 | 제406-2020-000008호
주소 | 경기도 파주시 광인사길 217
전화 | 031-955-7580
전송 | 031-955-0910
전자우편 | thspub@daum.net
홈페이지 | www.thaehaksa.com

편집 | 조윤형 여미숙 김태훈
마케팅 | 김민선
경영지원 | 김영지

ⓒ 한국시조학회, 2026. Printed in Korea.

값 22,000원
ISBN 979-11-6810-405-1 (03810)

책임편집 | 조윤형
디자인 | 임경선

해설과 함께 감상하는
옛 시인의 노래

옛 시조 백 편

한국시조학회 엮음

태학사

서문

올해로 한국시조학회가 창립 40주년을 맞이했다. 사람으로 치면 불혹不惑의 나이다. 공자는 불혹의 경지에 이르기 전, 열다섯에 학문에 뜻을 두었고, 서른에 이르러 주관이 세워졌다고 술회했다. 우리 학회가 걸어온 길을 돌아보았을 때 가장 기억할 만한 사건은 학회 창립을 기념한 『고시조 작가론』(1986)의 간행이 었다. 고시조에 대한 기초적인 자료집 외 전문 서적이 아직 부족했던 시절에 많은 고전시가 전공자들이 이 책을 읽고 시조에 대해 배울 수 있었다. 그렇기에 책에 대한 평가도 아주 좋았다. 그리고 그 호평에 힘입어 속편인 『속 고시조 작가론』(1990)을 출간할 수 있었다. 이 두 책은 고시조 작가들의 삶과 문학 세계를 조명하는 데 주력했다. 전편에서 19명, 속편에서 21명을 다루었다. 작가론은 시조를 인간학적인 시각에서 접근하는 연구 방법이다. 시조 연구가 전문화되다 보면 자칫 거기에서 인간이 소외되는 문제가 발생할 수 있는데, 작가론은 우리 연구자에게 인문학으로서의 시조 연구 방향을 잃지 않도록 잡아 준다. 그런 점에서 이 두 책은 지금도 우리에게 여전히 소중하다.

『속 고시조 작가론』이 출간되고 35년의 시간이 흘렀다. 아쉽게도 그사이에 시조의 이해, 시조 문학사, 시조 시학 등 연구자에게 꼭 필요한 책들이 출간되지 못했다. 그것은 우리 학회원들이 연구에 태만해서도, 문제의식이 부족해서도 아니다. 그동안 많은 회원들이 관련 주제의 훌륭한 논문들을 발표했다. 그러나 한 편의 논문을 쓰는 것과 책을 출간하는 것은 다른 일이다. 책은 주제의 통일성, 문제의식의 일관성, 그리고 구성의 논리성과 완결성을 요구한다. 그래서 착수하기가 어렵고 엄두를 내기가 여간 쉽지 않다. 그러나 하나의 학회 즉 학술 단체란 같은 공부를 하는 사람들의 연구 활동을 활성화하기 위해 존재하는 것만이 아니라, 연구자들이 개별적으로 하기 어려운 과제를 공동의 학술 작업을 통해 성취하기 위해서도 존재하는 것이다. 그런 점에서 학술 단체가 자신의 총서를 기획하고 이를 지속적으로 출간하는 일은 반드시 필요하다. 『속 고시조 작가론』 이후 너무 늦은 감이 있지만, 우리가 금번 학회 창립 40주년을 기념하여 한 권의 새로운 책을 세상에 내놓고자 하는 것도 그 중요성 때문이다.

이번에 발간하는 책의 이름은 『옛시조 백 편』이다. 5천여 수의 고시조 중에서 100수를 선정하여 작품 하나하나에 대한 평문을 작성한 것이다. 평문은 전문 연구자들뿐만 아니라 일반 대중들도 고시조의 시 세계를 알고 이해할 수 있는 내용으로 썼다. 아울러, 작품을 멀리서 조망하는 방식 대신 시어 하나하나를 가까이에서 그리고 세밀하게 읽어 봄으로써 고시조의 문학성과 예술성을 발견하고, 독자들도 이를 함께 즐길 수 있도록 했다.

오늘날의 시도 그러하듯, 5천여 수의 옛시조에도 특별히 더 호감 가는 작품들이 있다. 이 책에서 다룬 100수의 시조는 우리가 '좋은 시조'라고 할 수 있는 작품들을 뽑은 것이다. 이때 좋은 시조란 내용과 형식이 아름답게 조화를 이루고 있는 작품이다. 여기서 말하는 '형식'이란 기승전결의 시상詩想 구조를 의미한다. 서두에서 시상을 제시하고, 이어 그것을 심화·확장하여 정점에까지 끌어올린 뒤 마침내 전환 혹은 고양하면서 마무리하는 구조가 그것이다. 이 같은 시상 구조는 이전부터 존재해 오다가 시조에 와서 완성된, 우리의 마음을 아름답게, 그리고 감동적으로 표현하기 위한 하나의 시적 기술이다. 그래서 아무리 그럴듯한 미적 경험이라 할지라도 그것을 이 짜임새에 맞추어 재구성하여 표현할 수 있을 때 우리는 그것을 좋은 시조라고 할 수 있다. 그렇지 않고 그저 글자 수나 운율만 맞춘 것이라면 좋은 시조라고 할 수 없을뿐더러, 심지어는 겉만 시조일 뿐 실상은 시조가 아니라고 간주할 수도 있다.

그간 우리가 전공 서적에서 배우고 익힌 시조 작품들은 대체로 문학사적 관점에서 중요하게 다루어졌던 것들이다. 예컨대 시조의 기원을 연구한다든지, 조선 전기·중기·후기의 시조사를 설명한다든지, 아니면 조선 후기 시조사를 주도한 계층의 작품 세계를 살펴보는 과정에서 중요하게 거론되었던 것들이다. 우리가 잘 알고 있는 고시조들은 그 문학성, 예술성보다는 문학사적 의미를 더 중시한 것들이었다.

선별한 100수의 시조는 에이브럼스M. H. Abrams의 비평 이론을 참고하여 각각 25수씩 4부로 나누어 평문을 붙였다.

1부는 시조가 표현하는 정서의 실체와 그 표현 형식을 읽어 내는 데 초점을 두었다. 시조의 시학 내지 미학을 이해하는 의미 있는 시도라고 할 수 있다.

2부는 시조를 작가의 삶과 관련지어 감상해 보고자 했다. 작가 없는 작품 이해가 불가능하지는 않지만, 작품을 이루고 있는 시어 하나하나를 더욱 실감나게 읽고 느끼기 위해서는 작가에 대한 고려가 없어서는 안 되기 때문이다.

3부는 작가에서 더욱 시야를 넓혀 작품이 창작되었던 시대의 사회 현실을 작품 감상에 반영하고자 했다. 고시조는 전근대의 산물이다. 우리가 지나간 시대의 문학을 올바르게 감상하기 위해서는 당시의 시대상, 생활상에 대한 공부가 반드시 필요하다. 그렇지 않으면 작품에 대한 접근 자체가 어려울 뿐만 아니라, 거짓 억지스럽고 공허한 해석에 빠질 위험이 있다.

4부는 시조가 문학이면서 동시에 가곡창歌曲唱과 시조창時調唱으로 불리던 노래의 노랫말이라는 사실에 주목했다. 시조는 시이면서 노랫말이기 때문에 항상 음악을 고려하지 않으면 안 된다. 그리고 시조는 오늘날의 시와 달리 연행演行 공간에서 불리는 것이라서 그 공간에 대해서도 고려해야 한다. 뿐만 아니라 시조는 음성언어로 전승되기 때문에 대중의 취향에 따라 노랫말이 변할 수도 있다는 것을 염두에 두어야 한다.

이 책이 나오기까지 꼬박 2년의 시간이 걸렸다. 기획에서부터 작품 선정, 필자 선정, 샘플 원고 작성, 그리고 원고 집필까지 쉬운 일이 하나도 없었던 것 같다. 하지만 이 기회를 통해 우리 고시조 전공자들이 함께 공부하고 배우며, 나아가 그것을 대중들과 더불어 함께 나눌 수 있으니 기쁜 일이 아닌가. 또 이 책을 통해 우리 학회가 다시, 그리고 더욱 성장하는 기회를 얻을 수 있으리라 생각하니 더욱 기쁜 일이 아닌가. 그동안 고락을 함께한 김성문 총무이사님, 강경호·유정란·배은희 기획이사님, 그리고 이 책의 집필에 참여해 주신 모든 선생님들께 감사드리며 이 기쁨을 함께 나누고 싶다.

출판사를 섭외하는 일도 쉽지만은 않았다. 요즘 같은 시절에 이 책의 출판을 기쁘게 수락해 주신 태학사의 김연우 대표님께 먼저 깊이 감사드린다. 그리고 조윤형 주간님은 이 책의 성격을 잘 이해하고, 독자들이 최대한 쉽게 글을 읽을 수 있도록 편집에 많은 애를 써 주셨다. 진심으로 머리 숙여 감사드린다. 그 외이 책의 편집과 교정, 윤문에 헌신해 주신 출판사의 모든 분들께도 감사의 인사를 드린다.

2025년 12월
한국시조학회 회장 김창원

차례

2부 **작품과 인생의 희로애락**

일러두기

• 시조 작품은 '원문'과 오늘날의 표기로 바꾼 '현대어 표기문'을 함께 제시하여 독자들의 이해를 돕고자 했다.

• 모든 시조는 원래 제목이 없으나, 편의상 '현대어 표기 시조'의 첫 구절을 제목으로 삼았다.

• '현대어 표기 시조' 기준으로 낯설고 어려운 어휘에 대한 간략한 어휘 풀이를 달았다.

1부

시조의 아름다움

멈출 수 없는, 다정이라는 병

이화梨花에 월백月白하고

이조년李兆年

梨花에 月白ᄒ고 銀漢이 三更인 제

一枝春心을 子規ㅣ야 아랴마ᄂᆞᆫ

多情도 병이냥 ᄒ여 줌 못 드러 ᄒ노라

— 『청구영언靑丘永言』(진본珍本) 365번

이화梨花에 월백月白하고 은한銀漢이 삼경三更인 제

일지춘심一枝春心을 자규子規야 알랴마는

다정多情도 병인 양하여 잠 못 들어 하노라

- 이화梨花: 배꽃.
- 월백月白하고: 달빛 비추고.
- 은한銀漢: 은하수.
- 삼경三更: 밤 11시~새벽 1시.

- 일지춘심一枝春心: 가지 하나에 깃든 봄의 마음.
- 자규子規: 두견새.

달빛에 배꽃 빛나고 두견새 울 때

고려 후기 이조년(1269~1343)도 그랬을 것이다. 쉽게 잠들 수 없는 봄밤은 예나 지금이나 마찬가지. 만물이 생동生動하는 봄에는 사람 역시 살아 움직인다.

겨우내 움츠렸던 신체가 비로소 이완하니 마음 또한 들뜰 수밖에.

이 시조의 초장은 봄밤의 정경 묘사다. 달빛에 비친 '이화'의 흰빛이 깜깜한 밤을 하얗게 밝히고 있다. 어둠 속에서 하얗게 빛나고 있는 배꽃을 바라보고 있노라니 어느새 밤은 '삼경'을 향해 간다.

중장의 '일지춘심'은 봄이 되면 나뭇가지에 새 잎이 피어나듯 내 마음속에 피어나는 그리움의 정서를 비유적으로 표현한 것이다. 그리고 이어지는 "자규야 알랴마는"은 자규가 내 마음을 알 리 없다는 말이 아니라, 이미 자규의 울음소리에 내 마음이 흔들리고 있는 상태를 표현하는 말이다. 중국 촉나라 임금 망제가 패망한 후 복위를 꿈꾸었으나 뜻을 이루지 못하고 죽어 그 넋이 두견새가 되었고, 두견새는 촉나라로 돌아가고 싶다는 뜻으로 '귀촉歸蜀, 귀촉歸蜀' 하면서 피맺힌 울음을 울었다고 한다.

'다정多情'이라는 병病

종장의 '다정'이라는 말은 옛 시에 자주 나오는 표현이다. 그 뜻은 오늘날과 달리 '센서티브sensitive' 즉 '감성적인', '민감한'의 의미에 가깝다. 그래서 "다정도 병인 양하여"라는 말은 꽃이 피기만 해도, 새가 울기만 해도 너무 쉽게 마음이 흔들리는 자아를 스스로 마음 아파하는 말이다. 그런데 이런 자아의 마음 상태가 실은 서정시의 출발점이기도 하다. 서정시가 노래하는 것은 자아와 세계의 간극이 무화되는 순간의 미적 체험이기 때문이다.

정이 넘치면 마음을 다치게 하고 고통까지 안겨 줄 수 있다. 그러나 그 옛날 이조년이 그랬듯이 우리 역시 다정이라는 병을 앓게 될 것이다. 누군가를 그리워하여 쉽게 잠들지 못하는 봄밤은 매년 돌아올 것이다. 인간의 마음은 예나 지금이나 크게 다른 것 같지 않다. 그리움은 인류 보편의 감정이기 때문이다. 그래서 이 시조는 먼 훗날에도 살아남아 인간의 그리움을 대변할 것이다.

김남규

'무심無心'을 싣고 돌아오는 어부

추강秋江에 밤이 드니

이정李婷

秋江에 밤이 드니 물결이 초노미라

낙시 드리치니 고기 아니 무노미라

無心혼 돌빗만 싯고 뷘 비 저어 오노라

－『청구영언』(진본) 308번

추강秋江에 밤이 드니 물결이 차노매라

낚시 들이치니 고기 아니 무노매라

무심한 달빛만 싣고 빈 배 저어 오노라

- 추강秋江: 가을 강.
- 차노매라: 차구나. '-노매라'는 '-(는)구나'.
- 들이치니: '들이뜨리니'(안쪽으로 아무렇게나 막 집어넣으니)의 방언.
- 오노라: 온다. '-노라'는 '-ㄴ다, -는다'.

가어옹假漁翁

가어옹假漁翁을 아는가? 고기를 잡는 일을 생업으로 삼는 어부漁夫가 아닌, 고요한 강물에 배 띄워 놓고 세월을 낚는 어부漁父를 가리켜 가어옹이라고 한다.

이 작품의 묘미는 가을밤 빈 배에 무심無心한 달빛만 싣고서 돌아오는 가어옹에 있다.

이 작품은 『가곡원류』(국악원본·규장각본) 등에서 월산대군月山大君이 지었다고 전하는데, 『청구영언』(진본)에는 무명씨無名氏로 수록되어 있다. 이 외 『해동가요』, 『병와가곡집』 등에는 작자가 전하지 않는다. 따라서 월산대군 창작 진위 여부에는 논란이 있지만, 사람들은 왜 이 작품을 월산대군이 지었다고 보았을까?

월산대군 이정(1454~1488)은 조선 제9대 임금 성종의 형이자 소혜왕후 한씨(인수대비)의 장남이다. 어릴 적부터 독서를 좋아했고 시작詩作과 문한文翰 능력이 뛰어났으나, 높은 벼슬과 다른 문인들과의 교유를 멀리한 채 유교 국가의 틀을 닦는 아우 성종을 보필하며 조용하게 은일隱逸했다. 이러한 월산대군의 격조는 이 시조의 정취에 걸맞다.

'있음'과 '없음'의 대립과 화해

초장에서 가을이라는 계절, 밤이라는 시간, 강이라는 공간적 배경이 한데 제시되고 있다. 낙엽 지는 가을에 해가 저물어 밤이 찾아왔다. 이러한 물상의 하강적 이미지는 분위기를 차분하게 정돈하며, 가을날 강가의 심상을 고요하게 일으킨다. 추강에 치는 밤물결마저 잔잔한데, 물결의 차가운 촉각만이 정신을 또렷하게 만든다.

이러한 정경을 배경으로 중장에서 낚시하고 있는 어부가 등장한다. 그는 낚싯대를 드리워 놓고는 있으나 고기가 물지 않는다. 기온이 내려가면 물고기는 더 깊은 물속으로 숨어들기 마련이나. 사물의 서늘한 성석의 힘이 인간의 욕망을 쉽게 허락하지 않는다.

종장에서 가어옹은 끝내 자연의 '무심'의 품에 안긴다. 고기를 낚고자 하는 어부와 무심한 자연 사이의 대립이 '달빛 실은 빈 배'라는 변증법적 화해로 귀결되고 있다. 이제 무심한 달빛은 가어옹이 세상을 대하는 마음의 형상이 된다. 그것은 욕심 없이 고요히 세상을 비추는 월산대군의 뜻이자, 세상을 향한 기심機心을 버리고 강호에서 유유자적 세월을 보내던 월산대군의 모습이리라.

이 시조는 강호한정江湖閑情 어부가漁父歌 계열의 대표 작품으로서, 후대 강호가도江湖歌道 작품류 창작에 기저가 되었다. 본래 이 시는 당나라 선자화상船子和尙의 게송偈頌인 "배 가득 부질없이 밝은 달빛만 싣고 돌아오네〔滿船空載月明歸〕"라는 구절을 점화點化한 것이지만, 불가 법열法悅의 반열보다는 도가적 무욕無慾과 유가적 허심虛心의 경지에 이르렀다고 평가받는다. 작품 속 달빛 싣고 빈 배 저어 돌아오는 가어옹은 속세에서 벗어나 얽매임 없이 물외物外의 세계에서 노니는 인간 존재의 형상이다. 이것이 당대의 고결한 월산대군의 실제 모습일지, 후대에 월산대군의 고상한 풍모를 그리는 사람들의 바람일지는 비정比定할 수 없다.

박혜영

003

늙음을 유쾌하게 한탄하다

한 손에 가시를 들고

우탁禹倬

흔손에 가시를 들고 쏘 흔손에 막디 들고
늙는 길 가시로 막고 오는 白髮 막디로 치랴트니
白髮이 제 몬져 알고 즈림 길로 오더라

－『병와가곡집瓶窩歌曲集』 47번

한 손에 가시를 들고 또 한 손에 막대 들고
늙는 길 가시로 막고 오는 백발白髮 막대로 치렸더니
백발이 제 먼저 알고 지름길로 오더라

• 치렸더니: 치려고 하였더니.

늙는 길과 백발의 원천봉쇄 작전

이 시조는 고려 말의 문신 우탁(1262~1342)이 지은 전형적인 탄로가이다. 이 노래는 39종의 가집에(40회) 실려 있으며 그중 『병와가곡집』을 비롯하여 11종의 가집(12회)에서 지은이를 우탁으로 밝히고 있다. 현재까지 발굴된 가집을 기반으로 미루어 볼 때 우탁이 지은 탄로가는 3편 정도로 볼 수 있다. 이 작품은 그중 하나로 이미 세간에 많이 알려져 있다.

'탄로가歎老歌'는 말 그대로 '늙음을 한탄하는 노래'로, 시조는 물론 가사 작품 등에서도 빼놓지 않고 자주 등장하는 인간 본연의 문제인 '늙음'을 시가詩歌의 소재로 다루고 있다. 인간사 모두에게 두루 적용되고 공감력을 확보할 수 있는 보편적 문제라는 점과 당시 유행하던 시절가조時節歌調로서 시조만이 지니는 변별적 자질은 탄로가의 주제를 효과적으로 드러낼 수 있다고 여겨진다.

한탄의 정서를 달관의 경지로 승화하다

이 노래를 초장부터 가만히 살펴보면 "한 손에 가시를 들고 또 한 손에 막대 들고" 서 있는 광경이 오버랩되는데, 화자의 모습이 실로 비장하기까지 하다. 게다가 마치 적진에 나가듯 양손에 동원할 수 있는 무기를 모두 장착하고 있는데, 그 무기로 설정한 것이 고작 '가시'와 '막대'인 셈이다. 이 두 가지 소재로 '늙음'이란 존재를 어떻게든 막아 보겠다는 결연한 의지와 방어 태세를 엿보게 된다. 그런데 이렇게 보잘것없는 막대와 가시로 늙음을 방어하겠다는 결의는 자못 실소를 자아내기까지 한다. 그러나 늙음을 막을 수만 있다면 그 어떠한 방법도 가리지 않겠다는 절박함을 가벼운 역설로 표현하고 있는 것이기도 하다.

초장의 1·2 음보와 3·4 음보는 '~을 들고'라는 같은 문장구조가 함께 짝을 이루며 대구를 형성하고 있는데 이는 현재 화자의 처한 상황과 절박한 정서를 강조하고 있는 것이다. 이렇듯 초장에서는 '늙음'이라는 존재와 승부를 가릴 전의를 가다듬고 준비 태세를 갖춘 화자의 모습을 보여 주고 있다.

중장에 이르게 되면 화자는 그동안 준비한 '가시'와 '막대'를 이용해 본격적으로 늙음을 방어하기 위한 보다 구체적인 방법과 행동을 수반한다. 가시로는 "늙는 길"을 봉쇄·차단하고 막대로는 "오는 백발"을 쳐서 정면 돌파하겠다는 전략이 실로 야심차다. 여기서 이 시조의 독창성이 발현되는데, '늙음'이라는 추상적 개념을 구체화하여 형상화하고 있다는 점이다. 늙음의 징표 가운데 하나인 백발을 의인화함으로써 늙음의 개념을 보다 생생하게 드러내고 있다. 또한 "늙는 길" 역시 세월이라는 추상적인 개념을 시각적 형상화 작업을 통해 표현의 참신함을 더욱 부각시키고 있다. 그러나 이렇게까지 만반의 준비 태세를 마치고 그 '늙음'이란 존재에 맞대응하려고 하나 이내 그 전략이 무색해지는 상황이 벌어지게 된다.

그 하이라이트와 반전은 종장에서 드러나는데, 백발, 즉 늙음이 누구나 예상하던 길로 오지 않고 지름길로 와 버린 것이다. 마치 화자의 전략과 계획을 미리 눈치라도 챈 듯 대반전을 일으킨다. 인간이 제아무리 노력과 준비를 하더라도 가는 세월, 오는 늙음 앞에서는 그 누구도 피할 수 없는 것이 강력한 자연의 섭리이자 천칙天則임을 깨닫게 해 주는 대목이다. 이 부분에서는 인생의 허무함과 인간의 무력함이 그대로 드러난다. '탄로가'의 성격상 이러한 사유와 정서는 매우 일반적이다. 그러나 여기서 한 걸음 더 나아가 늙음의 한탄과 탄식을 낙천적이고 유쾌하게 풀어내고 있다는 점에서 해학미마저 느낄 수 있는 것이 이 시조의 백미라고 할 수 있겠다.

인간은 누구나 아름다운 젊음을 유지하고 싶은 욕동의 주체이므로 '늙음'이라는 이슈는 인간에게 있어서 그리 유쾌할 수만은 없다. 따라서 자칫 절망이나 고독감의 정서로 매몰될 수도 있다. 그러나 여기서는 기발하고 독창적인 상황 설정과 반전, 웃음으로 그 한탄의 정서를 여유롭게 승화·수용하는 태도를 통해 마침내 달관의 경지에 이른 화자의 모습을 엿볼 수 있다.

끝으로 이 시조의 작가인 우탁은 탄로가를 비교적 많이 지은 것으로 알려져 있다. 그가 그저 단순히 늙음이라는 문제에 관심이 많아서 창작했을지도 모르지만, 또 다른 시각에서 보면 이 '늙음'이 그의 인생 여정에서 어떤 특정한 의미나 계기로 작용했는지도 모를 일이다. 따라서 우탁의 나머지 탄로가 작품들을 함께 읽고 비교하면서 보다 다각적인 상호텍스트적 해석과 종합적인 접근도 필요하다고 여겨진다. 그렇게 될 때 비로소 우탁의 세계관 및 탄로가의 의미를 보다 풍부하게 이해할 수 있게 될 것이다.

김지은

004

불교적 사유가 형상화한 인간의 고독과 번뇌

잘 새는 날아들고

작가 미상

잘 새는 ᄂ라들고 새 둘은 도다 온다

외나모 ᄃ리에 혼자 가는 뎌 듕아

네 뎔이 언마나 ᄒ관ᄃ 먼 북소ᄅ 들리ᄂ니

- 『송강가사松江歌辭』(성주본星州本) 77번

잘 새는 날아들고 새 달은 돋아 온다

외나무다리에 혼자 가는 저 중아

네 절이 얼마나 하관대 먼 북소리 들리나니

• 하관대: 하기에. '-관대'는 '-기에'.

수행자의 고독과 일관된 수행 의지

'달'이 돋는 밤이 깊어지고 있다. 새들도 잠들 곳을 찾아 날아들기 시작하는
데, 저쪽 '외나무다리'를 혼자 건너는 사람이 있다. 스님이다. 절까지 가려면 한
참을 더 가겠다. 법고法鼓 소리가 저 멀리에서 들려오기 때문이다.

이 작품은 초장에서 자연물인 '달', '새'의 움직임과 이동을 통해 시간성과 공

간성을 동시에 보여 준다. 저물어 가는 저녁에 새들이 돌아가 쉴 곳은 나무가 있는 숲일 것이다. 대개 절도 산속에 있는 경우가 많았다. 그곳에 달이 오른 모습은 한 편의 수묵화처럼 고요하고 한가롭다.

중장에서는 자연물에서 인물로 화자의 시선이 옮겨 온다. 스님이 홀로 외나무다리를 건너는 모습에 집중되는 것이다. 스님은 수행자이다. 수행자로서의 생활은 내적 성찰과 고뇌로 점철되기 마련이다. 그런 스님이 '혼자', 그것도 '외나무다리'를 지난다는 데는 수행자의 고독과 일관된 수행 의지가 함축되어 있다. 여기에 건너기 쉬운 다리가 아니라 '외나무다리'를, 그것도 밤에 건너기 때문에 발을 헛디디지 않고 지나가는 게 쉽지 않을 것이다. 전기가 없던 그 시절에 밤은 얼마나 더 어두웠겠는가. 그러므로 '외나무다리'는 해탈을 위한 밤낮 없는 고행의 길이면서 한눈팔지 않고 걸어가는 외고집의 자세를 상징한다고 볼 수 있다. 그나마 '달'이 떠서 다행이라 하겠다. 스님이 지나가는데 조금쯤은 빛이 되어 주었을 것이다. 「정읍사」와 같은 여타 다른 고전 시가에서도 '달'은 멀리 떠서 누군가를 지켜 주는 의미와 기원의 대상으로 활용되곤 했다.

멀고도 지난한 득도의 길

무엇보다 이 작품에서 주목해야 할 부분은 화자의 어조이다. 화자는 작품 속의 대상을 바라보는 관찰자의 자리에 위치해 있다. 그리고 핵심 인물인 스님을 호명하며 말을 건넨다. 정중하게 부르지 않고 "혼자 가는 저 중아"라고 편하게 말을 거는 장면에서 화자의 나이 등이 짐작된다. 그는 체험을 통해 인생살이의 고됨을 인지하고 있을 것으로 보인다. 그렇기에 종장에서 "네 절이 얼마나 하관대 먼 북소리 들리나니"라고 말할 수 있는 것이다. '절'은 수행자로서 도달해야 하는 도착지이다. 그런데 그곳이 스님한테서 멀리 있다. '북소리'는 불교 의식에서도 활용되는 '법고'를 의미한다. 법고에서 울려 퍼지는 소리는 속세의 중생을 일깨우면서 지속되는 번민을 끊어 내는 것을 뜻한다. 멀리서 북이 울리는 소리가 들려오는데 절까지 도착하려면 거리가 멀다는 표현 뒤에는 수행자로서 불교적 깨달음에 도달하기까지의 어려움과 조급함 등이 내재되어 있다. 절이 불법佛法을 상징한다고 봤을 때, 그 득도의 길이 멀고도 지난하다는 표현으로 이해할 수 있는 것이다. 또한 북소리가 들리는 것은 어렴풋이나마 부처님의 가르침을 이해하는 상태, 즉 불법을 깨우치는 초기의 단계에 있다는 의미로도 해석할 수 있다. 이를 잘 이해하는 화자는 관찰자인 타자일 수 있으나, 스님 자신의 내적 목소리일 가능성도 있다. 스님이 거리를 두고 자신의 모습을 바라보며 스스로에게 답답함을 토로하는지도 모르겠다.

이처럼 이 시조는 시적 대상과 불교적 사유를 결합하여 인간이 겪는 고독과 번뇌를 형상화하였다. 외나무다리를 건너듯 외롭고 위태로운 인생살이를 견디는 중생의 모습을 보여 주는 것이다. 또한 수행자인 스님을 중심으로 깨달음을 얻는 길의 어려움을 정제된 언어 속에 함께 제시하고 있다.

김태경

005

넓적하자 하니

작가 미상

넙엿ᄒ쟈 ᄒ니 모난듸 ᄀ일셰라

두렷ᄒ쟈 ᄒ니 눕의손듸 둘릴셰라

外두렷 內번듯ᄒ면 기둘릴줄 이시랴

- 『청구영언』(진본) 345번

넓적하자 하니 모난 데 가일세라

두렷하자 하니 남의 손에 둘릴세라

외外 두렷 내內 번듯하면 가이둘릴 줄 있으랴

_____

• 가일세라: 베일세라.

• 두렷하자: 둥글게 살자.

• 둘릴세라: 그럴듯한 꾀에 속을세라.

• 두렷: 뚜렷.

• 가이둘릴: '가이고 둘릴' 즉 '베이고 속아 넘어갈'.

넓적하면 상처받고 둥글면 속아 넘어간다

이 시조는 삶의 처세술과 경계를 일깨우는 교훈적 주제를 담지한 작품이다. 결론부터 말하자면 '외유내강外柔內剛'과 유사한 주제로도 읽히는데, 안팎으로 자기 자신을 잘 가다듬어 처신하라는 메시지를 시조로 형상화하고 있다. 『청구영언』(진본)에 실려 전하고 있으며 작자에 대해 알려진 바는 없다.

우선 초장부터 살펴보면 '넙엿ᄒ다'라는 말은 '넓적하다'의 옛말이고 'ᄀ이다'는 '베이다'의 옛말이다. 즉 '넓적하게 살자고 하니 모난 데에 베일까 두렵다'는 뜻으로 풀이된다. 여기서 어휘가 지니는 의미대로 '넓적하게' 행동하는 것은 어떤 의미일지 살펴볼 필요가 있다. 후술하겠지만 이어지는 중장의 '두렷하다'의 의미인 '둥글다'와 문맥상 유사하게 모난 데 없이 살려는 의미를 말하는 듯 보인다.

그렇다면 중장의 언표를 통해 드러난 의미를 보다 심층적으로 살펴볼 필요가 있다. '두렷하게 살자 하니 남의 손에 둘릴까 염려된다'고 한다. '두렷하다'는 원래 '둥글다'는 뜻이었는데 '엉클어지거나 흐리지 아니하고 아주 분명하다, 뚜렷하다'로 의미가 변화한 말이다. '둘리다'는 '(옷이나 물건 따위를) 두르다'의 의미인 피동사로도 존재하지만 여기서는 '그럴듯한 꾀에 속다'는 의미로 보는 것이 문맥상 더 적합하다고 여겨진다. 그렇다면 '두렷하다'의 의미를 '흐리지 아니하고 아주 분명하다'로 대입하여 그 문맥적 의미를 살펴보면 다음과 같다. 즉 '엉클어지거나 흐리지 아니하고 뚜렷하게 행동을 한다면 남에게 그럴듯한 꾀에 속아넘어가게 된다'고 해석할 수 있다.

그런데 이는 선뜻 이해되지 않는 부자연스러운 해석이다. 매사 흐릿하지 않고 분명하게 처신을 하는데 남에게 속는 일이 생긴다는 것은 타당하지 않기 때문이다. 따라서 중장에서 사용한 '두렷하다'의 의미는 '둥글다'로 해석하는 것이 바람직하다. 특히 초장과 중장이 비슷한 문장구조로 짝을 이루는 대구의 구성을 보이고 있는데, 초장과 중장에 각각 쓰인 '넙엿ᄒ쟈'와 '두렷ᄒ쟈'는 여기서는 '넓다'와 '둥글다'로 두 시어를 비슷한 뉘앙스로 언술하고 있음을 알 수 있다. 즉 세상을 살아감에 있어서 넓고 둥글게만 살아가게 되면 결국 모난 데 베여 상처받게 되고 남에게 속아 꾀에 속아넘어가게 되는 일이 흔하니 이를 경계하라고 이르고 있는 것이다. 그렇다면 과연 어떻게 살아가야 한다는 것인가?

이에 대한 해답은 마지막 종장에서 일러 준다. "외ᄊ 두렷 내ᄊ 번듯하면"이 바로 그 지침인데 "외ᄊ 두렷"에 사용한 '두렷'은 중장에서 사용된 '둥글다'와는 반대로 '분명하고 뚜렷한'이라는 뜻으로 보는 것이 더 적절해 보인다. 즉 겉으로는 흐릿하지 않고 뚜렷하게 행동하면서 동시에 안으로는 "내ᄊ 번듯"하게 하여 내적으로 반듯하고 흐트러짐이 없이 처신한다면 남에게 '기둘릴줄' 있겠냐고 선언한다.

여기서 '기둘리다'는 '베이고 둘리다'라는 의미를 지닌 옛말이다. 그러나 굳이 '두렷'을 '둥글다'로 해석해도 전혀 의미상 문제가 되지는 않는다. 이렇게 되면 "외ᄊ 두렷 내ᄊ 번듯"은 전형적인 외유내강의 주제와 일치하게 되는데, '겉으로는 둥글고 유하게 하되 안으로는 반듯하게' 행동하라는 의미로 풀이되기 때문이다.

겉으로는 뚜렷하게, 안으로는 반듯하게!

요컨대 이 시조를 현대적으로 풀면 소위 '오지랖 넓게 여기저기 행동하고 다닌다면 모난 데 베여 상처 입게 되고, 또 너무 둥글게 좋은 게 좋다는 식으로 세상을 살아가게 되면 남들에게 만만하게 보여 그럴 듯한 꾀에 속아 넘어가게 된다. 그러니 겉으로는 흐리지 않게 뚜렷하게 행동하고 안으로는 내실을 닦아 반듯하게 한다면 남에게 상처받고 휘둘리게 되는 일은 없을 것이다.' 정도로 그 의미를 정리할 수 있겠다.

이 작품은 세상 살기에 대한 경계를 다루고 있기 때문에 교훈적 메시지를 누구나 쉽게 포착할 수 있다. 그러나 그 교훈적 메시지가 유교적 이데올로기 등과 같은 특정 이념으로 표백된 것은 아니다. 다시 말해 사대부라든가 부녀자 등 한정된 집단이나 계층에 국한된 것이 아니라 불특정다수인 모두에게 공감이 되고 두루 적용되는 인간 보편의 진리이자 깨우침, 지혜를 내포하는 작품이라고 할 수 있다.

　이처럼 세상사가 쉽지만은 않다는 것은 예나 지금이나 다르지 않다. 안팎으로 자신을 잘 지키면서 살아간다면 타인과의 관계에서 발생하는 어려움을 겪지 않을 수 있다는 올바른 처세 방법을 일깨워 주는 작품이며, 이는 비록 고전 작품이지만 오늘을 살아가는 우리들에게도 두루 적용이 되는 유의미한 교훈이라고 하겠다.

김지은

006

산촌에 눈이 오니

신흠申欽

山村에 눈이 오니 돌길이 무쳐셰라

柴扉룰 여지 마라 날 츠즈 리 뉘 이시리

밤즁만 一片明月이 긔 벗인가 ᄒ노라

— 『청구영언』(진본) 116번

산촌에 눈이 오니 돌길이 묻혔셰라

시비柴扉를 열지 마라 날 찾을 이 뉘 있으리

밤중만 일편명월一片明月이 그 벗인가 하노라

• 묻혔셰라: 묻혔구나. '-셰라'는 '-구나'.　　• 일편명월一片明月: 한 조각 밝은 달.

• 시비柴扉: 사립문.

"세상이 진실로 나를 버렸고, 나 또한 세상을 잊었네"

온 세상이 하얗다. 산촌山村에 눈이 오는 풍경으로 시작하는 이 시조는 『청구영언』, 『가곡원류』, 『해동가요』, 『병와가곡집』 등에 상촌象村 신흠(1566~1628)의 작품으로 실려 있다.

눈 내리는 산골 마을이라 하면 꽤나 낭만적으로 보이지만 실상은 그리 녹록지 못하다. 신흠이 계축옥사癸丑獄事(1613) 때 김포로 방귀전리放歸田里되어 지은 「방옹시여放翁詩餘」 30수 중 제1수이기 때문이다. 『청구영언』에는 시뿐만 아니라 그 서문도 실려 있는데, 「방옹시여서放翁詩餘序」를 통해 신흠은 "세상이 진실로 나를 버렸고", "나 또한 세상을 잊었네"라고 토로했다. 고향 땅에서 하얗게 눈 내리는 풍광을 마주한 그는 어떤 마음이었을까?

초장에서 산속 마을은 눈 내리는 풍경이다. 소복이 쌓인 눈은 마을 간 왕래하는 돌길마저 덮어 버렸다. 산촌이라 가뜩이나 인적이 드문데, 폭설로 인해 산속에 고립되었으니 외부 세계와는 더욱더 단절된 처지이다. 첩첩산중에 눈만 겹겹이 쌓이고, 세상에 홀로 떨어져 있는 듯한 고독감이 짙어진다.

그런데 이어지는 중장에서 시적 화자는 시비柴扉마저 열지 말라고 단호하게 이야기한다. 시비는 사립짝을 달아 만든 문으로, 방 안에서 시비를 열고 나와야 바깥으로 나올 수 있다. 방 밖으로 나올 생각이 없음을 명령조로 보여 주는데, 그 이유는 자신의 의중이 아니라 자기를 찾을 사람이 없는 당대 사회적 현실 때문이었다. 신흠은 계축옥사 때 선조宣祖에게 영창대군永昌大君을 보필할 것을 부탁받은 유교칠신遺敎七臣이라는 이유로 방축되었다. 그렇기에 그를 찾아올 사람은 없었고, 이러한 풍파에 상촌은 방문을 더욱 닫아걸고 내면으로 시름을 삼켰을 것이다.

눈 내리는 산촌에 뜬 달 한 조각

이때 종장에서 일편명월一片明月이 등장한다. 깜깜한 밤중에 산골 초가를 비추는 긴 흰 조각의 밝은 달뿐이다. 새하얀 눈에 비친 달빛은 그 어느 때보다 흰히게 빛났으리라. 휘영청 뜬 달이 그의 무고한 신세를 달랬기에 상촌은 자신의 순결한 마음을 더 밝혔을 것이다. 이에 신흠은 그 달을 벗 삼아 외로운 산중 생활을 버티며 자신의 못 다한 마음을 우리말 가락으로 풀어내었다.

상촌은 조선시대 이름난 한문漢文 사대가四大家 상월계택象月谿澤 중 한 명이었다. 그의 순정근엄醇正謹嚴한 고문古文은 목릉성세穆陵盛世의 문형文衡으로서 본보기가 되었는데, 여러 양식의 한문뿐만 아니라 2,300여 수에 달하는 한시를 남겨 주목된다. 그는 물物을 만나 "마음에 맞는 것이 있으면, 늘 시문을 형상화"했고, 그래도 "남는 것이 있다면, 방언으로 이어서 곡조를 붙여 언문으로 기록하였다"고 술회하였는데, 아정雅正한 한시가 담아낼 수 없는 마음속 풍風을 우리말 시조로 노래한 것이다.

이것이 눈 내리는 산촌에서 밝게 빛나는 달을 보며 풀어내고자 한 신흠의 마음이었다. 방옹放翁은 그의 호인데, 세속을 떠나 전원에 묻혀 사는 노인이라고 자신을 겸손하게 이름 붙인 것이다. 온 세상이 하얗게 산중에 내리던 눈과 그 위로 쏟아지던 새하얀 달빛이, '방옹'의 마음에 접물하여 주체할 수 없는 '시여詩餘'로서 순백의 마음을 노래하게 만들었음을, 이제 우리는 안다.

박혜영

007

새해, 후천後天에 안녕을 묻다

창밖에 아이 동자 와서

주의식朱義植

窓밧긔 아히 동자 와셔 오늘이 새히오커늘
東窓을 열쳐 보니 녜 돗던 히 도닷다
아히야 萬古 혼 히니 後天에 와 닐러라

— 『청구영언』(진본) 223번

창밖에 아이 동자 와서 오늘이 새해요커늘
동창東窓을 열쳐 보니 예 돋던 해 돋았다
아이야 만고萬古 한 해니 후천後天에 와 일러라

• 새해요커늘: '새해요'라고 하거늘.   • 후천後天: 지금 아닌 다음 세상.
• 만고萬古: 아주 오랜 세월 동안.

'유한'과 '영원'의 심오한 대비

주의식의 이 시조는 『청구영언』(진본)에 수록된 이래 18~19세기 가집에 두루
실렸다. 박연호는 이 시조의 주제를 "해가 바뀌어도 무도한 세상[先天]은 만고로
부터 전혀 변하지 않았으니 먼 미래에 세상이 문명[後天]으로 바뀌거든 자신에게

알리라는 것"으로 보았다.

새해는 매번 설렘과 두려움을 동시에 안겨 준다. 또한 새해는 무한한 가능성이 열려 있기에 인간을 겸허하게 한다. 이 시조는 인간의 시간과 자연의 시간, 즉 유한성과 영원성의 대비를 간결하면서 심오하게 담아낸다.

시조의 초장은 "창밖에 동자 와서 오늘이 새해요커늘"이다. 아이가 찾아와 새해 인사를 건네는 장면이 정겹다. 여기서 동자는 단순히 새해를 알리는 존재가 아니라, 새로운 세대의 상징으로 읽힌다.

이어지는 중장은 "동창을 열쳐 보니 예 돋던 해 돋았다"이다. 동자의 새해 인사에 대한 화자의 반응이 흥미롭다. 여기서 강조되는 것은 변함없는 자연의 순환이다. 동자에게는 특별한 '새해'이지만, 자연에 가까워진 화자에게는 특별할 것 없는 어제의 반복일 뿐이다.

마지막 종장은 "아이야 만고 한 해니 후천에 와 일러라"이다. 이때 화자가 동자에게 전하는 말은 새해를 후천에 전하라는 단순한 요청이 아니다. "만고 한 해"라는 표현을 통해 인간의 삶은 짧고 덧없지만, 자연의 삶은 영원하다는 철학적 의미를 담고 있기 때문이다.

이처럼 이 시조는 인간의 관점에서는 특별한 새해도 자연의 관점에서는 반복되는 일상이라는 진실을 일깨운다. 새해는 인간이 정한 약속일 뿐이기에 스스로 하루하루를 특별한 날로 만드는 것이 중요하다. 따라서 새해를 맞는 우리의 자세와 태도는 단순히 달력의 첫 장을 넘기는 의례적인 행위를 넘어서야 한다. 새해를 맞으며 우리는 오늘 하루를 어떻게 의미 있게 채울 것인지, 그리하여 유한한 인간의 삶을 어떻게 무한한 자연의 삶으로 채울 것인지를 성찰해야 한다.

인간과 자연 그리고 시간에 대한 철학

시조 속에 등장하는 해는 '영원'을 상징한다. 아무리 세월이 흘러도, 오늘 떠오른 해는 어제도 그리고 내일도 어김없이 다시 떠오른다. 그 앞에서 인간의 삶은 너무나 짧고 미약하다. 하지만 인간은 그 짧고 미약한 유한성 안에서 의미와 가치라는 무한성을 지향하는 존재이기도 하다. 해는 똑같이 떠오르지만, 각자의 삶은 결코 같지 않다. 화자가 동자에게 새해를 후천에 알리라는 당부는 바로 이 점을 일깨운 것이다.

오늘날 우리는 빠르게 변화하는 사회 속에 살고 있다. 기술이 발전하고 갈등이 고조되면서, '내일이 과연 오늘과 같이 안녕할 수 있을까'라는 의문도 커지고 있다. 따라서 우리가 붙잡아야 할 것은 시간의 흐름이 아니라 시간의 의미이다.

이 점에서 「창밖에 아이 동자 와서」는 현대인에게도 여전히 유효한 메시지를 던진다. 이 시조는 짧지만 인간과 자연, 그리고 시간에 대한 철학이 응축되어 있다. 동자가 전한 '새해'라는 말, 변함없이 떠오르는 해, 그리고 후천에 전하라는 당부는 유한한 인간의 삶과 영원한 자연을 대조하면서, 우리에게 새해를 맞는 올바른 자세와 태도를 일깨운다. 새해의 의미는 제도로 주어지는 것이 아니라 인간이 만들어내는 것이다. 그렇기에 우리는 매일 떠오르는 해를 새롭게 바라보며, 각자의 삶을 의미 있게 채워야 한다.

유찬열

008

푸른 강물이 핏빛으로 변하던 날

이별하던 날에

홍서봉洪瑞鳳

離別ᄒ던 날에 피눈물이 난지 만지
鴨綠江 ᄂᆞ린 물이 프른 빗치 전혀 업늬
비 우희 허여 셴 沙工이 처음 보롸 ᄒᆞ ᄃᆞ라

－『청구영언』(진본) 110번

이별하던 날에 피눈물이 난지 만지
압록강鴨綠江 나린 물이 푸른빛이 전혀 없네
배 위에 허여 센 사공이 처음 본다 하더라

• 난지 만지: 났는지 아닌지.   • 허여: 허옇게.
• 나린: 내린.

병자호란, 그 절체절명의 순간

임진왜란과 정묘호란의 상흔이 아물기도 전에 병자호란이 일어났다. 청나라
의 숭덕제(홍타이지)는 명나라를 공격하기에 앞서 전략적으로 조선을 먼저 점령
하기로 했다. 척화론을 좇아 후금을 멸시하고 친명정책을 유지하고 있는 인조와

조정은 남한산성에서 항전했으나 결국 항복을 선언하였고, 소현세자와 봉림대군 두 왕자 부부, 그리고 조선의 많은 백성이 청나라로 끌려가게 되었다. 1636년 12월 2일, 홍타이지는 약 5만 명의 군대를 이끌고 압록강을 건너 신속하게 남하하였다. 청군은 인조를 잡는 것이 목적이었기 때문에 기병 중심의 편제였던 청군은 산성 전투를 준비하고 있는 조선군과 접전을 벌이지 않고 곧바로 인조와 조정을 포위했다. 정묘호란 때처럼 강화도로 대피하려고 했던 조선의 전략을 미리 간파했던 것이다.

남한산성에서 고립된 인조는 겨울철의 매서운 추위와 기근에 지친 조선군과 백성의 피눈물을 외면하고 왕권을 유지하고자 항복을 계속 거부했지만, 소현세자와 봉림대군이 피난했던 강화도를 청군이 함락했다는 소식을 듣고 1637년 1월 27일 결국 항복문서를 청군에 보낸다. 조선왕조실록(1637년 음력 2월 1일)에는 백성들이 모여 사는 곳[閭閻]이 대부분 불타고 넘어져 죽은 시체가 길거리에 이리저리 널려 있었다고 기록되어 있다.

이와 같은 절체절명의 순간을 다룬 소설이 김훈의 『남한산성』(2007), 이를 영화화한 작품이 황동혁 감독의 〈남한산성〉(2017)이며, 병자호란 당시 조정에서 청나라와의 화의를 주장하여 최명길, 김신국, 이경직 등과 함께 청나라 군사 진영을 오가며 외교 실무를 담당했던 홍서봉(1572~1645)의 시조가 바로 「이별하던 날에」다.

핏빛으로 변한 압록강

초장에서 화자는 단지 "이별하던 날"이라고만 말하며, 누구와의 이별인지 밝히지 않은 채 고통스러운 상황을 먼저 제시한다. 이어 그는 자신의 아픔을 '피눈물'이라는 강렬한 시어로 표현하는데, 이는 그가 경험한 통한의 깊이가 어느 정도였는지를 함축적으로 드러내는 시어라고 할 수 있다.

중장은 초장에서 제시한 화자의 아픔이 자연 이미지로 전이되는 장면으로 이해할 수 있다. '압록강'은 이름 그대로 '짙고 선명한 푸른색'의 강이다. 그럼에도 화자는 푸르러야 할 압록강이 '전혀', '푸른빛이 없다'고 탄식한다. 여기서 강물의 변색은 단순한 시각적 묘사가 아니라, 전란으로 인한 인간의 생이별의 아픔이 세상을 뒤덮을 정도로 깊었음을 의미한다.

종장은 앞선 초·중장에서 제시한 화자의 아픔이 사공의 언어를 통해 객관화되는 장면이다. "배 위에 허여 센 사공이 처음 본다 하더라"라는 구절에서 머리가 허옇게 센 사공은, 인생의 풍파를 오래 겪어 온 노인이자, 한평생 강을 보아 왔던 존재로 이해할 수 있다. 이 인물이 "처음 본다"고 말할 정도라면, 화자가 겪은 이별의 아픔이 얼마나 깊었는지를 짐작할 수 있다. 이처럼 종장은 화자의 이별의 아픔을 사공이 증언하는 장면으로 구성함으로써, 작품의 비극적 정서를 극대화한다.

김남규

009

늙어 본 자만 알 수 있는 삶의 진실

늙어 말년이고

작가 미상

늙어 말녀이고 다시 져머 보려터니

靑春이 날 소기니 白髮이 거의로다

잇다감 쫏밧츨 지날 제면 罪지은듯 ᄒ여라

- 『청구영언』(가람본嘉藍本) 324번

늙어 말년이고 다시 젊어 보렸더니

청춘이 날 속이니 백발白髮이 거의로다

이따금 꽃밭을 지날 제면 죄 지은 듯하여라

• 보렸더니: 보려고 하였더니.

익살 섞어 가며 하는 '나이 먹는 이야기'

탄로歎老는 시조가 자주 노래했던 주제 가운데 하나다. 그런데 많은 탄로 시조 중에서 이 작품만큼 늙음을 실감나게 표현한 작품도 드물지 않나 싶다. 국어사전에 '늙다'는 '나이를 많이 먹다'는 뜻이라고 나와 있는데, 이 시조는 마치 그것을 지우고 새로 개념 하나를 쓰고 있는 듯하다.

이 시조는 『청구영언』(가람본) 등 20여 종의 가집에 실려 전하고 있다. 서두가 "늙지 말려이고"로 되어 있는 데도 있으나(『병와가곡집』), "늙어 말련이고"가 더 타당해 보인다. 『병와가곡집』에만 작가가 우탁禹倬으로 되어 있고, 나머지는 모두 무명씨로 되어 있다.

초장의 "늙어 말년이고"는 어느 날 문득 자신의 늙어 버린 모습에 화들짝 놀라는 말이다. 자신의 이야기를 호들갑을 떨듯 시작하고 있다. "다시 젊어 보렸더니"는 말도 안 되는 희망을 품었다는 점에서 익살기가 섞인 말이라고 할 수 있다. 원래 나이 먹는 이야기는 함께 늙어 가는 사람들끼리 익살을 섞어 가며 해야 맛이다. 누가 나이 먹는 이야기를 진지하게 듣고 싶어 하겠는가? 그런 이유에서인지 다른 탄로시조에서도 재미난 말들이 자주 보인다. 오는 백발을 가시와 막대로 막으렸더니 백발이 알고 지름길로 와 버렸다든가, 흰머리를 뽑아 내어 가는 청춘을 찬찬 동여매고 싶다든가, 백발을 다시 검게 할 약을 까마귀에게 빌리고 싶다는 표현들이 대표적인 예이다.

중장은 '아이고 글쎄 청춘이 날 속이고 백발이 되어 버렸어.' 정도의 어감을 지닌 말이다. 우리네 마음 맞는 친구들이 마주 앉아 하는 대화 같다. 우탁이 지었다고 하는 다른 탄로가에서는 '백발'을 의인화했는데, 여기서는 반대로 '청춘'을 의인화하였다. '청춘이 날 속였다'는 말은 교활한 청춘이 나를 속이고 달아나 버렸다는 의미이다. 이 말에도 익살기가 스며 있다.

늙어 가는 이들이 아파하는 자리, 초라함

종장은 시상의 놀라운 전환이다. '탄로' 하면 떠오를 만한 통속적인 내용이 초장, 중장에 걸쳐 이어 오다가 여기에 와서 반전하고 있다. '꽃밭'은 청춘남녀의 비유이다. '꽃밭만 지나가도 죄지은 듯하다'는 화자의 마음이 안쓰럽고 귀엽다.

사람은 누구나 늙는데도 불구하고 늙은이가 젊은이 옆에 서려면 쭈뼛거린다. 누가 눈치를 주는 것도 아닌데, 와서는 안 되는 곳에 온 것 같다. 젊을 때는 절대 알 수 없는 늙어가는 이들의 아픔. 그것은 늙음이 젊음에 비해 초라하다는 것이다. "꽃밭을 지날 제면 죄 지은 듯하여라"라는 표현은 정말 탁월한 시적 표현이다. 그것은 늙어 가는 것에 대한 생생한 외침이다. '나 늙어 가고 있어!' 라고.

시는 사람살이의 진실을 탐구한다. 꽃밭을 지나가기만 해도 죄지은 듯하다는 말은 늙어 가는 사람만이 알 수 있는 삶의 진실이다. 이 시조를 통해 우리는 비로소 늙음이 무엇인지 알게 되었는지도 모른다. 또한 이 시조는 종장의 표현 하나로 그저 그런 통속적인 유행가로 추락하지 않고 시가 될 수 있었다고 해도 과언이 아니다.

김창원

010

인간의 근원적인 외로움과 무상함

공산空山에 우는 접동

박효관朴孝寬

空山에 우는 접동 너는 어이 우짖는야

너도 날과 갓치 무삼 이별ㅎ엿는야

아무리 피나게 운들 딕답이나 ㅎ더냐

— 『가곡원류歌曲源流』(일석본一石本) 687번

공산空山에 우는 접동 너는 어이 우짖느냐

너도 나와 같이 무슨 이별 하였느냐

아무리 피나게 운들 대답이나 하더냐

• 공산空山: 사람 없는 산중.　　　• 접동: 두견새.

접동새에게도 응어리진 고독과 쓸쓸함

'~느냐!' 초·중·종장 모두 의문형 종결어미로 마무리되었다. 누구한테 그토록 격앙된 톤으로 말하고 있는가. "공산에 우는 접동"이다. 널리 알려진바, 우리 문학에서 접동은 '접동새, 소쩍새, 자규, 두견새, 귀촉도' 등 다양한 이름으로 불리며, 이별과 슬픔, 한恨의 감정을 대표하는 상징적인 새로 표현되었다. 그 울음소리가 심금을 울려서인데, 이 작품의 접동새는 그냥 산이 아니라 심지어 '공산'에서 울고 있다. 아무도 없는 텅 빈 산에서 우는 접동새의 소리는 얼마나 더 사무치고 슬프게 느껴질까? 접동새 내면에 응어리진 고독과 쓸쓸함이 작품에서 퍼져나와 독자에게도 전해진다.

위 시조는 접동새의 울음을 매개로 하여 화자가 겪은 이별과 슬픔을 드러내었다. 여기서 접동새는 단순히 자연물로서 기능하는 게 아니라, 화자가 놓인 처지와 정서가 투영된 감정이입의 대상이 된다. 그런 접동새에게 "어이 우짖느냐"라고 묻는 것은 설의적 표현으로 대상에게 대답을 요구하는 질문이라기보다 화자의 심리적 상태를 부각하는 수사적 물음이라 할 수 있다. 그러므로 화자 자신이 겪고 있는 고통을 전가하려는 심리적 투사로 읽게 된다.

이별의 슬픔에서 근원적 허무와 고독으로

그가 이토록 고통스러워하는 이유는 중장에서 찾을 수 있다. "너도 나와 같이 무슨 이별 하였느냐"에 직접적으로 제시되어 있는 것이다. '이별' 때문이다. 이별은 시대와 공간을 불문하고 존재하는 모든 것이 겪는 보편적인 고통이기도 하다. 사랑하는 대상과의 단절, 혹은 부재는 화자를 외롭게 만든다. 그냥 외롭게 만드는 게 아니라 '피나게' 울 정도로 고립되게 만든다. 이러한 정서적 무력감은 처절하게 울어도 응답을 받지 못한다는 데서 심화된다. 절절한 호소에도 그 어떤 답도 들을 수 없다는 현실적 한계와 인간으로서 느끼는 실존적 고독이 반영되어 있다. 이에 따라 이별로 인해 발생한 슬픔은 근원적 허무와 고독의 문제로 확장된다. 따라서 이 작품은 화자 개인만의 정서를 남았나기보나 인산이 느끼는 근원적인 외로움과 무상감을 담아낸 시조라 할 수 있다.

이 시조의 작가인 박효관은 조선 가곡歌曲의 명인 장우벽張友璧의 법통을 오동래吾東萊를 통하여 계승 받은 명인이라고 알려져 있다. 1876년(고종 13) 안민영과 함께 3대 가집 중 하나인 『가곡원류』를 편찬한 가객이기도 하다. 이 가집에 그의 작품 13수가 실려 있으며, 가곡 창唱의 연구에 귀중한 자료를 제공해 준다. 특별하게 대원군의 총애를 받아 운애雲崖라는 호를 하사받았다고 전해진다. 이러한 그의 배경을 고려해 볼 때, 이 작품에서 말하는 대상의 의미는 그가 애정을 지녔던 존재 모두로 확장될 수 있을 것이다.

김태경

011

의지와 정서 사이, 고민하는 선비 정신

삼동三冬에 베옷 입고

조식曺植

三冬의 뵈옷 닙고 巖穴의 눈비 마자

구롬 ᄭᅵᆫ 볏뉘도 ᄶᅬᆫ 적이 업건마ᄂᆞᆫ

西山의 ᄒᆡ 디다 ᄒᆞ니 그ᄅᆞᆯ 셜워ᄒᆞ노라

–『금보琴譜』(연대본延大本) 6번

삼동三冬에 베옷 입고 암혈巖穴에 눈비 맞아

구름 낀 볕뉘도 쬔 적이 없건마는

서산西山에 해 지다 하니 그를 설워하노라

• 삼동三冬: 한겨울.

• 암혈巖穴: 바위에 뚫린 굴.

• 볕뉘: 그늘진 곳에 비치는 조그마한 햇볕의 기운.

온갖 고난을 견디어 온 은둔의 삶

이 시조는 조선 중기의 성리학자 조식(1501~1572)의 작품으로 전해지며, 그 특유의 청렴한 처세와 자아 수양의 실천정신이 절제된 언어 속에 압축적으로 담겨 있다. 특히 극한의 자연환경을 이겨 내는 가운데 드러나는 내면의 정조는 단순한 고통의 토로가 아니라, 인간 존재와 도덕적 이상 사이의 간극을 반추하게 한다. 이 시조는 화자가 긴 세월 동안 고립된 바위틈이나 동굴 같은 외진 은둔처에서 극한의 추위와 고난을 견디며 세속과 단절된 삶을 살아왔음을 고백한다.

초장은 "삼동에 베옷 입고 암혈에 눈비 맞아"로 시작한다. '삼동'은 세 번의 겨울, 또는 혹독한 겨울의 대명사다. 이런 상황에서 '베옷'은 속세의 따뜻함이나 보장을 거부한 의도적 고난의 상징이다. 그러나 특히 주목할 것은 '암혈巖穴'이라는 시어다. 전통적으로 '암혈'은 바위틈에 있는 굴이나 움막 같은 공간을 의미하지만, 이 시에서는 단순한 은둔처라기보다 험준하고 냉혹한 자연 속 고립된 공간, 곧 세속과 완전히 단절된 존재의 경계 지대로 해석할 수 있다. 즉 단순한 피신처가 아니라 인간이 외적으로도, 내적으로도 자기 자신과 싸우는 장소다. 또한 세속적 가치에서 벗어나 성리학적 이상을 실현하기 위한 윤리적 실천 공간이다. 바로 그곳에서 눈과 비를 맞으며 견딘다는 것은 물리적인 고통만이 아니라 철저한 정신적 고투와 고독을 내포한다. 고운 비단옷을 입고 따뜻한 방에서 안일한 삶을 누리기보다, 헝겊으로 만든 베옷을 입고 눈비 맞으며 바위 틈[巖穴]에 은거하는 삶은 오직 수기修己, 즉 자기 수양을 위한 것이다.

중장은 "구름 낀 볕뉘도 쬔 적이 없건마는"이라는 구절로 이어지며, 초장의 고난을 한층 더 심화시킨다. '볕뉘'는 구름 사이로 잠깐 비치는 햇볕을 의미한다. 그러나 화자는 그조차 "쬔 적이 없"다고 말한다. 이는 단지 햇볕을 보지 못했다는 자연 묘사가 아니라, 세상과 단절된 채 아무런 위로도, 따뜻함도 느끼지 못한 삶을 의미한다. 그 속에는 세속적 명예나 인정은커녕, 작은 온기마저도 허락되지 않은 고독한 수행자의 초연한 태도가 배어 있다.

자아와 세계의 충돌, 그리고 인간의 유약함에 대하여
종장은 "서산에 해 지다 하니 그를 설워하노라"로 시상을 전환하며 절정에 이른다. 화자는 내내 묵묵히 고통을 견디며 아무 말 없이 버텨 왔다. 그러나 해가 서산 너머로 졌다는 말을 듣는 순간, 비로소 눈물이 솟구친다. 여기서 '서산 너머로 지는 해'는 임금의 죽음을 암시한다. 아무리 강인한 정신으로 세상과 대결하고 있는 사람일지라도, 한 나라의 지식인이자 신민臣民으로서 어쩔 수 없이 솟구쳐 오르는 슬픔을 참지 못하고 그 꿋꿋했던 내면은 흔들리며 눈물을 떨군다. 이 한 줄이야말로 시조 전체를 감싸고 있는 정서의 뿌리이며 자아와 세계의 충돌, 그리고 인간적 유약함에 대한 인식이 절절히 녹아 있는 부분이다.

조식은 평생을 '위기지학爲己之學'을 추구하며, 자신을 위해 학문하고 자신을 바로 세우는 데 전념했다. 이 시조는 그러한 조식의 정신이 가장 고요하면서도 울림 있게 나타난 작품이다. 굳은 뜻으로 세속을 등졌으나 서산에 해 졌다는 소식에 눈물짓는 이 모습은 인간의 도덕적 의지와 정서적 한계 사이에서 고민하는 선비정신의 진면목을 보여 준다.

극한의 외로움과 절제된 감정을 통해 오히려 더욱 깊은 울림을 주는 이 작품은 삶의 진정한 의미를 묻고자 하는 모든 이에게 여전히 유효한 성찰을 던져 주고 있다. 결국 이 시조는 단순한 절의의 노래가 아니라 고독 속에서 자신과 싸우며 도덕적 자아를 구축하려는 치열한 실천의 모습이다. 그것이 또한 오늘날까지도 깊은 깨달음을 주는 이유다.

하경숙

012

임께서 부르시면 노쇠한 몸이라도 응하리라

어제 검던 머리

작가 미상

어제 감던 머리 현마 오늘 다 셀소냐
鏡裏衰容이 이 어인 늘그니오
님계셔 뇐다 ᄒ셔든 내 그로다 ᄒ리라

－『청구영언』(진본) 299번

어제 검던 머리 현마 오늘 다 셸쏘냐
경리쇠용鏡裏衰容이 이 어인 늙은이오
임께서 뇐가 하셔든 내 그로다 하리라

• 현마: 설마.   • 하셔든: 하시거든.
• 경리쇠용鏡裏衰容: 거울 속 쇠약한 모습.

어느 날, 거울 속에 비친 노쇠한 얼굴

하룻밤 사이에 검었던 머리가 하얗게 세진 않았을 것이다. 그런데 어느 날 거울을 보니 흰머리가 가득 난 걸 발견하게 되었다. 그때의 당혹스러움이 초장에 고스란히 담겨 있다. "어제 검던 머리"가 "오늘 다" 세진 않았다는 걸 스스로 알기에 '설마'라는 부사어를 활용하여 재치 있게 표현하고 있다. '설마'는 그럴 리가 없지만, 아무리 그러하다 하더라도, 그럴 수 없거나 그러지 않기를 바라는 염원을 나타낸다. '그럴 리가 없지만' 지난밤을 보내는 동안 머리가 다 센 것처럼 세월의 흐름을 의식하지 못하고 살았다는 것을 우회적으로 보여 주는 것이다. 작품을 통해서는 구체적으로 알 수 없지만 화자는 세사에 묻혀 바쁘게 지내온 듯하다.

늙음은 누구도 피할 수 없는 자연의 섭리이다. 그러나 거울 속에 비친 노쇠한 나의 얼굴은 어김없이 낯설게 느껴지고, 과거가 무상하게 여겨진다. 그 안에는 초장에서부터 이어진 '놀람'의 정서가 내재되어 있다. 거울을 봤는데 예상 밖의 "어인 늙은이"가 있는 게 아닌가. 여기서 '경리쇠용鏡裡衰容'은 거울 속에 비친 늙은 모습을 뜻한다. 정신없이 살아가다 보니 자신이 알게 모르게 조금씩 늙어 가는 것을 자각하지 못했다. 그러나 거울은 꾸밈없이 나를 비추는 매개체이고 이로 인해 화자는 자신을 분리하여 타자화한 상태로 "어인 늙은이"라 불렀다. 객관적으로 또 냉철하게 자신의 상태를 진단한 상황에서 나온 명명이다.

임과의 만남을 상상하며 기대하다

화자의 정서는 자신의 노쇠한 모습에 대한 낯섦도 있겠지만, 종장에서 제3의 인물을 등장시키면서 다른 부분을 염려하고 있음도 알게 한다. 그것은 '임'이다. 화자는 거울을 보면서 '임'과 대면한 상황을 상상하였다. '임'께서는 변한 화자의 모습을 보고 "뉜가 하"실 것이다. 몰라볼 정도로 늙은 화자를 '임' 역시도 놀라면서 누구냐고 물으시면, 화자는 "내 그로다" 할 것이다. '바로 나예요.'라고 말할 때 화자와 임은 어떤 마음일까? 화자는 임께서 실망하실까 봐 염려하고 있을지도 모른다. 그러나 임께서는 실망보다는 세월의 흐름을 인지하며 인생의 무상감에 서글픈 생각을 할 것이다.

이 작품에서 다시 한번 탐색해야 할 부분은 화자와 임—아마도 임금—과의 관계이다. 화자와 임은 오랫동안 만나지 못하고 있다. 그래서 화자는 임께서 나를 오랜만에 보고 많이 늙었다고 놀라지는 않을까 걱정하는 중이다. 화자의 임과의 만남이 언제가 될지는 알 수 없으나 화자가 임을 만나고 싶어 하고, 또한 만나는 그날을 기다리고 있다는 것을 분명하게 추측할 수 있다. 요컨대 임께서 나를 부르시면 노쇠한 몸을 이끌고서라도 응하겠다는 의지가 내포된 것이다. 늙음으로 인한 무상감을 느끼면서도 임과의 만남을 기다린다는 의미를 지닌 이중적 사유로 구성된 시조라 하겠다.

김태경

013
할아버지와 솔방울의 동화 같은 이야기

허여 셴 늙은 할아비

김득연金得研

허여 셴 늘근 하라비 솔 아래 비겨시니
희롱ᄒᆞᄂᆞ 松子는 안즌알픠 나려딘다
寂寞히 말ᄒᆞ 리 업스니 웃고 주어 보노라

─ 『갈봉유고葛峯遺稿』 14번

허여 셴 늙은 할아비 솔 아래 비겼으니
희롱하는 송자松子는 앉은 앞에 나려진다
적막히 말할 이 없으니 웃고 주워 보노라

- 허여: 허옇게.
- 비겼으니: 기대었으니.
- 송자松子: 솔방울.

- 나려진다: '내려온다'라는 말로, '떨어진다'라는 뜻.

"솔방울, 이놈이 할아비를 놀려?"

갈봉葛峯 김득연(1552~1637)의 시조다. 김득연은 쉰여덟 늦은 나이에 생진 양시에 합격했고, 예순일곱에 안동의 와룡산 아래에다 지수정止水亭을 세우고 은거

생활을 했다. 지수정에서 노년을 보내면서 많은 시조를 지었는데, 이는 그중 한 수다.

이 시조는 할아버지와 솔방울의 동화 같은 이야기를 들려주고 있다. 소나무는 그 푸른 기상으로 종종 시, 노래의 제재가 되어 왔는데, 이 시조의 소나무는 그런 이미지와 달리 사랑스럽고 인간적이어서 읽는 이에게 재미를 안겨 준다.

초장은 주인공이자 화자인 '할아비'에 대한 묘사이다. 소나무 아래에 기대어 앉은 머리 허옇게 센 할아비는 신선을 연상하게 만든다. 〈송하고사도〉 혹은 〈송하선인도〉에서 보았던 풍경 같기도 하다. 그렇지만 신선도에 나오는 소나무는 '고송'이나 '노송'인 데다 우툴두툴하고 기괴하게 굽은 모습을 하고 있다. 그것은 쓸모가 없어서 세상에서 버려진 존재, 혹은 세상을 등진 고고한 은자의 상징이다. 그러나 이 시조의 '솔'에서는 그것을 떠올릴 만한 어떤 건더기도 없다. 오히려 반대다. 국어사전을 보면 '할아비'는 '할아버지가 손주에게 자기 자신을 이르는 말'이라고 풀이되어 있다. 이 말대로라면 화자인 할아버지는 무엇인가에 손주와 같은 사랑을 느끼고 있는 셈이다. 그것이 무엇일까?

중장으로 가 보자. 할아버지 혼자 앉아 있는 모습이 외로워 보였을까? 소나무가 솔방울 하나를 슬쩍 할아버지 앞에 떨어뜨린다. '희롱'이라는 시어는 장난스러운 표현이다. 거기에는 '이놈이 할아비를 놀려?' 하는 마음이 있다. 나무에서 잎이나 열매가 떨어질 때 생각보다 큰 소리가 난다. 고요함 속에서는 그 소리가 전부이니 깜짝 놀랄 수밖에. 그래서 솔방울이 놀린다고 한 것이다. 솔방울에 대한 할아버지의 사랑과 친밀감이 그것을 의인화하여 우리에게 미적 감동을 주고 있다.

자아와 세계의 일체감

종장은 시상의 전환이다. 떨어진 솔방울에 대한 할아버지의 놀라운 행동으로 인해 작품에 돌연 생기가 돈다. "적막히 말할 이 없으니"는 적막 산중에 아무도 말을 나눌 사람이 없다는 의미다. 할아버지가 자기 앞에 떨어진 솔방울에 그토록 마음이 닿은 것은 적막했기 때문이다. 노인이 되면 그렇지 않아도 외로운 법인데, 아무도 없는 산중이라면 오죽하겠는가? 할아버지는 솔방울을 줍기 전에 '웃고'라며 미리 친화적 신호를 보낸다. 마치 처음 사람을 만날 때 미소로 인사를 하듯이 말이다.

대가족이 모여 살던 시절 할아버지의 적적한 기척이 느껴지기라도 할라치면 며느리는 아이를 사랑방으로 보내 재롱을 보시게 했다. 할아버지는 손자가 특별히 재롱을 떨지 않아도 바라보는 것만으로도 미소가 저절로 흘렀을 터이다. '할아비' 또한 아이를 보듯 웃음을 지으며 솔방울을 줍는다. 줍고는 이리저리 오래 살피고 아마 호주머니에 넣지 않았을까? 적막히 말할 이 없을 때 나를 놀라게 하려고 다가와 준 것이었으니 애틋함이 각별하지 않았겠는가?

솔방울을 매개로 하여 화자인 할아버지와 소나무는 동화된다. 미소를 지으며 솔방울을 줍는 행위는 이제 소나무가 할아버지와 같은 고독한 모습으로 이미지화되어 할아버지의 가슴에 존재하게 되었다는 것을 의미한다. 이런 경험을 일러 자아와 세계의 일체감이라 부를 수 있다면, 그것이 이 시조를 서정시라 할 근거가 될 것이다.

김창원

014

조선시대 여성의 비극적 삶의 단면

남진 죽고 우는 눈물

정철鄭澈

남진 죽고 우는 눈믈 두 져지 ᄂᆞ리흘러

젓 마시 짜다 ᄒᆞ고 ᄌᆞ식은 보채거든

뎌 놈아 어늬 안흐로 게집 되라 ᄒᆞᄂᆞ다

— 『송강가사松江歌辭』(이선본李選本)19번

남진 죽고 우는 눈물 두 젖에 내리흘러

젖맛이 짜다 하고 자식은 보채거든

저놈아 어느 안으로 계집 되라 하는가

• 남진: 남편.

살길 막막한, 남편 잃은 여인

저자가 송강 정철이다. 그가 본 어느 장면에 대한 묘사가 탁월하고 또 애절하게 드러난 작품이다. 이 시조의 시적 대상은 "남진 죽고 우는" 여인이다. 남편을 잃은 여인의 눈물이 "두 젖에 내리"흐르고 있다. 아이에게 젖을 먹이면서 우는 것이다. 젖을 먹여야 할 만큼 어린 자녀를 두고 여인은 혼자가 되었다. 앞으로 살아가야 할 길이 막막할 수밖에 없을 것이다. 그런데 이 눈물이 "두 젖"에 흐르다 보니, 아이가 느끼기에 "젓맛이 짜다". 그래서 젖을 먹는 아이가 보채고 있다.

청상과부도 여성의 역할은 마땅히 해야 하는 현실

이 시조의 압권은 종장이다. 종장의 '저놈'은 지금 남편을 잃고 통곡하고 있는 여인에게 다가와 추근대는 남정네들을 의미하는 것으로 보인다. 가사 「장끼전」을 보면 남편 잃은 까투리가 곡을 하며 슬피 울고 있을 때 온 동네 장끼들이 찾아와 추근대는 골계적滑稽的인 장면이 있다. 이 시조의 종장도 그와 비슷한 상황을 전제로 한다. 그러므로 종장에서 여인이 남정네들을 향하여 힐난하는 말은, 청상과부의 삶이 비록 고통스러워도 자신에게 주어진 아내의 도리를 저버릴 수 없다는, 작가의 윤리관이 여인의 입을 통해 우회적으로 표현된 것으로 읽을 수 있다.

이 시조는 건조한 유교 이념과 윤리를 관념적 언어 대신 체험적이고 생동하는 언어로 살려 낸 작품이라 할 수 있다. 정철 자신이 강원도 관찰사 시절에 구체적으로 경험한 어떤 현장을 모티프로 하여 창작한 것이 아닌가 싶다.

김태경

015

가슴속에 새겨야 했던, 기대치 않은 임의 말들

자다가 깨어 보니

작가 미상

자다가 씌여 보니 님의계셔 片紙 왓네

보고 쏘 보고 가슴 우희 언져 두니

하 그리 무겁든 아니ᄒᆞ되 가슴이 답답ᄒᆞ여라

— 『청구영언』(육당본)

자다가 깨어 보니 임에게서 편지 왔네

보고 또 보고 가슴 위에 얹어 두니

하 그리 무겁든 아니하되 가슴이 답답하여라

───────

• 하: 아주. 몹시.

내려놓을 수 없어 가슴에 품은 편지

이 시조는 초·중·종 3장에 화자의 '상황–행동–심리'를 순차적으로 제시하고 있다. 외부에서 내면으로 파고드는 방식으로 서술하고 있기에, 각 장을 읽어 나가며 화자의 상황을 이해하고 행동을 헤아리며 심정에 공감하게 된다. 3장 중 한 장에 주제를 배치한 중점식 구성을 하지 않고, 각 장을 순차적으로 서술한 평포식 구성을 했기에 가능한 현상이다.

초장은 '자다가 깨다'와 '편지가 오다'는 두 구문을 이어진 문장으로 연결하고 있다. 방 안에 있는 나에게 먼 곳에서 임의 소식이 왔음을 순접의 구문으로 제시하고 있다. 본용언만 사용한 '깨니'라 하지 않고, 본용언 '깨다'와 보조용언 '보다'를 연결한 "깨어 보니"라 서술하여 음절 수를 맞추며 화자가 '편지를 발견한 상황'을 강조한다. 화자가 임의 편지를 발견한 장면을 초장에 제시하여 이후 상황에 대한 궁금증을 자아낸다.

중장은 '펴 보다'와 '얹어 두다'를 대등적 연결어미 '-고'로 연결한다. 첫 구에 제시한 "보고 또 보고"는 편지를 펴 보고 얹어 두는 행위를 무수히 반복했음을 대등적 연결어미 '-고'와 접속부사 '또'로 강조한다. 이 구절을 다른 판본에서는 "백번 넘게"라는 구체적 숫자로 표현하기도 한다. 백 번 넘게 편지를 '보고 또 다시 펴 보는' 행위를 통해, 편지에 적히지 않은/못한 행간의 의미를 파악하려 애썼음을 환기한 것이다. 화자는 기대한 내용이 적혀 있지 않음에도 품에서 편지를 내려놓을 수 없었음을 강조하며, 편지의 내용을 받아들이려 애쓰고 있다.

무겁진 않지만, 답답한 마음

종장은 첫 음보에 "하 그리"라는 감탄사와 부사를 배치한다. 종장 첫 음보에 3음절을 배치해야 하는 제약에서 벗어나 화자의 헛헛한 마음을 감탄사로 환기한다. 편지 자체는 무겁지 않음에도 화자의 마음이 무거운 역설적 상황을 강조한 것이다. 가벼운 편지를 "무겁든 아니하되"라는 부정문으로 표현하여, 임이 보낸 내용을 받아들이기 힘든 심리 상태를, 님이 오시 못하는 상황을 받아늘여야 하는 화자의 버거운 마음을 표현한다.

초장 1-2구와 중장 3-4구는 이어진 문장으로 연결하여 말의 뜻과 기운이 순차적으로 이어지게 한 반면, 종장 5-6구는 '아니하되'라는 부정문으로 연결하여 앞 구문과 대조되는 상황으로 종결한다. 화자의 상황과 행동을 표현한 초장과 중장은 순접으로, 기대와 다른 내용을 받아들여야 하는 화자의 마음은 역접의 구문으로 구성하여 문장의 흐름에 변화를 주고 있다. 내용과 문장이 호응하도록 초·중·종장을 배치하여 일련의 상황이 종장으로 수렴되게 만든다.

'편지'를 제외하고는 모두 순우리말 명사 '임' '가슴', 동사 '자다' '깨다' '오다' '펴다' '보다' '얹다', 형용사 '무겁다' '답답하다' '넘다'를 사용해 화자의 심리를 쉽고 명료하게 전달한다. 기대와 다른 내용을 받아들여야 하는 화자의 '답답'한 마음을 "무겁든 아니"한 편지의 무게와 대조한 데에 이 시조의 묘미가 있다.

강영미

016

이별당한 여인의 고통과 자존심

임이 가려커늘

작가 미상

님이 가려커늘 셩닌결의 가소ㅎ고

가는가 마는가 窓틈으로 여어보니

눈물이 시얌솟듯ㅎ니 風紙저저 못 볼너라

― 『청구영언』(가람본嘉藍本) 432번

임이 가려커늘 성난 결에 가소 하고

가는가 마는가 창틈으로 열어 보니

눈물이 새암 솟듯 하니 풍지風紙 젖어 못 볼러라

• 가려커늘: 가려 하거늘
• 새암: 샘.
• 풍지風紙: 문풍지.

• 못 볼러라: 못 보겠더라. 'ㄹ러라'는 '-겠
  더라'.

가란다고 정말 가 버린 야속한 임

이 노래는 『청구영언』(가람본) 외에도 두 개의 가집에 함께 실려 전하지만 작가는 누구인지 알 수 없다. 노래에서 느껴지는 정서와 감수성으로 추측할 때 여성임은 분명해 보이지만 시조의 연행적 특성상 일반 규방 여성들의 작품이라고 보기에는 무리가 있다. 그런데 노래를 가만히 감상해 보면 기녀시조에서 주로 보이는 이별가들과 많이 닮아 있어서 혹 기녀의 작품이 아닐까 추측해 볼 뿐이다.

위에서 언급했듯 이 시조는 남녀간의 이별을 주제로 한 전형적인 이별가라고 할 수 있다. 특히 이 노래는 이별을 맞이하게 된 여성의 고통과 안타까움의 정서, 그러면서도 자신의 자존심이나 체면을 지키고자 하는 마음 등 복합적인 감수성이 섬세하게 그려진 작품이다.

초장에 드러난 시적 언술을 통해 알 수 있는 정황은 현재 화자가 사랑하는 임과의 이별을 마주하게 되었다는 것이다. 정인은 떠날 준비를 하고 이별을 원하지 않는 여성 화자는 자존심 때문에 차마 붙잡지는 못하고 있는 듯하다. 그러다가 결국 여성은 자신의 감정을 억제하지 못하고 그만 '성을 내고' 만다. 화를 낸다는 것은 이별하고 싶지 않은 강한 심리적 표현이며 자신을 두고 떠나가는 임에 대한 원망, 그리고 버림받음으로 인한 자존심의 훼손 등 매우 복합적인 감정 상태이다. 그런데 화만 내고 만 것이 아니라 오히려 자신의 진심과는 정반대로 "성난 결에" "가소"라고 말해 버려 이제 정말 걷잡을 수 없이 이별을 현실로 받아들일 수밖에 없는 지경에 이르게 된다. 특히 "성난 결에"라는 표현으로 볼 때 이러한 진술은 결코 화자가 진심에서 우러난 발언은 아닌 것이다.

그런데 이어지는 중장에서는 화자의 태도가 다소 아이러니하다. 어쨌든 초장에서는 화도 내고 당당하게 가라고 말했건만 중장에서 보이는 그녀의 태도는 이와는 상반되기 때문이다. "가는가 마는가"라는 기대 섞인 언술은 그녀의 아쉬움과 실망감을 한층 더 증폭시키는 기제로 작용한다. 당연히 떠나갔을 것이라고 자포자기하는 것이 아니라 어쩌면 임은 떠나지 않고 머뭇거릴지도 모른다는 일말의 희망이 엿보이는 대목이기 때문이다. 화를 내긴 했지만 '가라고 했다고 정말 가지는 않았겠지' 하는 실낱 같은 믿음과 기대감도 포착할 수 있다. 마침내 이러한 기대를 가지고 창틈을 열어 본다. 이렇듯 숨어서 엿보며 확인하는 행동에서 임이 떠나가는 마지막 순간까지도 자신의 체면을 지키고자 하는 의지의 모습을 확인할 수 있다.

하지만 그녀의 이러한 바람과 의지와는 상관없이 종장 대미大尾 부분에서는 비극의 절정을 맞보게 된다. 행여나 떠나지 않았길 간절히 바랐던 화자는 이내 임의 부재를 확인하고 결국 참았던 눈물이 샘솟듯 솟아오르며 슬픔은 극대화된다. 눈물을 얼마나 많이 흘렸는지 문풍지가 다 젖어 앞을 볼 수 없는 지경에까지 이른 것이다. 눈물의 의미를 심층적으로 살펴보면 이별로 인한 격한 슬픔의 감정이 주가 되는 것은 당연하다. 여기에 자신의 행동에 대한 후회의 감정도 유추할 수 있다. 즉 이렇게 슬퍼할 이별이라면 차라리 임이 떠나기 전에 제발 가지 말라고 울며붙며 붙잡기라도 할 것을, 되레 화까지 내며 가라고 한 자신에 대한 원망 내지는 자책의 마음도 복합적으로 섞여 있음을 알 수 있다.

마지막까지 지키고자 했던 여인의 자존심

따라서 이 시조는 이별을 마주한 여성의 미묘하고도 복잡한 심리를 잘 그려낸 작품이라고 하겠다. 마치 황진이의 시조 중 '제 구태여 보내 놓고 그리워하는 마음 나도 모르겠다'는 정서와 유사하다고도 여겨진다. 다만 황진이는 그 아쉬움과 후회의 마음을 절제하며 담담하게 풀어내고 있는 데 비해 이 시조의 화자에게서는 슬픔의 극대화가 이루어지며 감정의 통제가 불능인 상태에 다다른 모습을 볼 수 있다. 한편, 비록 혼자 남겨진 상황 속에서는 오열을 할지언정 정인 앞에서는 눈물을 보이거나 내덜티는 일 없이 딩딩하게 자존심을 지키는 태도글 잃지 않고 있다. 임이 떠난 뒤 그 감정을 처리하는 방식은 황진이와 대비되지만 자존심과 체면을 지키고자 하는 모습은 황진이의 기본적 태도와 많이 닮아 있다고 하겠다.

실로 남녀 간의 사랑과 이별은 영원한 테마이다. 그러한 까닭에 시조에서도 이러한 주제는 상당히 많이 다루어져 왔다. 사랑과 이별의 과정과 그로부터 촉발되는 정서를 담담하면서 담백하게 그려내는 작품군이 있는가 하면 이 작품처럼 감정을 직설적으로 표출하며 지극한 슬픔에 침잠하는 작품류, 그리고 사설시조처럼 익살과 해학으로 이별의 고통을 감내하는 작품들이 존재하는데, 제각각 그 정서와 감흥이 다름은 부인할 수 없다. 이렇듯 어떤 부류의 이별 시조든 간에 이토록 복잡하고 미묘한 인간사 다양한 정서를 절제미로 담아내는 시조의 양식적 독자성은 시조 미학의 본질을 극대화한다고 할 수 있겠다.

김지은

017

계절의 기운과 함께하지 못하는 서글픔

버들은 실이 되고

작가 미상

버들은 실이 되고 쇠꼬리는 북이 되야

九十春光에 쓰니나니 나의 시름

누구셔 綠陰芳草를 勝花時라 ᄒ든고

─『시가詩歌』(박씨본朴氏本) 726번

버들은 실이 되고 쇠꼬리는 북이 되어

구십춘광九十春光에 짜 내나니 나의 시름

누가 녹음방초綠陰芳草를 승화시勝花時라 하던고

- 북: 베틀에서, 날실의 틈으로 왔다 갔다 하면서 씨실을 푸는 기구.
- 구십춘광九十春光: '90일간의 봄빛'이라는 뜻으로, '봄의 화창한 석 달 동안'을 이르는 말.
- 녹음방초綠陰芳草: '푸르게 우거진 나무와 향기로운 풀'이라는 뜻으로, 여름철의 자연 경관을 이르는 말.
- 승화시勝花時: 꽃 피는 때보다 좋다.

약동하는 봄날, 늘어 가는 시름

새 생명이 돋는 푸르른 봄이다. 길게 늘어진 연푸른 버들가지 사이로 황금빛 꾀꼬리가 분주히 날아다닌다. 베틀에 세로로 늘어뜨린 날실 사이를 좌우로 오가는 북의 모습 같다. 나무를 타원형으로 깎아 만든 북의 모양이 꾀꼬리의 몸집과 닮았다. 북에 감긴 씨실이 날실 사이를 좌우로 오가며 베를 짜 내듯, 꾀꼬리는 버드나무 가지 사이로 날아다니며 봄날의 생동감을 자아낸다.

생명력이 약동하는 봄날, 화자의 시름은 늘어만 간다. 그 상태를 "짜 내나니 나의 시름"이라는 도치법으로 강조하고 있다. '짜 내다'라는 서술어는 초장에서 실과 북으로 봄날의 풍경을 비유한 데서 연상된 단어로, '만들다' '늘어나다'는 의미를 지닌다. 화자의 시름이 늘어나는 이유는 '구십춘광에'에서 찾을 수 있다. 봄날 혹은 초여름을 뜻하는 명사 '구십춘광'에 붙은 격조사 '-에'는 구십춘광이 시간의 부사어임을 뜻하는 동시에, 구십춘광이 원인이 되는 부사어임을 환기한다. 이를 통해, 만물이 소생하는 봄날이기 때문에 화자의 시름이 늘고 있음을 강조한다.

푸르른 봄날에 정작 시름이 늘고 있는 상태이기에, 화자는 푸르른 신록으로 우거지고 풀 향이 이는 이 시절이 꽃 피는 때보다 낫다〔綠陰芳草 勝花時〕는 표현에 동의하지 못한다. 그 마음이 종장 첫 음보의 '누구셔'라는 원망 섞인 호명과 마지막 음보의 의문형 종결어미 '흐든고'라는 반문에 나타난다. 그 누가 "綠陰芳草 勝花時라 흐든고"라는 의문은 꽃 피는 때가 더 좋다거나 녹음방초를 더 낫다는 가치를 표현한 것이 아니다. 그 좋다는 녹음방초의 계절에 정작 왜 나의 시름은 늘어만 가는가 하는 심경을 토로하는 데 방점이 놓인다.

계절과 함께하지 못하는 서글픔

'구십춘광'이라는 구절은 당나라 진도陳陶의 「춘귀거春歸去」, 청나라 오석기吳錫麒의 「송춘送春」, 우리나라 민요 「사설난봉가」 등에 나온 구절로 시간의 흐름, 세월의 덧없음, 인생무상 등을 서술하는 맥락에서 '짧게 지나가는 좋은 한때'의 의미로 쓰였다. 이 시조에서는 만물이 약동하는 봄날, 자연의 변화에 조응하지도, 그 계절을 누리지도 못하는 화자의 마음을 "짜 내나니 나의 시름"으로 구체화하고 있다. 계절의 기운과 함께하지 못하는 서글픔을 표현한 중장이 이 시조의 주제연이라 할 수 있다.

버들과 꾀꼬리를 북과 실에 비유하거나, '구십춘광'과 '녹음방초 승화시'라는 한문구를 사용한 사례는 이 작품 이전에도 많았다. 베 짜기가 일상이던 시절, 실과 북을 움직여 옷감을 짜 내는 상황을 본 사람이라면 봄날 화자의 시름이 늘어나는 상황을 구체적으로 이해할 수 있을 것이다. 베틀의 북과 실이라는 구체적 사물로 추상적인 마음 상태를 구체화한 데 이 시조의 묘미가 있다. 폴 베를렌이 "도시에 비가 내리듯 / 내 마음에 눈물 흐른다"(「내 마음에 눈물 흐르네」)는 시구에서 도시에 내리는 비로 '마음의 눈물'을 구체화한 것처럼 말이다.

강영미

018

꿈에서도 이루어지지 않는, 임과의 만남

연못에 비 오는 소리   작가 미상

蓮못싀 비 오는 소리 그 무어시 놀납관듸
님 보라 가던 꿈이 못 보고 씨듯던고
님 위희 구슬만 담겨 눈믈 듯듯 ᄒᆞ더라

—『근화악부槿花樂府』 49번

연못에 비 오는 소리 그 무엇이 놀랍관대
임 보러 가던 꿈이 못 보고 깨었던고
잎 위에 구슬만 담겨 눈물 듣듯 하더라

• 놀랍관대: 놀랍기에.   • 듣다: 떨어지다.

그리움은 연잎 위 구슬이 되어

　이 시조는 작자미상으로 다른 가집에는 실려 있지 않고『근화악부槿花樂府』에 유일하게 실린 작품으로, 평시조의 형식적 특징을 잘 드러내는 작품이라 할 수 있다. 평시조는 초장에서 시상을 제시하고, 중장에서 이를 심화하며, 종장에서 그것을 고양하여 마무리하는 구조를 지니는데, 이 작품은 이러한 구조미를 전형적으로 보여 준다.

　초장 첫 구에서는 연못에 비오는 상황을 제시하고, 두 번째 구에서는 연못에 떨어지는 빗소리가 '무엇이 놀랍건대'라며 빗소리에 대한 이중적인 태도를 나타낸다. 연못에 떨어지는 빗소리는 전혀 놀라운 소리가 아니라는 화자의 인식을 드러냄과 동시에 그럼에도 불구하고 빗소리에 놀라 버린 모순된 화자의 상황을 제시한다. 놀랄 만한 소리가 아님에도 불구하고 놀라 버린 화자 자신을 자책하고 있다. 중장에서 자책한 이유가 드러나는데 그것은 바로 빗소리 때문에 임을 보러 가던 소중한 '꿈'을 깨고 만 것이다.

　중장의 '꿈'은 사랑하는 임을 보러 가는 '상사몽相思夢'이다. 현실의 소망 충족을 위한 꿈인 것이다. 현실 세계에서 만날 수 없는 임을 만날 수 있는 유일한 방법이 '꿈'이었다. 그러나 그 소중한 꿈을 그다지 특이한 소리가 아닌 지극히 평범한 빗소리에 그만 깨고 만 것이다. 빗소리가 유독 크게 다가온 이유가 있다. 화자의 마음이 온통 곁에 없는 임을 향하고 있기 때문이다. 정철의 「속미인곡」에서는 "정성이 지극하여 꿈의 님"을 보았으나 자신의 심정을 전달하기도 전에 울어 버린 "방정맞은 닭소리" 때문에 잠을 깼다. '닭소리'에 대한 원망이 클 수밖에 없다. 허난설헌의 「규원가」에서도 그리워하던 임을 "잠을 들어 꿈에나 보려" 하였는데 "바람에 떨어지는 잎과 풀 속에 우는 짐승" 때문에 임의 '꿈'을 꾸지 못한다. 이러한 자연물들은 화자의 꿈을 방해하는 장애물로 등장하고, 화자는 꿈을 깨운 자연물에게 원망의 감정을 분출한다.

시조가 표현하는 그리움의 정서

　종장의 '구슬'은 연잎에 빗물이 떨어지며 만들어진 물방울이다. 화자는 그 물방울을 바라보며 자신의 눈물짓는 모습을 떠올린다. 서정 자아와 자연 사이에 감정의 이입이 일어나고 있다. 초장과 중장에서 제시한 자연과 서정 자아 사이의 갈등이 '눈물 같은 빗방울'이라는 직유적 상상으로 해소되고 있다. 그러나 이러한 화해와 동일화에도 불구하고 나의 임에 대한 그리움은 더욱 깊어져 간다. 갈등과 해결, 그럼에도 불구하고 더욱 깊어져 가는 이 같은 그리움의 정서가 바로 시조가 표현하고 있는 서정의 본질이다.

배은희

019

언어로 설명되지 않는 깨달음, '불립문자不立文字'

물아래 그림자 지니

작가 미상

믈 아레 그림자 지니 두리 우희 즁이 간다
져 즁아 게 서거라 너 가는 듸 무러보쟈
손으로 흰 구룸 フ르치고 말 아니코 간다

— 『청구영언靑丘永言』(진본珍本) 455번

물아래 그림자 지니 다리 위에 즁이 간다
저 즁아 게 서거라 너 가는 데 물어보자
손으로 흰 구름 가리키고 말 아니코 간다

• 물아래: 물이 흘러 내려가는 아래쪽.   • 아니코: 아니하고.

말없이 구름을 가리키다

우리 고시조에는 일상의 풍경에서 삶의 근본적 성찰을 끌어낸 작품들이 많다. 이 시조는 짧은 세 개의 장으로 구성되어 있지만, 깨달음의 본질을 담아낸다. 풍경 묘사로 시작하는 이 시조는 '어디로 가야 하는가'라는 철학적 질문으로 이어지고, 마침내 말 대신 "흰 구름"을 가리키는 스님의 행위로 마무리되면서 독자에게 깊은 여운을 남긴다.

이 시조를 현대어로 풀어 보면 이렇다.

> 물아래에 그림자를 드리우며 다리 위를 중이 지나간다.
> 저 중이여, 거기 멈추어 서거라. 네가 어디로 가는지 물어보자.
> (그러나 그는) 손가락으로 흰 구름만 가리킬 뿐, 아무 말도 하지 않고 간다.

초장과 중장은 각각 화자의 관찰과 질문이고, 마지막 종장은 스님의 응답이다. 즉, 초장에서 구체적 장면이 제시되고, 중장에서 화자의 질문이 제시되며, 종장에서는 상징적 해답이 제시되는 구조를 갖추고 있다. 이러한 이 시조의 구조는 깨달음의 본질이라는 철학적 의미를 적절히 담아냈다.

이 작품의 핵심은 스님의 응답 장면이다. 스님은 '어디로 가는가?'라는 질문에 직접적인 언어로 답하지 않는다. 대신 그는 하늘의 흰 구름을 손가락으로 가리킨다. 구름은 머물지 않고 끊임없이 흘러간다. 이러한 구름의 속성은 인생의 무상함을 드러내는 동시에 속박에서 벗어난 자유를 상징한다.

여기서 말없이 구름을 가리키는 행위는 불교의 '불립문자不立文字' 전통과 맞닿아 있다. 깨달음은 언어로 설명되는 것이 아니라 스스로 깨우쳐야 한다는 태도이다. 화자의 질문은 인간이 삶을 살아가면서 끊임없이 되묻는 근본적 의문을 환기하고, 스님의 무언의 대답은 그 의문에 대한 해답이 '자연의 이치'에 있음을 암시한다.

작품의 첫 구절 "물아래 그림자 지니 다리 위에 중이 간다"는 독특한 시각적 이미지를 제시한다. 다리 위를 걷는 스님은 현실의 존재이지만, 물에 비친 그림자는 허상이다. 현실과 허상이 동시에 묘사되면서 인간의 삶 역시 실체와 허상의 경계 위에 놓여 있음을 환기한다. 화자가 스님에게 묻는 '어디로 가는가?'라는 질문은 단순한 물리적 이동의 방향이 아니라, 실체와 허상 사이에서 삶의 의미를 찾으려는 내적 물음이다. 따라서 작품은 자연 풍경 묘사를 넘어, 인간이 처한 실존적 상황을 압축적으로 드러내는 시적 장치로 기능한다.

언어로 전할 수 없는 진리

오늘날 우리는 빠른 변화와 불확실성 속에서 끊임없이 '어디로 가야 하는가?'를 자문한다. 진로, 관계, 사회적 역할 등 다양한 차원에서 길을 묻지만, 그 해답은 명확한 언어로 주어지지 않는 경우가 많다. 이 작품 속 스님의 대답 없는 대답은 바로 그런 상황에 대한 은유적 답변이 될 수 있다. 구름은 방향 없는 듯 흘러가지만, 결국 바람과 자연의 이치 속에서 자기 길을 간다. 이는 곧 인간이 삶에서 절대적 해답을 찾기보다 흐름 속에서 스스로 깨닫고 길을 만들어야 한다는 교훈으로 읽힌다. 따라서 이 작품은 오늘날 개인이 자기 삶의 방향을 모색하는 과정에 깊은 성찰을 제공한다.

무명씨의 「물아래 그림자 지니」는 짧지만 강렬한 시조다. 화자의 질문은 인간 보편의 물음을 담고, 스님의 구름 가리키기는 언어로 환원되지 않는 깨달음의 상징이다. 결국 이 작품은 인생의 길은 말로 설명되지 않으며, 자연의 이치 속에서 스스로 깨달아야 한다는 메시지를 남긴다.

흘러가는 구름을 바라보며 우리는 다시금 묻는다. '나는 어디로 가고 있는가?' 그러나 그 물음의 답은 누군가의 언어가 아니라, 자신이 삶 속에서 찾아내야 하는 것임을 이 작품은 조용히 일깨워 준다.

류찬열

020

나와 같은 외기러기에게 간절함을 하소연하다

기러기 외기러기

작가 미상

기러기 외기러기 너 가는 길히로다

漢陽城臺에 가서 져근덧 머므러 웨웨쳐 불러 부듸 흔 말만 傳ᄒᆞ야 주렴

우리도 밧비 가는 길히니 傳홀동말동 ᄒᆞ여라

- 『청구영언』(진본) 496번

기러기 외기러기 너 가는 길이로다

한양 성대城臺에 가서 져근덧 머물러 외외쳐 불러 부디 한 말만 전하여 주렴

우리도 바삐 가는 길이니 전할 동 말 동 하여라

• 성대城臺: 성벽 위에 높게 쌓은 망루 형태의   • 져근덧: 잠시.
   구조물.   • 외외쳐: 외치고 외쳐.

낙오된 기러기와 외로운 화자

아침 바람 찬 바람에 울고 가는 저 기러기

우리 선생님 가실 적에 엽서 한 장 써 주세요

한 장 말고 두 장이요 두 장 말고 세 장이요

세 장 말고 네 장이요 네 장 말고 다섯 장이요

위와 같은 가사의 한국 전래동요가 있다. 어릴 때 이 노래를 부르며 고무줄놀이를 하거나 손장난을 쳤던 기억이 있다. 지금 다시 생각해 보면, 이 노래는 참으로 슬픈 노래다. 동요로 불리기에는 슬픔의 깊이가 얕아 보이지 않는다.

추운 겨울을 지내고 북쪽을 향해 V자 대형을 유지한 채 쉬지 않고 날아가는 기러기. 오늘 화자는 대이동하는 기러기 무리 중에 뒤처진 '외기러기'를 본다. 함께 날아가지 못하고 '짝'이 없는 외기러기라니. 무슨 연유가 있을 것이다. 마치 화자처럼 말이다. 화자는 같은 처지의 외기러기에게 말을 건다. 혼잣말일 수도 있겠다. 어차피 날아가는 길이니 저 멀리 '한양'에 가서 내 말 좀 전해 달라고.

작자 미상의 이 시조는 이본異本도 꽤 존재한다. 교과서 등에서 쉽게 볼 수 있는 시조의 중장에는 "월황혼月黃昏 계워 갈 제 적막寂寞 공규空閨에 던져진 듯 홀로 안겨 님 그려 ᄎ마 못 살네라 ᄒ고"라는 문장이 있다. 달이 뜬 밤중에 고요하다 못해 쓸쓸한 '공규空閨'(오랫동안 남편 없이 아내 혼자서 사는 방)에서 임을 그리워하는 여성 화자는 이제, 임 없이 못 살겠다고 말한다. 적막 공규에 던져진 듯하다니, 화자는 속수무책으로 임 없는 방에 던져진 것이다. 홀로 방을 지키는 밤, 달빛만 밝을 것이다. 달빛이 밝아서 임 없는 빈자리가 더 환히 보였을 것이다.

꼭 전하고 싶은 말

임은 저 멀리 한양 도성에 있다. 그러나 화자는 임 계신 곳에 가지 못한다. 임에 대한 소식도 듣지 못해 답답하다. 그래서 화자는 기러기에게 부탁한다. 임 계신 곳에 나 대신 날아가, 나 대신 외쳐 임을 불러 세우고, 내가 지금 임을 간절히 보고 싶어 하니 어서 내가 있는 곳으로 와 달라고 말이다. 그러나 상상을 조금 보태면, 말을 전하기 어려울 만큼 외기러기도 무척 바쁠 것이다. 외기러기도 자신의 짝을 찾아야 할 것이니, 남의 부탁을 들어줄 처지는 못 될 것이다. 얼마나 답답하면, 얼마나 간절하면 저 멀리 날아가는 외기러기에게 자신의 처지를, 그리움을 하소연할까? 텅 빈 하늘을 외롭게 날아가는 외기러기처럼, 화자의 마음도 그럴 것이다. 얼마나 막막하고 답답할까?

날아가는 외기러기가 눈에 밟히는 어떤 날이 있다는 것은, 어떤 마음이 우리에게 남아 있는 것이다. 그 마음은 분명 누군가를 향한 마음일 것이며, 꼭 전하고 싶은 말이 남아 있는 것이다.

김남규

021

결혼 못하고 고통스럽게 죽은 여성의 기괴한 소망

새악시 서방 못 맞아

작가 미상

새악시 書房 못 마자 애쓰다가 주근 靈魂

건 삼밧 쑥삼 되야 龍門山 開骨寺에 니 쌔진 늘근 즁놈 들뵈나 되얏다가

잇다감 씀 나 ㄱ려온 제 슬쩌겨 볼가 ㅎ노라

- 『청구영언』(진본) 494번

새악시 서방 못 맞아 애쓰다가 죽은 영혼

건 삼밭 뚝삼 되어 용문산龍門山 개골사開骨寺에 이 빠진 늙은 중놈 들보나

되었다가

이따금 땀 나 가려울 제 슬쩍여 볼까 하노라

• 새악시: '처녀, 새색시, 신부'의 방언.

• 건 삼밭 뚝삼 : 기름진 삼밭의 뚝삼. '뚝삼'은
삼베의 재료가 되는 식물.

• 들보: 남자의 생식기나 항문에 병이 생겼을
때 살에 차는 헝겊.

• 슬쩍여 볼까: 스쳐나 볼까.

뒤틀린 성적 욕망

이 작품은 『청구영언』(진본)에 실린 사설시조로, 시집도 한 번 못 가고 고통

스럽게 살다 죽은 여성의 한을 표현하고 있다.

초장에서는 이 시의 주인공을 소개한다. 그 주인공은 결혼을 못 하고 평생을 외롭게 살다가 죽어 원귀가 된 여인이다. '새악시'는 '새색시' 또는 '처녀'의 방언으로, 여기서는 아직 결혼하지 않은 젊은 여자를 이르는 말이다. 〈라쇼몽〉이라는 영화를 보면 산적에게 살해당한 사무라이의 영혼이 무당의 공수로 말하는 장면이 나오는데, 이 시조의 설정도 그와 비슷하다고 할 수 있다.

중장은 원귀가 된 여성 주인공이 자신의 소망을 말하는 내용이다. 그런데 그 소망의 내용이 몹시 기괴하다. 소망인즉슨, 이승에 다시 태어날 수만 있다면 기름진 삼밭의 뚝삼이 되어 늙은 중의 들보라도 되고 싶다는 것이다. '뚝삼'은 삼베의 재료가 되는 식물이며, '들보'는 남자의 생식기나 항문에 병이 생겼을 때 샅에 차는 일종의 속옷이다. 여성 주인공이 늙은 중의 속옷이라도 되고 싶다고 간절히 원하는 것은 성에 대한 결핍이 불러일으킨 뒤틀린 욕망의 표현이다. 여기에 나오는 "용문산 개골사"는 실제의 공간이 아닌 허구의 공간으로 보는 것이 좋을 것 같다.

종장에서는 늙은 중의 들보라도 되고 싶다는, 이 기괴하고 알 수 없는 소망의 궁극적 실체가 드러나며 우리를 경악하게 만든다. 들보가 되어 늙은 중의 샅에 바짝 붙어 있다가 혹여 가렵기라도 해서 손을 집어 넣어 긁을라치면 그때 중의 생식기를 한번 스쳐라도 보겠다는 것이다.

그로테스크의 기원

이 사설시조 작품을 읽으며 조선 사회를 다시 생각해 본다. 조선이라는 나라는 대체 어떤 사회였기에 사람들로 하여금 이렇게도 그로테스크한 욕망을 품게 했을까? 이것은 단지 문학적 상상에 그치는 것일까? 아니, 아무리 문학적 상상이라 하더라도 어찌 이렇게도 소름 돋는 상상이 가능할 수 있을까? 한 가문의 영광을 위해 자식이 어머니에게, 시아버지가 며느리에게 칼을 건네며 자살을 강요했던 끔찍한 일들이 병자호란, 강화산성 안에서 벌어지지 않았던가.

조선의 성리학은 인간을 도덕적으로 설명하고자 하였고, 도덕적 성취를 인간 생의 목표로 설정하였다. 인간의 도덕적 성취를 지상의 과제로 삼고 있는 성리학은 그러므로 인간이 본능적으로 가지고 있는 정욕의 세계를 수양이나 공부에 의해 다스리고 극복해야 할 것으로 규정하였다. 사설시조는 성리학이 부정시했던 인간의 욕정, 그 가운데 성욕에 대해 주목하며, 특히 인간이 만든 여러 도덕 규범에 의해 유린되고 훼손당하고 있는 인간성에 대해 천착한다. 이 작품도 그 연장선상에서 창작된 것으로 이해되며, 그런 점에서 이 작품이 담아내고 있는 성찰과 질문은 매우 의미 있고 소중하다고 할 수 있다.

김창원

022

중의 아내가 풀어내는 해학적 정서

청올치 육날 미투리 신고 작가 미상

청올치 늇눌 메토리 신고 휘대 長衫 두루혀 메고

瀟湘斑竹 열 두 ᄆ듸를 불횟재 쌔쳐 집고 므르 너머 재 너머 들 건너 벌 건너 靑山石逕으로 횟근누은 누은횟근 횟근동 너머가읍거늘 보온가 못 보온가 그 우리 난편 禪師중이

늄이셔 즁이라 ᄒ여도 밤중만 ᄒ여셔 玉 ᄀ튼 가슴 우희 슈박 ᄀ튼 머리를 둥굴썰썰 썰썰둥굴 둥굴둥실 둥굴러 긔여 올라올 져긔는 내사 죠해 즁書房이

－『청구영언』(진본) 577번

청올치 육날 미투리 신고 휘대 장삼長衫 두르쳐 메고

소상반죽瀟湘斑竹 열두 마디를 뿌리째 빼쳐 짚고 마루 넘어 재 넘어 들 건너 벌 건너 청산석경靑山石逕으로 희끗뉘엿 뉘엿희끗 희끈동 넘어가옵거늘 보온가 못 보온가 그 우리 남편 선사禪師 중이

남이사 중이라 하여도 밤중만 하여서 옥 같은 가슴 위에 수박 같은 머리를 둥글껄껄 껄껄둥글 둥글둥실 둥글려 기어 올라올 적에는 내사 좋아 중 서방이

- 청올치: 칡의 속껍질로 꼰 노.
- 육날미투리: 신날(신 바닥에 세로로 놓은 날)을 여섯 개로 하여 삼은 미투리.
- 휘대: 전대纏帶. 돈이나 물건을 넣어 허리에 매거나 어깨에 두르도록 만든 자루.
- 두르쳐: 둘러.

- 소상반죽瀟湘斑竹: 소상강瀟湘江에서 나는 얼룩 대나무.
- 청산석경靑山石逕: 푸른 산의 돌길.
- 희끈동: 눈앞에서 아스라이 사라져 가는 모양을 형용하는 말.
- 보온가 못 보온가: 보았나 못 보았나.
- 내사: 나야.

'만횡蔓橫'의 묘미를 살린 노랫말

이 작품은 여성 주인공과 중의 사랑을 해학적인 언어로 재미있게 표현한 사설시조이다. 중은 여인과 사랑을 나누고 자신의 절로 돌아가고 있으며, 남아 있는 여성은 어젯밤 중 서방과 보냈던 쾌락의 시간을 회상하며 흐뭇해하고 있다.

이 시조는 『청구영언』(진본)의 「만횡청류蔓橫清類」에 실려 있는데, '만횡'은 '칡넝쿨이 끝 간 데 없이 쭉쭉 뻗어 나가다'라는 의미이다. 물론 그것은 이 시조를 얹어 부르는 악곡을 형용한 말이지만, 이 작품의 경우에는 노랫말에서도 그런 분위기와 묘미를 잘 살려 냈다고 할 수 있다.

중과 여인의 정사情事에 담긴 의미

이 작품의 주인공인 여성이 어떤 존재인지는 명확하지 않다. 그렇지만 정황상 과부나 노처녀처럼 남편의 존재를 몹시도 갈망했던 여인이었을 것으로 짐작된다. 여인의 남편이 남들로부터 멸시받는 '중'임에도 불구하고 그를 아주 사랑스럽게 부르고 있기 때문이다. 초·중장에서 묘사되는 중의 형상은 그 초라한 행색에도 불구하고 멋있고 아우라를 지닌 손새로 그려시고 있다. 그녀가 중 남편을 이처럼 애정이 듬뿍 담긴 마음으로 사랑할 수 있었던 것은 무엇 때문일까? 그 이유가 종장에 나타나 있다.

그는 남들이 "중이라 하여도" 여느 남정네와 마찬가지로 따스한 육체를 지닌 사람이었기 때문이다. 내가 남편의 사랑이 필요한 존재인 것처럼, 사람들로부터 천대받는 그도 사람이고 또 사랑할 줄 아는 존재였던 것이다.

　이 시조에서 '중'은 미투리, 휘대, 장삼, 대지팡이가 상징하듯, 육체적 욕망으로부터 초월한, 금욕의 인간으로 등장한다. 그러나 중의 육체를 감싸고 있던 회색빛 장삼이 벗겨지는 순간 그는 하나의 평범한 인간으로 되돌아온다. 아무리 엄격한 수행과 혹독한 계율에도 불구하고 본성으로 가지고 있는 인간의 육체적 욕망은 제거되거나 사라질 수 있는 것이 아니라는 생각을 여기에 투사하고 있는 것이다. 그런 점에서 윤리나 사회제도에 의해 성적 억압을 당하고 있는 여성과 중의 정사情事는 인간의 성과 욕망에 대한 성찰을 통렬하게 담아내는 효과적인 문학적 기교라고 할 수 있다.

김창원

023

시간이 흘러도 변치 않는 굴원의 충혼

초강楚江 어부들아

작가 미상

楚江 漁父들아 고기 낫가 숨지 마라

屈三閭 忠魂이 魚腹裏에 드럿ᄂ니

아므리 鼎鑊에 슬믄들 변홀 줄이 이시랴

- 『청구영언靑丘永言』(진본珍本) 388번

초강楚江 어부들아 고기 낚아 삶지 마라

굴삼려屈三閭 충혼忠魂이 어복리魚腹裏에 들었나니

아무리 정확鼎鑊에 삶은들 변할 줄이 있으랴

- 초강楚江: 중국 초楚나라 지역에 흐르던 강
  으로, 장강長江의 지류 중 하나.
- 굴삼려屈三閭: 중국 전국시대 초나라의 시
  인 굴원屈原으로, 삼려대부三閭大夫 벼슬을
  지냈다. 충설을 상징하는 인물로, 멱라수汨
  羅水에 몸을 던져 죽었다.

- 어복리魚腹裏: 물고기 배 속.
- 정확鼎鑊: 솥. '정鼎'은 발이 있는 솥을, '확
  鑊'은 발이 없는 솥을 이른다.

애국충정의 상징인 굴원을 애도하며

굴원은 초나라의 시인이자 정치가다. 초나라 회왕의 신임을 받은 충신이었으나 그를 시샘한 이들에 의해 모함을 당한다. 굴원의 충심을 헤아리지 못한 회왕은 굴원을 유배 보낸다. 왕에게 버림받은 굴원은 간신의 득세와 충신의 몰락이 망국의 예후이며, 자신은 결백하기에 원망은 하나 비방은 하지 않는다는 내용을 담은 장편 서사시 「이소離騷」를 쓰며 유배지에서 시간을 보냈다. 그러나 끝내 자신의 충심을 알아주지 않는 왕에 대한 원망, 유배지에 고립된 상태의 소외와 절망, 비애와 울분을 견디지 못하고 멱라수에 몸을 던진다.

그가 자결한 5월 5일 단오가 되면 사람들은 굴원의 고고한 정신과 비극적 삶을 기리며 애도하곤 했다. 중국 역사상 스스로 목숨을 끊은 첫 번째 시인이 된 굴원에 대해 중국의 한유, 유종원, 백거이를 비롯하여 조선의 김시습, 남효온, 서거정, 정약용 등이 글을 지었다. 이들은 굴원을 모함한 간신들, 그 말을 믿은 왕의 무능과 허물, 그럼에도 한결같았던 굴원의 충정 등을 기억하며 굴원을 애국충정의 상징으로 자리 잡게 했다. 이 시조 역시 그러한 맥락에 있다.

육체는 사라져도 정신적 가치는 변치 않기에

초장에서는 지금의 양자강인 초강의 어부들에게 고기를 낚아 삶지 말라고 당부하고 그 이유를 중장과 종장에 제시한다. 강에서 자결한 굴원의 몸이 물고기의 먹이가 되고, 그 물고기를 잡아 솥에 삶아 그 형체가 없어지더라도, 굴원의 정신은 사라지지 않음을 강조한다. 굴원의 존재가 시각적, 물리적, 화학적으로 변하는 과정을 상상케 함으로써, 육체적 흔적은 사라질지라도 그의 정신적 가치는 변치 않음을 강조한 것이다.

굴원이라는 이름이 아닌 삼려대부라는 직책명을 밝힌 '굴삼려', 굴원의 정신적 가치를 표명한 '충혼'이라는 명사, 한자로 표기한 '어복리魚腹裏' '정확鼎鑊'이라는 단어는 굴원의 충혼이 온갖 모함과 오해와 멸시 속에서도 변치 않음을 강조하는 효과를 낸다. 사람의 몸이 강에서 분해되어 물고기의 먹이가 되고, 솥에서 익어 그 형체가 부서지는 자연의 순환 및 화학적 변화를 제시하는 방식으로, 물리적 변화와 달리 정신적 가치는 오래 지속됨을 강조한다.

변하지 않는 것이 어디 충혼뿐이겠는가. 자신을 희생하면서까지 지킨 숭고한 가치는 시공을 초월해 만인의 가슴에 존재한다. 눈에 보이지 않아도 존재하는 것이 있음을, 물질적으로 존재하는 것이 다가 아님을, 산 사람의 시간과 다르게 흐르는 또 다른 시간이 있음을 생각하게 하는 시조다.

강영미

024

농부가 흘리는 땀의 숭고함

여름날 더울 적에

이휘일李徽逸

여름날 더운 적의 단 짜히 부리로다
밧고랑 미쟈ᄒ니 쫍 흘너 짜히 듯네
어ᄉ와 粒粒辛苦 어늬 분이 알ᄋ실고

- 『저곡樗谷 전가팔곡필첩田家八曲筆帖』 3번

여름날 더울 적에 단 땅이 불이로다
밭고랑 매자 하니 땀 흘러 땅에 듣네
어사와 입립신고粒粒辛苦 어느 분이 알으실꼬

- 듣네: 떨어지네.
- 어사와: 어여차. 여럿이 힘을 합할 때 일제히 내는 소리.
- 입립신고粒粒辛苦: 낟알 하나하나에 어린 농부의 피땀.

농부가 마주한 혹독한 노동의 현장

이 작품은 조선 후기 문신 이휘일(1705~1771)이 지은 농촌의 사계절을 노래한 연작 시조 「전가팔곡田家八曲」 중 '여름〔夏〕'을 노래한 제 3수이다. 이휘일은 조선 후기 성리학의 정통을 계승하면서도, 실천윤리와 예학 정비에 기여하고, 전란 이후의 시대정신에 응답한 점에서 의미가 있다. 이 시조는 여름날 농부의 고단한 삶과 그 안에 깃든 인간적 존엄, 그리고 농사의 숭고함을 담고 있으며 시조의 형식과 정신을 계승하면서도 농민의 현실을 사실적으로 그려내었다.

여름 노동의 고단함과 농부의 현실

초장은 "여름날 더울 적에 단 땅이 불이로다"로 시작한다. 계절적 배경과 노동의 환경을 극명하게 드러낸다. '여름날'과 '더울 때'라는 시간적, 계절적 배경은 농사일이 가장 힘든 시기를 암시한다. 뜨겁게 달궈진 땅은 단순한 자연의 상태가 아니라, 농부가 마주한 혹독한 노동의 현장을 상징한다. '불이로다'라는 직설적 표현은 땅의 열기가 마치 불길처럼 느껴질 만큼 고단하다는 점을 강조한다. 이는 자연과 인간이 맞부딪치는 생존의 현장이자, 농부의 인내와 끈기를 상징적으로 드러내는 장치다.

중장 "밭고랑 매자 하니 땀 흘러 땅에 듣네"는 농사일의 구체적 과정과 신체적 고통을 사실적으로 묘사한다. "밭고랑 매자 하니"는 잡초를 뽑고 밭을 가꾸는 구체적인 노동을 의미한다. 이는 단순한 일상적 행위가 아니라, 생존을 위한 필사적 노력임을 암시한다. "땀 흘러 땅에 듣네"는 농부의 신체적 고통과 노동의 강도를 직설적으로 보여 준다. 이 구절은 농부의 땀이 곡식의 성장과 직결된다는 점에서 인간의 수고와 자연의 결실이 맞닿아 있음을 상징한다. 땀이 땅에 스며드는 장면은 곡식의 생장과 수확이 단순히 자연의 결과가 아니라, 농부의 희생과 노력이 응축된 산물임을 더욱 강조한다.

종장 "어사와 입립신고粒粒辛苦 어느 분이 알으실꼬"는 농사의 숭고함과 사회적 무관심에 대한 탄식이 절정에 이른다. '어사와'라는 감탄사는 화자의 심정이 극에 달했음을 보여 주는 감정적 표출이다. '곡식의 낟알마다 담긴 농부의 수고로움'은 곡식 한 알 한 알이 농부의 땀과 고통, 인내와 희생의 결정체임을 시적으로 드러낸다. 이는 농사의 신성함과 노동의 가치를 상징적으로 표현한 부분이다.

　　마지막으로 "어느 분이 알으실꼬"라는 반문은 농부의 수고가 사회적으로 제대로 인정받지 못하는 현실에 대한 안타까움과 아쉬움을 담고 있다. 이는 농민이 겪는 소외와 농사의 가치가 제대로 평가받지 못하는 조선 후기 현실을 비판적으로 드러낸다. 시조의 미학을 계승하면서, 농민의 현실을 사실적으로 드러내는 데 탁월한 효과를 발휘한다. 특히 열거법과 직설적 묘사를 통해, 농민의 삶의 현장감을 생생하게 전달한다.

　　이 시조는 단순한 계절 노래가 아니다. 화자는 계절적 배경 속에 노동의 구체성과 인간 존재의 존엄성을 절묘하게 녹여 낸다. 여름의 뜨거움은 자연 조건일 뿐 아니라 농민의 삶을 가로막는 외적 고난의 상징이다. 밭고랑에서 땀 흘리는 장면은 그 고난 속에서도 성실함과 끈기를 잃지 않는 농민의 자세를 보여 준다. 그러나 마지막 행에서 수고가 정당하게 평가받지 못하는 현실에 대한 탄식이 강하게 드러난다.

하경숙

025

늦봄, 무르익은 술자리에 찾아온 여인

도화桃花는 흩날리고

안민영安玟英

桃花 눈 훗날니고 綠陰은 퍼져 온다

쇠꼬리시 노리눈 煙雨에 구을거다

마초아 盞 드러 勸허랼 제 澹粧佳人 오더라

-『금옥총부金玉叢部』 26번

도화桃花는 흩날리고 녹음綠陰은 퍼져 온다

꾀꼬리 새 노래는 연우煙雨에 구을거다

맞추어 잔 들어 권하랼 제 담장가인澹粧佳人 오더라

- 도화桃花 : 복숭아꽃.
- 구을거다 : 구르도다. 물체가 미끄러지듯 움직이는 모습.
- 연우煙雨 : 안개비.
- 권하랼 : 권하려 할.
- 담장가인澹粧佳人 : 수수하게 화장한 아름다운 여인.

계절의 서정적 재현과 정감

안민영(1816~?)의 시조는 조선 후기 예인藝人의 미의식과 감정 표현이 잘 어우러진 서정시로, 자연 풍경과 인간의 감정이 유기적으로 어우러지는 시적 순간을 섬세하게 포착한 작품이다. 이 시조는 신미년(1851) 초여름, 시인 안민영이 운애雲崖 박효관의 산방에서 술자리를 가지던 중, 평양기생 산홍이 술병을 들고 찾아온 경험을 바탕으로 한다고 알려지기도 하였다. 이처럼 작품은 실제의 풍류적 만남과 자연의 정취, 그리고 우연한 인연의 순간을 시적으로 형상화한 것이다.

초장 "도화는 흩날리고 녹음은 퍼져 온다"는 봄의 절정과 여름의 도래가 교차하는 계절의 전환기를 배경으로 한다. 도화, 곧 복숭아꽃이 바람에 흩날리는 모습은 봄의 마지막 정취를 상징한다. 여기에는 단순히 자연의 소멸이 아니라, 아름다움의 절정이 지나감을 담담히 받아들이는 미의식이 깃들어 있다. 이어서 "녹음綠陰은 퍼져 온다"는 봄의 자리를 이어받아 여름의 푸르름이 점차 세상을 채워 가는 생명력의 확장과 순환을 암시한다.

이처럼 초장은 자연의 변화가 곧 시적 화자의 내면적 정서의 고조와 맞닿아 있음을 보여 준다. 자연의 순환을 통해 시간의 흐름과 감정의 움직임이 겹쳐지는 풍경을 제시하며, 이는 단순한 자연 묘사를 넘어 화자의 정서가 자연과 함께 점차 고양되는 구조를 만들어 낸다.

중장 "꾀꼬리 새 노래는 연우에 구을거다"는 시의 감각적 절정에 해당한다. 꾀꼬리의 청아한 울음소리가 연우, 즉 엷은 안개비 속에서 '구르듯' 울려 퍼지는 장면은 시각과 청각이 융합된 공감각적 표현이다. '구르다'는 어휘를 통해 정적인 자연 풍경에 생동감을 부여하고, 소리의 공간적 확장을 시각적으로 형상화한다. 중장은 청각적 이미지와 시각적 이미지가 교차한다. 꾀꼬리의 노래는 자연의 생명력과 흥취를 상징하며, '연우'는 안개처럼 부옇게 내리는 이슬비를 뜻한다. 이는 자연과 인간의 감각이 교감하는 순간, 즉 자연의 소리와 분위기에 화자가 완전히 몰입해 있음을 시적으로 드러낸다. 이처럼 위의 시조는 자연의 변화와 감각적 경험을 유기적으로 결합하여, 생생한 현장감을 느끼게 한다.

종장 "맞추어 잔 들어 권하랼 제 담장가인 오더라"는 시의 분위기를 전환하는 결정적 장면이다. 종장은 풍류의 절정과 우연한 만남의 미학을 보여 준다. '맞추어'는 '이런 좋은 때에'라는 뜻으로, 자연의 아름다움과 감각적 흥취가 무르익은 순간임을 암시한다. 화자는 이때 술잔을 들어 누군가에게 권하려 하는데, 바로 그때 '담장가인', 즉 산뜻하게 단장한 아름다운 여인이 등장한다.

이 장면은 예상치 못한 만남의 기쁨과 풍류적 삶의 우연을 상징한다. 자연의 아름다움과 인간적 만남이 절묘하게 어우러지는 순간, 화자는 자연과 인간, 시간과 공간이 어우러지는 풍류의 정수를 노래한다. 특히 우연처럼 보이지만, 시 전체의 감정 흐름상 필연적으로 맞이하는 감응의 타이밍으로 작용한다. 자연의 모든 조건이 무르익은 순간에 찾아온 인연은 단순한 우연을 넘어 운명적 만남으로 연결할 수 있다.

조선후기 예인의 멋과 격조

이 시조는 조선 후기 예인의 품격 있는 연정 표현과 절제된 풍류 의식을 잘 보여준다. 화자는 자연과 감정, 인간의 만남을 격정적으로 드러내기보다는, 은근하고 고요한 흐름 속에서 인간적 교감을 이룬다. 특히 자연과 인간의 만남을 단순한 연정이나 사모의 감정에 머무르지 않고, 자연 풍경과 감정, 삶과 예술이 하나로 어우러지는 고도의 서정적 미학으로 승화시켰다. 자연과 감정, 감각과 사건이 교차하는 결정적 순간을 포착함으로써, 시조라는 정형시의 틀 안에서도 풍부하고 섬세한 서정 세계를 구현할 수 있는 가능성을 알려 준다. 이 작품은 자연과 인간, 감각과 정서, 삶과 예술이 어떻게 하나로 어우러질 수 있는지, 그리고 그 순간이 얼마나 소중한지를 깊이 있게 보여 준다.

이 시조는 조선 후기 시가 문학의 높은 미학적 경지와 예술가의 풍류적 삶의 이상을 가장 세련된 언어와 구조로 구현해 냈다. 조선 후기 서정시의 백미이자, 한국 고전시가의 미학적 성취를 대표하는 작품으로 볼 수 있다.

하경숙

2부   **작품과 인생의 희로애락**

026

절의를 지키려면, 한 치의 오점도 없어야 한다

수양산首陽山 바라보며

성삼문成三問

首陽山 ᄇ라보며 夷齊를 恨ᄒ노라

주려 주글진들 採薇도 ᄒᄂ 것가

비록애 푸새엣 거신들 그 뉘 ᄯᅡ헤 낫ᄃ니

―『청구영언』(진본) 15번

수양산首陽山 바라보며 이제夷齊를 한하노라

주려 죽을진들 채미採薇도 하는 것가

비록에 푸새의 것인들 그 뉘 땅에 났더니

- 이제夷齊: 백이伯夷와 숙제叔齊. 중국 은殷나라 고죽군孤竹君의 아들 형제로, 주周 무왕武王이 은나라 주왕紂王을 토벌하여 주 왕조를 세우자 수양산에 들어가 고사리를 캐어 먹다 죽었다.
- 채미採薇도 하는 것가: 고사리를 캐어 먹어도 되는 것인가.
- 푸새: 산과 들에 저절로 자라는 풀.
- 났더니: 났더냐.

백이, 숙제에 대한 후대의 기억과 평가

이 시조는 백이 숙제의 절의에 문제를 제기하면서 어차피 목숨을 바쳐 절개와 의리를 지켜야 한다면 한 치의 오점도 남기지 않아야 한다는 비장한 각오를 드러낸 것으로, 사육신死六臣 중 한 사람인 성삼문(1418~1456)의 작품이라고 알려져 있다.

백이와 숙제는 고죽국孤竹國 임금의 두 아들로서 부왕이 죽은 뒤 서로 왕위를 사양하다가 나라를 떠난다. 그들은 주 문왕文王이 노인을 잘 섬긴다는 이야기를 듣고 주나라에 의탁하려 했으나 막상 주나라에 도착해 보니 문왕은 이미 승하한 뒤였고 무왕이 왕위를 계승하여 은나라 주왕을 치려던 중이었다. 백이 숙제는 부친의 장례도 치르지 않고 전장에 나서는 것은 도리에 어긋난다며 주 무왕을 만류했지만 소용없었다. 결국 주나라 세상이 도래하자 백이 숙제는 주나라의 곡식을 먹을 수 없다면서 수양산에 숨어 들어가 고사리를 캐어 먹다가 굶어 죽는다.

공자가 백이 숙제를 두고 인仁을 구하여 인을 얻었기에 누구도 원망할 까닭이 없는 현인이었다고 칭송한 이래 그들을 둘러싼 담론이 끊이지 않았다. 예를 들어 사마천은 『사기史記』 「백이열전伯夷列傳」 끝에서 "이로써 보건대 원망한 것인가, 아닌가?"라고 물었다. 폭력으로 폭력을 대체한 현실과 쇠잔해 가는 자기들의 비통한 운명에 대한 원망이 있지 않았나 하면서 공자의 의견에 반론을 제시한 것이다. 이는 백이 숙제를 기리면서도 그들의 인간적 면모에 주목한 견해로 해석된다. 이어서 이미 주나라에 의탁한 몸이니 현실에 적극적으로 참여하여 그 개혁을 도모해야 했다는 비판이나, 고사리도 주나라 땅에 난 풀이니 그것을 캐어 먹은 행위 역시 고결한 절의에 흠을 내는 일이었을 뿐이라는 비판이 제기되기도 했다.

백이, 숙제 비판에 내재한 자기 성찰

이 시조는 비판적인 관점에서 백이 숙제 고사를 수용했다. 수양산首陽山을 바라보며 백이 숙제를 원망한다는 초장의 진술은 청중의 이목을 끌었을 것이다. 물론 위에서 언급한 것처럼 다양한 견해가 제기되기는 했지만, 유교 문화권 내에서 백이 숙제는 공맹孔孟의 칭송을 받아 성인聖人 내지 현인賢人에 가까운 지위에 올랐기 때문이다. 다시 말해 백이 숙제의 절개와 의리를 예찬하는 것이 보편적인 태도였기에 백이 숙제를 원망한다는 선언적 진술은 통념에 반하는 것으로, 청중의 관심을 집중시켰을 가능성이 있다. 당시로서는 꽤 대담하고 발칙한 말이었을는지 모른다.

백이 숙제를 원망한 이유는 그들이 고사리를 캐어 먹었기 때문이다. 그것이 비록 산에서 저절로 자라난 풀이라도 주나라 땅인 수양산에 난 것이므로 아무리 주려 죽는다고 한들 고사리를 캐어 먹어서는 안 되었다는 뜻이다. 여기에는 결국은 굶어 죽을 수밖에 없었던 백이 숙제가 고사리를 캐어 먹은 바람에 주나라의 곡식을 먹을 수 없다고 한 자기 맹세를 그르쳤다는 인식, 곧 주 무왕의 영향으로부터 온전히 벗어나지 못한 바람에 고결한 절개와 의리에 티를 남길 수밖에 없었다는 인식이 반영되어 있다. 완전무결한 절의를 이루는 데에 실패했노라며 탄식한 것이다.

헤아려 보면 절의를 지키기 위해서는 때로 생을 지속하려는 인간의 본능과 욕망까지 억제해야 한다. 주려 죽은 백이 숙제를 향해 고사리는 캐어 먹어도 되었느냐고 묻는 것이 다소 가혹하게 여겨질 수 있겠지만, 어쩌면 이는 본능과 욕망을 떨치지 못해 그 절의가 흔들렸던 것은 아닌가 하는 반문일 수 있다. 특히 어떤 풍파에 휘말려 절의를 지켜야 하는 처지에 놓여 있다면 자신의 본능과 욕망을 단속하여 강직한 마음을 유지하는 것이 가장 중요하면서도 어려운 일일 것이다. 이렇게 볼 때 백이 숙제에게 건넨 말은 결국 화자 자신에게 돌아오는 말로 읽히기도 한다. 과연 나는 생에 대한 집착을 놓을 수 있는가, 그렇게 할 수 있어야 하지 않겠는가 하고 자문한 것은 아닐까?

성삼문, 목숨을 바쳐 절의를 지킨 사육신

작가로 알려진 성삼문은 1438년 스물한 살의 나이로 문과에 급제하여 집현전 학사가 된 인물이다. 『훈민정음』(해례본)을 편찬하는 데에 참여했을 뿐 아니라 훈민정음으로 한자의 우리말 발음을 정리한 『동국정운東國正韻』의 편찬을 주도했다. 또한 당시의 중국어 표준 발음 사전 격인 『홍무정운역훈洪武正韻譯訓』이나 중국어 학습을 위한 교과서 격인 『직해동자습역훈평화直解童子習譯訓評話』를 편찬하는 데에 관여하여 중국어 교육 측면에서도 공을 세웠다. 게다가 「용비어천가」를 간행하는 데에 참여하기도 했다. 이러한 공으로 성삼문은 신숙주申叔舟와 더불어 당대 최고의 음운학자로서 세종의 신임을 받았던 것으로 보인다.

그런데 계유정난癸酉靖難이 벌어지면서 그의 삶은 완전히 달라진다. 1453년 김종서金宗瑞 등 반대파를 숙청하여 정권을 장악한 수양대군은 1455년 마침내 단종을 폐위하고 왕위를 찬탈한다. 선왕들로부터 단종을 잘 보필하라는 고명顧命을 받았던 신하들은 더 이상 좌시할 수 없었다. 세조는 집현전 학사들을 달래고 정권을 안정시키기 위해 성삼문 등을 정난공신靖難功臣으로 표창했으나 성삼문 등은 한 몸으로 두 임금을 섬길 수 없다면서 단종의 복위를 꾀했다. 하지만 함께 거사를 도모하던 김질金礩의 밀고로 발각되어 참혹하게 희생되고 만다. 1456년(세조 2년) 잔인한 형문刑問 끝에 거열형車裂刑을 당했고 찢겨 죽은 그의 시신은 조선 팔도에 조리돌림을 당했다고 한다. 그리고 가문 전체가 멸족滅族되기에 이른다.

'사육신 담론'과 '사육신 시조' 사이에서

두 임금을 섬길 수 없다며 충의를 지키다가 형장의 이슬로 사라진 성삼문의 생애는 백이 숙제의 질의마저 나무타면서 질개와 의를 글 시킴에 있어서는 한 치의 오점도 남기지 않아야 한다는 비장한 각오를 드러낸 배경을 더욱 깊이 이해할 수 있게 한다. 이 시조를 목숨을 바쳐 절의를 지킨 사육신의 노래로 읽기에 손색이 없도록 하는 것이다. 그런데 『성근보선생집成謹甫先生集』 제1권에 수록된 「난하사灤河祠」라는 시에 다음과 같은 시구가 있어 문제는 조금 더 복잡해진다.

초목조차 주나라 우로雨露로 자라난 것인데 草木亦霑周雨露

부끄럽구나, 그대 어찌 수양산 고사리를 먹었던가 愧君猶食首陽薇

「난하사」는 신하로서 임금을 시해하는 것은 인仁이 아니라며 출정하는 주 무왕을 만류한 것은 대의를 당당하게 밝힌 일이라고 예찬하면서도 고사리가 비록 초목에 지나지 않지만 주나라의 이슬과 비를 머금고 자라난 것이기에 그것을 캐어 먹는 것은 잘못된 일이라고 비판한 한시로, 백이 숙제의 절개와 의리에 흠결이 남았다고 한 이 시조와 상통하는 주제 의식을 드러낸다. 주석에 따르면 「난하사」는 성삼문이 1445년 연경燕京으로 갈 때 백이 숙제의 사당을 지나면서 지었다고 한다. 그렇다면 성삼문은 계유정난에 휘말리기 이전부터 백이 숙제의 절의에 남은 흠결을 인식했다고 할 수 있다. 다시 말해 이 시조를 꼭 불사이군不事二君을 외치며 형장의 이슬로 사라져 간 사육신의 절의라는 맥락 안에서만 해석할 수는 없다는 뜻이다.

그뿐만 아니라 사육신의 시조가 문헌에 등장하는 것은 제법 후대의 일이라는 점도 염두에 두어야 한다. 예를 들어 성삼문은 1728년에 편찬된 『청구영언』(김천택 편)에서 처음으로 시조 작가로 거론되었다. 다른 사육신의 경우, 작품은 실려 있어도 작가로 호명되지는 않았다. 곧 김천택이 『청구영언』을 편찬할 당시에는 성삼문만이 시조 작가로 인식되었을 가능성이 있는 것이다. 사실 1456년 이후 사육신은 공식적으로 역적에 지나지 않았으며 처형된 지 200여 년이 지난 숙종 대에 와서야 복권되기 시작했다. 사림士林들이 사육신을 기리기 위해 애쓴 끝에 그들의 공식적인 위상이 달라지기 시작했고, 그에 따라 사육신이 점차 절의의 상징이 되어 가면서 성삼문을 위시한 다른 인물들도 시조 작가로 자리매김했다고 볼 수 있다.

이상은 사육신의 절의를 칭송하는 담론이 확산하던 시점과 시조라는 장르가 향유의 폭을 넓혀 나가던 시점이 맞물리면서 사육신이 이른바 사육신 시조의 작가로 호명되었을 가능성을 시사한다. 과연 성삼문은 이 시조의 실제 작가였을까, 아니면 사육신 담론이 만들어 낸 작가였을까? 사육신은 사실상 역사에서 지워지다시피 했다가 다시 쓰인 존재여서 어느 한쪽으로 단정하기가 쉽지 않다. 따라서 작가의 삶에 밀착하여 그 비장한 각오를 읽어 내는 시각과 작가로부터 한 발짝 떨어져 그를 둘러싼 담론을 분석하는 시각 사이에서 균형을 잡아야 할 필요가 있다. 어쩌면 시조라는 장르 자체가 노래를 짓고 부른 사람과 그것을 기록하고 향유한 사람의 관계에 따라서 끊임없이 갱신되어 온 장르일는지 모른다.

박영민

027

단종을 향한, 속 타는 내면의 고통

창밖에 섰는 촛불

이개李塏

窓 밧긔 셧는 燭불 눌과 離別ᄒᆞ엿관디

눈물을 흘리며 속 ᄐᆞ는 줄 모로ᄂᆞᆫ고

우리도 져 燭불 ᄀᆞ틔여 속 ᄐᆞ는 줄 몰래라

- 『청구영언』(진본) 444번

창밖에 섰는 촛불 눌과 이별하였관대

눈물을 흘리며 속 타는 줄 모르는고

우리도 저 촉燭불 같아서 속 타는 줄 몰라라

• 눌과: 누구와.　　　　　　　　• 이별하였관대: 이별하였기에.

'이개李塏'의 작품으로 기억된 시조

이 시조는 사육신 중 한 사람인 이개(1417~1456)의 작품으로 초가 불에 녹아 흘러내리는 것을 흐르는 눈물에 비유했기에 「촉루가燭淚歌」라고도 불린다. 계유정란(1453)을 통해 권력을 장악한 수양대군(훗날 세조)은 2년 뒤인 1455년 조카이자 어린 왕이었던 단종으로부터, 외면적으로는 선양禪讓이라는 방식을 통해 왕위를 찬탈했다. 이에 집현전 학사들을 중심으로 단종을 복위하려는 움직임이 일어났다. 그러나 이 모의는 거사를 일으키기도 전에 발각되면서 수십 명이 연루되어 처형되거나 유배길에 올랐고, 혹은 스스로 목숨을 끊기도 하였다. 이들 중 성삼문·박팽년·하위지·이개·유성원·유응부 등 6인을 묶어 사육신이라 부른다. 이러한 '사육신'의 탄생은 사건이 벌어지고 얼마 뒤 생육신生六臣 중 한 사람인 남효온南孝溫이 지은 「육신전六臣傳」에서 비롯되었다. 이후 사육신은 역사적 상황에 따라 세부적인 차이는 있었지만, 절의의 상징으로 기억된다.

흥미로운 지점은 이 6인이 모두 죽음을 앞둔 시기에 시조를 지은 것으로 전한다는 것이다. 사육신이 남긴 시조와 관련해서는 '시조'라는 장르의 발생 및 기원의 문제를 비롯하여 작품과 작가의 연결 등 명확히 단정하기 어려운 문제가 뒤따른다. 시조의 발생 시기가 언제인지 명확하게 특정하는 것은 논란거리지만 유력한 견해 중 하나인 조선 전기라면, 사육신이 시조를 지은 세조 초기는 시조라는 장르의 발생기로서 그들의 작품이 맞는가에 대한 의문이 남을 수밖에 없다. '죽음을 목전에 두고 그다지 익숙하지 않았을 장르의 노래를 선택해서 마지막 말을 남겼다는 것인가?' '그것도 6인이 모두 하나같이?' 등의 의문이 남지 않을 수 없다.

게다가 사육신의 시조가 문헌에 정착된 시기도 이러한 의문을 증폭시키는 요인이 된다. 현전 최고最古의 가집인 김천택의 『청구영언』에는 사육신의 작품으로 알려진 것 중 7편이 실려 있지만 성삼문의 "首陽山 부라보며~"만 유명씨有名氏에 수록되어 있고 나머지는 무명씨無名氏에 실려 있다. 18세기 중반에 편찬된 가집들에서도 성삼문과 박팽년을 제외한 나머지 4인은 시조의 작가로 등장하지 않는다. 사육신 6인이 모두 시조의 작가로 이름을 올린 문헌은 18세기 말에서 19세기 초에 편찬된 『병와가곡집瓶窩歌曲集』에 이르러서이다. 이처럼 문헌에의 기록이 워낙 후대에 이루어지다 보니 사육신과 그들이 남긴 시조 사이의 신빙성에 대한 의문은 쉽사리 해소되기 어렵다. 하지만 정반대로 이를 전적으로 사육신의 작품이 아니라고 할 확증 또한 존재하지 않는다. 그렇기에 현 상황에서 취할 수 있는 가장 합리적인 접근은 현재 전하는 것과 같은 정제된 형식은 아닐지라도 시조와 유사한 형태의 노래로 불렀을 것이라고 상정하는 것이다.

이러한 측면에서 이개의 시조를 '작품과 작가의 관계를 고려한 작품론'의 항목에 귀속시켜 다루는 것 차체가 논란거리일 수 있다. 그럼에도 이 시조를 '작가'를 중심으로 읽어 내야 한다면, 사육신이라는 집단적 이미지와 더불어 이개라는 작가 개인에 초점을 두고 풀어내는 것이 온당하리라 생각한다. 특히「촉루가」의 경우 '죽음으로 절의를 지킨 사육신'이라는 이미지가 강고하게 덧씌워진 탓에 창작 시기를 오인하기도 했다는 점에서 더욱 유의해야 할 것이다.

충절의 눈물에서 연정의 노래까지

이 시조는 창밖에서 홀로 타고 있는 촛불에 자신의 처지를 이입하여 임과 이별한 아픔, 내면의 고통을 절절하게 담아냈다. 촛농을 흘리며 심지가 타들어 가는 모양을, 겉으로는 눈물을 흘리면서 속은 타고 있는 심정에 비유한 것이 백미이다. 작품의 창작 시기와 관련해서는 단종이 영월에 유배를 가자 그를 그리워하며 지은 작품으로 알려지기도 했는데, 단종은 사육신이 죽은 다음 해에야 유배를 갔기 때문에 이는 잘못된 설명이다. 단종이 세조에게 선위를 한 이후의 마음이 담긴 것으로 이해하는 것이 자연스럽다. 왕위에서 물러나 허울뿐인 상왕上王으로 불리며 궁 안에서 죄인이나 다름없이 갇혀 지내는 군주를 바라보는 마음을 담은 것이다.

죽음으로 절의를 지켰다는 이미지 때문에, 사육신이 세조의 왕위 찬탈에 저항하다 죽임을 당했을 것으로 착각하는 이들이 많다. 하지만 계유정란에도, 세조의 등극 이후에도 사육신은 자리를 지켰다. 집현전 학사 출신이라는 점과 함께 어린 세손을 부탁했던 세종의 영향이 지대했을 터다. 그렇기에 세조 치하에서도 단종에 대한 충성심을 잃지 않았고, 복위를 모의했던 것이다. 내가 모셔야 할 임금이 아닌 다른 자가 권좌에 있는 모습을 지켜보는 심정이 얼마나 괴로웠을지는 더 말하지 않아도 될 것이다. 창밖에서 불안하게 타고 있는 촛불을 바라보니 자신이 끝까지 지켜야 했던 어린 임금의 얼굴이 아른거렸을 것이다. 임금을 지키지 못했을 뿐만 아니라 눈앞에 있음에도 그를 향한 마음조차 드러내지 못하는 현실에, 속이 시커멓게 타들어 가는지도 모르고 하염없이 눈물을 흘리는 애처로운 모습을 떠올리는 것은 어렵지 않다.

한편 이 시조는 전승 및 향유의 측면에서도 살펴볼 여지가 있다. 앞서 언급했듯이 이 시조가 처음 수록된 문헌인 『청구영언』에서는 무명씨로 분류되어 있었으나 18세기 후반에 편찬된 『동가선』에 '충忠'을 주제로 한 작품으로 분류되면서 처음으로 이개의 작품임이 명시되었다. 그런데 그보다 조금 앞선 18세기 중반에 편찬된 『고금가곡』에는 종장이 "우리도 千里에 님 니별ᄒ고 속 ᄐ난듯 ᄒ여라"로 달라지긴 했지만, 작자명 없이 주제를 '별한別恨'으로 제시하였다. '별한'은 말 그대로 사랑하는 임과의 이별을 한탄한다는 것이다. 이는 작자가 사육신 중 한 명인 이개가 아니라면, 임과 이별한 슬픔을 노래하는 남녀 간 애정의 노래로 이해되었을 수 있다는 것이다. 이 시조가 『가곡원류』 계열의 가집—육당본, 불란서본, 『협률대성』, 『증보가곡원류』—의 여창女唱 부분에 수록되었다는 점도 향유의 상황에 따라 작품의 의미를 유연하게 받아들였을 수 있음을 뒷받침한다.

이와 관련하여 『청구영언』을 비롯한 18세기 가집에서는 초장의 첫 구절이 "창 밖에"로 시작하는 데 비해, 『병와가곡집』과 『가곡원류』 등 후대의 가집들에서는 '창밖'은 사라지고 "방 안에"로 전승되었다는 점도 생각할 여지가 있다. 이는 단순한 어휘의 교체를 넘어 작품의 정서 구조와 감상의 맥락이 시간의 흐름 속에서 변화했음을 보여 주는 단서가 될 수 있다. (과도한 해석일 수 있지만) 사람들이 향유하는 방식이 달라짐에 따라 이 시조의 의미가 정치적인 충절의 노래에서 개인적인 감정의 노래로 이해의 방식이 바뀌어 갔음을 의미한다고 볼 수는 없을까?

신성환

028

강호의 풍류와 '역군은亦君恩'의 질서

강호江湖에 봄이 드니

맹사성孟思誠

江湖에 봄이 드니 미친 興이 절로 난다

濁醪溪邊에 金鱗魚ㅣ 안줘로다

이 몸이 閑暇히옴도 亦君恩이샷다

─『청구영언』(진본) 9번

강호江湖에 봄이 드니 미친 흥이 절로 난다

탁료濁醪 계변溪邊에 금린어金鱗魚가 안주로다

이 몸이 한가하옴도 역군은亦君恩이샷다

- 강호江湖: 강과 호수. 또는 '세상'을 비유적
  으로 이르는 말.
- 탁료濁醪: 막걸리. 탁주.
- 계변溪邊: 냇가.

- 금린어金鱗魚: 쏘가리.
- 역군은亦君恩이샷다: 또한 임금의 은혜이시
  도다. '─샷다'는 '─시도다'.

낙관적 세계상

이 시조는 맹사성의 「강호사시가江湖四時歌」 중 '봄'에 해당하는 첫 번째 작품
이다. 「강호사시가」는 제목에서도 알 수 있듯, 강호의 사계절 정취를 노래했다.

봄·여름·가을·겨울 각각 1수씩 4수의 연시조로 구성되어 있으며, 내용적 유기성뿐만 아니라 형식적으로도 일관성이 매우 강하다는 것이 특징이다. 매 수마다 "강호에 ○○이 드니~"로 시상을 일으키고 "이 몸이 ○○함도 역군은이샷다"로 끝맺는다. 이처럼 경직된 형식에도 불구하고 네 수에 걸쳐 화자의 내면과 세계 인식은 여유롭고 풍성하게 그려진다.

이 시조를 읽어 보자. 만물이 깨어나는 따스한 봄이 되자 화자의 마음은 흥겨움으로 가득하다. 그저 겨우내 굳었던 마음이 녹으면서 흥취가 일어나는 정도가 아니라, "미친 흥興"에서 느껴지듯 매우 강렬한 흥겨움이다. 게다가 그 흥은 어떠한 노력의 결과로 얻어지는 것이 아니라, '절로' 일어난다는 점에서 강렬함의 정도를 더한다. '봄'이라는 계절이 주는 생명력과 역동성을 화자는 온몸으로 받아들인다.

만물이 생동하는 계절의 특성은 중장에서 그대로 드러난다. 화자는 봄볕이 내리쬐는 시냇가에서 금린어를 안주 삼아 막걸리를 마신다. 금린어는 비단 같은 비늘을 가진 물고기라는 뜻으로, 쏘가리를 미화한 표현이다. 얼음이 녹으면서 등장했을 쏘가리와 쏘가리를 안주 삼아 막걸리를 마시는 화자 모두 '봄'이기에 가능한 일이다. 어쩌면 봄을 맞아 오랜만에 따스한 볕을 맞으며 시냇가 풍경을 즐겼을 화자에게 쏘가리는 자연이 주는 풍성함 그 자체로도 이해된다. 이렇듯 평온하고 흡족한 면모가 여름(2수)에는 초당에서 유유히 강바람을 쐬고, 가을(3수)에는 작은 배에 몸을 맡기는 한가로운 어옹漁翁의 모습으로, 겨울(4수)에는 눈 덮인 강호를 완상함에도 한기를 느끼지 않는 포근함으로 반복된다.

강호에서의 조화로움과 만족감이 부각되는 면보는 비단 「강호사시사」에만 해당하는 것은 아니다. 세부적인 결에서 차이는 있지만, 15~16세기에 등장하는 강호시가江湖詩歌의 공통적인 특징이기도 하다. 우리가 주목해야 할 지점은 매수의 종장에 등장하는 '역군은이샷다'의 의미이다. 계절의 변화 속에서도 매 순간 세계에 대한 긍정적인 인식이 드러날 수 있었던 근원적 요인도 바로 '(이 모든 것)

또한 임금의 은혜' 덕분이라는 언급에서 찾을 수 있다.

이는 현재 화자가 누리는 강호에서의 삶이 군주의 은혜로운 통치의 결과물임을 의미한다. 더 나아가 '또한〔亦〕'에 주목한다면 관직에서 물러나 한가로운 삶을 영위하는 강호의 세계와 그에 앞서 몸담았던 정치 현실의 세계 양자를 모두 긍정하는, 혹은 두 세계가 별개가 아니라 '군은君恩'이라는 하나의 질서 안에 구축되어 있음을 의미하는 것으로 볼 수 있다. 이를 통해 우리는 「강호사시가」에서 '강호'는 '속세'로 표현되는 정치 현실의 세계와 단절된 완전히 별개의 차원이 아니라, 오히려 두 세계가 연속적으로 이어지거나 하나로 합쳐질 수 있다는 인식이 근간을 이루고 있음을 알 수 있다. 다시 말해 강호는 풍요로움과 너그러움을 내포한 자연의 조화로운 질서를 표상하는 공간으로, 화자는 이러한 조화로운 질서 '또한' 군주에 의한 선정善政의 산물로 받아들이고 있다는 것이다.

작품에 드러나는 이러한 낙관적 세계 인식에 대해서는, 조선조 건국 초기 집권 사대부의 일원으로 활동했던 맹사성의 경험적 현실에서 기인했다고 보는 것이 일반적이다. 고려의 국운이 기울어가던 공민왕 9년(1360)에 태어난 맹사성은 조선 초기 문물제도가 정비되는 세종 20년(1438)까지 살았다. 고려 우왕 12년(1386) 문과에 급제하여 관직 생활을 시작하였으며, 조선이 건국된 이후에도 새 왕조의 건설에 적극 참여하였다. 특히 우리 문화의 황금기로 꼽히는 세종대에 우의정과 좌의정을 역임했고, 76세(1435)에 치사致仕할 때에도 좌의정직에 있었다. 은퇴한 이후에도 조정에서는 국가의 중대사에 대한 의견을 물었으며, 세상을 떠나자 임금이 직접 애도하고 장례를 잘 치를 것을 주문하기도 하였다. 이처럼 새로운 국가 운영 체계를 구축할 수밖에 없었던 시기에 재상의 지위에 있으면서, 자신의 정치적 이상을 현실 세계에 구현할 수 있었던 그의 상황이 「강호사시가」 전체를 지배하는 낙관적 세계 인식을 낳았다고 보는 것이다.

작품에 내재한 악장樂章의 정서

이처럼 「강호사시가」는 맹사성이 벼슬을 마친 이후의 한가로운 생활을 읊었다는, 이른바 만년 저작설이 널리 받아들여지고 있지만, 그렇다고 작품의 창작 시기를 명확히 획정하는 것은 쉽지 않다. 화려한 관직 생활에 비해 맹사성은 문집이 전하지 않을 뿐만 아니라 관련된 기록들도 조각난 형태로 여러 문헌에 흩어져 있기 때문이다. 「강호사시가」와 관련된 직접적인 기록이 전하지 않는 점도 문제이다. 그렇기에 창작 시기를 조선 건국 초기, 작가가 벼슬에서 물러났을 시기로 보는 견해도 있다. 이 경우 정계에 대한 미련과 재출사를 위한 노래로 이해한다.

한편 창작 시기가 언제이든 간에 맹사성이 조선왕조 건설에 적극적으로 참여했음을 부인하긴 어렵다. 이러한 측면에서 악장樂章과의 연관성에도 주목해야 한다. 특히 조선 초 악장인 「감군은感君恩」은 네 개의 연으로 이루어져 있는데, 각 연이 "一竿明月이 亦君恩이샷다"로 끝날뿐만 아니라, 내용적 측면에서도 군주의 무한한 덕과 은혜를 찬양하고 세계의 조화로운 질서를 긍정한다는 점에서 둘 사이의 짙은 연관성이 확인된다.

게다가 「강호사시가」가 현전하는 최초의 연시조이며, 시조라는 장르가 태동하던 시기에 창작된 작품이라는 것도 고려해야 한다. 즉 형성기 시조에 해당하는 「강호사시가」는 순수한 서정시로 완성되었다기보다는 악장이라는 궁중 연악宴樂의 자장磁場 안에서 산출되었으며, 그 교섭의 흔적이 작품 안에 남은 것이다. 태종과 세종 대에 걸쳐 관습도감 제조를 지낸 맹사성이 국가 음악 정비에 중추적인 역할을 했다는 사실은, 악장과 시조라는 문학 갈래 간의 교섭이 자연스러운 일이있음을 시사한다. 이러한 교섭의 결과물이기에 비가悲歌의 특징이 두드러지는 일반적인 어부 노래와 달리, 「강호사시가」에서는 자아와 세계 사이의 이상적 조화로움이 주를 이룰 수 있었던 것이다.

신성환

029

절묘한 타이밍의 시학

대추볼 붉은 골에

황희黃喜

대쵸볼 불근 골에 밤은 어이 뜻드르며

벼 뷘 그르혜 게는 어이 누리는고

술 닉쟈 체 쟝수 도라가니 아니 먹고 어이리

─『청구영언』(진본) 324번

대추볼 붉은 골에 밤은 어이 떨어지며

벼 벤 그루에 게는 어이 내리는고

술 익자 체 장사 돌아가니 아니 먹고 어이리

• 골: 고을.　　　　　　　　　　　• 어이리: 어이하리.

넉넉한 가을날의 풍경

이 시조는 조선 초기의 명재상 방촌厖村 황희(1363~1452)의 작품으로 전해진
다. 『청구영언』(진본)에서는 작자 표기를 따로 하지 않았고 『병와가곡집』에서는
김굉필金宏弼(1454~1504)을 작자로 제시하였는데, 『시가』(박씨본)에서 황희를 작
자로 표기한 이래 『가곡원류』의 여러 이본에서 이를 준용하였다. 황희의 작인지

확신할 수는 없으나 황희의 삶, 특히 만년의 삶과 어울리는 정취를 지니고 있는 것은 분명하다.

황희는 고려 말에 급제하여 관직에 나아갔으며, 망국 후 한때 은거하였다가 조선조에 다시 출사한 인물이다. 정도전, 하륜 등과 함께 조선 초기 조정에서 여러 역할을 수행하였으나 수차 파직과 복직을 거듭하다가 세종대에 이르러 우의정·좌의정·영의정을 역임하면서 국정을 이끌었다. 세종의 깊은 신임을 받아 조정의 중심에서 다양한 개혁과 시책을 펼쳤으며, 청렴하고 인자한 성품으로 후대에까지 칭송을 받았다. 만년에는 스스로 물러나 한적한 전원에서 여생을 보냈다고 전해진다.

황희의 문집인 『방촌집厖村集』이 20세기가 되어서야 간행된 데다가 수록된 작품마저 소략하여 그의 구체적인 문학 세계를 살피기는 어렵지만, 이 시조는 그가 보여 준 삶의 한 단면, 특히 은퇴 이후 누렸을 평온한 가을날의 일상을 그려 볼 수 있게 해 준다. 여기에서 정치적 견해나 모종의 철학적 발상을 읽어 내는 것은 지나친 해석일 수 있다. 오히려 한가로운 전원 속에서 절묘한 순간들이 연달아 펼쳐지는 찰나의 감각, 이를테면 '타이밍의 시학'이 이 시조의 본령이라 할 만하다.

찰나의 감각과 전환의 리듬

그러한 감각은 초장에서부터 선명하게 드러난다. 먼저 화자가 머물고 있는 공간은 '골', 즉 고을로 제시된다. 사람들이 서로 부대끼며 살아가는 소탈하고도 일상적인 공간이다. 그곳에서 화자는 내추를 바라보고 있다. '내죠볼'은 '내추'와 '볼'의 합성어로, 대추가 붉게 익어 과육이 충만한 모습을 사람의 볼에 비유해 인상적으로 표현한 말이다. 이는 단지 사물의 상태만을 묘사하는 데 그치지 않고 화자가 그 붉은색과 모양을 정겹게 응시하며 오랜 시간 머물러 있었음을 보여 준다. 그 붉고도 알이 들어찬 대추에 집중하고 있던 순간, 근처에서 '툭' 소리를 내며 밤이 떨어진다. '뜻드르며'는 '떨어지며'의 고어로 그 찰나의 타이밍에 화자는 놀라고 감탄한다. '어이'라는 감탄사는, 그 순간의 우연한 교차와 전환에 대한 즉각적인 정서를 담아낸 표현이다. 대추에 머물러 있던 시선이 돌연 밤에 의해 전환되는 순간, 이 시조는 바로 그 '순간'을 포착한 작품이라는 점이 분명해진다.

중장에서도 그 같은 타이밍은 이어진다. 중장 "벼 벤 그루에 게는 어이 내리는고"에서는 벼를 다 베고 난 논두렁에서 게가 기어 내려오는 모습을 묘사하였다. 이 시기는 가을걷이가 끝난 뒤로, 벼의 밑동만 남았기 때문에 이전에는 잘 보이지 않았던 논게의 존재가 드러난다. 벼가 자랄 때에는 눈에 띄지 않던 작은 생물이, 이제 막 수확이 끝난 타이밍에야 비로소 시야에 들어오는 것이다. 게는 논두렁에서 화자 쪽으로 내려오고 있고, 그 움직임은 마치 "나도 좀 봐 주세요."라고 말하는 자연의 제스처처럼 느껴진다. 앞서 밤이 툭 떨어지며 그 존재를 알렸듯, 이제는 게가 논의 빈 틈을 통해 자신을 드러내면서 화자의 감각을 자극한다. 여기에서도 화자는 역시 감탄사 '어이'를 되뇌며 그 절묘한 순간의 교차를 놓치지 않고 받아들인다.

이렇게 초장과 중장에 걸쳐 등장한 소재는 '대추', '밤', '게'의 세 가지이다. 이들은 모두 가을에 얻을 수 있는 귀한 자연물이자, 그 자체로 훌륭한 술안주이기도 하다. 화자는 이들 소재를 차례대로 포착해 나가다가 자연스레 술을 떠올리게 된다. 종장 초두에 '술'이 직접 제시된 이유를 넉넉히 짐작할 수 있다. 그런데 당대의 술은 막 빚어서 바로 마실 수 있는 것이 아니었고, 일정 기간 발효와 숙성을 거친 뒤 체로 걸러내야만 제대로 마실 수 있었다. 그런 의미에서 '체'는 단순한 도구가 아니라 음주를 위한 마지막 조건 내지 관문이라 할 수 있다. 중국의 대시인이자 애주가이기도 했던 도잠陶潛, 즉 도연명陶淵明은 매번 체를 준비하기 번거로워 갈건葛巾을 머리에 두르고 다니다가 술을 걸러 마시곤 했다는 일화도 전한다. 그처럼 옛 음주 문화에서 체는 필수품이었고, 작자는 바로 그 체를 파는 장사꾼이 마침 마을에 돌아다니는 모습을 포착하였던 것이다.

'돌아가니'는 이 문맥에서 '돌아가다'가 아니라 '돌아다니다'의 의미로 새기는 것이 합당하다. 이제 모든 조건이 갖추어진 셈이다. 술은 익었고, 체 장수는 왔고, 안주는 이미 앞에서 연달아 등장했다. 이보다 더 완벽한 타이밍은 없을 것이다.

종장의 뒷부분 "아니 먹고 어이리"는 그처럼 모든 것이 알맞게 갖추어진 이 가을날에 어찌 마시지 않을 수 있겠는가, 하는 즐거운 반문이자 유쾌한 감탄이다. 붉고 통통한 대추의 과육, 무게를 못 이겨 낙과한 밤, 논두렁을 분주히 오가는 게, 때마침 익은 술, 거기에 체 장수의 등장까지. 이어지는 순간순간의 흐름 속에서 화자는 결국 '한잔해야겠다'는 여유로운 만족감을 드러낸다. 그 정서는 평온한 전원의 가을날을 온전히 누리는 감각과 조화 속에서 자연스럽게 생성된다.

이처럼 이 시조는 정형적 구조 안에 감각적 순간들이 매우 조화로운 방식으로 배열되고 있으며, 시각적 이미지를 중심으로 한 전환의 연쇄가 긴밀하게 결속되어 있다. 숨 가쁘지만 자연스럽게 장면이 이어지고, 그 흐름이 최종적으로 '술'이라는 소재로 수렴되었다가 다시금 "아니 먹고 어이리"라는 감탄으로 마무리된다. 이 모든 구성의 핵심에는 '절묘한 타이밍'과 '전환의 리듬'이 있다. 그래서 이 시조는 감각적 조우遭遇 혹은 찰나의 미학을 구현한 작품이라 평가할 만하다.

황희는 세종의 빛나는 치세를 보좌한 명재상이면서 욕심 없고 소탈한 청백리淸白吏이기도 했다. 이 작품은 정치를 떠난 황희의 인간적 면모를 가장 온전히 보여 주는 단서일지도 모른다. 때로는 세상과 인생을 통찰하는 거창한 말보다, 지극히 일상적이지만 성겁기 이를 데 없는 소재 하나하나가 더 많은 이야기를 건네주기도 한다.

김승우

030

떠나는 신하를 향한 임금의 비가悲歌

있으렴 부디 갈다

성종成宗

이시렴 브디 갈다 아니 가든 못할쏘냐

무단이 슬터냐 늄의 말을 드럿느냐

그려도 하 애도래라 가는 뜻을 닐너라

─『해동가요海東歌謠』(박씨본朴氏本) 13번

있으렴 부디 갈다 아니 가진 못할쏘냐

무단無斷히 싫더냐 남의 말을 들었느냐

그래도 하 애닯아라 가는 뜻을 일러라

- 갈다: 가야겠느냐.
- 무단無斷히: 아무 이유 없이.
- 하: 몹시.

유호인에 대한 성종의 총애

　『청구영언』을 비롯한 조선 후기 가집歌集에는 '열성어제列聖御製'라는 항목하에 조선의 임금들이 창작한 것으로 알려진 일련의 작품들이 배치되어 있다. 이 작품 역시 그중 하나로, 김수장金壽長이 편찬한 『해동가요』에는 태종과 효종, 그리고 숙종의 작품과 함께 성종(1457~1494)이 지었다고 하는 이 작품이 수록되어 있다. 진정 성종이 지은 것인지 확인할 길은 없으나 '호문好文의 군주'라는 그에 대한 평가가 무색하지 않을 만큼 수작秀作인 것만은 분명해 보인다. 붙잡아 두고 싶지만 그리할 수 없는 이의 안타까운 마음이 석 줄의 노래 안에 흘러넘친다.

겉으로 보기에 이 작품은 영락없는 연가戀歌이다. 임금도 사람이니 여염집 남녀의 사랑과 이별을 경험했을 법도 하지만, 아쉽게도(?) 이 작품에서 떠나갈 것을 만류하는 주체와 대상은 모두 남성이다. 그런 점에서 이 작품은 임금과 신하 사이의 '브로맨스'를 기저에 깔고 있는데, 왕조 국가 조선에서 임금의 만류를 뿌리치고 제 갈 길을 가려는 간 큰 신하는 도대체 누구란 말인가?

그의 호와 이름은 뇌계㵢溪 유호인俞好仁. 1445년 경남 함양에서 태어나 1494년에 죽었다. 갈천 임훈林薰이 쓴 유호인의 행장에 따르면, 점필재 김종직이 함양군수로 있을 적에 유호인을 한번 보고는 기재奇才로 여겨 망년지우忘年之友로 삼았다고 하는데, 아마도 그의 글 짓는 솜씨에 입이 떡 벌어졌기 때문이리라. 1462년에 생원이 되었고, 1474년에 문과에 급제하여 관리가 되었는데, 일찍부터 문장文章으로 정평이 나 있던 그였기에 글과 글 잘 짓는 이를 좋아하던 성종의 지극한 총애를 받았다. 물론 임금이 신하를 총애하는 일이야 군주로서 갖추어야 할 기본적인 덕목에 해당하는 일이어서, "지극한 총애를 받았다."라는 문장의 의미가 그다지 새롭게 다가오지 않을 수도 있겠으나, 그럼에도 유호인을 향한 성종의 총애에는 여타의 사례와는 달리 확실히 유별난 데가 있었다. 그래서인지 이 둘의 남다른 사이를 짐작하게 하는 여러 기록이 후대의 문헌에 자주 보인다.

[1] 성종조成宗朝 때 유호인俞好仁이 옥당에 있었는데, 임금의 보살핌이 특별하여 여러 학사學士 가운데 비할 사람이 없었다. …… 또 한번은 유호인이 숙직을 서는 날이었는데, 임금이 환관 한 명만 데리고 밤에 숙직소에 왔다. 유호인이 놀라 일어나니, 사모紗帽만 쓰고 앉으라 명하고는 자연스럽게 이야기

를 나누었다. 유호인의 이불이 해져 솜이 다 드러나고 색이 바랜 것을 임금이 보고는 이르기를, "높은 관직을 역임하였는데도 검소함이 이와 같으니 가상하다."라고 하고, 환관에게 명하여 자신의 이불을 가져오도록 해서 덮어 주고는 돌아왔다.

　　　　[2] 유호인이 자신의 어미가 노쇠하였다 하여 관직을 그만두고 남쪽으로 돌아가는데, 성종成宗께서 구슬 두 개를 하사하였다. 그런데 한강漢江을 건너다가 배 안에서 구슬을 놓쳐 물속에 빠뜨리고 말았다. 그러자 뇌계는 임금님이 준 것을 보존하지 못했다는 이유로 죽을 죄를 졌다 하여 북쪽으로 대궐을 바라보고 통곡하였다. 그런데 얼마 지나지 않아 잉어 한 마리가 뛰어올라 배 안으로 떨어졌다. 잉어의 배를 갈라 보니 두 개의 구슬이 들어 있었다.

　[1]은 이유원李裕元의 『임하필기』에 전하는 이야기이다. 유호인이 궁궐에서 숙직을 서는 어느 날 밤, 임금인 성종이 사전에 기별도 없이 유호인을 찾아간다. 아무도 없는 밤이어서 옷도 편하게 입고 있었을 텐데 난데없이 임금이 찾아왔으니 얼마나 놀랐겠는가? 여차저차해서 이야기를 나누던 차에 유호인이 덮고 있던 이불을 임금이 보게 되었는데, 얼마나 오래 썼는지 안에 있는 솜이 다 삐져나왔고, 색이 바래서 원래의 이불 색깔을 짐작조차 할 수 없을 정도였다. 상상컨대, 유호인이 아닌 다른 신하였다면 "요새 많이 힘드나? 이불 좀 갈지 그래?"라고 말했겠지만, 상대는 자신이 그토록 아끼는 유호인이 아니던가? 그리하여 그의 검소함을 칭찬하고서는 급기야 자신이 덮던 이불을 가져오도록 해 유호인에게 덮어 주고 갔다는 것이 이 아름다운 이야기의 전말이다. 새 이불이 아니라 헌 이불을 주었다고 탓하지 말자. 왕이 덮던 이불은 그 값을 매길 수 없을 정도로 진귀한 보물이니, 아마도 유호인은 전쟁이 나서 모든 것을 버려야 하는 상황에서도 저 이불만큼은 꼭 챙겼으리라.

[1]이 로맨스라면, 이덕무李德懋의 『청장관전서』에 전하는 [2]는 판타지에 가깝다. 관직을 그만두고 고향으로 돌아가는 유호인에게 성종이 구슬 두 개를 하사했는데, 한강을 건너는 배 안에서 그만 그 구슬을 물속에 빠뜨리고 말았다. 왕이 내린 것은 물 한 모금도 허투루 해서는 안 되는 법. 유호인은 죽을 죄를 졌다 하여 배 위에서 대궐을 바라보며 엎드려 통곡하는 그로테스크한 장면을 연출하는데, 이때 잉어 한 마리가 물속에서 솟구쳐 올라 배 안에 떨어졌다. 혹시? 설마? 그랬다. 잉어의 배를 갈라 보니 우리의 예상대로 구슬 두 개가 온전히 들어 있었던바, 신하를 사랑하는 임금의 마음과 임금을 사모하는 신하의 마음에 하늘이 감동한 것이겠다.

믿을 수 없는 이야기라고 평가절하하는 분들도 있을 것이다. 필자 역시 다르지 않으나, 다만 이러한 이야기들의 자양분이 되었던 사실, 곧 [1]의 첫 번째 문장에 포함된, "(유호인에 대한) 임금의 보살핌이 특별하여 여러 학사學士 가운데 비할 사람이 없었다."라는 사실만큼은 분명해 보인다. 『성종실록』에는 모친을 봉양하기 위해 고향으로 돌아가겠다는 유호인에게 모친을 서울로 모시고 올라올 것을 명한다든지(『성종실록』25년 1월 16일) 부모가 계신 곳과 가까운 고을의 수령으로 유호인을 특별 제수한다든지(『성종실록』18년 1월 18일), 유호인의 부모에게 음식을 하사한다든지(『성종실록』19년 10월 24일) 등의 기사가 많이 보인다. 그러니 앞서 살펴본 [1]과 [2]의 기록뿐만 아니라 지금부터 살펴볼 성종의 시조 또한 유호인에 대한 성종의 총애가 각별했음을 전제한 상태에서 읽어야 한다.

노래로 확인하는 군신 간의 애틋함

이쯤에서 작품으로 넘어가 보자. 이 작품은 통사론적으로 2개의 덩어리로 구분된다. 의문문과 의문문이 아닌 것이 그것이니, 초장과 중장 모두 2개의 의문문이 각각의 장章을 형성하고 있는 반면, 종장의 경우 의문문이 아닌 2개의 단문으로 이루어져 있다. 4개의 의문문에는 떠나려는 이의 마음을 되돌려보려는 시적 화자의 안간힘이 내장되어 있는데, 그러니까 이 작품은 여러 번의 질문을 통해 응축될 대로 응축된 폭발 직전의 힘이 종장에 와서 무력해지는 긴장과 이완의 구조를 취하고 있다. 강하게 쥐고 있다 힘없이 놔 버리는 그 낙폭의 차이만큼 이 노래는 슬프다.

기왕 말이 나왔으니, 이 작품의 백미로 보이는 반복된 의문문의 시적 효과에 대해서도 생각해 보자. 우리가 어떤 생각을 의문의 형식으로 표현한다는 것은 표현 대상에 대해 알지 못하는 부분이 있거나 수긍할 수 없는 지점이 있음을 의미한다. 알지 못하거나 수긍할 수 없다는 말은 곧 발화 주체가 절망과 혼란, 고통과 불안 따위의 부정적 감정들에 휩싸여 있음을 가리킨다. 따라서 한 편의 시 안에서 화자의 의도가 수차례의 의문문을 통해 반복적으로 발화된다는 것은 발화의 상황에 대해 화자가 지닌 불편한 감정의 크기가 그만큼 크다는 것을 뜻한다. 당연한 말이겠지만, 이 작품에 쓰인 4개의 의문문은 헤어짐의 상황을 도무지 받아들이기 힘든, 시적 화자의 불편한 내면을 뚜렷하게 부각한다.

둘째, "부디 갈다"에 준하는 질문들의 반복은 시적 대상을 향해 화자가 지닌 마음의 깊이를 효과적으로 보여 준다. 어렸을 적 들었던 한 유행가에는 "왜 자꾸 이러니? 왜 자꾸 날 힘들게 하니? 네가 자꾸 이러면 내가 널 떠나보내기가 힘들잖니? 내가 어디가 좋니? 이렇게 매일 고생만 시키잖니? 그리고 너 정도면 훨씬 좋은 남자 얼마든지 사귈 수 있잖니?"(god, 「거짓말」)라는 가사가 등장하는데, 답변을 요하지 않는 이 여러 개의 질문들은 결국, "나는 너를, 모질게 떠나보내야 할 만큼 많이 사랑해"라는 단 하나의 문장으로 수렴한다. 물론, 임금과 신하 사이의 브로맨스에 기반해 있는 「있으렴 부디 갈다」에서는 "나에게 너는, 막무가내로 붙잡고 싶을 만큼 소중해."를 뜻한다.

셋째, 이미 말한 것이나 다름없지만 이 작품을 구성하는 4개의 질문들은 각각 독립적으로 발화된 것이 아니라 시조의 초·중장이라는 정해진 형식 속에 나란히 배치되어 있다. 이는 곧 이 4개의 질문들이 시간적으로는 선후 관계에 있음을 의미할 터, "있으렴 부디 갈다"로부터 "남의 말을 들었느냐"까지 의문문이 하나씩 거듭될수록 보내기 싫은 화자의 감정은 점차 커진다. 이로 말미암아 한 편의 시가 갖추어야 할 시적 긴장이 팽팽하게 유지되는데, (과하다고도 할 수 있겠으나.) 아마도 이 작품의 초장은 가사에 울음이 섞여 있었을 테지만, 중장을 지나 종장에 이르게 되면 울음에 가사가 섞여 있었을 것이다.

넷째, 이 작품은 절제되지 않는 감정들을 발산하는 구조로 되어 있어서 작품 내적으로는 안정되기가 어렵다. 그런데 이 작품에서는 각 장의 전반부와 후반부에 하나씩의 의문문을 배치함으로써 동일한 억양이 특정의 마디마다 반복되고, 이를 통해 일정한 리듬과 패턴을 확보하게 된다. 요동치는 감정의 연속에도 불구하고 이 작품이 구조적인 측면에서 상당히 안정되어 있는 것은 이 때문이다. 특정 작품이 후대에 전승될 수 있는 가능성을 '전승력'이라 이름한다면 구조적 안정성은 그 전승력을 높이는 데 적지 않게 기여한다. 수천 수의 시조 작품이 경합을 벌이던 조선 후기 연행 현장에서 40여 종을 상회하는 가집에 이 작품이 수록될 수 있었던 것은 이와 무관하지 않을 것으로 보인다.

앞서 이 작품이 의문문과 의문문이 아닌 것, 좀 더 구체적으로는 초·중장과 종장, 이렇게 2개의 덩어리로 구분된다고 했는데, 그렇다고 해서 초장과 중장이 꼭 같은 것은 아니다. 먼저, 초장에서는 "부디 갈다"라는 긍정의문문과 "아니 가진 못할쏘냐"라는 부정의문문이 차례대로 제시되는데, 긍정과 부정이 양 극단에 놓여 있음을 감안하면 여기에는 모든 방식을 동원하여 대상의 마음을 재확인해 보려는 화자의 간절한 의지가 녹아들어 있다.

중장에서는 초장의 물음에서 한 발짝 더 늘어가 그 원인을 물어보는데, "부난히 싫더냐"가 시적 화자와 시적 대상 사이의 문제로 국한된다면, "남의 말을 들었느냐"는 시적 화자와 시적 대상 둘 다를 제외한 나머지의 문제로 확장된다는 점에서 일정하게 구분된다. 그런데 시적 화자와 시적 대상, 그리고 그 둘을 제외한 나머지의 총합은 결국 전체가 될 터, 이는 곧 대상이 떠나려는 이유에 대해 화자 자신이 여러모로 고민해 봤으나 아무런 답을 얻지 못했음을 의미한다.

사태의 원인을 알지 못하면 해결할 방도도 찾을 수 없는 법, 그러니 얼마나 갑갑하겠는가? 이런 점에서 종장 1음보의 "그래도"는 그 의미가 단순치 않은데, 종장 후반부의 "가는 뜻을 일러라"에 주목해 보면 떠나려는 진짜 이유를 알지 못해서 "하 애닯아라"라는 것으로 읽히기도 하고, 옛말 '그래도'에 대응하는 현대어 '그래도'의 사전적 정의, 곧 "뒤 문장의 내용이 앞 문장을 양보한 사실과는 상관이 없음을 나타내는 접속 부사"를 고려하면 떠나려는 원인이 무엇이든 관계없이 네가 떠난다는 사실 그 자체만으로도 "하 애닯아라"라는 것으로 읽히기도 한다.

여기서 반전. 사실 성종은 유호인이 떠나는 이유를 이미 알고 있었다. 이 작품은 창작의 구체적인 정황이 기록으로 남아 있으니, 조선 중기의 문신 차천로의 『오산설림초고五山說林草藁』에는 이 작품과 관련한 저간의 내력이 작품 원문과 함께 들어 있다. 원문을 옮기면 다음과 같다.

> 유호인은 집이 남쪽 지방에 있었다. 귀향하여 노모老母를 섬길 수 있게 해 달라고 매번 청했으나 성종이 허락하지 않았다. 하루는 호인好仁이 벼슬을 그만두고 돌아가려는데, 성종이 친히 전별하였다. 술이 반쯤 취하자 노래를 지어 불렀다. "이시렴 브듸 갈다 아니 가든 못손냐 므더니 슬터랴 ᄂᆞᆷ의 권을 드런ᄂᆞᆫ다 그도도 하 애ᄂᆞᆫ고나 가는 뜻을 일너라" 호인이 감격하여 울었고, 좌우의 사람들 또한 감격하였다.

그렇다. 유호인이 관직을 그만두고 고향으로 돌아가려는 이유는 늘 그랬듯 부친 사후에 고향에 혼자 남은 노모를 모시기 위해서였다. 이 노래는 마찬가지의 이유로 귀향하려는 유호인을 위해 성종이 친히 마련한 전별의 자리에서 불렸던 만큼, 그 역시 유호인이 떠나는 이유를 분명 알고 있었다. 그런데도 이 노래에는 그 이유에 대한 화자의 물음이 집요하게 이어지는바, 작품 바깥의 사실과 작품 안의 내용에 약간의 거리가 있는 것을 부인하기 어렵다. 여기에는 여러 가능성이 있을 수 있는데, 우리가 알지 못하는 복잡한 정치적 곡절이 있었을 수도 있고, 이미 알려져 있던 어떤 노래를 가져다 얼마간 바꿔 부른 탓일 수도 있으며, 급기야는 원래 별도였을 이 노래가 임금과 신하 사이의 미담美談을 돋보이게 하는 용도로 후대에 덧붙여졌을 가능성도 배제하기 어렵다. 그럼에도 3번째 가능성은 상정하고 싶지 않은데, 지엄한 군주가 떠나는 신하를 앞에다 두고, 약간은 흐트러진 채로 감춰둔 속내를 토로하는 장면은 눈물겹도록 아름다워서, 필자는 이 일이 없었던 일이라 믿고 싶지 않다.

하윤섭

031

늙음, 인간 보편의 문제

늘기 다 셟거니와

김득연金得研

늘기 다 셟거니와 오래 살기 어려오니

우리 진실로 오래 살면 늘글속록 더 놀리라

뒤나 樂而忘憂ᄒ야 늘늘 줄을 모르리라

—『갈봉유고葛峰遺稿』 44번

늙기 다 셟거니와 오래 살기 어려우니

우리 진실로 오래 살면 늙을수록 더 놀리라

뒤라 낙이망우樂而忘憂하여 늙을 줄을 모르리라

• 셟거니와: 서럽거니와.　　　　　　　• 낙이망우樂而忘憂: 즐겨서 근심을 잊음.

우주적 시간에서 인생의 시간으로

이 시조는 갈봉葛峯 김득연이 지은 「산중잡곡山中雜曲」 중 44번째 작품이다. 그는 생전에 70여 수의 시조를 지었는데, 『갈봉유고葛峰遺稿』와 『갈봉선생유묵葛峰先生遺墨』 등에 전한다. 김득연의 시조는 대체로 일정한 제목 아래에 실려 있다. 각각 「산중잡곡」 49수, 「회작국주가會酌菊酒歌」 3수, 「계우제회가契友齊會歌」

3수, 「적벽희영가赤壁戲咏歌」 3수, 「영회잡곡咏懷雜曲」 6수, 「산정독영곡山亭獨咏曲」 6수 등이다. 제명과 수록 양상은 문헌별로 다소 상이하다.

「산중잡곡」은 김득연의 여타 시조들이 연시조의 구성을 지니는 것과는 다르고 작품 간에 유기적 구성을 갖춘 것으로 보기도 어렵다. 「산중잡곡」이 1618년 이후 최소 16년에 걸쳐 창작되었던 점을 보면, 일정한 주제적 지향들로 범주를 설정할 만한 작품들을 취사선별한 것으로 이해된다. 「산중잡곡」의 창작 맥락은 김득연이 전하는 것보다 더 많은 작품을 창작하였을 가능성을 보여 주는 것이기도 하다.

방대한 작품 분량만큼이나 김득연의 시조는 다양한 모티프로 구성되어 있다. 그중 「산중잡곡」은 17세기 시가사의 주요 모티프라 할 수 있는 강호江湖, 전가田家, 은자隱者, 가난〔貧〕을 포함하여 탄로嘆老, 유락遊樂, 취흥醉興 등이 나타난다. 특히 탄로와 유락, 보다 엄밀히 말하여 장수長壽와 유희를 향한 태도는 16세기 시가사의 전범적인 작품들에서 확인하기 어려운 미감이다.

즐거움으로 노년의 근심을 달래다

초장에서 화자는 늙음에 대해서 이야기한다. 늙음이란 모두가 서러운 것이며, 인생은 유한하다는 태도는 필멸의 삶을 살아갈 수밖에 없는 인간의 존재론적인 비극을 지시한다. 화자가 지적하는 '늙기', 즉 시간의 흐름은 인간이 항거할 수 없는 자연의 법칙이다. 따라서 초장에 제시된 늙음과 슬픔의 문제는 시조의 향유층과 정서적 공감대를 형성하게 된다.

주의할 점은 늙음과 슬픔에 대한 문제가 철학적이고 사변적인 사유 또는 삶에 대한 비관적인 태도로 함몰되지 않는다는 것이다. 중장에서 화자가 늙음과 슬픔의 문제를 현실의 놀이, 즉 유락적 행위의 명분으로 제언하는 태도를 통해 알 수 있다. 인생에 정답이 있다면 그것은 행복이다. 정도와 대상의 차이만 있을 뿐, 누구나 행복하기 위해서 산다. 따라서 늙음이 인간으로 하여금 존재론적인 비극을 마주하게 한다면, 행복하기 위해 노력하는 것이야 말로 삶에서 추구해야 할 가치라고 할 수 있다. 늙을수록 더욱 놀아야 한다는 화자의 태도는 이와 같은 인식하에 당위성을 갖추게 된다.

또한 화자는 '우리'라는 시어를 문면에 직접적으로 노출한다. 유락적 행위가 화자 개인의 일탈을 넘어 정서적 공감대를 형성하는 시조의 향유층을 포괄하는 것이다. 이를 통해 초장에서 마련된 늙음과 슬픔의 공감대는 중장을 거치며 유락적 행위의 당위로 전환되어 시조 향유층 간의 공동체적 유대감 형성으로 확장되기에 이른다.

이후 '우리'가 공유해야 할 유락적 행위의 가치는 종장에서 다시금 강조된다. '낙이망우樂而忘憂'가 그것이다. 망우忘憂의 대상은 늙음이라는 보편적이고 근원적인 문제에 해당한다는 점에 주의하자. 종장에서 늙는 줄을 모르겠다는 화자의 태도란, '우리'가 공유하는 유락적 행위가 이를 전복시킬 수 있을 만한 의미적 행위라는 이해가 성립된다. 결국 종장의 내용은 인식론적 측면에서 공동체적 유대감의 의미를 '우리'로 대변되는 향유층을 향한 강조의 메시지로 기능하게 된다.

안동 사족으로서 김득연은 도학자의 전범적 삶을 지향하였다. 그는 부친인 유일재惟一齋 김언기金彦璣의 유의遺意를 이어서 평생을 출사하지 않고 은거하였다. 김언기는 이황의 문인으로 생전 권호문權好文과 교의가 두터웠으며, 이황의 사후死後에 설립된 여강서원廬江書院 초대 원주로 추대되어 지역에 도학을 진작시키기 위해 노력하였던 인물이다. 주위에서 노직老職을 권유하자 포의布衣를 가업으로 삼았음을 선언하였던 김득연의 태도는 부친 김언기로부터 물려받은 가풍家風이 어떠한지를 잘 보여 준다.

결국, 도학자로서 김득연의 삶을 통해 「산중잡곡」에 나타난 탄로와 유락 모티프의 양상을 이해하려면 작품의 창작과 향유 맥락에 대한 세밀한 접근이 필요하다. 또한 그 접근 구도는 문예 활동과 관련하여 17세기 도학자의 이념적인 문제의식과 괴리되지 않는 범주에서 수행되어야 할 것이다. 이와 관련하여 오늘날

「산중잡곡」의 창작 맥락으로는 김득연의 계회契會 활동, 보다 엄밀히 말하여 동문계인 낙계회洛契會와 족계族契인 광산김씨성회光山金氏姓會가 주목을 받고 있다.

먼저 낙계회는 김득연이 속했던 동문계이다. 그의 부친인 김언기의 문도들이 주도하여 임진왜란 이후 안동 지역을 중심으로 계파적 집단성을 고양시키기 위한 목적에서 운영되었다. 당연히 그 중심은 김득연이 있었다. 그가 1618년을 전후로 부친의 묘소가 있는 와룡산 자락에 지수정止水亭을 건립한 이후 계원들과 교유하며 도학을 수양하였던 정황은 그의 문집을 비롯하여 「산중잡곡」의 여러 작품에서 살펴볼 수 있다.

광산김씨성회는 안동부의 오천烏川과 구담九潭 일대 광산김씨의 친족 모임을 가리킨다. 중종의 문화가 자리잡기 이전에, 특정 지역을 매개로 친족 간의 혈연적 유대감을 마련하기 위한 목적에서 운영된 화수회花樹會이다. 김득연은 구담 지역의 종장宗丈으로서 몰년에 가까운 81세에도 꾸준히 성회에 참석하였다. 광산김씨성회는 그의 동생인 청취헌晴翠軒 김득의金得礒의 주도 아래 발족하였으며, 모임의 장소로 지수정이 자주 활용되었던 정황 등은 성회의 운영에 김득연이 상당한 영향을 미쳤음을 짐작하게 한다.

특히 광산김씨성회는 전대에는 존재하지 않았던 새로운 형태의 인적 네트워크였다. 따라서 지역별 구성원 간의 심리적 거리를 해소하고 상호 간의 융합을 지향하는 태도는, 성회 운영의 향방을 결정할 만한 사안이었을 것이다. 이에 성회 구성원 간의 유락적 행위는 일종의 문화적 유희로서 그 의미를 지녔을 것으로 짐작된다. 그가 성회의 현장성과 웃음 등을 반영한 한시를 다수 창작하였던 점 또한 유락 모티프를 통한 문예 활동이 구성원 간의 연대감을 고양하기 위한 방편으로서 의미를 지녔던 정황을 보여 준다.

주의할 점은 김득연을 비롯하여 성회의 구성원들은 광산김씨성회를 단순한 친목 모임 정도로 인식하지 않았다는 것이다. 그들은 성회의 운영을 세도가 세퇴

한 현실에서 천륜의 가치를 실현할 수 있는 의미적 행위로서 평가하였다. 이러한 태도는 성회의 운영이 유물론적 측면에서 향촌 사회의 헤게모니 문제뿐만 아니라, 도학자로서 정체성 정립 문제와도 관련한 사안이었음을 보여 준다.

현재 이 시조를 포함하여 「산중잡곡」의 창작 맥락을 정확하게 가늠할 수 있는 기록이 전하고 있지는 않다. 그러나 도학자로서 김득연의 삶을 고려한다면, 시조에 나타난 '탄로'와 '유락'의 욕망을 유희 공간에서 행해지는 일탈적 행위로 접근하기는 어렵다. 그보다는 계회가 성공적으로 지속되기를 바라는 기대 심리의 차원에서 접근할 필요가 있으며, 이는 그가 일생 동안 추구하였던 전범적 가치의 차원에서 이해해야 한다.

이승준

032

바라는 것은 허물없는 삶일 뿐

연하烟霞로 집을 삼고

이황李滉

烟霞로 지블 삼고 風月로 버들 사마

太平聖代예 病오로 늘거 가뇌

이듕에 브라는 이른 허므리나 업고쟈

－『도산육곡陶山六曲』(판본板本) 2번

연하烟霞로 집을 삼고 풍월風月로 벗을 삼아

태평성대太平聖代에 병으로 늙어 가니

이 중에 바라는 일은 허물이나 없고자

• 연하烟霞 : 안개와 노을.   • 풍월風月 : 맑은 바람과 밝은 달.

「도산십이곡」 내에서 '언시 2'의 위시

이 시조는 비로소 자연 공간에 터를 닦고 자연을 벗 삼아 지내며 태평한 세월을 구가하는 삶의 방식을 노래한 것으로, 퇴계退溪 이황(1501~1570)의 「도산십이곡陶山十二曲」 중 한 수이다.

「도산십이곡」은 전육곡前六曲에 해당하는 '언지言志' 6수와 후육곡後六曲에 해당하는 '언학言學' 6수, 모두 12수로 된 연시조이다. 작품 순서에 따라 번호를 붙이면 '언지'의 두 번째 수인 이 시조는 '언지 2'라고 지칭할 수 있는데, 바로 앞의 작품인 '언지 1'과 긴밀하게 짜인 점이 눈에 띈다. 먼저 '언지 1'을 잠깐 보면

이런돌 엇다ᄒᆞ며 뎌런돌 엇다ᄒᆞ료
草野愚生이 이러타 엇다ᄒᆞ료
ᄒᆞ믈며 泉石膏肓을 고텨 므슴ᄒᆞ료

라고 읊었다. 초장에서 '이런' 것과 '뎌런' 것 사이에서 방황하던 화자는 중장에서 '초야우생草野愚生'으로서 이만한 삶도 괜찮지 않은가 하고 반문하더니 종장에서는 '천석고황泉石膏肓'을 고치지 않겠다고 선언하기에 이른다. '언지 2'는 이러한 '언지 1'을 부연하고 있다.

따라서 '언지 2', 즉 이 시조를 읽을 때는 '언지 1'과의 관계를 염두에 두어야한다. 초장의 화자는 '연하'로 집을 삼고 '풍월'로 벗을 삼는다고 진술했다. 여기에서 '연하'와 '풍월'은 도산 주변의 자연 공간을 표상한다. 곧 자연 공간에 머물며 자연과 조화를 이루는 삶을 형상화한 것이다. 아울러 그것은 '언지 1' 중장의 '초야우생'을 부연한 것으로 볼 수 있다. 중장에서는 '태평성대'에 '병'으로 늙어간다고 하면서 오로지 자연에만 몰두할 수 있는 자기 시대를 태평성대로 규정한 다음, 자연과 조화를 이루어 그 섭리에 따라 늙어 가는 자기 모습을 제시했다. 이는 '언지 1'의 종장에서 선언한 것, 즉 '천석고황'을 고치지 않는 삶의 방식과 지향을 부연한 것으로 해석된다. '언지 1'이 자연에 묻혀 살겠다는 추상적 선언에 가깝다면 이 시조는 그러한 삶의 방식을 구체화한 소묘에 가깝다고 하겠다.

존양과 성찰, 그리고 허물없는 삶

이상에 따르면 이 시조는 '이런' 것과 '뎌런' 것 사이에서 갈등한 끝에 '초야

우생'으로 살면서 '천석고황'을 고치지 않겠다고 선언한 화자가 비로소 자연으로 돌아와 삶의 공간과 방식, 지향 등을 노래한 작품이라고 할 수 있다. 그런데 비로소 자연으로 돌아온 화자의 첫 마디가 허물이나 없기를 바랄 뿐이라는 것이라 흥미롭다. 이 말은 『주역周易』「계사전繫辭傳」 상편의 "허물이 없다는 것은 잘못을 잘 고친다는 뜻이다."라는 구절에 비추어 보아야 한다. 여기에는 인간이란 언제고 허물을 지을 수밖에 없는 존재이며, 그러므로 자기 잘못을 뉘우치고 바로잡기 위해 노력해야 하는 존재라는 인식이 전제되어 있다. 「계사전」의 이러한 내용을 수용한 데서는 언제라도 허물을 지을 수 있는 존재로서 그 잘못을 고치기 위해 끊임없이 경계하고 성찰해야 한다는, 화자의 자기 인식이 엿보인다.

이 시조의 화자는 비로소 자연 공간에 돌아와 태평한 세월을 구가하는 흥취를 노래하는 동시에 여전히 허물을 경계해야 하는 인간으로서 자신의 한계를 자각하고 있다. 이러한 태도는 전6곡 마지막 수, 즉 '언지 6'에서,

> 春風에 花滿山ᄒ고 秋夜애 月滿臺라
> 四時 佳興ㅣ 사롬과 한가지라
> ᄒ믈며 魚躍鳶飛 雲影天光이사 어늬 그지 이슬고

라고 한 것과 차이를 보인다. 다시 말해 '언지 6'에서는 마침내 자연과 합일을 이룬 물아일체의 경지를 자랑하는 반면, 이 시조에서는 도산 주변의 자연을 접하여 자연과 합일을 이루고자 하나 아직은 온전한 합일에 다다르지 못한 처지를 나타내고 있는 것이다. 이 시조는 언제고 허물을 지어 분리와 이탈을 겪을 수도 있다는, 따라서 존양存養과 성찰省察을 지속해야 한다는 자기 인식을 함께 드러낸다.

도산서원 건립에 담긴 뜻

그렇다면 이러한 자기 인식을 어떻게 이해할 수 있을까? 작가 이황은 43세

되던 1543년 성균관 사성成均館司成이 되었는데, 이때 휴가를 얻어 고향으로 돌아간 뒤로 서울 생활을 청산하고 귀향할 마음을 먹은 듯하다. 46세 때는 장인의 장례를 치르기 위해 다시 고향에 돌아갔다가 몸이 아파서 복귀하지 못한 까닭에 관직에서 해임되기도 했다. 그해에 양진암養眞菴이라는 자그마한 암자를 지었다. 이후 왕의 명을 받고 마지못해 조정에 나아갔으나 일단 서울을 벗어나고자 외직外職을 요청하여 48세 때 단양 군수丹陽郡守가 되었다가 같은 해 10월에 풍기 군수豐基郡守로 자리를 옮겼다. 그 뒤로도 여러 차례 물러날 것을 요청한다. 이렇듯 나아감과 물러남을 반복하던 이황은 결국 55세 되던 1555년 사직을 허락받고 귀향하기에 이른다. 사실상 은퇴라 할 만한 귀향이었다.

잇따라 사직을 요청한 표면적인 이유는 신병身病이었다. 그는 20세 때『주역周易』의 뜻을 궁리하느라 먹고 자는 일까지 잊은 바람에 여위고 초췌해지는 병을 얻었다고 한다. 실제로 복통이나 기침, 가래로 인한 고통을 호소할 때가 많았다. 아울러 이황은 사직을 구할 때마다 자신은 무능하고 어리석어 맡은 바 직책을 수행하기에 부족함을 역설하기도 했다. 지나친 겸사로 들릴 수도 있으나 단지 겸사로만 보기도 어렵다. 자신에게는 벼슬길에 나아가 정사를 돌보는 일보다는 자연으로 물러나 학문 활동에 매진하며 후학을 양성하는 일이 더욱 어울린다고 생각했을 수 있다. 그뿐만 아니라 당시의 정치 현실이 혼란했던 것도 그 배경 중 하나였을 것이다. 예컨대 이황은 19세 때 기묘사화己卯士禍, 45세 때 을사사화乙巳士禍 등 두 차례의 사화를 겪어야 했다.

도산으로 돌아올 마음을 먹은 이후 이황은 자연 공간에 머물면서 학문 생활에 몰두할 만한 터를 찾기 위해 오랫동안 애쓴 것으로 추정된다. 위에서 언급한 양진암을 필두로 51세 때는 퇴계의 서쪽에 한서암寒栖菴을 짓는다. 52세 때는 한서암을 아들의 살림집으로 내주고 계상서당溪上書堂을 다시 지어 본격적으로 은거 생활의 터전을 마련했다. 하지만 계상서당은 지나치게 적막하여 도량을 넓히기에 적절하지 않은 데다가 비좁아서 제자들과 강학하기에도 좋지 않았다고 한다. 그를 찾는 제자들이 급격히 늘어나면서 많은 인원을 감당하기 어려웠던 것으로 보인다. 그리하여 57세 경 다시 한번 자리를 옮겨 도산 남쪽에 새로운 거처를 조성한다. 그렇게 일군 터전이 바로 도산서당陶山書堂이다.

이황은 새로 지을 건물의 구조와 규모, 배치 등을 세심하게 설계했다. 백운동서원白雲洞書院을 확충하여 사액서원賜額書院으로 만든 데서 드러나듯, 이 시기에 그는 서원을 거점으로 한 교육 활동에 관심이 많았던 듯하다. '정학正學'을 열어 인심을 맑게 하는 것이 사회를 바로잡는 길이라 여긴 것이다. 게다가 호중천지壺中天地의 원림 미학, 곧 협소한 원림 공간의 자그마한 경물을 통해 산이나 강, 바다와 같은 거대한 예술 공간을 구현하여 무한광대한 우주를 담아내려는 심미적 취향은 당시의 사대부라면 누구나 꿈꾸었던 로망이었을 것이다. 이러한 포부와 이상을 반영하기 위해 심혈을 기울여 원림 공간을 구상한 이황은 착공 5년 만인 1561년 비로소 도산서당이 완성되자, 도산 주변의 자연에 몰입하여 학문 활동에 매진하기 시작한다.

지극한 즐거움[至樂]에 닿기 위한 노력

「도산십이곡」은 그 4년 후인 1565년에 지어진 것으로, 거듭 사직을 요청하면서 진퇴進退를 반복한 끝에 어렵사리 도산으로 돌아온 퇴계 이황의 곡절과 지향, 흥취를 반영한 연시조이다. 이러한 곡절과 지향을 고려하면 '언지 1'의 화자가 마침내 '초야우생'으로 살면서 '천석고황'을 고치지 않겠다고 선언하게 된 사정이 조금 더 구체적으로 이해된다. 아울러 '언지 6'에서 마침내 자연과 합일을 이룬 물아일체의 경지를 자랑한 것을 보면, '언지'는 내직 길들 끝에 사연 공간으로 돌아온 화자가 자신의 울울한 마음을 씻어 내고 자연과의 합일에 다다르는 과정을 노래한 부분이라고 할 수 있다. 그리고 '언지'의 두 번째 수로서 이 시조는 자연을 벗 삼아 지내며 자연과의 합일을 시도하나 아직은 온전한 합일에 이르지 못한, 자연과의 합일을 이루기 위해 언제고 허물을 지어 분리와 이탈을 겪을 수 있는 자신을 다잡으려는 심정을 표출한다.

정리하자면 이 시조는 마침내 도산으로 돌아와 내면의 울울함을 풀고 자연과 합일을 이루어 지락至樂으로 나아가는 심리적 추이의 한 국면을 담아낸 작품이라고 할 수 있다. 좁게는 자연 공간에 터를 닦고 자연을 벗 삼아 지내는 흥취와 태평한 세월을 구가하며 허물이나 짓지 않기를 바라는 소망을 노래한 시조이면서, 넓게는 자연을 접하여 자신의 비루한 마음을 씻어 나가고 자신의 한계를 인정하는 가운데 흔들리는 마음을 다잡기 위해 끊임없는 수양으로 나아가는 심정을 노래한 시조이다. 이로부터 이미 완성에 다다른 도학자 혹은, 스승으로서 퇴계 선생의 면모가 아니라 언제든 흐트러질 수 있는, 실제로 벼슬길을 헤매는 바람에 다른 데에 마음을 빼앗기기도 한 자신을 돌아보는 인간으로서 퇴계 선생의 면모가 엿보인다. 아울러 어렵게 도산에 돌아왔으니 더 이상 애먼 데에 마음을 빼앗기지 않고 정진하려는, 자연을 완상하고 학문에 매진하며 도의 본체에 다가가려는 그의 바람이 드러난다고 하겠다.

박영민

굴레 벗은 천리마를

김성기金聖基

구레 버슨 千里馬를 뉘라셔 자바다가
조쥭 슬믄 콩을 슬지게 머겨 둔들
本性이 왜양ᄒ거니 이실 줄이 이시랴

－『청구영언』(진본) 245번

굴레 벗은 천리마를 뉘라서 잡아다가
조죽 삶은 콩을 살지게 먹여 둔들
본성本性이 왜양하거니 있을 줄이 있으랴

• 왜양하거니: 분방하니.

삶과 예술에 대한 수제석 태노

이 시조는 『청구영언』(진본)에 수록된 조선 후기 가객歌客 김성기金聖基(또는
金聖器, 생몰년 미상)의 작품이다. 김성기는 거문고의 명인이었으며, 중인 신분으
로 추정된다. 본래는 활을 만들던 장인이었다는 기록도 전한다. 생애에 대한 정
보는 자세하지 않지만, 후대에 그의 제자들이 정리한 거문고 악보『낭옹신보浪

翁新譜』를 통해 그의 음악적 역량과 영향력을 짐작할 수 있다. 특히 목호룡睦虎龍과 같은 당대의 권세가가 연주를 청했으나 이를 거부하고 도성을 떠나 서강西江에 머물며 노래와 연주를 이어 가다 생을 마감했다는 일화는, 그가 단지 기능적 악사가 아니라 삶과 예술에 대해 주체적 태도를 견지한 인물이었음을 잘 보여 준다.

　김성기의 그러한 주관이 분명하게 드러나는 이 시조에는 일종의 선언이 담겨 있다. 화자는 '말'을 자신의 존재를 드러내는 비유로 삼았고, 그 점에서 이 작품에는 자전적 성격이 강하게 드러난다. 첫 구절에서부터 김성기는 스스로를 '천리마'로 상정하였는데, 하루에 천 리를 달린다는 '천리마'는 뛰어난 역량과 재능을 지닌 존재의 상징이다. 그러나 이 말은 굴레를 벗은 상태로 나타난다. 말은 굴레를 써야 사람이 타거나 부릴 수 있는 동물이다. 그런 점에서 굴레를 벗었다는 것은 통제를 거부하고 길들여지지 않으려는 존재, 자유의지를 지닌 개체를 뜻한다. 김성기는 자신이 천리마처럼 빼어난 존재이기에 그 누구도 길들일 수 없다고 스스로를 규정하였던 것이다. 이어지는 "뉘라서 잡아다가"에서도 그 같은 강건한 자의식이 짙게 배어난다.

　한편, 김성기의 자긍심은 각별한 후의厚意에도 결코 흔들리지 않는다. 중장 "조죽 삶은 콩을 살찌게 먹여 둔들"은 말에게 최고의 사료를 주는 상황을 상정한 것이다. 원래 말에게는 겨나 짚 같은 거친 사료를 주기 마련이지만, 여기에서는 사람이 먹는 곡식인 조로 쑨 죽과 삶은 콩을 살찌게 먹여 준다고 했다. 말에게는 그야말로 사치스러운 처우라 할 만하다. 조선 후기 가객은 노래와 연주를 제공하고 그 대가를 받아 생을 이어 가는 전문 직업인이었다. 따라서 '조죽'과 '삶은 콩'은 당시 사회에서 권세가들이 그들을 부르며 제공했을 각종 후대와 환대를 뜻한다고 볼 수 있다. 실제로 목호룡과의 일화가 수록된 『이향견문록里鄕見聞錄』「김성기전金聖基傳」에는 목호룡이 김성기를 연회에 청하면서 지체 높은 사람이나 탈 수 있는 '안장마鞍裝馬', 즉 안장을 깐 말을 보냈다는 표현이 나오기도 한다. 그러나 아무리 좋은 조건을 내세우고 후하게 대접한다 한들, 자신의 뜻에 맞지 않는 사람에게 몸을 굽힐 수는 없는 일이다. 비열한 목호룡의 성품을 못마땅히 여겨 수 차례 이어진 청을 단호히 거절했다는 것만 보아도, 김성기가 단지 대가만을 바라고 아무 데서나 노래하거나 연주하는 인물이 아니었음을 알 수 있다.

길들여지지 않는 존재의 언어

종장의 "본성이 왜양하거니 있을 줄이 있으랴"는 작품 전체의 결론이자 핵심 명제이다. 여기서 '왜양'이라는 어휘는 『청구영언』(진본)에 한자가 아닌 국문으로 표기되어 있기에 고유어로 이해되지만, 다른 문헌에서는 그 용례가 발견되지 않아 의미가 불분명하다. 이후의 『해동가요』 계열 가집에서는 '와야' 또는 '와양'으로, 더 후대의 『가곡원류』 계열 가집에서는 '오왕誤往'이나 '오광誤狂'으로 적힌 사례도 확인되는데, 그 같은 사례들로 미루어 보면 이 어휘의 뜻은 조선 후기에도 명확하게 규정되지는 않았던 듯하다. 문맥상 해석해 본다면 '왜양하다'는 '거칠고 억세며 제 마음대로인' 성정을 뜻한다고 짐작된다. 나의 본성이 원래 드세고 어디에도 얽매이지 않으니 누구도 나를 그들의 영역에 가두어 둘 수 없다는 선언이 종장에 담겨 있는 것이다.

이처럼 이 작품은 김성기의 삶과 태도에 대한 정제된 자기 해명이라 할 수 있다. 그는 단지 악기를 연주하고 노래를 부르는 기능인이 아니라 자존과 자유를 실천하는 예술가로서 스스로를 인식했고, 자신에 대한 사회의 관습적 시선을 거부했다. 작품에서 결연한 의기가 느껴지는 이유도 여기에 있다. 더구나 이 시조는 정형석인 十소 안에서 삼성의 으듬과 인식의 선개늘 매끄럽게 영상와하고 있다. '천리마'라는 자의식, 타인의 대우에 대한 가정, 자기 본성의 재확인을 거쳐, 결국 모든 조건과 기대를 거절하는 내적 완결에 도달한다. 특히 '말'이라는 우의를 통해 사람의 삶과 정체성, 사회적 구조와의 거리감까지 아우르는 상징적 깊이는 매우 강렬하다.

김성기는 중인의 신분으로 당시 권력 구조에서는 주변인이었으나, 그 주변성은 곧 그의 작품의 핵심을 이룬다. 사회의 중심에 들어가지 않되 그 중심을 관찰하고 비평하는 자리에서 그는 말하고 노래하였다. 자작 시조를 통해 당대의 권세가들이 쉽게 받아들이기 어려운 독립성과 자긍심을 뚜렷하게 선언하였던 것이다. 이 시조는 비록 김성기 개인의 작이지만, 조선 후기 가객들이 지니고 있었던 주체적 인식과 예술가적 분방奔放함을 보여 주는 자료로 삼기에도 손색이 없다.

오늘날 우리가 이 작품을 접할 때에도 역시 작품에 담긴 그 같은 지향을 되새겨야 할 것이다. '왜양한 본성'을 지닌 천리마는 거칠고 얽매이지 않으며 스스로 삶의 길을 선택하는 존재의 상징으로 지금도 유효한 의미를 지닌다. 우리는 여전히 누군가의 '굴레'를 쓰길 요구받고 누군가의 먹이를 받아들이길 강요받는다. 그러한 처지에서 "있을 줄이 있으랴"라고 도발적으로 외쳤던 김성기의 언술은 내내 깊은 울림을 전달한다.

김승우

034

모친을 향한 마음, 홍시에 담다

반중盤中 조홍早紅감이

박인로朴仁老

盤中 早紅감이 고아도 보이ᄂ다

柚子ㅣ 아니라도 품엄즉 ᄒ다마ᄂ

품어 가 반기 리 업슬싀 글로 셜워ᄒᄂ이다

ー『청구영언』(진본) 96번

반중盤中 조홍早紅감이 고와도 보이나다

유자柚子가 아니라도 품음 직하다마ᄂ

품어 가 반길 이 없으니 글로 셜워하나이다

• 반중盤中: 쟁반 위의.   • 조홍早紅감: 조홍시. 일찍 익는 홍시.

                                 • 보이나다: 보인다.

'홍시'에 투영한 효심

이 시조는 노계蘆溪 박인로(1561~1642)가 지은 「조홍시가早紅枾歌」의 첫 수이
다. 오늘날 「조홍시가」는 4수로 알려져 있다. 1690년 이덕형李德馨의 손자인 이
윤문이 간행한 『노계가집蘆溪歌集』(경오본庚午本)과 1831년 초간된 목판본 『노계선

생문집蘆溪先生文集』을 비롯하여 『청구영언』(진본), 『병와가곡집』 등의 문헌에 수록되어 전한다. 전하는 기록에 따라 이덕형의 명에 의해 지었다는 설과 장현광의 요청에 의해 지었다는 설이 달리 전한다.

먼저 초장에는 소반 위에 놓인 조홍감에 대한 화자의 정감이 드러난다. 붉게 익은 영롱한 감을 향해 화자의 감탄은 "고와도 보이나다"라는 발화에 담겨 있다. 이때 조홍감이 다른 감보다 먼저 익는 품종이라는 점에서 화자의 감정은 더욱 고조되어 있음을 알 수 있다.

홍시에 대한 화자의 태도는 중장에서도 연속된다. 홍시는 기본적으로 쉽게 터질 수 있는 과일이다. 따라서 이를 품고자 하는 화자의 태도는 조홍감을 조심스럽고 또 소중하게 다루고자 하는 마음가짐에 기반한다. 주의할 점은 중장의 서술이 작품의 주제가 육적회귤의 고사와 관련됨을 시사하는 지점이라는 것이다. 이로써 초장에 나타난 화자의 정감은 중장을 거치며 중세 사회의 보편 이데올로기인 효친孝親의 문제로 집약된다.

그러나 홍시를 대하는 화자의 감탄은 종장에서 품어 가도 반가워할 부모가 없음을 서러워하는 모습으로 급격히 전환된다. 화자의 슬픔은 앞선 홍시를 대하는 감탄과 극명한 정서적 대비를 일으키는데, 이는 작품의 주제에 대한 향유자의 몰입을 유도하기 위한 방편이다. 아울러 풍수지탄風樹之歎의 전고를 접목한 종장의 내용은 초장과 중장에서 제시된 육적회귤의 고사를 비틀어 말하기 위한 의도를 반영한 것이라는 점에서 주목해야 한다.

본래 고사는 육적陸績이 원술袁術이 주최한 연회에서 대접받은 귤을 보고, 어머니께 맛보여 드리기 위해 소매 속에 품어 갔다는 내용으로 구성되어 있다. 6세의 어린 나이에도 불구하고 모친을 향한 그의 정성 어린 태도가 보편 윤리로서 효에 대한 문제의식을 강조하는 사례로 주목을 받은 것이다. 이러한 내용은 초장과 중장에서 조홍감을 대하는 화자의 태도와 유사하다. 그러나 어린 육적과 달리, 작품 속 화자는 부모의 부재에 괴로워하는 모습으로 형상화된다는 점이 이질적이다.

기실 육적회귤과 풍수지탄은 효친을 주제로 하는 보편적인 전고이다. 고전문학에서는 일종의 문학관습적인 모티프들이라고 하겠다. 따라서 작가는 주제와 전고에 대한 높은 친연성을 통해 향유층의 공감대를 확보할 수 있다. 다만 문학관습적 맥락은 때론 문학적 감동을 저해하는 요인이 되기도 한다. 이에 박인로는 익숙한 전고典故를 접목시켜 그 맥락을 재해석함으로써 정서적 편폭을 확대하고, 나아가 향유자로 하여금 정서적 울림을 느낄 수 있게 하였던 것이다.

선가자善歌者, 남을 대신하여 노래를 짓고 부르다

이와 같은 면은 박인로가 선가자로서 향유자의 입장에 맞춰 노래를 창작하였다는 점에서도 확인할 수 있다. 『한음문고漢陰文稿』에 의하면, 이덕형은 1595년인 35세의 나이에 모친상을 당하였다. 따라서 『노계가집』에 수록된 「조홍시가」의 창작 시기를 전후하여 모친이 부재한 상황이었을 것으로 짐작된다. 이에 풍수지탄의 전고를 접목하여 육적회귤의 고사를 비틀어 모친의 부재를 노래하는 내용, 특히 '일찍' 익은 홍시를 소재로 '일찍' 여읜 모친에 대한 슬픔을 노래하는 행위는 이덕형에게 깊은 정서적 울림을 가져왔을 것이다.

박인로는 「조홍시가」를 제외하고도 다수의 작품들을 대작代作하였다. 「태평사太平詞」, 「사제곡莎堤曲」, 「입암별곡立巖別曲」 등의 작품이 대표적이다. 특히 그는 대작과 관련한 주제에 대해 자신의 생각을 표현하는 수준을 넘어서 대작자의 상황에 맞춘 작품을 짓고 또 그 감동을 선사할 만한 역량을 갖추고 있었다.

또한 그는 내작사의 요청에 따라 시조와 가사를 짓거나 그것을 직접 부르기도 하였다. 박인로 이전의 사대부 작가들이 시가 작품을 창작하였더라도 대체로 가기歌妓 또는 아배兒輩 등에게 부르게 하였던 것과는 대조적이다. 이는 박인로가 상당한 수준의 음악적 역량을 지녔던 인물임을 보여 주는 것이기도 하다.

이승준

035

창문 밖 묏버들의 노래

묏버들 가려 꺾어

홍랑洪娘

묏버들 갈히 것거 보내노라 님의손디

자시논 窓밧긔 심거 두고 보쇼셔

밤비예 새닙곳 나거든 날인가도 너기쇼셔

─『오씨가장전사본吳氏家藏傳寫本』1번

묏버들 가려 꺾어 보내노라 임에게

자시는 창밖에 심어 두고 보소서

밤비에 새잎곧 나거든 나인가도 여기소서

• 묏버들: 산버들.

정성과 소망을 담아 보내니

이 시조의 작가 홍랑은 16세기 조선의 기녀이다. 그녀의 삶과 문학을 이야기할 때 늘 함께 등장하는 인물은 당대 이름난 시인이었던 고죽孤竹 최경창崔慶昌(1539~1583)이다. 최경창이 자신의 시「증별贈別」에 붙인 서문과 남학명南鶴鳴의 『회은집』속 기록에 따르면, 두 사람이 처음 만난 것은 최경창이 1573년(35세) 함경도 경성鏡城에서 북평도사로 있을 때였다. 본래 함경도 홍원洪原의 관기官妓였던 홍랑은 이 무렵 최경창 가까이에 머물며 마음을 나누었던 것으로 보인다. 그러나 이듬해 최경창의 임기가 끝나 한양으로 복귀하게 되면서 둘은 결국 이별을 맞게 된다. 이때 홍랑은 쌍성雙城(현재의 영흥)까지 최경창을 따라 나섰다가 헤어져 홀로 돌아갔는데, 함관령咸關嶺에 이르러 날이 저물고 비가 내리자 노래 한 수를 지어 최경창에게 보낸 것으로 알려져 있다. 이 작품이 바로 「묏버들 가려 꺾어」이다.

시조는 이별에 직면한 화자가 묏버들을 꺾어 사랑하는 이에게 보내는 상황을 보여 주며 시작된다. 누군가와 이별할 때 버들가지를 꺾어 주는 것은 오랜 풍습이었다. 버드나무는 꺾인 가지를 땅에 심으면 다시 뿌리를 내리고 새잎을 틔우기에 지금은 비록 헤어진다 해도 다시 만나게 될 것이라는 기원을 담고 있기 때문이다. 한편으로는 버드나무를 의미하는 한자 '柳(류)'가 '머물다'라는 뜻의 '留(류)'와 발음이 같으니, 떠나지 말고 이곳에 머물러 달라는 속내를 암시한다고도 전해진다. 그러나 이 시조의 화자에게 이별은 이미 벌어진 불가피한 일일 따름이다. 슬픔에 잠겨 경황 없는 중에도 무수한 버들가지 중 하나를 조심스럽게 '가려' 꺾는 장면에는 멀리 떠난 임을 생각하는 애틋한 마음과 정성스러운 태도가 드러난다.

시적 기법의 측면에서 가장 인상적인 것은 묏버들을 가려 꺾어 "보내노라 임에게"로 표현한 도치이다. 일반적인 어순이라면 "묏버들 가려 꺾어 / 임에게 보내노라"가 되었을 것이다. 이 경우, 묏버들을 꺾는 행위와 님에게 그것을 보내는 두 개의 행위는 안정적인 내구 위에서 순차적이고도 사연스립게 연결되는 사선으로 이해된다. 그러나 후구後句에서의 도치로 인해 초장의 문구는 의미상 "묏버들 가려 꺾어 보내노라 / 임에게"로 나뉘게 된다. 이로써 '꺾어'와 '보내노라' 등 화자의 두 가지 행동은 바로 연결되는 반면, 일정한 휴지休止 이후에야 '임에게'라는 말로써 임이라는 존재가 들어오게 된다. 이 과정에서 발생하는 화자(의 행위)와 임(이라는 대상) 사이의 간극은 둘 사이에 놓인 심리적·물리적 거리를 내포하게 되고, 여기에는 자신의 행동과 마음이 임에게 닿을지 확신할 수 없는 복잡한 심경이 담기게 된다.

그럼에도 화자는 묏버들을 통해 멀리 떠나간 임이 있는 곳으로 자신의 소망을 띄운다. 중장의 시간은 임이 잠든 밤이다. 여기서 자신의 분신과 같은 버들가지를 방 안이 아니라 창밖에 위치시킨 것은 상대방과 더 이상 가까운 관계가 될 수 없던 기녀로서의 처지가 연루되어 있을 것이다. 그러면서도 이를 방치하는 것이 아니라 '심어 달라'는 요구를 통해, 화자는 비록 창밖일지라도 임을 바라볼 수 있는 자리에 머물고 싶은 자기 마음을 선명히 전달하기도 한다.

마지막 종장의 시간은 비가 오는 밤이다. 사방이 깜깜해진 밤, 창밖에서 비를 맞고 서 있는 버들가지의 모습은 곧 최경창과 헤어진 밤에 함관령에서 비를 맞게 된, 이 노래를 지은 시점의 홍랑과 겹쳐져 있다. 이 얼마나 어둡고 차가우며 고독한 시간인가. 그러나 그녀의 노래 속에서 버들가지는 처량한 모습에 머물지 않고 끝내 새잎을 틔운다. 언젠가 임의 곁에서 비를 맞고 푸른 잎을 틔울 묏버들과 함관령에서 비를 맞고 있는 자신의 현실을 포개 놓는 것으로, 홍랑은 걷잡을 수 없이 번져 가는 슬픔을 달래고자 했는지도 모른다. 비록 임이 그 버들가지를 무심코 지나치거나 다른 무언가로 여긴다 해도, 어쩌다 한 번 '나인가도' 여겨 준다면 그걸로 족하다는 작은 소망과 함께.

함관의 옛 노래, 다시 부를 수 없어도

노래에 담긴 진심이 통했던 것일까? 홍랑과 최경창은 머지않아 한양에서 재회하게 된다. 최경창은 경성에서 돌아온 지 얼마 지나지 않은 1575년 봄부터 겨울까지 병석에 누워 있었는데, 이 소식을 접한 홍랑이 일주일 밤낮을 걸어 그를 찾아왔던 것이다. 그러나 이때는 명종의 비인 인순왕후의 국상國喪과 가까워 처신을 삼가야 하는 시기였다. 무엇보다 기녀인 홍랑이 한양에 있는 것 자체가 관기로서의 의무를 저버리는 일인 데다, 함경도와 평안도 백성의 이동을 제한하는 당시의 금령을 위반하는 것이기도 했다. 결국 홍랑은 본래 있던 곳으로 돌아가게 되었고, 이 일로 최경창은 1576년 5월 사헌부의 탄핵을 받아 관직에서 파면된다. 이후 두 사람이 다시 만났다는 기록은 보이지 않는다.

두 번째 이별 즈음하여 최경창은 홍랑에게 이러한 시를 지어 주기도 했다.

물끄러미 바라보다 선물하는 그윽한 난초	相看脉脉贈幽蘭
이번에 하늘 끝으로 떠나면 어느 날 돌아올지	此去天涯幾日還
함관의 옛 노래 부르지 말라	莫唱咸關舊時曲
지금은 비구름이 푸른 산을 어둡게 하고 있으니	至今雲雨暗靑山

여기서 '함관의 옛 노래'는 홍랑이 함관령에서 지어 보낸 「묏버들 가려 꺾어」를 가리킨 것으로 보인다. 바로 이 시조를 「번방곡飜方曲」이라는 제목으로 한역하여 문집에 싣기도 하였으니, 최경창이 홍랑과 그녀가 지은 노래를 얼마나 아꼈는지 알 수 있다. 그럼에도 또 한 번의 이별을 앞두고 그 노래를 부르지 말라고 할 수밖에 없는 심경은 어떠했을까? 몰려온 비구름이 저 멀리 푸른 산을 어둡게 만드는 것을 바라보며 자신과 홍랑에게 다가올 앞날을 예감하지는 않았을지.

최경창은 이후 여러 관직을 전전하다 1583년 상경하는 길에 객사했다. 홍랑은 파주에 위치한 최경창의 묘소를 지켰고, 1592년 임진왜란이 발발하자 최경창이 쓴 원고들을 짊어지고 다녀 화를 입지 않도록 했다. 지금 남아 있는 최경창의 문집은 홍랑이 있었기에 전해질 수 있었던 것이다. 이후 홍랑이 죽자 후손들은 최경창의 묘 아래에서 그녀를 장사 지냈다. 이승에서 만난 시간은 짧았지만, 이들이 지켜낸 서로를 향한 마음과 노래는 죽음 이후에도 남아 여전히 묏버들처럼 푸른 새잎을 틔우고 있다.

윤병용

036

끝나지만 끝나지 않는 흥취

어와 저물어 간다

윤선도尹善道

어와 져므러 간다 연식宴息이 맏당토다
　비 븟텨라 비 븟텨라
ᄀᆞᄂᆞᆫ 눈 ᄲᅳ린 길 블근 곳 흣더딘 ᄃᆡ 흥치며 거러가셔
　　지국총至匊悤 지국총至匊悤 어ᄉᆞ와於思臥
셜월雪月이 셔봉西峯의 넘도록 숑창松窓을 비겨 잇쟈

—『고산유고孤山遺稿』 66번

어와 저물어 간다 연식宴息이 마땅토다
　배 붙여라 배 붙여라
가는 눈 뿌린 길 붉은 꽃 흩어진 데 흥치며 걸어가서
　　지국총 지국총 어사와
셜월雪月이 서봉西峯에 넘도록 송창松窓을 비겨 있자

- 어와: 노래에서 흥에 취했을 때 내는 소리.
- 연식宴息: 편안하게 쉼.
- 흥치며: 흥청거리며.
- 지국총 지국총: 배에서 잇따라 노를 젓고 닻을 감는 소리.
- 어사와: 어여차.
- 셜월雪月: 눈 내리는 날의 달.
- 서봉西峯: 서쪽 산봉우리.
- 송창松窓: 소나무가 내다보이는 창.
- 비겨: 기대어.

강호 미학의 절정

이 시조는 고산孤山 윤선도(1587~1671)의 대표적 연시조 작품인「어부사시사漁父四時詞」의 '동사冬詞' 제10수이자 작품 전체의 대단원이기도 하다. 윤선도의 문집인『고산유고孤山遺稿』「가사歌辭」에「어부사시사」40수 전편이 수록되어 있으며,『해동가요』(주씨본) 등 후대의 가집에도 몇몇 수가 선별되어 실렸다. 그러나 후대 가집에서는 대개 원작의 율격을 시조의 표준적인 양식에 맞추어 가다듬은 탓에 윤선도의 원래 작품을 살피기 위해서는 응당『고산유고』수록본을 취해야 한다. 한편 윤선도는 작품에 "배 붙여라 배 붙여라", "지국총 지국총 어사와"라는 여음구餘音句를 삽입해 놓았기 때문에 겉으로는 시조 양식에서 이탈된 모습이 나타난다. 다만「어부사시사」가 시조 양식을 기저로 지어진 것이 분명한 만큼 여기에서도 이 작품을 시조로 상정하고 풀이하고자 한다.

윤선도는 조선 중기의 유력한 문신이자 작가이며 당시 남인南人 계열을 대표하는 지식인이기도 했다. 송강松江 정철鄭澈과 더불어 국문시가를 가장 잘 지었던 인물로 꼽는 데 주저하는 이가 없을 만큼, 국문시가의 수준을 크게 드높인 공로가 뚜렷하다. 임진왜란 직전에 태어나 광해군, 인종, 효종, 현종대까지 정치적 격동기를 온몸으로 헤쳐 나갔던 그는, 당쟁과 환국換局의 소용돌이 속에서 끊임없는 정치적 부침을 겪어야 했다. 특히 병자호란 당시에는 청과의 전투를 끝까지 강하게 주장하며 조정의 강화 협상에 반발하였고 이후 고향 해남으로 낙향하는 결단을 내렸다. 봉림대군 시절 효종의 사부이기도 했던 윤선도는 효종이 즉위하자 잠시 정계로 복귀하기도 했으나, 이후에도 권력의 중심에 서기보다는 사대부의 소신과 이상을 시키려는 길을 택했다.

이러한 삶의 궤적은 그가 해남 보길도에 정착하게 된 계기와 밀접하게 연관된다. 보길도는 그에게 정치적 격랑으로부터 벗어난 공간이자, 유교적 도덕성과 자연 속 삶을 실현할 수 있는 이상향이었던 것이다. 그곳에서 윤선도는 정원을 조성하고 자연을 완상하며 한시문 및 시조 창작에 몰두하였다.「어부사시사」는 그러한 자연 속 삶에서 길어 올린 가장 대표적인 작품으로, 윤선도가 추구했던 강호의 미학을 최고도로 실현한 대단위 연작이다. 그리고 그 마지막 수인 '동사' 제10수는 형식과 내용 모두에서 독특한 면모를 보여 주며 연작 전체를 관통하는 '흥興의 유로流露'를 핵심적으로 드러내고 있다.

저물어 가는 시간, 다시 솟는 흥

감탄사 '어와'로 시작하는 초장 첫 음보부터 예사롭지 않다. 시조에서 '어즈버', '진실로', '두어라'와 같은 감탄사 또는 감탄형 어휘는 종장의 첫 음보에 배치되는 것이 일반적인데, 윤선도는 이 감탄사를 작품의 첫머리에 둠으로써 종장의 느낌을 초장에서부터 견인하였다. 그런데 잇따르는 '저물어 간다'는 음절이 촘촘하게 배치된 과음보過音步이다. '어와'라는 소음보小音步에서 과음보로 급격히 이월되며 큰 낙차를 만들어 내거니와, 이러한 음보 배치 역시 시조 종장의 표준적인 율격 패턴이다. 결국 이 작품의 초장 앞부분은 어휘와 율격 양 측면에서 종장 앞부분의 양상이 준용된 결과로 해석될 수 있다. '동사' 제10수가 연작 전체의 마무리를 담당하기에, 종결의 분위기를 작품 초두부터 현현하려 한 윤선도의 의도가 엿보이는 대목이다.

초장의 뜻은 사실 "연식이 마땅토다"라는 구절에 집약되어 있다. 여기서 '연식宴息'은 편안하게 쉬는 것을 뜻하는 말로, 일 년 동안 즐겁게 자연을 벗 삼아 살아 온 작자가 이제는 좀 쉬어야 할 때라고 판단하는 순간을 담고 있다. 즉 초봄부터 시작된 어부의 사계절 삶이 이제 늦겨울에 이르렀으니 편안히 휴식해야 할 시점이라는 인식이 깔려 있는 것이다. 참고로 『해동가요』(주씨본)에서는 '연식'을 '쓰러져 쉬다'라는 뜻의 '언식偃息'으로 바꾸어 놓았는데, 다소 과장된 느낌이 있지만 그런대로 시상과 어울리는 어감을 포함하고 있는 것은 사실이다. 휴식이 필요하다는 이 같은 말은 그 앞의 "저물어 간다"와도 자연스럽게 호응한다. 이 구절은 단순히 하루가 저문다는 의미를 넘어서, 사계절이 저물고 한 해의 마지막에 다다랐다는 시간 의식까지 함축하고 있기 때문이다.

　그러나 휴식을 선언한 초장의 언술은 중장에서 극적으로 반전된다. 우선 중장은 여섯 개의 음보로 이루어진 이례적인 구조를 띠고 있다. "가는 눈 / 뿌린 길 / 붉은 꽃 / 흩어진 데 / 흥치며 / 걸어가서"로 끊어지는 이 부분은 일반적인 시조의 4음보 율격에서 완연히 벗어난 파격이다. 다른 이도 아니고 시조의 명인인 윤선도가 시조의 기본적인 규준조차 어겼다면 모종의 이유가 있을 것이다. 그리고 그 이유는 중장의 내용과 밀접하게 연계 지어 해명해 보아야 한다. 가는 눈이 뿌려 온통 하얗게 덮인 길 위에 붉은 꽃이 선연히 흩어져 있는 장면에는 극명한 색채 대비가 나타난다. "붉은 꽃"을 붉은 석양을 비유한 말로 해석하는 견해도 있으나, 해남 보길도에는 한반도의 어느 곳보다도 봄이 빨리 찾아온다는 점, 그리고 '동사'의 제일 마지막 수인 이 작품에는 겨울 중에도 늦겨울의 경물이 반영되어 있다는 점을 고려하면, "붉은 꽃"은 실제 꽃일 가능성이 높다. 특히 동백꽃은 꽃잎이 붉은 빛깔을 띠는 데다가 개화가 이른 남도에서도 가장 이른 시기에 피고 지는 봄의 전령이다. 즉, 하얀 눈과 붉은 꽃잎이 중첩된 중장의 앞부분은 겨울과 봄이 맞물리는 경계의 순간을 담고 있으며, 이는 새로이 흥을 촉발하기에 충분하다. 초장에서 분명히 "연식이 마땅토다"라고 휴식을 떠올렸던 화자는 이 예기치 못한 정경 앞에서 다시금 흥에 겨워 마치 술에 취한 듯 비뚝대며 발걸음을 옮긴다. "흥치며 걸어가서"는 내면의 흥취가 외적으로 분출된 상황이며, 화자 자신조차 통제할 수 없는 흥겨움의 극단을 보여 준다. 바로 그 같은 내용상의 자질을 정제된 4음보 율격으로 표현한다면 내용과 형식 사이의 이격離隔을 피할 수 없다. 통제되지 않는 흥취는 통제되지 않은 파격으로 남아내는 것이 합낭하며, 윤선도가 이 대목에 돌연 6음보를 적용한 이유 역시 그와 같은 사정을 고려하여 파악해야만 한다. 내용과 형식 간의 절묘한 조화를 파격을 통해 구현했던 것이다.

　중장에서 새로운 흥취가 불거진 상황이 다루어졌다면 종장에서는 연식을 실현하지 못하는 장면이 구체적으로 제시된다. "설월이 서봉에 넘도록"이라는 구절은 눈 내리는 밤, 달빛이 밝게 비치는 가운데 달이 서쪽 산봉우리를 넘어가도록 화자가 잠을 이루지 못하는 상황을 보여 준다. 중장에서 하얀 눈과 붉은 꽃의 이미지 대비가 이루어졌듯이 '설월雪月'에서도 이미지의 중첩이 나타나는데, 은은한 노란 달빛에 소복이 내리는 눈의 하얀 빛깔이 스쳐 가는 운치 있는 광경을 떠올릴 수 있다. 이어지는 '송창松窓'도 마찬가지이다. '소나무'와 '창'이 단순 조합된 어휘여서 풀이하기에 따라 다르지만 소나무가 내다보이는 창이 연상된다. 이 창에 기대어 뜬눈으로 바깥 풍경을 완상하면서 날이 새기를 기다리고 있는 것이다. '연식'이라는 말이 무색하게도 작자의 흥은 가라앉기는커녕 계속해서 솟구치는 중이다. 종장의 마지막 두 음보를 '소음보 – 평음보' 순으로 배치한 것은 이러한 정서적 흐름을 또 한 차례 형식적으로 뒷받침한다. 일반적인 시조에서는 종장 마지막 부분의 율격을 '평음보 – 소음보' 순으로 취하여 호흡이 잦아들고 정리되면서 끝나는 인상을 주지만, 이 작품에서는 도리어 호흡을 되살아나게 함으로써 뒤쪽에 무언가 이어질 듯한 느낌을 전달한다.

사실 사계절의 순서는 인위적으로 설정한 것일 뿐 계절은 시작도 끝도 없이 순환한다. 봄이 계절의 처음이고 겨울이 계절의 마지막일 수는 없는 것이다. 윤선도는 겨울의 막바지에 도달했으나, 그것이 곧 새로운 봄의 시작임을 직감하며 다시금 흥에 젖는다. 「어부사시사」의 마지막 수가 이처럼 끝맺음을 거부하고 새로운 시작의 문턱에 서 있는 듯한 구조를 갖는 것은 윤선도의 흥취가 계절의 순환과 더불어 끝없이 지속된다는 점을 시사한다. 「어부사시사」는 비록 '동사' 제10수에서 끝나지만 어쩐지 이 작품은 거기에 머물지 않고 '춘사春詞' 제1수로 다시 이어질 것만 같다. 종결하지만 종결하지 않는, 이른바 '열린' 종결이라 부를 만하다.

이러한 분석을 종합해 볼 때, '동사' 제10수는 내용과 형식, 이미지와 정서, 시간과 공간이 절묘하게 얽혀 있는 수작이며, 윤선도의 문학적 지향과 수완이 가장 명료하게 드러난 작품으로 평가할 수 있다. 자연을 향유하는 삶이란 단지 현

실로부터의 이탈이 아니라, 반복되는 생의 리듬 속에서 존재를 온전히 체감하게
하는 길임을 이 작품은 조용하고도 깊이 있게 보여 준다.

김승우

037

기나긴 고독에 관한 가장 우아한 대답

동짓달 기나긴 밤을

황진이黃眞伊

冬至ㅅ돌 기나긴 밤을 한 허리를 버혀 내여

春風 니불 아레 서리서리 너헛다가

어론 님 오신 날 밤이여든 구뷔구뷔 펴리라

―『청구영언』(진본) 287번

동짓달 기나긴 밤을 한 허리를 베어 내어

춘풍春風 이불 아래 서리서리 넣었다가

어론 임 오신 날 밤이거든 굽이굽이 펴리라

―――――――――

• 어론: 정든. 사랑하는.

이불 아래 넣어 둔 밤에 대하여

동짓달은 음력으로 11월, 밤이 가장 긴 달이다. 사랑하는 이가 곁에 없으니 이 밤은 또 얼마나 길고 아득한가. 그 밤의 한 허리를 베어 낸다는 발상으로 시작된 황진이의 시조는 도무지 끝날 것 같지 않은 고독, 혹은 고통을 어떻게 다룰 것인지에 대한 대답이기도 하다.

초장의 '베어 내어'는 『가곡원류』 등의 적지 않은 가집에서 '둘혜내어', 즉 '둘로 나눠'로 되어 있는 경우가 많다. '베어 낸다'는 화자의 행위가 강조되고 '둘로 나눈다'는 대상의 모습이 강조되는 느낌이지만, 어느 쪽이든 이 노래 속에서 기나긴 밤의 한 자락은 분리되어 화자 앞에 남겨지게 된다. 그것은 홀로 흘린 눈물이 스며 있는 시간이며, 긴 어둠과 고통이 고여 있는 기억이다. 그것을 잘라 낼 수 있다면 눈에 보이지 않는 곳으로 치워 버리고 싶지 않았을까?

그러나 화자는 그 시간을 봄바람처럼 따뜻한 "춘풍 이불" 아래 소중하게 간직하고자 한다. 이불 밑은 자신의 공간 안에서 가장 따뜻하고 소중한 곳이다. 그래서 마음 깊은 곳의 비유로 읽히기도 한다. '서리서리'는 무언가를 둥그렇게 포개어 차곡차곡 감아 놓은 모양을 가리키는데, 그 밤을 '서리서리' 넣어 두는 화자의 태도는 아끼는 무언가를 다루듯 서두름 하나 없이 정성스러운 것으로 보인다.

그리고 화자는 언젠가 정든 임과 다시 만날 밤, 한없이 기쁘고 짧게만 느껴질 그 시간이 오면 자신이 고이 간직했던 그 시간을 펼쳐 내려 한다. 이 모습을 형용한 '굽이굽이'는 접혔던 무언가를 다시 펴는 것으로, 앞의 '서리서리'와 같이 허둥대지 않고 차분하게 그 시간들을 풀어내는 모양을 가리킨다. 그러니 여기에 담긴 뜻은 행복한 시간을 허겁지겁 연장하려는 갈급한 마음이 아니라, 지난날 버리지 않고 간직했던 시간을 다시 꺼내어 천천히 마주하는 일에 가깝다. 그 시간의 어떤 부분은 여전히 어둡고 차갑겠지만, 이불 속에 머물며 조금쯤 따뜻해지기도, 그래서 견딜 만한 것이 되었는지도 모른다.

그러나 비로소 현재와 연설뇌었을 내 이불 싶은 곳에 넣어 눈 그 밤은 바심내 찾아온 행복한 시간을 더욱 소중한 것으로 만들어 낼 것이다. 그 고독과 고통의 시간이 처음부터 없었거나 저편으로 완전히 버려져 잊혔다면, 어쩌면 당연하듯 찾아왔을 "어론 임 오신 날 밤"은 그만큼 귀하고 간절할 수 없었을 테니까. 그러니 베어 낸 그 밤을 버리지 않고 간직할 수밖에. 이와 같은 미래를 상상할 수 있

148

다면, 언젠가 마주할 기쁨을 더욱 아름답고 반짝이는 것으로 피워낼 수 있도록.

다시 노래의 처음으로 돌아가 본다. 동짓달 기나긴 밤, 도무지 끝날 것 같지 않은 고독, 혹은 고통을 눈앞에 둔 화자는 슬픔에 빠져들거나 무력함에 몸을 맡기는 대신, 시간을 베어 낸다는 상상으로 어둡고 쓸쓸한 밤을 이겨 내면서 그 시간을 간직했다 펼쳐 낼 또 다른 밤으로 온 마음을 기울인다. 그렇게 기나긴 밤은 조금쯤 덜 외로울 수 있었을 테다. 이 아름다운 노랫말 속에서 황진이가 지닌 시인으로서의 역량이, 그리고 한 인간으로서의 깊이가 고스란히 느껴지는 듯하다.

이인異人이자 예인藝人으로 남은 이름

이 시조는 최초의 가집 『청구영언』에서부터 70여 종의 가집에 수록되어 있을 정도로 수 세기에 걸쳐 대단한 인기를 누렸다. 이러한 현상에는 작품 자체의 아름다움이 가장 큰 이유로 작용했을 테지만, 황진이의 노래로 알려졌다는 점 또한 적지 않은 영향을 미쳤을 것이다. 송도松都(지금의 개성)의 기녀였다는 것 외에 그녀의 생애를 정확히 알아내긴 어렵다. 현금이라는 여인, 혹은 눈먼 여인의 딸이었다거나, 황진사의 서녀였다는 기록들도 남아 있지만 정확하지 않을뿐더러 그녀의 모습을 설명해 내기에 부족하다. 그러나 유몽인의 『어우야담』, 허균의 「성옹지소록」, 이덕형의 『송도기이』 등 수많은 문헌에 실려 전해지는 일화들은 황진이가 어떠한 사람이었을지 꽤 구체적으로 상상해 보게 한다. 그중에서도 30년간 면벽 수행을 하던 지족선사를 파계시켰다는 이야기와, 유혹에 넘어가지 않는다 호언장담했던 벽계수를 노래로써 말에서 떨어뜨린 이야기는 기녀로서의 매력을 보여 주는 일화로 유명하다.

그러나 황진이의 진면목을 잘 보여 주는 일화는 이런 것이 아닐까? 『어우야담』에 실린 이야기 속에서 그녀는 금강산이 천하 명산이라는 말을 듣고도 같이 갈 만한 사람이 없어 아쉬워하던 차에 재상의 아들 이생李生을 만나 드디어 여행길에 나선다. 황진이는 지체 높은 양반인 이생으로 하여금 베옷과 초립을 입고 하인 없이 직접 짐을 들게 하였으며, 그녀 역시 적삼과 무명 치마를 대충 걸친 뒤 지팡이를 짚으면서 깊은 산중으로 들어갔다. 이들은 절에 구걸을 하면서, 때로는 몸을 팔고 노래를 불러 가며 양식을 얻었는데, 기갈로 초췌해져 예전의 모습을 잃어버렸음에도 이들의 여행은 멈출 줄 몰랐다. 이윽고 산에 들어간 지 1년 남짓 되어 해진 옷에 새까만 얼굴로 돌아오니 이들의 소식을 몰랐던 이웃들이 보고는 매우 놀랐다고 전해진다.

이러한 그녀의 행적은 허균의 「성옹지소록」 속 일화로 이어진다. 산수 유람을 즐기던 시절에 그녀는 금강산에서부터 태백산과 지리산을 거쳐 금성錦城, 즉 전라도 나주에 이르게 된다. 마침 그곳에서는 고을의 관리가 절사節使와 함께 잔치를 벌이고 있었는데, 아름다운 차림으로 노래하는 기녀들이 좌우에 가득했다. 그에 반해 산수 곳곳을 여행하다 온 황진이의 모습은 해진 옷과 더러운 얼굴 그대로였다. 그럼에도 그녀는 태연하게 옷에 붙은 이[蝨]를 잡으며 좌중 앞으로 들어와 가야금을 타며 노래를 부르기 시작했고, 조금도 부끄러운 빛이 없이 당당한 그 모습에 모든 기녀들이 기가 죽었다고 한다. 아마도 그 자리에 있던 누구든 뭇 기녀들처럼 숨죽인 채 그녀를 바라보지 않을 수 없었을 것이다. 초라한 행색으로는 도무지 감출 길이 없던 예인藝人의 고고한 자부심과 비범함, 실력의 드높은 경지를.

허균은 몇 가지 일화들을 거쳐 죽음에 다다른 그녀가 집안 사람에게 자신이 죽으면 곡을 하지 말고 북 치고 노래부르며 상여를 인도하라 명한 일을 기록하고 있다. 황진이가 죽을 때의 이야기는 유몽인의 『어우야담』에도 실려 있다. 그 기록에서 황진이는 자신은 살면서 성품이 분방하고 화려한 것을 좋아했으니 죽은 뒤에 산골짜기가 아닌 큰 길가에 묻어 달라는 유언을 남겼다고 한다. 내용은 조금 다르지만 두 기록 모두 과연 황진이답다는 생각이 들게 하는 일화다. 죽는 순간까지도 그녀는 세상이 부과한 제약과 관습을 거부하고 자신만의 자유와 아름다움을 추구하는 예술가였던 것이다.

허균의 기록은 "지금까지도 노래하는 이들은 황진이가 지은 노래를 부르고 있으니, 역시 이인異人이다."라는 문장으로 끝을 맺는다. 그녀는 여성이고 기녀였지만, 여성이고 기녀이기에 앞서 남다른 길을 걸었던 이인이었으며 무엇보다 뛰어난 예술가였다고 할 수 있다. 「동짓달 기나긴 밤을」에 담겨 있는 상상력과 사유의 깊이는 이러한 그녀의 삶과 태도에서 길어 올려진 것이 아니었을지.

윤병용

038

벗님네들, 내 웃음 좀 들어주시게

하하 허허 한들

권섭權燮

하하 허허 흔들 내 우움이 졍 우움가
하 어쩍 업서셔 늣기다가 그리 되게
벗님니 웃디들 말구려 아귀 쯰여디리라

─『옥소고玉所稿』56번

하하 허허 한들 내 웃음이 졍 웃음인가
하 얼쩍없어서 느끼다가 그리 되게
벗님네 웃지들 말구려 아귀 찢어지리라

──────────

- 하: 몹시.
- 얼쩍없어서: 어처구니없어서.
- 되게: 되네.
- 아귀: '아가리'의 방언.

일상의 소소한 것들이 노래가 되다

이 시조는 옥소玉所 권섭(1671~1759)이 지은 「소의호笑矣乎 4장」 중 두 번째 작품이다. 그의 문집인 『옥소고』에 수록되어 전한다. 권섭은 평생 동안 출사하지 않은 채 문예 활동에 전념하며 많은 작품을 남겼다. 8세의 나이에 지은「동생이 태어남을 기뻐하며〔弟生喜〕」를 시작으로 7천여 수에 달하는 한시와 유행록流行錄, 산록散錄 등과 같은 여러 산문, 그리고 그림과 한역 소설에 이르기까지 다양한 영역에 걸쳐 왕성한 창작 활동을 하였다. 이런 그를 문학가이자 예술가라고 부르기에 충분할 듯하다.

권섭은 국문시가 또한 다작多作하였다. 현전하는 작품만으로도 75수의 시조와 2편의 가사가 있다. 시가사詩歌史 전체에 걸쳐도 권섭만큼 다작한 사례는 드물다. 게다가 그의 시가는 소재나 주제적 측면에서도 흥미로운 양상을 보여, 그의 작품은 18세기 시가사의 주요 국면으로 주목받기도 한다.

대표적인 연시조 작품만 보아도 개별 경물을 독특하게 묘사한「십육영十六詠」부터 대화체 기법의 특성을 보이는「오영五詠」, 궁중악에서부터 시정의 무가巫歌에 이르기까지 여러 음악을 소재로 풍속과 세태에 대한 문제를 다룬「육영六詠」 등이 있다. 이밖에도 구곡가九曲歌의 전범성을 계승한「황강구곡가黃江九曲歌」는 가사「도통가道統歌」와 더불어 18세기 사대부 사회의 동향과 도통의식道統意識에 대한 면모를 여실히 보여 주는 작품이라고 할 수 있다.

권섭의 시가는 무엇보다 소재적 다양성이 주목할 만하다. 이는 그의 시가 창작의 주제적 범주가 전대의 경향과 비교하여 확대되었음을 보여 준다. 즉 권섭은 강호시가나 교훈시가 등과 같은 전범적 작품들뿐만 아니라 현실의 다기한 측면에 대한 관심을 작품 활동으로 펼쳐 냈던 것이다. 즉 권섭에게 국문시가란 작가의 현실인식과 시대의식을 표출할 수 있는 문예물로 받아들였음을 알 수 있다.

슬픔을 소재로 한「비래호悲來乎 4장四章」이나 지금 살펴볼 웃음을 소재로 한「소의호 4장」은 이를 잘 보여 준다. 특히 기존 시가에서 찾아보기 힘든 형상화 방식들이 주목할 만한데, 이러한 면모는 문학적 유희 활동의 측면이 아니라 작가 개인의 자성적 체험에 근거한 현실 인식의 문제를 반영한다.

한바탕 웃음에 담긴 굴곡진 삶의 여정

초장에서 화자는 '하하', '허허'라는 의성어를 직접적으로 드러낸다. 이는 연시조 「소의호 4장」의 주제를 견인하는 웃음의 감정이 절정에 이른 상황을 반영한다. 한편 「소의호 4장」의 첫수에는 '히히', '호호', '하하', '허허' 등과 같은 의성적 표현과 '우웁고야', '우우올샤', '우우우니' 등과 같은 의태적 표현이 반복적으로 나타난다.

> 이바 우웁고야 우움도 우우올샤
>
> 우웁고 우우우니 우움계워 못홀노다
>
> 아마도 히히 호호 ᄒ다가 하하 허허 홀셰라
>
> —「소의호 4장」1수

이와 같은 방식은 청자로 하여금 작품의 문면을 지배하는 주요 정서인 웃음에 대한 관심을 확보하는 한편, 반복적 나열을 통해 생산된 정서적 과잉과 그에 대한 의문의 시선을 형성하는 계기가 되기도 한다.

이후 「소의호 4장」의 웃음은 두 번째 수에서 연속되며 의미화 작업이 수행되는데, 초장과 중장에서 "내 웃음이 정 웃음인가", "하 얼척 없어서" 등의 발화가 그것이다. 이를 통해 청자는 문면을 장악하는 웃음의 과잉이 화자가 처한 어처구니 없는 상황, 즉 모종의 문제적 상황과 관련함을 인지하게 된다.

그러나 웃음의 이면을 지배하는 긴장감은 작품의 분위기를 비극적인 정황으로 성노시키시 않는나. 오히려 ᄌᆕ상에서 ᄀᆞ소뇐 신상삼은 ᄌᆕ상에 니르러 빗님네를 향한 화자의 발화("벗님네 웃지들 말구려 아귀 찢어지리라")를 통해 다시금 해체되어 버린다. 종장의 반전과 해체는 과잉 생산된 웃음을 향한 청자의 불편한 감정을 해소하는 역할을 한다. 이를 통해 청자는 웃음의 이면에 담겨 있는 화자의 문제적 상황에 대해 주목하는 계기를 획득한다. 이뿐만 아니라 화자는 「소의호 4장」

첫 수에서부터 지속된 긴장감을 해체하는 과정에서 자신의 문제적 상황에 대해 일정한 거리감을 형성하고, 내적 관조觀照의 기회를 마련하게 된다.

「소의호 4장」의 세 번째 수에서 벗님의 웃음 어린 핀잔이나, 네 번째 수에서 벗님과 더불어 박장대소하는 화자의 태도는 두 번째 수에서 마련된 시적 정황을 바탕으로 연시조의 유기적 구성 아래 시상의 연속성을 얻을 수 있다.

아귀 뙤여딘들 우운거슬 어이ᄒ리
우운일 슬쿳ᄒ고 웃기조차 말라ᄒᄂᆞᆫ
이 사람 져만 슬커든 우운 일을 말구려

―「소의호 4장」 3수

아므리 마쟈ᄒᆞᆫ들 우움이 졀노 나ᄂᆞᆫ
내가 이만 홀 제 자내 니야 다 니를가
슬토록 히히 하하 ᄒ다가 박쟝대쇼拍掌大笑ᄒ시소

―「소의호 4장」 4수

이처럼 이 시조는 연시조로서 「소의호 4장」에 나타난 웃음의 의미를 구체화하는 계기이면서, 정서적 긴장과 이완을 반복하며 작품의 주제의식을 강조하는 역할을 한다는 점에서 중요하다. 게다가 이 시조의 주제 구현방식은 무엇보다 웃음의 성격에 대한 작가 권섭의 감각적인 인식에 기반한다는 점 또한 음미할 만한 특징이다.

주지하듯 웃음은 희극적·비극적 요소를 모두 함축하고 있다. 웃음은 웃음을 유발하는 대상에 대한 의미화의 향방에 따라 재구조화되며 일종의 의미적 변주를 일으킨다. "인생은 멀리서 보면 희극이고 가까이서 보면 비극"이라는 찰리 채플린(Charles Chaplin)의 명언은 이를 잘 보여 준다.

권섭 또한 웃음의 재구조화를 수행하며 의미적 반전을 획득하고, 이를 토대로 연시조의 유기성을 구성함으로써 작품의 주제의식을 완정完整하였다. 그 과정에서 정서적 과잉과 화자의 문제의식이 결합하면서, 비극적 분위기로 경도될 수 있는 상황을 해체함으로써 작품의 주제의식에 대한 독자의 공감대 형성을 유도하게 된다.

고전시가에서 권섭의 이전 시기에 웃음은 소재나 주제적 측면에서 그다지 주목받지 못하였다. 따라서 이 시조에 나타난 웃음에 대한 권섭의 접근 방식은 그가 현실의 다기한 층위의 문제에 얼마나 관심을 지니고 있었는지를, 그리고 시조라는 문학 양식과 접목시켜 다양한 주제를 구현하기 위해 노력하였는지를 보여준다. 18세기 시가사는 시가의 향유 환경이 다변화되면서 주제적 편폭이 확대되었는데, 권섭은 이와 같은 시가사의 노정 한가운데에 서 있었다고 하여도 과언은 아닐 듯하다.

안타깝게도 「소의호 4장」의 정확한 창작 맥락을 살필 수 있는 자료는 전하지 않는다. 다만 위 시조에 나타난 웃음의 이면에 잠겨 있는 문제적 상황 인식과 자조自嘲적인 태도는 지난했던 그의 인생 행로와 적지 않은 관계가 있을 것으로 짐작될 따름이다.

권섭은 18세기의 대표적인 경화사족京華士族 가문 구성원으로 태어났다. 효종의 넷째 딸인 숙휘공주의 총애를 받으며 성장하였던 그는 유년 시절에 서울과 경기 지역에 거주하였다. 특히 낙론洛論의 종장이자 18세기 문예사조를 대표하는 천기론天機論을 주장한 김창협 형제에게 수학하며 경화 사족의 학문과 사상, 문화적 풍토를 성험하였고, 이는 문인으로서 그의 삶에 큰 영향을 미쳤다.

비록 14세의 어린 나이에 부친인 권상명과 사별하였으나, 백부였던 권상하權尙夏의 각별한 보살핌을 받았다. 주지하듯 권상하는 우암尤庵 송시열宋時烈의 적통으로서 조선 후기 호론湖論 형성에 큰 영향을 미친 인물이었다. 이에 권섭 또한 자연스럽게 권상하로부터 많은 영향을 받았다.

156

다만 그는 특정 학풍에 경도되지 않고 다양한 학문적 경향을 보였다. 이러한 면모는 경화사족으로서 권섭의 방대한 교유 관계를 통해서도 확인된다. 그는 당파적 성향과 관련 없이 문학적·예술적 경향성에 중심을 두고 여러 인물과의 만남을 추구하였다. 정용하, 이병연 등을 비롯하여 홍세태, 정래교 등과 같은 문인들이 대표적이다. 특히 홍세태, 정래교는 18세기 시조사時調史에 미친 영향이 상당한 인물들이라는 점을 볼 때, 국문시가에 대한 권섭의 폭 넓은 관심 또한 짐작할 수 있을 듯하다.

18세기 경화사족으로서 권섭이 지녔던 학문적 다양성과 문예활동의 면모와는 달리, 정작 그의 정치적 위상은 그다지 긍정적이지만은 않았다. 권섭과 그의 가문은 조선 후기 당쟁의 한가운데 있었다고 하여도 과언이 아니었다. 1689년에 발생한 기사환국己巳換局으로 송시열이 사사賜死되고, 외가인 김수항金壽恒 형제가 유배 또는 사사되는 것을 목격하였다. 당시의 충격은 권섭으로 하여금 출사를 단념하는 결정적 계기가 되었던 것으로 짐작된다. 권상하의 뜻에 따라 과거에 계속 응시하였으나 18차례나 낙방을 경험한 것도 그의 문재文才가 부족해서라기보다 현실 정치에 대한 환멸이 주요한 요인이었을 듯하다.

이후 권섭과 그의 가계는 신임사화辛壬士禍로 인하여 급격히 몰락하게 된다. 노론老論 사대신四大臣을 비롯하여 주요 관직에 있었던 대부분의 노론 인사가 숙청을 당하였던 당시 사건은 당연히 권섭의 가문에도 영향을 미쳤다. 백부인 권상하와 계부인 권상유, 외숙인 이의현 등이 삭탈관직削奪官職되어 귀양을 가게 되었던 것이다. 특히 권섭에게 더욱 비극적이였던 것은 그의 장남인 권진성이 어보御寶를 위조하였다는 무고誣告로 참형斬刑을 당하고 가산 또한 모두 적몰되었기 때문이다. 심지어 권진성은 관직에 있지도 않았을 뿐만 아니라 정계에 영향을 미치는 사대부도 아니었던 점을 감안하면, 당시 권섭의 심정이 어떠했을지를 짐작하기는 어렵지 않을 듯하다.

이처럼 권섭은 기사환국 이후 44세인 1714년에 서울을 떠나 충북 청풍으로 이주하고서도 지속적인 불행을 마주하였다. 이는 그로 하여금 당대의 정치 현실과 자신의 처세에 대한 문제의식을 형성하는 계기가 되었을 것으로 짐작된다. 특히 권섭은 평소 자신의 강직한 성품으로 말미암아 세상 사람과 갈등을 겪었던 것에 대해 거듭 자탄하였고, 급기야 인생에 거듭된 불행한 처지가 자신의 행동으로 말미암았음을 고백하기도 하였다. 이와 같은 권섭의 자전적 태도는 그의 문학 세계를 구성하는 주요 동인이었으며, 「소의호 4장」 또한 그 연장선상에 놓여 있다고 보아도 좋을 것이다.

이승준

039

나이 든 한 처사處士의 회상과 고백

생평生平에 원하나니

권호문權好文

生平애 願ᄒᄂ니 다믄 忠孝쑌이로다

이 두 일 말면 禽獸ㅣ나 다라리야

ᄆ음애 ᄒ고져 ᄒ야 十載遑遑ᄒ노라

- 『송암집松岩集』 1번

생평生平에 원하나니 다만 충효뿐이로다

이 두 일 말면 금수禽獸나 다르리야

마음에 하고자 하여 십재황황十載遑遑하노라

- 생평生平 : 평생.
- 금수禽獸 : 짐승.
- 다르리야 : 다르랴.

- 십재황황十載遑遑 : 10년 동안 마음이 급해 허둥지둥함.

강호의 삶에 대한 자족감과 자부심

이 시조는 송암松巖 권호문(1532~1587)의 「한거십팔곡閑居十八曲」 중 첫 번째 작품이다. 권호문은 평생에 걸쳐 관직에 나아가지 않은 채 자연에 은거하면서 처사處士로서의 삶을 살았기에 조선시대 정치사에서 별다른 족적을 남기지는 못했으나 경기체가인 「독락팔곡獨樂八曲」과 연시조 「한거십팔곡」을 남김으로써 조선전기 시가사에서 중요한 위치를 점하고 있다. 후술하겠지만 「한거십팔곡」은 작가인 송암이 인생의 후반부에 자신이 살아온 그간의 내력을 되새기면서 현재적 삶의 만족감을 표출하는 구도로 되어 있어서 「한거십팔곡」의 시작점인 이 작품을 이해하기 위해서는 그가 어떠한 삶을 살았는지, 그리고 「한거십팔곡」을 짓게된 구체적인 동기는 무엇인지 등에 대해 거칠게나마 살펴볼 필요가 있다.

권호문의 고향은 경북 안동으로, 자는 장중章仲, 호는 송암松巖이다. 나이 15세에 퇴계 이황의 제자가 되어 성리학을 배웠고, 과거 공부(거업擧業)를 병행하다 23세에는 초시初試에, 30세에는 회시會試에 합격하여 진사進士가 되었다. 1549년에 아버지가 돌아가시고, 1564년에 어머니마저 돌아가시자 그는 과거 공부를 그만두고 스승인 퇴계 이황을 따라 성리학 공부에 매진하기로 다짐했으니, 과거에 합격하여 관직에 나아가는 것을 스스로 포기한 것이다. 연보에 따르면, 모친의 3년상을 마친 후,

　　애당초 내가 과장科場에 나간 것은 어머니가 계셨기 때문이었다. 그런데 지금은 과거에 급제한들 누구를 영화롭게 할 수 있겠는가? 그러니 무엇 때문에 과거 공부를 하겠는가?

라고 밀겠다고 하는네, 혹사는 이 밀의 진위를 의심하기노 하나 씰사는 이것이 그의 진심이었을 것이라 믿어 의심치 않는다. 미리 말하건대, 이 지점은 위의 작품을 이해하는 데에도 상당히 중요하다.

남아 있는 기록을 볼 때 과거 공부를 단념한 후 그의 삶은 단출하기 그지없다. 그리하여 조선 시대 유가 지식인이라면 누구나 하나쯤은 갖고 있는 드라마틱

한 사연들, 예를 들면 당쟁에 휘말려 멸문지화를 당할 뻔한다든지 모함을 입어 외딴곳으로 유배를 간다든지 등의 일이 그에게는 전혀 없다. 그의 생애를 정리해 놓은 기록을 보면, 그는 책을 읽고, 시를 쓰고, 제자를 가르치는 일로 평생을 보낸 듯한데, 그가 읽은 책도, 그가 쓴 시도, 그가 가르친 공부도 세속적 공명의 성취와는 동떨어진, 마음을 바르게 하는 학문, 곧 '성리학'이었다. 이런 점에서 보자면 그런 그가 '노래'를 지어서 불렀다는 게 특별한 이벤트로 보일 정도인데, 기왕 말이 나왔으니 그가 「독락팔곡」과 「한거십팔곡」을 짓게 된 구체적인 연유에 대해 먼저 살펴보자.

「독락팔곡」의 경우 창작 동기를 분명하게 확인할 수 있다. 그의 나이 50세에 친구이기도 했던 약포 정탁鄭琢이 천거의 방식으로 벼슬길에 나올 것을 권하자, 송암은 이 노래를 지어 거절의 의사를 밝혔다. 그는 이미 이전에도 자신에게 제수된 벼슬을 두어 차례 마다한 적이 있었으니, 제목에 들어 있는 '홀로 즐긴다'는 뜻의 '독락'이란 말에는 지금껏 살아온 은자隱者로서의 삶을 앞으로도 계속하겠다는 작가의 견결堅決한 의지가 오롯이 담겨 있다. 「독락팔곡」은 난해한 성리학의 용어로 가득하나, 작품 전체를 간추리자면 '강호에서 누리는 현재의 삶이 충분히 만족스러우니 나는 세상에 나아갈 마음이 없다.'는 것이다.

「독락팔곡」과는 달리 「한거십팔곡」의 경우 창작 동기가 분명하지 않다. 다만, 그의 나이 53세에 백담 구봉령具鳳齡이 자신을 조정에 천거하자 「한거록閒居錄」을 지어 불사不仕의 뜻을 전했다고 하는데, 「한거십팔곡」에도 '한거'라는 말이 포함되어 있어 이 작품의 창작은 그때의 일과 연관된 것으로 추정된다. 「한거십팔곡」 16수에 있는, "뉘라셔 회보미방懷寶迷邦ᄒ니 오라 말라 ᄒᄂ뇨"라는 시행은 이러한 추정을 근사近似하게 뒷받침하는바, 주지하듯 '회보미방'은 『논어』를 출전으로 하며, 출중한 경륜을 품고도 벼슬하지 않는 것은 나라를 혼란스럽게 하는 것과 같다는 의미로, 누군가에게 출사出仕를 권유하는 맥락에서 자주 사용된다. 「독락팔곡」과 비교할 때 눈여겨볼 점은 경기체가인 「독락팔곡」은 전체적으로 강호에서의 삶에 대한 자족감과 자부심을 표출하는 데 중점을 두고 있는 반면, 연시조인 「한거십팔곡」의 경우 작품의 전반부(1수~8수)에서 '과거 공부'라는 선택지와 '성리학'이라는 선택지 사이에서 방황과 갈등을 거듭하다 종국에는 후자를 택하게 되는 일련의 과정들이 차례대로 제시된 후에 만족스러운 현재의 삶의 모습이 제시된다는 데 있다.

출처出處의 기로에서 '나'를 외치다

이쯤에서 상기한 작품으로 눈을 돌려 보자. 초장에서 화자는 "생평生平에 원하나니 다만 충효뿐이로다"라고 말한다. '충'은 임금을 향한 것이요, '효'는 부모를 향한 것이니, 유교 문화권에서 충과 효라는 추상적인 개념은 모든 지식인들에게 부과되는 당위적인 지침이어서 평생토록 원한 것이 이 두 가지의 달성이었다는 초장의 진술은 그다지 새로울 것이 없어 보인다. 이 점에 있어서는 중장도 마찬가지인데, 1음보의 "이 두 일"은 초장의 충과 효를 가리키며, 이 둘을 하지 않는다면 금수와 다를 게 없다, 곧 금수와 같다는 중장의 언명 역시 유가 경전에 매일반으로 등장하는 것이어서 상당히 진부하고 상투적으로 다가온다.

이 뻔한 말들이 작가의 삶과 연계되어 보다 구체화된 조건에 놓이게 되는 것은 종장에 와서이다. 먼저, 종장의 '십재十載'는 축자적으로 '10년'을 뜻하지만 반드시 10년만을 가리키는 것은 아니고 10년에 준할 정도의 오랜 기간을 의미한다. '황황遑遑'은 '마음이 급해 허둥거리며 정신이 없는 모양'을 가리킨다. 다음으로, "ᄆᆞᆷ애 ᄒᆞ고져 ᄒᆞ"는 것의 대상은 충과 효일 테니, 따라서 종장은 마음에 충과 효를 하고자 하여 10년을 허둥지둥했다, 정도로 번역 가능하다. 그런데 이 상하지 않은가? (앞서도 말했듯이) 유가 지식인에게 충과 효는 일종의 당위적 지침이어서 한시도 빠짐없이 늘상 행해야 하는 것임에도 이 작품에서는 굳이 '10년'이라는 정해진 기간을 명시해 놓았으니 말이다.

결론부터 말하자면 화자가 '10년을 허둥지둥했다'는 말은 과거시험 준비를 의미한다. '충'이든 '효'이든 그것은 추상적인 개념이어서 해당 개념을 실현하기 위한 실천 사항들의 종류가 여럿이기 마련이지만, 극소수의 인원을 선발하는 과거시험에 합격하게 되면 부모를 영화롭게 하고 임금을 보필하는 신하가 될 수 있다는 점에서 효와 충을 한꺼번에 달성할 수 있다. 이미 살펴본 바와 같이 권호문은 어머니가 돌아가시기 전까지 과거시험을 준비했으니, 종장의 '황황'은 한시라도 빨리 과거에 합격하기 위해 급하게 서두르던 자신의 모습을 지칭하는 것이겠다.

그런데 필자는 '황황'이라는 시어를 조금은 다른 각도에서도 바라보고 싶다. 주지하듯 '허둥거리다'의 사전적 정의는 '방향을 정하지 못하고 갈팡질팡하다'인데, 이는 곧 선택 가능한 방향의 개수가 최소한 두 개 이상임을 말한다. 권호문에게는 꽤나 일찍부터 두 개의 선택지가 놓여 있었던 것으로 보이는데, 과거에 급제하여 세속의 세계로 나아가는 것이 그 하나요, 자연을 벗삼아 타고난 성정性情을 닦으면서 강호의 세계에 머무는 것이 나머지 하나였다. 이미 언급한 바와 같이 「한거십팔곡」의 1수~8수까지는 이 두 개의 선택지 사이에서의 심적 고뇌와 갈등을 거쳐 결국에는 후자를 택하게 되는 힘겨운 일련의 과정이 순차적으로 드러난다.

동서와 고금을 막론하고 세속적 부귀공명의 성취는 대다수의 사람들이 욕망하는 보편적 선택지임에 틀림없다. 그런데 인간이란 존재는 어떠한 대상에 나름의 의미가 부여되었을 때 경제적 논리나 쾌락의 원칙을 뛰어넘어 자신이 부여한 의미의 추구를 위해 그러한 것들을 과감히 포기하기도 하는 '의미적 동물'이기도 하다. 오늘 우리가 살펴본 권호문 역시 그러했으니, 그는 은자로서의 삶이 사회적으로 현달顯達한 이의 삶 못지않게 유의미할 수 있다고 생각하면서 그러한 생각의 유효함을 자신의 평생을 통해 몸소 입증하고자 했다. 그때보다 훨씬 더 누추해진 지금의 세상에도 적지 않은 권호문'들'은 분명 존재할 테니, 그런 분들을 응원하면서 「한거십팔곡」의 나머지 부분을 권한다.

하윤섭

040

세상을 버리고 떠나온 자의 슬픔

굽어는 천심녹수千尋綠水

이현보李賢輔

구버는 千尋綠水 도라보니 萬疊靑山

十丈紅塵이 언매나 ᄀ렷ᄂ고

江湖애 月白ᄒ거든 더옥 無心ᄒ얘라

—『어부단가漁夫短歌』(판본板本) 2번

굽어는 천심녹수千尋綠水 돌아보니 만첩청산萬疊靑山

십장홍진十丈紅塵이 얼마나 가렸는고

강호江湖에 월백月白하거든 더욱 무심無心하여라

• 천심녹수千尋綠水: 천 길이나 되는 깊고 푸른 물.

• 만첩청산萬疊靑山: 겹겹으로 둘러싸인 푸른 산.

• 십장홍진十丈紅塵: 열 길이나 되는 붉은 먼지, 즉 세속의 세계.

• 가렸는고: 가려졌는고.

• 월백月白하거든: 달 비치거든.

어쩔 수 없는 선택, 귀거래歸去來의 꿈

남루한 차림의 어부가 낚싯대를 드리운 채 물속을 응시하고 있는 장면은 동아시아 시가 문학의 전통에서 그 유래가 매우 오래되었다. 굴원이 지은 『초사楚

辭』「어부漁父」편을 기준으로 할 때 '어부' 형상은 대략 2천 년이 넘는 장구한 세월 동안 수많은 시인들의 분신分身으로 기능해 왔는데, 어디에도 얽매이지 않은 채 드넓은 바다를 항해하는 자유로운 어부가 있는가 하면, 세상으로부터 비참하게 버려져 자신을 버린 세상을 원망하며 울분을 곱씹는 어부도 있다. 이렇듯 어부가 등장하는 작품들의 스펙트럼은 생각보다 상당히 넓은 편인데, 따라서 어떤 작품에 보이는 '어부' 형상을 제대로 이해하기 위해서는 어부를 주인공으로 삼아 자기의 이야기를 풀어낸 감독, 곧 작가의 개인적 처지와 그가 놓인 역사적 조건을 참조할 필요가 있다.

지금 살펴볼 작품의 작가는 농암聾巖 이현보(1467~1555). 그는 경북 예안 지역을 대표하는 명문가의 자손으로, 연산군 4년(1498)에 32세의 나이로 문과에 급제하여 관직을 시작하였고, 76세에 지중추부사知中樞府事를 끝으로 치사致仕한 후 자신의 고향인 예안현 분천리에서 여생을 보낸다. 이것만 보자면 그다지 굴곡 없는 안정된 삶을 살았을 것으로 보이지만, 문제는 그가 중앙의 정치 현실을 경험했던 15세기 후반~16세기 전반이 네 차례의 연이은 사화士禍와 한 차례의 강제적 왕권 교체가 말해 주듯 '훈구'와 '사림'이라는 정치적 집단 사이에 치열한 갈등과 피비린내 나는 쟁투가 벌어지던 극심한 혼란기였다는 데 있다.

사림의 일원이었던 그는 때로는 중앙의 관료로서, 때로는 지방의 관리로서 뜻있는 자신의 동료들이 무참히 숙청되는 살육의 현장을 하릴없이 지켜봐야만 했다. 이념적 원칙이 속절없이 무너지는 가혹한 현실 앞에서 그는 아마도 적잖이 두렵고, 또 적잖이 힘겨웠으리라. 그가 40대 이후 중앙의 요직을 마다하고 외직을 전전하거나 기회가 닿을 때마다 관직에서 물러나려 했던 것도 이와 무관하지 않을 터인데, 누군가는 이러한 그의 처신을 일러 역사적 책무를 방기했다 탓할 수도 있겠으나 "다스려지면 나아가고, 어지러우면 물러난다.〔理進亂退〕"라는 유가 일반의 지침을 감안할 때, 그가 반복적으로 시도했던 귀거래歸去來의 꿈은 나아질 기미가 도무지 보이지 않는 혼돈의 시대에 유가 지식인으로서 취할 수 있는 어쩔 수 없는 선택이었을 것으로 보인다.

이러한 과정을 거쳐 늘그막에 안착한 고향에서 그는 이 작품을 지었다. 농암 자신이 남긴 기록에 따르면, 손주사위인 금계 황준량黃俊良이 이전부터 전해 내려오던 「어부가」를 구해다 주었는데, "말이 차례에 맞지 않고 간혹 중첩된 곳이 있어" 12장으로 되어 있던 장가長歌는 9장으로, 10장으로 되어 있던 단가短歌는 5장으로 줄여 이현보 버전의 새로운 「어부가」를 완성하였다. 그는 이 과정에서 퇴계 이황의 자문을 구할 정도로 심혈을 기울였던바, 개작 전의 원본이 남아 있지 않아 그 정도를 가늠할 수는 없지만, 어부를 통해 발화되는 이 작품의 메시지가 농암 자신의 것이었음은 두말할 나위가 없다.

상기한 작품은 총 5수의 평시조로 구성된 「어부단가」 중 두 번째 작품이다. 1수에서 시적 화자는 "이 듕에 시름 업스니 어부漁父의 생애生涯이로다"라고 선언하며 "일엽편주一葉片舟를 만경파萬頃波에" 띄우고서는 "인세人世를 다 니젯거니 날 가는 주를 알랴"라고 말한다. 우리는 이로부터 다음의 세 가지를 추정할 수 있는바, 첫째, "이 듕에"에 주목할 때 시적 화자는 '어부'가 되기 전에 어부에 비견될 만한 다양한 삶의 방식들을 떠올려 보았다. 이를 통해 그는 어부를 포함한 모든 종류의 업業 가운데 "어부漁父의 생애生涯"만이 시름없다는 결론에 이르고서는 배를 띄운다. 둘째, '어부'가 되기 전 시적 화자는 '시름'을 지니고 있었으며, 그것에서 벗어나기 위해 어부가 되었다. 어부가 된 후, "날 가는 주를 알랴"라고 했으니 일단은 그 시름으로부터 벗어난 것으로 보이지만, 하필이면 그 전제 조건이 기억(' 니젯거니')의 문제여서 여전히 불안하다. 후술하겠지만 유가 지식인에게 이념적 원칙이 파괴된 현실은 잊고 싶다고 해서 쉬이 잊히지 않는다. 셋째, 어부가 되었다고 해서 곧바로 시름이 없어지는 게 아니라 "인세人世를 다" 잊어야 한다는 조건하에서만 그것은 가능한데, 여기서 '인세'는 작가의 이력으로 보건대 그가 고향으로 돌아오기 전에 머물렀던 혼탁한 정치 현실을 가리킨다. 몸은 떠나왔으나 마음은 떠나오지 못한 것이니, 이런 점에서 '인세를 다 잊었다'는 화자의 진술은 곧이곧대로 들리지 않으며, 대신 "인세를 다 잊어야 한다"는 내면의 안간힘으로 읽힌다.

무도한 세상을 살아 내는 유가儒家 지식인의 표상, '어부'

이제 2수로 넘어가 보자. 화자는 배를 타고 뭍에서 꽤나 멀리 떨어진 곳까지 다다랐다. 힘껏 젓던 노를 놓고서 잠깐 숨을 돌리는데, 아래를 굽어보니 천 길 깊이의 푸른 물[千尋綠水]이 넘실거리고, 뒤를 돌아보니 만 겹으로 포개진 푸른 산들[萬疊靑山]이 '나'를 둘러싸고 있다. 위를 올려다보면 눈이 부시게 푸른 하늘까지 한눈에 들어왔을 테니, 온갖 곳이 푸르디푸른, 맑고 깨끗한 강호의 공간을 화자는 벅찬 마음으로 바라본다. 그러고 나서 묻는다. "십장홍진이 얼마나 가려졌는고". 주지하듯, '홍진' 곧 '붉은 먼지'는 길에 거마車馬가 지나갈 때 자욱하게 일어나므로, 동아시아 문화권에서는 세속의 세계를 일컫는 이칭으로 자주 쓰였다. 1수의 '인세'와 동일한 의미인데, 따라서 '홍진' 역시 인간들의 욕망이 난무하는 세속의 세계, 좀 더 범위를 좁히자면 혼탁한 정치 현실을 가리키는 것으로 보아야 한다.

화자는 '천심녹수'와 '만첩청산'에 의해 '십장홍진'이 얼마나 가려졌는지를 자문한다. 여기서도 세 가지 의미 부여가 가능할 듯한데, 첫째, 화자의 인식하에서 화자가 있는 '이곳'과 화자가 있었던 '저곳'은 '푸른색'과 '붉은색'의 차이만큼 확연하게 구분된다. 둘 사이에는 조금의 포개짐도 허용되지 않는바, 푸른색의 '강호자연'과 붉은색의 '정치현실'은 하나를 택하기 위해 다른 하나를 버려야 하는 양자택일의 관계에 있다. 둘째, 첫 번째가 색채의 대비였다면 이번에는 숫자의 대비이다. 물론, '천심녹수'의 '천', '만첩청산'의 '만', '십장홍진'의 '십' 모두 전근대 한자 문화권에서 '어떤 것의 가득함'을 의미하는 완전수에 속하지만, 그럼에도 그 크기의 측면에서 일정한 구별이 없을 수 없다. 지금 화자는 '만'과 '천'에 의해 '십'이 가려졌는지를 묻는다. 이는 많은 것으로 적은 것을 가림으로써 가려지지 않는 부분을 없게 하겠다는 화자의 단호한 의지를 담고 있는 동시에 그 적은 것을 가리기 위해서는 그것보다 압도적으로 많은 것이 필요할 정도로 그 적은 것의 힘이 만만치 않음을 의미한다. 셋째, 국어사적 사실을 좀 더 따져 봐야 하겠지만, 주격 조사 '이'에 주목할 때 'ㄱ렛는고'는 '가려 졌는고'라는 피동의 의미로 보인다. 이는 곧 보이지 않기를 바라는 대상인 '십장홍진'을 화자 스스로의 힘으로는 도저히 가릴 수 없다는 것, 그리하여 다른 무엇에 의해 가려지기만을 바랄 정도로 '십장홍진'을 외면하는 일이 힘들다는 것을 말한다. 이러한 점들을 종합할 때, 중장의 '천심녹수'와 '만첩청산'은 자연에 실재하여 강호와 세속을 명징하게 구분하는 물리적 장벽이기도 하면서 세속의 세계로부터 기인한 시름이 자신의 내면에 침입하는 것을 차단하려는 심리적 장벽이기도 하다.

종장의 시간적 배경은 초중장의 그것과 달리 '밤'이다.("강호江湖애 월백月白") 이는 초중장과 종장 사이에 낮부터 밤이라는 짧지 않은 시간의 흐름이 개재되어 있음을 의미하는데, 종장의 후반부, 그러니까 "더옥 무심無心ᄒ얘라"에는 그 시간 동안 화자의 내면에 모종의 변화가 있었음을 넌지시 말해 준다. 이 구절을 액면 그대로 이해하면 다음과 같다. '무심'에도 정도가 있어 더하고 덜한 차이가 있으며, "강호에 월백하"기 전에는 무심의 정도가 덜했다가 "강호에 월백하"고 나서야 '더옥' 무심하게 되었다는 것. 그런데 '덜한 무심'이란 말 자체로 형용모순이므로 이는 곧 화자가 "강호에 월백하"기 전에는 '유심有心'의 상태에 있었음을 가리킨다. 이때 '유심'의 '심'이란 세속으로부터 기인한 시름일 터이니, 따라서 종장 전체는 세속의 세계가 보이는 낮 동안에는 그 시름이 서서히 일어났다가 보이지 않게 된 밤이 되어서야 조금씩 사그라들게 되었다는 것으로 이해된다. 그러나 밤이 지나 낮이 되면 다시 시름은 고개를 들 것이어서 그에게 무심할 수 있는 시간은 그리 길게 주어지지 않는다.

가만히 보면 이 작품은 명시적이든 잠재적이든 여러 가지 대립적 요소로 가득 차 있다. 낮과 밤이라는 시간적 대립, 강호와 세속이라는 공간적 대립, 초중장의 '유심'과 종장의 '무심' 사이의 대립 등이 이미 언급한 색채 및 숫자의 대비와 함께 녹아들어 있다. 이러한 시적 구도는 유가 지식인의 당위적 책무인 수기修己와 치인治人이 시인의 내면 안에서 날카롭게 맞설 수밖에 없었던 당대의 시대적 조건과 무관하지 않은 것으로 보인다. 치인의 공간에서 수기의 공간으로 돌아왔지만, 시인은 자신이 이루지 못한 정치적 이상理想에 대한 회한, 무질서한 세상에 대한 염려, 홀로 남겨진 임금에 대한 걱정 등 세속을 향한 마음을 채 떨쳐내지 못하고 있다. 이는 (작가인 이현보를 포함하여) 당시의 불안한 정치적 상황 속에서 '세속'을 버리고 '강호'를 택한 많은 이들이 감내해야 했던 불가피한 숙명과도 같다.

하윤섭

041

방축된 현실과 도학자의 전범성

서까래 기나 자르나

신흠申欽

혓가레 기나 쟈르나 기동이 기우나 트나

數間茅屋을 쟈근 줄 웃지 마라

어즈버 滿山蘿月이 다 내 거신가 ᄒ노라

-『청구영언』(진본) 123번

서까래 기나 자르나 기둥이 기우나 트나

수간모옥數間茅屋을 작은 줄 웃지 마라

어즈버 만산나월滿山蘿月이 다 내 것인가 하노라

- 자르나: 짧으나. '자르다'는 '짧다'의 방언.
- 수간모옥數間茅屋: 몇 칸 안 되는 초가.
- 어즈버: 감탄사 '아'.
- 만산나월滿山蘿月: 온 산에 가득 자란 덩굴풀에 비친 달.

은거한 사대부의 전범적 삶

이 시조는 상촌象村 신흠(1566~1628)이 지은 것으로, 『청구영언』(진본)을 비롯하여 20여 편의 가집에 전한다. 특히 『청구영언』(진본)에는 신흠 시조 30수의 말미에 「방옹시여서放翁詩餘序」가 수록되어 있다. 이를 통해 이 시조는 『방옹시여放翁詩餘』에 수록된 여덟 번째 작품으로 추측되지만, 안타깝게도 『방옹시여』는 현재 전하지 않는다. 다만 「방옹시여서」에는 "萬歷癸丑長至放翁 書于黔浦田舍"라 하여 신흠의 시조들이 창작된 시기를 가늠할 수 있는 기록이 전한다. 이를 근거로 오늘날 이 시조는 작가인 신흠이 김포로 방축放逐되었던 시기에 창작한 작품으로 이해되고 있다.

신흠은 17세기를 대표하는 관료 문인 중 한 명이라고 할 수 있다. 그는 선조宣祖로부터 어린 영창대군의 보필을 부탁받은 유교칠신遺敎七臣 중의 한 사람이었다. 정계의 중심에 있었던 신흠의 상황은 선조 사후死後 당쟁의 소용돌이에 놓이며 급변하였다. 특히 유교칠신으로서 그의 위상이 빌미가 되었고, 광해군 재위기에 발발한 계축옥사癸丑獄事로 인하여 고향 김포에 방축되고 말았다. 김포 방축기에 그는 선산 아래의 하루암何陋庵에서 1년여를 거처하였고, 다시 감지와 坎止窩를 건축하여 2년을 지냈다.

신흠의 정치적 부침은 개인의 문제가 아닌 당쟁의 역학 관계에 기반한 것이었다. 김포 방축기에 그는 정치적 혼란에 따른 내면적 갈등으로 고뇌하였고, 다양한 영역에 걸친 문학 활동을 통해서 이를 해소하고자 하였다. 다만 방축되고 나서도 정치 현실을 직접적으로 원망하지만은 않았다. 광해군으로부터 방축을 명 받고 난 이후 시를 통해 자신의 진의가 통하지 않는 상황이 답답할지라도 굴원屈原처럼 원망하는 마음을 품지 않음을 담담히 토로하였다.

김포 방축기의 심회와 관련하여서 그가 작성한 「귀전부歸田賦」 또한 주목할 만하다. 이 작품을 통해 정치적 불우함을 시대의 운수 탓으로 수용하는 한편, 현실에 좌절하기보다 학문을 수양하고 도덕성을 함양할 기회로 삼고자 하는 태도를 살필 수 있다. 특히 그는 자연에 순응하면서 성리학적 이법을 탐구하는 삶, 즉 은거한 사대부의 전범적 삶을 지향하고자 하였다. 「방옹시여」의 여덟 번째 작품인 이 시조는 김포 방축기 신흠의 의식과 지향을 여실히 보여 주는 작품이라 할 만하다.

삶의 위기에서 꽃피운 도학의 가치

먼저 초장과 중장에서 화자는 자신의 거처 공간에 대한 자족적 태도를 드러내고 있다. 서까래와 기둥은 거처 공간의 중심이다. 이것이 길거나 작거나, 또는 기울거나 틀어졌거나 하는 상황은 화자가 머물고 있는 거처가 대단히 빈천貧賤함을 나타낸다. 심지어 이러한 거처는 중장에서 띠집으로 조그맣게 엮여 있을 따름이다. 이에 작은 줄 웃지 말라는 화자의 발화는 거처에 대한 외부의 인식이 어떠한지를 보여 준다.

앞서 간단히 언급한 것처럼 신흠은 17세기를 대표하는 상층 사대부였다. 정치적으로 매우 현달했다는 점에서 초장과 중장은 그가 처한 상황의 극적인 반전을 나타낸다. 이를 두고 신흠이 김포에 방축된 이후 조카인 신익량이 급히 마련한 거처의 남루한 정황을 반영하였다는 견해도 있다.

주의할 점은 이 시조의 빈천한 형상은 경제적 의미를 넘어서 정치적 역학 관계로 인하여 신흠이 처하게 된 비참한 현실과 관련한다는 것이다. 17세기 시가사에서 가난[貧]은 정치적 불우함을 상징하는 매개로 자주 등장했다. 시가사에서 가난의 형상이 경제적 고난과 직접 관련하기 시작한 시기는 보다 후대의 일이다. 신흠의 시조 또한 마찬가지이다. 사대부의 직분이 출사하여 임금을 도와 유가의 이상세계인 태평성대를 현실에 구현하는 것임을 볼 때, 당시 신흠이 처한 상황은 이러저러한 측면에서 타인의 주목을 받을 수밖에 없는 일이었다.

이와 더불어 외부의 인식에 언연애하시 않는 화사의 내노탄, 현실석 소선으로 말미암아 발생할 수 있는 내적 갈등에 초연하고자 하는 신흠 자신의 의지이기도 하다. 조선 시대 사대부의 전범적 삶은 일상생활의 작은 영역에서도 도덕성을 감발感發하기 위하여 내면의 정신 경계를 고도로 긴장시켜 나가는 것에 있었다. 그들 또한 인간이기에 발생할 수밖에 없었던 욕망과 갈등의 문제를 도덕성에 대한 수양의 의지로 통제하고자 하였다. 시조의 화자가 타인의 웃음에 괘념치 않을 수 있는 근거로 제시한 종장의 내용은 이를 반영한 것이다.

종장에서 산에 가득한 담쟁이 덩굴풀과 그를 비친 달빛이 모두 자신의 것임을 선언하는 화자의 태도는 불행한 현실을 외면하기 위한 몸부림을 의미하는 것이 아니다. 시가사에서 달은 다양한 함의를 지니는 시어로 활용되었는데, 특히 강호시가江湖詩歌에서는 화자의 거주 공간을 성리학적 이법의 구현태로 구성하는 매개였다. 이에 종장에서 만산나월을 향한 화자의 언술은 은거의 공간에서 자연과 물아일체物我一體의 정신경계를 이루고자 하는 의지를 반영한 것임을 알 수 있다. 즉, 신흠은 이 시조를 통해 자신이 마주하게 된 절망적인 현실에 좌절하지 않고 자신을 관조하며 사대부로서 본질적 가치를 지켜 나갈 것을 다짐한 것이다.

「방옹시여」라는 제목은 무엇보다 '시여'라는 용어가 주목된다. 시여란 자의字意만을 보면 한시를 쓴고 난 나머지를 의미한다. 조선시대 사대부들은 시조를 시여라고 부르곤 하였다. 그러나 시여라고 하여 시조가 한시에 대응하여 행하는 일종의 여사餘事 정도로 이해해서는 안 된다. 특히 신흠에게는 더욱 그러했다. 그에게 시조, 즉 노래란 불행한 현실에 맞서 자신의 지향을 다짐하고 또 외부로 표방할 수 있었던 중요하고도 또 절실한 문예물이었다. 신흠은 시조를 지음으로써 자신이 마주한 현실의 실체를 직시하고 내적 갈등의 문제를 외연화하여 처신의 방편을 마련할 수 있었던 것이다.

이승준

042

사랑도 이별도 모두 당신의 마음에 달려 있어요

내 양자樣子 남만 못한 줄

정철鄭澈

내 양ᄌᆞ 눔만 못ᄒᆞᆫ 줄 나도 잠간 알건마ᄂᆞᆫ

연지도 ᄇᆞ려 잇고 분ᄶᅵ도 아니 미니

이러코 괴실가 ᄠᅳ즌 젼혀 아니 먹노라

─『송강가사松江歌辭』(이선본李選本) 45번

내 양자樣子 남만 못한 줄 나도 잠간 알건마는

연지臙脂도 버려 있고 분때도 아니 미네

이러고 괴실까 뜻은 전혀 아니 먹노라

- 양자樣子 : 얼굴의 생김새.
- 연지臙脂 : 화장할 때 입술이나 뺨에 찍는 붉은 염료.
- 버려 있고: 버려 두고.
- 분때: 분을 바를 때에 때처럼 밀려 나는 찌꺼기.
- 괴실까: 사랑하실까.

버림받은 여인이 포기한 것

이 시조는 남들만 못한 자기 모습을 돌아보며 사랑하는 임의 절대성을 드러낸 것으로, 송강松江 정철(1536~1593)이 여성 화자의 목소리를 빌려 연군지정戀君之情을 노래한 작품이라고 할 수 있다.

화자는 자기 모습이 남들만 못한 줄을 금세 알 수 있다고 고백한다. 하지만 화자는 연지도 팽개쳐 두고 단장도 하지 않는다. 그리고 이렇게 하면서 사랑해 주실까 하는 마음은 추호도 먹지 않는다는 말로 시상을 맺었다. 사랑하는 임에게 버림받은 상황인 것만은 분명해 보이는데, 화자의 말이나 행동이 어떤 의미를 지니는 것인지 선뜻 이해가 가지 않는다. 문면을 그대로 받아들여 임의 사랑을 바라지도 않는다는 자포자기의 심정을 노래한 시조로 해석한 견해가 제출되기도 했다. 이로써 연군과 충의의 규범적 인간형에서 일탈하려는 의식을 드러냈다는 것이다. 그러나 사대부 계층의 의식을 고려할 때 군주의 사랑을 포기한다는 것이 정말로 가능한 일이었을까 하는 의문이 든다.

임의 사랑을 포기할 수 없는 처지였다면 화자가 포기한 것은 무엇인지 다시 물어야 할 것이다. 화자의 말을 돌이켜 보면 화자가 포기한 것은 임의 사랑 자체가 아니라 자신을 곱게 단장하는 것이요 임의 사랑을 갈구하는 것이라고 할 수 있다. 나아가 이렇듯 단장과 갈구를 포기한 배경은 임과의 이별이 자신을 가꾸는 것 따위로 돌이킬 수 있는 일이 아니며, 임과의 재회가 자신이 바란다고 해서 이룰 수 있는 일이 아니라는 데에서 찾을 수 있을 듯하다. 다시 말해 화자가 자신을 단장하지 않는다고 말한 것이나, 임이 자신을 사랑해 주실까 하는 마음을 먹지 않는다고 말한 것은 사랑과 이별이 모두 임의 마음에 달린 것이지 자신이 어찌할 수 있는 것은 아님을 인식한 결과라는 뜻이다.

절대적 존재인 임과 남들만 못한 자신

'연지'나 '분때'를 운운한 이 시조의 중장은 정철의 가사 「사미인곡思美人曲」의 한 대목을 떠올리게 한다.

올저긔 비슨 머리 헛틀언디 삼년일쇠

연지분 잇닉마는 눌 위ᄒ야 고이 홀고

    그런데 「사미인곡」에서는 아무리 곱게 단장한들 예쁘게 바라봐 줄 누군가가 없다는 사실, 즉 임의 부재를 강조하는 데에서 그칠 뿐이다. 반면, 이 시조에서는 사랑과 이별의 열쇠를 쥐고 있는 임과 임에게 종속되어 있을 뿐 스스로 어떤 선택도 하기 어려운 화자의 관계를 부각한다. 「사미인곡」에 비해 임의 처분을 기다릴 수밖에 없는 자신의 처지를 더욱 분명하게 나타냈다고 할 수 있다.

    따라서 이 시조는 나에게 절대적 존재에 가까운 임과의 관계를 노래한 시조라고 할 수 있다. 그런데 임의 존재가 절대화될수록 '연지'를 바르거나 '분때'를 미는 일에 의미를 부여할 수 없는 화자의 처지가 함께 드러난다. 그렇지 않아도 남들만 못한 모습을 한 데다가 자신이 그렇다는 것을 누구보다 잘 알고 있는 화자이므로 아무런 단장도 하지 않는 자신의 처지를 몇 번이나 곱씹을 수밖에 없었을 것으로 보인다. 하지만 이별의 상황을 스스로 타개할 수 없다는 것도 잘 알기에 연지도 팽개쳐 두고 분때도 밀지 않는 자기 모습을 새삼스럽게 발견하는 것으로 그칠 뿐, 주제넘은 짓을 하거나 헛된 희망을 품지 않는다. 임의 처분을 기다리면서 남들만 못한 자신을 돌아볼 따름이다.

송강 정철의 굴곡진 삶

    정철의 생애는 비교적 굴곡이 컸다고 할 수 있다. 어려서는 자못 유복한 생활을 누린 것으로 보인다. 맏누이는 인종의 귀인貴人이, 둘째 누이는 계림군 이유李瑠의 부인이 된 덕분에 궁중을 드나들었고 당시에 훗날 명종이 되는 경원대군과 가까이 지냈기 때문이다. 그러나 10세 때인 1545년 계림군이 을사사화乙巳士禍에 연루되면서 그 일족인 정철의 집안도 화를 당하여 맏형 정자는 끝내 목숨을 잃고 부친 정유침은 유배지를 전전하게 된다. 1551년 부친의 귀양살이가 끝난 뒤에는 창평으로 이주하여 10여 년을 지낸다. 이곳에서 임억령, 김인후, 송순, 기대승 등을 만나 시와 학문을 배웠으며 이이, 성혼, 송익필 같은 학자들과 교유했다. 1561년 26세로 진사시에 합격하고 이듬해 별시 문과에 장원급제하여 벼슬 생활을 시작한다.

관료로서 그의 삶도 순탄치만은 않았다. 환로宦路에 나서고 10여 년이 지날 즈음부터 동서 붕당의 대립이 격화된 것이다. 정철은 40세 되던 1575년(선조 8) 사직한 이래 출사와 탄핵, 낙향과 복귀를 몇 차례나 반복해야 했다. 1578년 43세 때 장악원정掌樂院正이 되어 조정에 나왔으나 동인의 탄핵을 받아 창평으로 돌아갈 수밖에 없었고, 1580년 45세 때 강원도 관찰사를 역임한 이후 내·외직을 오갔으나 1585년 동인의 탄핵을 받아 다시 창평으로 돌아갈 수밖에 없었다. 이때 4년간 창평에 머물며 「사미인곡」, 「속미인곡」 등의 가사와 아울러 상당수의 시조나 한시를 지은 것으로 알려져 있다. 어느덧 서인의 영수가 된 정철은 그 뒤로도 동인과 대립하면서 유배를 당하는 등 풍파를 겪다가 58세를 끝으로 생을 마감한다.

충신연주지사로 볼 것인가, 이별을 담은 보편적 노랫말로 볼 것인가

정철이 언제 이 시조를 지었는지는 알기 어렵다. 다만, 버림받은 여인의 목소리가 나타나는 점으로 미루어 본다면 창평으로 돌아온 어느 시점에 창작했을 가능성도 배제할 수는 없을 듯하다. 그런데 이상과 같은 정철의 생애를 고려할 때 창작 시기보다 더욱 분명해지는 것은 이 시조의 여성 화자가 임금의 처분을 기다리며 남들만 못한 자기 자신을 되돌아보는 신하의 모습을 환기한다는 점이다. 다시 말해 이 시조는 모종의 이유로 임금 곁을 떠나게 된 정철이 절대적 존재인 임금을 그리워하면서 자기 존재를 돌아보고 있는, 자신의 삶은 임금에게 달려 있을 뿐 자신이 어찌할 바가 아니라는 인식을 드러내고 있는 충신연주지사忠臣戀主之詞라고 할 수 있다는 뜻이다.

한편, 부침이 많았던 정철의 생애에 이입해 보면 절대적 존재인 임금과 버려진 존재인 신하의 관계를 읽어 낼 수 있겠지만, 텍스트 자체에 주목해 보면 이별로 인해 초라해진 자기 모습을 돌아보는 여인의 심정을 읽어 낼 수도 있다. 곧 어느새 마음속에서 절대적 존재로 굳어진 임을 향한 그리움과 하릴없이 임의 마음이 돌아오기를 바랄 뿐 어찌할 바를 알지 못하는 서러움을 표현한 노래로 해석될 가능성도 없지 않다는 것이다. 이렇듯 작품의 당대적 의미에 천착하여 충신연주의 심정을 되새겨 보는 것과 텍스트 자체를 괄호 안에 넣어 놓고 그것이 담고 있는 이별의 보편적인 감정을 음미해 보는 것 사이에서 무게추를 달아 보는 것도 이 시조를 감상하는 묘미 중 하나가 아닐까 한다.

박영민

043

술에 담긴 윤리적 고뇌

다나 쓰나 니 탁주濁酒 좋고

채유후蔡裕後

두나 쓰나 니濁酒 죠코 대테 메온 질병드리 더옥 죠희

어론쟈 박구기롤 둥지둥둥 씌여 두고

아히야 저리짐칠만졍 업다 말고 내여라

－『청구영언』(진본) 164번

다나 쓰나 니 탁주濁酒 좋고 대테 메운 질병드리 더욱 좋아

어론쟈 박구기를 둥지둥둥 띄워 두고

아이야 절이김칠망정 없다 말고 내어라

- 니 탁주濁酒: 입쌀로 빚은 탁주.
- 대테: 대나무를 쪼개어 결어 만든 테.
- 질병드리: 병술.

- 어론쟈: 얼싸.
- 박구기: 작은 박으로 만든 국자.
- 둥지둥둥: 둥실둥실.
- 절이김칠망정: 겉절이 김치일망정.

단맛과 쓴맛은 감별되어야 합니까

채유후(1599~1660)의 작품이다. 『고시조대전』에 따르면, 『동국가사東國歌辭』, 『가곡원류歌曲源流』(불란서본) 등에는 채유후 작으로 되어 있지만, 『청구영언』(육

당본), 『악부樂府』(나손본羅孫本) 등 다수의 가집에는 작자 미상이다.

이 작품은 소박한 술과 안주를 즐기는 농촌적 삶에 대한 화자의 여유와 기쁨을 노래했다고 할 수 있다. 초장에서 맛을 따지지 않고 소탈하게 술을 대하는 기쁨을, 중장에서 술을 술병에 넉넉히 담아 놓고 즐기는 흥취를, 종장에서 소박한 안주를 즐기는 조촐한 기쁨을 노래했다. 전체적으로 단맛과 쓴맛의 대립적 긴장을 구조적 특징으로 하여, 맛의 감별로부터 함축되는 선악과 시비의 가치적 분별과 관련된 윤리적 질문을 제기한다는 특징을 보인다.

초장의 첫구는 "다나 쓰나"로 시작한다. 강렬한 미각적 긴장을 함축한 시어이다. 하지만 일단은 긴장이 해소된다. 이어지는 "니 탁주 좋고"가 단맛과 쓴맛의 소재가 다름 아닌 술이라는 점을 밝히고 있기에 그러하다. "니 탁주"는 입쌀로 만든 막걸리다.

"다나 쓰나"는 술을 만들 때마다 때로는 조금 더 달고 때로는 조금 더 쓸 수도 있지만, 괘념치 않고 즐기는 소탈한 태도를 말해 준다. "대테 메운 질병"은 벌어진 틈을 대강 메운 값싼 그릇이다.

대테는 노끈에 비해서 가닥이 촘촘하지 않을 터, "대테 메운 질병"은 애써 틈을 막으려고 애쓰지 않은 소박한 그릇으로 보인다. 질병도 진흙으로만 초벌구이를 할 뿐 유약을 입히지 않아 겉이 거칠고 쉽게 깨지는 소박한 그릇이다. "~좋고 ~더욱 좋아"의 대구적 표현이 두 구절을 같은 의미로 묶어 내어 화자의 소탈한 성품을 암시하는 한편, 점층적 표현과 감탄의 어조로 술로 인해 고조되는 기쁨을 표현하였다.

미각의 정치화

초장 서두의 미각적 대립은 내용적으로는 부각되지 않는다. 그러나 "다나 쓰나"라는 시어는 기표의 차원에서 기능한다. "다나 쓰나"는 암시적 인유로 작동하여 제3의 문맥을 작품에 개입시키는 작용을 한다.

맛의 감별 문제는 고전의 전통에서 윤리적 판단과도 관련되어 있어 "다나 쓰나"는 논쟁적인 표현이라고 할 수 있다. 따라서 맛에 대해 괘념치 않는 화자의 태도는 하나의 가치판단을 내포한다.

중장에서는 술병에 술구기를 띄운 화자의 흥분을 표현하였다. "어론쟈 박구기를 둥지둥둥 띄워 두고"에서 확인되듯 '둥지둥둥'이라는 가볍게 떠 일렁이는 운동감각적 이미지와 '어론쟈'라는 흥에 겨운 감탄사로써, 초장에서 암시된 미각적 긴장과 갈등을 흥취로 전환하였다. 술병에 술의 양이 많을 때 위에 뜬 물체가 가볍게 일렁일 수 있기에, 박구기의 '둥지둥둥' 하는 움직임은 여유의 정취를 자아낸다. 한편, '박구기'는 작은 박으로 만든 국자이다. 그런데 물 위에 '둥지둥둥' 떠 있는 박구기의 형상은 불어난 치수淄水의 물결에 떠 있는 나무인형의 이미지를 환기한다. 그것은 전국시대 제齊의 맹상군이 진秦 소양왕의 꾐에 빠져 진나라에 들어가려 하자, 식객 소대蘇代가 깨우침을 주고자 들려주었던 이야기 속에 나오는 이미지이다.

따라서 중장에서 화자는 박구기의 '둥지둥둥' 하는 일렁임을 흥취로 즐기고 있지만, 암시적 인유가 끌어들인 고전적 문맥은 그 일렁임에 탐닉하는 화자에게 경고를 보내고 있다. 이로써 초장을 통해 미각적 차원에서 제기된 도덕적 판별에 관한 갈등은 운동감각의 차원에서 정치적 처신의 방향에 대한 갈등으로 심화되고 있다고 할 수 있다.

전원적 흥취에 내재된 윤리적 엄격성

초·중장이 화자의 독백 형태였다면, 종장에서는 '아이야'로 시작하여 작중 청자를 상정한 대화적 발화로 전환된다. 이 전환은 초·중장에서 이면적으로 전개된 심각한 고뇌와 갈등을 해소하는 기능을 한다. 작중 청자인 아이종은 생활세계를 사는 존재이다. 아이종은 물질적 실세계를 가치의 세계로 추상화하여 숙고할 만한 삶의 계기가 화자에 비해 현저히 적다고 할 수 있다. 아이종은 단순 식량으로 음식을 대하는 존재로, 그의 세계 인식의 틀인 구체성으로 화자의 세계에 관여한다. 따라서 아이종을 향한 발화인 종장은, 초·중장에서 표면화된 주흥酒興의 이면에서 심화되고 있는 복잡한 도덕적 성찰이나 정치적 판단에 대한 숙고를 중단시키는 기능을 한다. 이로써, 종장은 초·중장에서 술의 맛으로부터 추상화되어 초래된 윤리적 정치적 판단과 관련된 시적 긴장을 마무리한다고 할 수 있다.

한편, '절이김치'는 겉절이를 말한다. 배추나 무 따위의 야채를 짧은 시간 소금에 절였다가 갖은 양념에 무쳐 먹는 음식으로, 즉 단순히 소박하고 맛있는 안주를 이르난 말이다. 그러나 중요한 것은 기표의 차원에서 '절이김치'가 짠맛으로 미각을 자극하여, 같은 혀의 미각을 자극하는 초장의 "다나 쓰나"를 재호출하고 있다는 점이다. 짠 안주를 먹으면 더욱 술이 당기듯이, 종장의 미각 이미지는 초장의 서두로 시상이 다시 옮아 가도록 하는 암시적 기능이 있다. 따라서 이 시조는 시 의식의 저변에서 술의 맛으로부터 비롯되는 강렬한 미각적 대립과 그것이 내포하는 도덕적 감별의 문제를 다시금 제기하고 있다고 보인다.

이 시조의 작가 채유후는 1599년(선조 32)에 태어나 무려 17세에 생원이 되고, 1623년(인조 1) 24살의 나이에 개시문과改試文科에 장원으로 급제하여 홍문관에 보임된 수재이다. 어린 나이에 급제한 만큼 주변의 기대도 컸던 인물이다. 젊은 시절, 유능한 젊은 관료들에게 휴가를 주어 독서에만 전념케 하던 제도인 사가독서賜暇讀書에 발탁되었을 뿐 아니라, 학문이 출중하고 성품이 청렴한 인물에게 제수되는 언관직인 사간司諫을 지냈다. 1636년 병자호란 때 집의執義로서 인조를 호종하였을 정도로 신임을 받았다. 그러던 그가 중년 이후 술을 즐겨 때때로 주실酒失을 저질러 인조의 눈 밖에 나게 되었다. 1646년에 임금의 교서教書 따위의 글을 짓는 일을 맡은 벼슬인 지제교知製教가 되어 다른 신하들이 회피하였던 강빈폐출사사姜嬪廢黜賜死 교문教文을 지었고, 이 일로 인해 다시 현용顯用되었다. 이로부터는 주실로 인해 몇 차례 파직된 것 말고는 순탄하게 관직생활을 하였다. 1647년에 대사간을 역임하고 정3품의 이조참의가 되었다. 효종이 즉위한 뒤에도 줄곧 중요 직책을 맡아, 1653년에 대제학이 되어 『인조실록』을 편찬하였다. 1657년에 『선조수정실록』을 편찬하여 정2품의 예조판서에 승서되었다. 죽고 난 뒤 숭정대부崇政大夫 좌찬성에 추증되었다.

실록에서는 채유후의 평생을 다음과 같이 기록하고 있다.

> 유후는 성품이 깨끗하고 까다롭지 않았으며 글 솜씨가 변려문駢儷文을 잘 지었다. 인조조에 강씨姜氏를 폐하여 서인庶人으로 만들 교서를 지어야 할 사신詞臣들이 모두 회피하여 마지막으로 유후에게 떨어졌다. 유후가 부득이하여 짓기는 했지만 집에 돌아간 즉시 자기가 소장하고 있던 『사륙전서四六全書』를 불태워 버렸으니, 대개 후회하는 뜻이었다. 그러나 술을 너무 좋아하여 위엄이 없었고, 또 스스로 재능이 미약하다고 하여 일을 맡으려 하지 않았다.

채유후의 생애에서 중요한 사건으로 거론된 강빈옥사는 1646년 소현세자昭顯世子의 빈인 강씨姜氏가 사사된 사건이다. 소현세자는 병자호란으로 청나라에 볼모로 잡혀간 왕자이다. 소현세자는 청나라에 머무는 동안 청나라 친화적인 입장을 보였는데, 반청명분론의 입장을 취했던 인조는 소현세자에 대해 의구심을 갖고 있었다. 그 때문인지 1645년에 귀국하였으나 같은 해 3월에 급서하였다. 이에 봉림대군이 세자로 책봉되었고 강빈의 위치는 불안정해졌다. 결국 강빈은 인조 시해 사건의 배후자로 몰려 1646년 3월에 사사되었다. 하지만 명백한 증거가 없었기에 대부분의 사람들은 강빈의 처벌에 반대했다.

채유후도 당시 정계의 중론과 일치되어 강빈의 처벌을 반대하는 입장에 있었다. 그러나 채유후는 교문을 짓는 소임을 감당함으로써 강빈을 폐출하고 사사하는 데 적극적인 역할을 했던 것이 사실이다. 그 교문은 실록에 실려,

> 역부逆婦 강은 타고난 성품이 음험하고 간사하다. (중략) 궁중에 흉한 물건

을 파묻었으니 이미 매우 참혹하고 수라에 독을 넣었으니 어찌 이처럼 극도에
이르렀단 말인가.

라고 쓰고 있다. 이 교문은 확인되지 않은 사실을 사실처럼 확정하고 있다고 할
수 있다. 이처럼 도덕적 선악의 판별과 정치적 판단의 기로에서 채유후는 자신의
소신을 꺾는 방식으로 대응했던 것으로 보인다.

  앞의 시조는 달고 쓴 맛을 분별하지 않는 소탈을 추구하는 표면의 주제를 지
니고 있다. 그리고 이는 자신의 신념에 얽매이지 않았던 작자의 행동 방식에 부
합되는 듯 보인다. 하지만 이 시조는 기표의 차원에서 맛에 대한 민감성을 함축
하여 표면의 주제와 갈등을 보이고 있다. 맛에 대한 분별을 주장했던 공자의 입
장이 여전히 작품의 심층에 자리하고 있는 것이다. 따라서 이 시조는 작자의 내
면에 도덕적 분별력과 가치에 대한 민감한 판별 능력이 자리하고 있거나, 그렇지
않다면 적어도 가치적 분별에 대한 일말의 앎이 있다는 것을 증거하고 있다.

  실록에서는 교문 작성과 관련된 전후 상황을 서술하여 채유후를 변호하는 한
편, 그의 성품에 대해서는 다소 모호하게 표현하고 있다. 사륙변려체로 재능을
인정받았던 채유후이므로 『사륙전서』를 불태웠다는 것은 자기 훼손에 다름없
다. 분서의 일화는 교문 작성 행위에 대한 채유후의 자기 처벌로, 자신의 죄를 자
인하되 동시에 죄를 탕감하는 일화이다. 그렇지만 "성품이 깨끗하고 까다롭지
않다."라는 표현에서 여전히 강빈 사건과 관련하여 채유후가 엄정하지 못했다는
점을 꼬집고 있다고도 보인다. 이 구절이 차후에 '수정 실록'에서 "성품이 깨끗하
고 사리 판단이 기민하다"로 수정된바, 강빈 사건과 관련한 논란을 송결시키려
는 의도가 엿보인다. 아울러 채유후와 관련된 의혹도 정리하고 있다. 이중적 주
제 의식을 지니는 이 시조는 강빈 사건에 대한 작자의 자기 갈등의 표출일 수도
있을 것이다. 또는 사건에 대한 대외적 평가를 의식한 자기변호에 불과할 수도
있다.

어쨌거나 채유후를 작가로 부기한 가집의 향유자들은 이 시조를 통해 작자의 삶을 떠올리며 맛의 감별 문제와 그로부터 유비되는 도덕적 판별의 문제에 대해 숙고할 기회를 가졌을 것이다. 작자 미상으로 표기한 경우라면 작자와 삶과 관련된 복잡한 논쟁은 제거하고 표면의 흥취만을 취했을 것이다. 그러나 더 많은 가집에서 작자를 채유후로 쓰고 있어, 이 시조의 매력은 장자적 무차별을 지향하는 표면과 정치적 판단과 도덕적 분별을 촉구하는 이면의 경고성 메시지를 아울러 독해해 보는 데에 있었다고 여겨진다.

주혜린

빈천貧賤을 팔려 하고

조찬한趙纘韓

빈천을 풀랴 ᄒ고 權門에 드러가니
침 업슨 흥정을 뉘 몬져 ᄒ쟈 ᄒ리
江山과 風月을 달나 ᄒ니 그는 그리 못ᄒ리

─『청구영언』(진본) 108번

빈천貧賤을 팔려 하고 권문權門에 들어가니
침 없는 흥정을 뉘 먼저 하자 하리
강산江山과 풍월風月을 달라 하니 그는 그리 못하리

• 빈천貧賤: 가난하고 천함.　　　　　　• 침: 웃돈이나 덤.
• 권문權門: 벼슬이 높고 권세가 있는 집안.

서사적 끄나풀: 물건이 팔릴 것인가

　조찬한(1572~1631)의 작품이다. 『청구영언』(진본), 『해동가요』(박씨본) 등 다수 가집은 작자를 조찬한으로 표기하고 있고, 『청구영언』(가람본)을 비롯한 몇

몇 가집은 유자신柳自新(1541~1612)으로 쓰고 있다. 권세가에 벼슬을 청탁하는 분경奔競 행위를 소재로 하였다. 이 작품은 두 가지 기법적 특이성이 있는데, 첫째, 풍자諷刺의 수법을 사용하였다. 풍자란 대상의 부정적 속성에 대해 웃음을 유발함으로써 간접적으로 비판하는 문학적 장치이다. 동정과 연민을 동반하는 해학諧謔에 비해 공격적 성격을 띤다. 둘째, 극적 독백의 서술 방식을 사용하였다. 극적 독백은 작품 내 발화자를 작자의 서정적 분신이 아닌 제3의 인물로 설정함으로써 인물의 내면을 묘사하는 수법이다. 화자가 작자의 입장을 대리하지 않으므로 작자의 입장이 감추어져 있다. 따라서 독자가 작품에 대한 능동적 독해를 통해 인물의 내적 결함을 간파하고 웃음으로 징벌하는 과정을 수행하게 된다.

전체를 정리하면, 먼저 초장에서 시장적 논리에 무지한 어리숙한 장사치의 방문 판매 행위가 묘사되었다. 중장에서 흥정 방식을 고심하는 화자의 내면이 조명되는데, 초장에서 제시된 화자의 어리숙한 모습이 심화되어 표현된 부분이다. 종장에서는 전환을 이룬다. 권세가의 느닷없는 제안에 화자가 의외의 대답을 함으로써 은폐되어 있었던 화자의 계산적 내면이 노출된다. 초·중장에서 묘사된 작중 화자의 순진성이 종장에서 타산성으로 반전을 이루어 웃음을 일으키고 풍자의 의도를 달성하였다. 이 작품은 초장에서 시상을 도입 및 제시하고 중장에서 이를 심화시키며 종장에서 반전 및 마무리하는 시조의 구성을 따랐다.

찬찬히 작품을 살펴보기에 앞서, 작자와 작중 화자의 위치를 설명해야 할 것이다. 시조는 서정 갈래로서 통상적으로 작자는 자신의 투명한 대변인이라 할 작품 내적 주체의 목소리를 빌려 주관 심회를 표출해 낸다. 그러나 이 작품은 그렇지 않다. 작자의 주관적 내면을 표출하는 방식이 아니라, 객관적 인물 시점의 발화 방식으로 작자 의식을 구현하고 있다. 작중 발언자는 작자와 동일시되는 서정 주체가 아니라 제3의 인물이다. 물론 작자가 자신을 풍자했다고 볼 가능성이 전혀 없지는 않다. 그러나 시조의 주된 향유층이 사대부라는 일반적 사실을 고려해 볼 때, 작자가 대외적 품위와 체면을 손상할 우려가 있는 자기 발화를 전개했다고 보기에는 무리가 있다. 작자의 삶에 대한 정밀한 고찰이 있어야 하겠지만, 작자가 자기 존재의 근거를 위협받을 만한 정신적 위기 상황에 있었던 것이 아니라면, 작중 화자를 작자의 분신으로 볼 가능성은 희박하다. 그러므로 이 작품의 화자는 작자의 대리인이 아니라, 가상의 인물이라는 점이 간파되어야 한다.

순수한 얼굴을 한 타산성

이제 초장부터 살펴보자. 초장에서는 작중 인물과 상황을 제시하여, 시장적 거래 행위의 시작을 예고하였다. 어떤 독자는 초장에서부터 벌써 이 작품이 청탁의 상황을 은유하고 있다는 점을 알아차릴 수도 있다. 빈천을 소유한 자가 권문을 방문한다는 설정이 강력하게 선비의 엽관獵官 행위를 연상시키는 면이 있기에 그러한 추론이 가능하다. 하지만 작품이 작품의 소재가 되는 현실을 똑같은 형태로 모사摹寫하는 것은 아니다. 현실에서 청탁은 선물의 증여 형태로 실현될 뿐이어서 판매 행위와 거리가 있다는 사실을 생각해 보면, 청탁 행위는 작품의 표면이 아니라 이면이라는 점을 이해할 수 있다고 생각된다. 따라서 우선은 청탁과 관련된 지식을 배제하고, 작품세계의 질서 안에서 화자의 정체를 추론하고 작품에 대한 미학적 독해를 전개해 나가야 할 것이다.

화자의 정체를 추정해 보건대, 무엇인가를 팔고자 하는 입장에 있는 화자는 장사치이다. 그리고 그 성품은 우활迂闊하다고 추론된다. 초장의 특이점은 '빈천'이 상품으로 표현되었다는 점이다. 이러한 표현은 화자가 시장적 논리에 무지한 자라는 점을 보여 준다고 분석된다. 상식에 비추었을 때 '빈천'을 얻기를 원하는 사는 없을 것이기에 '빈천'은 시상적 가지가 없는 불품이다. 그러므로 거래가 성사될리 만무하다. 이러한 사실을 독자는 알지만 작품세계 내 화자는 모르고 있다는 점에서 화자의 어리석음으로 인해 웃음이 유발된다. 그런데 중요한 것은 '빈천'이라는 경제적 관점에서 가치롭지 못한 대상을 금전적 이익 창출의 수단으로 삼은 설정이 기발하다고 여겨져 흥미 요소로 작동할 여지가 있다는 것이다.

이 설정은 "어떻게 빈천을 팔겠다는 것인가"라는 궁금증을 불러일으킨다. 화자가 진행하려는 거래는 성사될 리 만무해 보이나, 그렇다 하더라도 세상 물정 모르는 어리석은 자의 행위로서 호기심의 차원에서 옹호될 여지도 크다고 보인다. 따라서 독자는 "과연 빈천을 팔 수 있을 것인가" 혹은 "어떻게 빈천을 팔겠다는 것인가" 하는 질문을 지니고 화자가 열어 주는 이야기 세계에 몰입하도록 이끌린다.

중장에서는 작중 화자의 우활이 심화되어 제시된다. 중장에서는 화자가 거래의 성사불능이라는 근본적 측면을 도외시하고 부차적인 요소인 흥정방식에 주의력을 쏟고 있다는 점에서 웃음을 자아낸다. 흥정의 방식을 고심한다는 것이 거래가 성사될 것임을 전제하고 있는 것이기 때문이다. 하지만 '빈천'은 결코 팔리지 않을 것이 분명하다는 것을 독자들은 알고 있다. 이 괴리의 지점에서 또 한 번 웃음이 유발된다. 그러나 작중 화자는 무지와 순진성의 측면에서 연민을 일으키는 면도 있기에, 웃음은 동정적인 성격도 띤다고 보인다. 그러나 중장도 초장과 마찬가지로 의혹의 여지가 있다. 중장의 "침 없는 흥정을 뉘 먼저 하자 하리"라는 문장은 설의법으로 마무리하였다. '침'이란 '덤'이라는 뜻이다. 설의법이란 누구나 알고 있는 당연한 사실을 되묻는 형태로 확인하여 강조하는 방식이다. 그러므로 중장은 의문형으로 포괄된 문장의 상식성을 강조한다. 그러므로 중장은 '흥정이란 으레 덤을 얹어 준다'라고, 덤을 얹어 파는 것은 장사에 있어 보통의 관행이라 주장하고 있는 셈이다. 그러나 예리한 독자라면, 화자의 내심을 의심해 볼 수 있다. 과연 화자의 설의적 수사가 주장하는 바대로 장사의 일반 관행이기에 덤을 주려는 것인지, 아니면 판매 물품인 '빈천'의 가치가 전혀 없다는 것을 알고 있으면서도 팔아 치우기 위해 나름의 속셈으로 다른 물품에 끼워 팔고자 하는 것이 아닌지 의혹의 시선을 보낼 수 있다. 그러나 "'빈천'이 팔릴 것인가" 하는 궁금증은 지속적으로 화자에 대한 독자의 의혹을 사소한 질문으로 유예하며, 독자로 하여금 화자의 행보에 몰입하도록 한다.

시절과 타협했던 자를 벌하는 문학의 풍자

종장은 흥정의 결과가 제시되어 긴장이 해소되는 부분이다. 그리고 종장은 초·중장에서 제시된 화자의 어리숙한 성품에 모순이 되는 탐욕적 내적 자질이 표면화되면서 독자의 믿음이 배반되는 전환의 구절이다. 종장은 실리적 계산을 주고받는 정황이 묘사되어 있어 화자의 타산성이 노출되고 만다. "강산과 풍월을 달라 하니 그는 그리 못하리"는 권세가의 제안을 인용한 부분과 화자의 거절로 구성되어 있다. 3자와 7자로 여유롭게 펼쳐지는 권세가의 제안에, 두운법과 각운법이 사용된 3자와 4자는 협상할 겨를도 없이 바로 물러서는 듯한 촉급한 느낌을 준다. 놀라면 같은 말을 더듬거리게 되듯 음운의 반복이 화들짝 놀라 급히 뒷걸음질 치는 듯이 내몰리는 느낌을 준다. 초·중장에서 암시된 것처럼 정말 화자가 우활하다면 권세가의 제안을 수락해야 할 터인데, 화자는 도둑이라도 만난 듯 거절하는 형국인 것이다. 따라서 종장에서 화자가 시장적 가치와 이익에 어둡지 않다는 점이 노출되고, 폭소로써 화자를 징벌하도록 유도된다. 이 지점에서 권세가는 작중 화자인 장사치를 시험하는 역할을 하고 있어, 작자 의식이 간접화된 인물이라고 보인다. 어쨌든 독자들은 초·중장을 차근차근 재점검해 보며 화자가 사기꾼에 가까운 자임을 인식하게 되어 최종 비판적 입장을 취하게 되는 것이다.

또 하나 종장에서 중요한 지점이 있다. 바로 작품의 화자인 제3의 인물이 작자와 동일시 과정을 겪게 된다는 점이다. 초·중장에서 화자는 장사치로 추론되었지만, 종장에서 그 장사치의 정체가 교양 계층이라는 것이 강력하게 암시되고 있다. '풍월과 강산'은 본래 자연물로서 일반적으로 인간의 소유물이 아니다. 그런데 사연을 선유하여 사기화할 수 있는 존재는 고상한 미적 취향과 감식안을 지닌 자일 것인데, 통상 그러한 계층은 지식인층이다. 자연을 생활의 관점에서 대하지 않고 완상의 대상으로 삼을 수 있는 계층도 유한有閑의 삶을 사는 지식인층이다. 따라서 '풍월과 강산'을 소유한 주인이라면 바로 사대부 계층이고, 그 가운데에서도 '빈천'을 소유한 자라면 관료가 아닌 선비일 것인데, 어떻든 작중 화자는 곧 작자의 계층성에 근접되어 있는 것이다. 이로써 종장은 타인을 풍자하려는 작자의도를 배반하여 시적 주체의 자기풍자라는 주제의식을 구현하게 되는 결과를 만들어 내고 있다고 보인다.

게다가 화자가 사대부라면 유가적 관점의 '빈천' 개념을 위반하고 있기에 풍자의 강도는 더 세진다고 할 수 있다.

유교에서는 가난을 즐기며 구도의 삶을 살았던 안회의 삶을 이상적 모범태로 제시하고 있다. 따라서 유학자들에게 '빈천'은 가치로운 것이다. 하지만 이 작품의 화자는 '빈천'에 대해 이중적인 태도를 보인다. 초·중장에서 빈천의 세속적 개념에 대한 화자의 의식적 무지는 종장에서 무의식적 앎으로 전환되어 있다. 이 시조는 화자가 세속세계의 빈천 개념에 대한 뚜렷한 앎과 추종이 있다고 넌지시 암시한다. 게다가 화자와 같이 분경하는 자들은 공자적 가르침을 따르지 않기에 벼슬자리를 얻더라도 '풍월과 강산'이 함축하는 개인적 쾌락만을 취하리라는 예상을 던지고 있는 것이다.

작중 화자인 제3의 인물과 작자의 동일시는 결코 작자 의도에 의한 것은 아니다. 작자 의식은 권세가 입장에 집약되어 있다고 할 수 있다. 작자가 시조를 통해 자기를 풍자하려고 했을 리는 결코 만무하다. 하지만 이 작품은 텍스트 의식이 작자의식을 배반하고 있다. 그렇다면 이 텍스트 의식은 어떠한 작자적 삶과 관련이 있는 것인가. 그것은 바로 타인이 본 작자 조찬한의 삶과 관련이 있다.

조찬한은 1601년 생원시에 합격, 1606년 증광문과에 병과로 급제하였다. 1611년에 삼도토포사三道討捕使에 임명되어 호남·영남 지방에 들끓는 도적의 무리를 토벌하였다. 그 공으로 인해 통정대부通政大夫에 오르고 동부승지로 전임되었다. 1623년 인조반정 후 형조참의에 제수되고 다음해 좌승지를 거쳐 선산부사가 되었다. 생애와 관련 기록물을 통해 볼 때, 조찬한은 선조대로부터 광해군의 폐위와 인조반정 시기를 비교적 무탈하게 지나온 인물이다. 조찬한의 형인 조위한이 1609년 증광 문과에 갑과로 급제하였으나 1613년에 대북파가 인목대비를 서궁에 유폐하고 영창대군을 사사한 계축옥사 시기에 관련자로 몰려서 정계에서 축출되었던 것과 대비된다. 조위한은 10년 후인 인조반정 이후에야 재등용될 수 있었다. 하지만 조찬한은 유배와 살육이 이어졌던 계축옥사 시기와 인조반정의 정권교체 과정에서도 별다른 화를 입지 않고 벼슬을 했다.

이러한 삶의 궤적 때문인지 서인이 집권한 인조대에 조찬한은 성품이 간사하다고 평가되기도 한다. 서인 집권층에게 조찬한은 소속 집단에 헌신하는 인물이 아닌 것으로 판단된 것이다. 1624년 『인조실록』에,

> 조찬한趙纘韓을 우승지로 삼았다. 조찬한은 사람됨이 간사하고 행실이 더러웠으므로 사람들이 자못 근밀近密의 직임에 맞지 않는다고 하였다.

라는 기록이 있다. 우승지는 조선시대 승정원承政院의 정삼품 당상관으로, 왕명의 출납을 맡는 직책이다. 우승지는 왕의 측근에서 사소한 것까지 가까이에서 보고 듣는 자리라고 할 수 있다. 그런데 조찬한은 가깝고 깊숙한 일에는 맞지 않는다고 평가되었다. 그리고 1631년 『인조실록』에,

> 떠나올 때 회양 부사淮陽府使 조찬한을 보았는데, 그가 눈물을 흘리면서 말하기를 "내가 지금 벼슬을 하고 있긴 하나 옛 임금을 잊을 수는 없다."고 하였습니다.

라고 쓰고 있다. 이 기사는 조신 1631년 '징한鄭澣 추내사선推戴事件'과 관련된 내용이다. 연루자들의 공술供述에서 드러난 광해군에 대한 이야기 등으로 보아 인조반정으로 실각한 북인 계통의 불만이 표출된 것 같은 느낌이다. 여기에서 중요한 것은 조찬한이 관련자로 언급되고 있다는 점이다. 조찬한이 서인 집권층에게 북인 계열의 인물로 생각되고 있었음이 확인된다. 따라서 위 시조에 나타난 화자

의 사기성이나 이중성과 같은 지점은 서인의 관점에서 본 조찬한의 모습과 관련성을 지니고 있다고 보인다. 서인 집권층의 입장에서 조찬한은 자신의 이익을 위해 광해군으로 대표되는 권력에 아첨하는 인물로 여겨졌을 수 있다. 시조를 작자의 내면을 표현한 서정 갈래로 간주하면 텍스트의 무의식에 해당하는 자기풍자적 의미는 해명될 수 없다. 하지만 타인의 시선을 염두에 두면, 시조의 자기훼손의 의미가 납득할 만한 것으로 수용될 수 있다.

다음으로 이 작품의 또 다른 작자로 거론되는 유자신柳自新을 살펴보자. 유자신은 광해군의 장인이며, 이담李湛의 문인門人이다. 서인 세력이 광해군을 폐위한 인조반정 때 관작과 봉호가 추탈되었으며, 아들 유희분·유희발·유희량 등은 처형, 유배되었다. 1612년『광해군일기』에 실린 졸기에,

> 자신은 왕비의 아버지이다. 아들 유희분·유희발·유희량과 손자 유충립이 모두 벼슬하여 권세를 부리고 호사를 누렸으며 형제와 사위, 친족들에 고관들이 연이었는데 자신은 어리석어 술만 마시다가 나이 80에 죽었다.

라고 되어 있다. 『광해군일기』는 인조반정 이후인 1624년에 편찬을 시작하여 1633년에 완성하였다. 따라서 실록은 반정의 승자인 서인의 입장을 다소간 반영하고 있다고 할 수 있다. 어찌됐건 '빈천'을 멀리하고 '풍월과 강산'으로 대표되는 쾌락을 좇으려는 화자의 면모는 타인이 본 유자신의 삶과 관련을 맺고 있다고 보인다. 유자신은 "어리석어 술만 마"셨을 뿐이니 불의한 현실 속에서도 사적 쾌락에 몰두했던 것으로 평가되었다. 가집의 향유자들은 광해군 시기를 무사히 지나간 유자신을 성인의 가르침을 어기며 현실에 아첨했던 인물로 여기며 경계의 태도를 가졌을 것이다.

주혜린

무엇에도 구애받지 않고 사랑을 노래하다

사랑 사랑 고고庫庫이 맺힌 사랑

박문욱朴文郁

思郎 思郎 庫庫히 미인 思郎 왼 바다흘 다 덥는 금을쳐로 미즌 思郎

往十里라 踏十里 춤욋 너출이 얽어지고 틀어져셔 골골이 둘우 뒤트러진
思郎

암아도 이 님의 思郎은 ㄱ업쓴가 ㅎ노라

— 『청구가요靑邱歌謠』 69번

사랑 사랑 고고庫庫이 맺힌 사랑 온 바다를 다 덮는 그물처럼 맺은 사랑

왕십리往十里라 답십리踏十里 참외 넌출이 얽어지고 틀어져서 골골이 두루
뒤틀어진 사랑

아마도 이 임의 사랑은 가없는가 하노라

- 고고庫庫이: 고庫마다. 곳간마다.
- 골골이: 골마다. 고을마다.
- 넌츨: 길게 뻗어 나가 늘어진 식물의 줄기.

사랑을 노래한 방식

이 시조는 서리書吏 출신의 가객으로, 김수장이 이끈 노가재가단老歌齋歌壇의

일원이었던 박문욱의 작품이다. 여기에서는 얽히고설킨, 그래서 그 끝을 헤아릴 수 없는 임의 사랑을 해학적으로 노래하고 있다.

사랑은 우리들 마음속에나 있는 관념적 대상이라 눈으로 볼 수도 없고, 귀로 들을 수도 없다. 사랑 그 자체로는 형체가 없어 인간의 다섯 가지 감각으로는 포착하기 어려운 것이다. 그런데 이러한 사랑을 마치 눈에 보이는 것처럼 형상화하고 있어 흥미롭다. 초장에서는 임의 사랑을 그물에 빗대었다. 그물의 코마다 맺힌 것이 임의 사랑인데, 그렇게 한 코 한 코 짜인 그물이 온 바다를 다 덮을 만치 크다고 했다. 중장에서는 "참외 년출", 즉 참외 넝쿨을 활용한다. 임의 사랑은 왕십리, 답십리로 얽어지고 틀어져서 고을마다 두루 뒤틀어진 참외 넝쿨과 같다는 것이다. 이렇듯 그물이나 참외 넝쿨에 비유하여 끝없이 얽히고설켜 있는 임의 사랑을 형상화했다.

이어서 종장에서는 아마도 이 임의 사랑은 끝이 없는가 한다면서 시상을 맺었다. 그렇다면 끝이 없다는 것은 무슨 뜻일까? 우리는 보통 사랑이 끝이 없다고 할 때 무조건적이고 깊은 사랑을, 시간이 흘러도 변하지 않는 영원한 사랑을 상정하게 된다. 그런데 초·중장에 제시된 비유적 형상은 과연 영원하고 무조건적인 임의 사랑을 나타낸 것인가 하는 의문을 자아낸다. "고고이 맺힌 사랑"이나 "골골이 두루 뒤틀어진 사랑"은 화자와 임 사이에 맺어진 사랑의 마디마디를 가리킬 수도 있지만, 임의 사랑이 여러 사람과 얽혀 그들과 맺은 사랑의 마디마디를 가리킬 수도 있기 때문이다. 문제는 작품 안에 그 의미를 한정할 만한 단서가 제시되어 있지 않다는 점이다.

하지만 어느 쪽으로 해석해도 나름의 묘미를 지니는 작품이라는 점 또한 사실이다. 화자와 임 사이에 맺어진 사랑의 마디마디를 노래한 시조로 볼 경우, 깊고 무한한 임의 사랑을 어떻게 표현할 것인가 하는 데에 초점을 둔 작품으로 읽을 수 있다. 사설시조는 무엇을 노래할 것인가 하는 문제에 못지않게 어떻게 노래할 것인가 하는 문제에도 골몰한 갈래이다. 그 덕분에 참신하면서도 흥미로운 표현을 적지 않게 산출해 냈다. 이 시조에서도 한 코 한 코 맺은, 그러나 온 바다를 덮을 만큼 큰 그물이나 왕십리로 답십리로 뻗어 나간, 고을마다 두루 뒤틀어져 얽혀 있는 넝쿨이라는 참신하고 흥미로운 시적 형상을 통해 깊고 무한한 임의 사랑을 노래한 것으로 해석된다.

반면 여러 사람과 맺은 사랑의 마디마디를 노래한 시조로 볼 경우, 끝없는 사랑의 함의가 달라지고 있다는 점에 주목하게 된다. 한 코씩 한 코씩 짜여 온 바다를 다 덮을 정도로 커진 그물이나 왕십리로 답십리로 뻗어 나가며 고을마다 두루 뒤틀어져 얽힌 참외 넝쿨은 공간적으로 확장되어 나가는 이미지를 환기하는바, 아무래도 한 사람을 향한 깊은 사랑보다는 여럿을 향해 움직이는 사랑을 포착한 듯한 인상을 준다. 다시 말해 여기에서 끝없는 사랑은 영원하고 무조건적인 사랑을 뜻하는 말이 아니라 여러 사람을 향해 움직이는, 대상을 한정할 수 없는 사랑을 뜻하는 말로 새겨지기도 한다는 것이다. 그렇다면 이 시조는 임의 사랑을 독차지할 수 없는 심정을 해학적으로 드러낸 작품이거나 제3자의 시선에서 대상을 한정할 수 없는 어떤 이의 사랑을 유머러스하게 그려 낸 작품일 수 있다.

사설시조의 해학적 성격과 서리 출신의 가객 박문욱

전자와 같은 해석은 사설시조가 사랑을 노래한 방식을, 후자와 같은 해석은 사설시조가 포착한 사랑의 양상을 시사한다. 곧 끝이 없는 임의 사랑을 어떻게 표현할 것인가, 아니면 영원한 사랑만이 끝이 없는 사랑인가 하는 물음에 천착한 바, 어느 쪽으로 해석하든 임과의 사랑 그 자체에 몰입한 연모의 목소리는 들리지 않는다고 할 수 있다. 게다가 초·중장의 시적 형상이 참신하고 흥미롭다는 점도 달라지지 않는다. 나아가 '사랑思郞'이라는 시어의 반복과 그것을 수식하는 시구의 변주가 조성하는 리듬감 및 그것이 환기하는 공간적 확장의 이미지는 듣는 이의 흥취를 고조시키는 시적 장치였을 것으로 보인다. 그렇다면 이 시조는 주연酒宴의 현장에서 흥을 돋우는 데에 소용된 희작戱作이었을 가능성이 있다. 어디에 초점을 둔 시조로 감상할 것인가 하는 문제는 당시의 청중, 혹은 지금의 독자에게 달린 문제가 아닐까?

이상과 같이 얽히고설킨 임의 사랑, 그래서 그 끝을 헤아릴 수 없는 임의 사랑을 해학적으로 노래했다는 점이나 주연의 흥취를 고조시키기에 충분한 자질을 갖추었다는 점은 이 시조와 그 작가 박문욱을 이어 주는 매개가 된다. 사실 이 시조의 작가로 알려진 박문욱에 대해서는 그다지 많은 자료를 찾아보기 어렵다. 다만 박문욱이 서리 출신의 가객이면서 김수장이 이끈 노가재가단의 일원이었다는 점을 고려하면 이와 같은 성격의 시조가 지어진 배경을 추론해 볼 수는 있을 듯하다. 박문욱의 시조는 『청구가요青丘歌謠』에 17수가 전하는데, 김수장이 그에 대한 짧은 발문跋文을 달아 두어 대강이나마 그의 삶을 짐작할 수 있다.

> 여대汝大(박문욱의 자)의 작품을 얻어 보니 그 뜻이 넓고 크며 그 말이 참되고 발랐다. 혹은 강개慷慨한 것, 혹은 청수淸秀한 것, 혹은 허랑虛浪한 것, 혹은 사람을 감발하게 하는 것이었다. (중략) 박군은 가난하여 생계를 유지할 수 없었으나 빈천에 뜻을 굽히지는 않았기에 마음이 늘 여유로웠다. 평생 술을 고래같이 마셨는데, 한번 노래를 부르면 꼭 사람을 놀라게 하는 구절이 있었다. 그야말로 풍진세상의 호걸군자였다.

여기에 제시된 박문욱의 초상은 말 그대로 노래로써 세상을 놀라게 한, 무엇에 얽매거나 뜻을 굽히지 않은 예술가의 초상이다.

예교에 구애받지 않는 사랑 노래

그뿐만 아니라 인용한 발문의 바로 뒤에는 "그가 지은 곡 가운데 비구와 비구니가 다리를 맞대는 노래는 천고의 일담이다."라는 평이 덧붙어 있다. 『청구가요』에는 "듕과 僧과 萬疊山中에 만나"로 시작하는 사설시조가 실려 있는데, 박노

준 교수는 위 구절을 이 작품에 대한 비평으로 보았다. 이 작품은 비구와 비구니가 산 중에서 만나 수작하다가 마침내 성행위를 하는 장면을 묘사한 것으로, 근엄한 예교주의禮敎主義에 대항하여 원색적인 에로티시즘을 방출한 시대적 의의를 지니고 있기에 김수장이 '천고일담'이라고 호평하며 그 가치를 부각했다는 것이다. 이를 통해 박문욱은 조선 후기의 주요 가객 중 한 사람으로, 육담肉談 조의 시조까지 서슴지 않고 지어 낸 작가임을 알 수 있다.

정리하자면 조선 후기의 사설시조는 그 이전까지 감추어 왔던 인간의 욕망을 드러내기 시작한 갈래였으며, 박문욱은 그 대표적인 작가이자 가객 중의 한 사람으로서 세상 사람이 놀랄 만한 노래를 지은 인물이었다 할 수 있다. 위에서 검토한 김수장의 발문에 그가 지은 노래를 얻어 보니 "혹은 허랑한 것"도 있었다고 했는데, 어쩌면 이 시조에 어울릴 만한 평어일는지 모른다. 끝없는 사랑을 노래한 방식에 초점을 두어도, 그것이 포착한 사랑의 양상에 초점을 두어도 허랑하게 보일 수 있기 때문이다. 하지만 그 허랑한 것은 인간이기에 상상하거나 욕망하게 되는 것이기도 하다. 곧 이 시조는 이전까지 감추어졌던, 혹은 외면받았던 그 무엇을 언어화한 결과일 수 있다는 의미이다. 이처럼 전에 없던 표현이나 내용을 다루어 세상을 놀라게 하면서도 듣는 이가 취흥에 젖어 그것과 마주할 수 있게 한 점, 그 점이 바로 이 시조와 가객 박문욱을 맞닿게 하는 지점이 아닐까 한다.

박영민

성내어 바위를 차니

김이익金履翼

셩내여 바회룰 ᄎ니 제 발등이 알프고

ᄑ리 보고 칼 ᄲ히니 고 거동이 녹녹ᄒ다

丈夫의 큰 度量은 엇더ᄒᆫ지 알 니 업셔 ᄒ노라

－『금강영언록金剛永言錄』 41번

성내어 바위를 차니 제 발등이 아프고

파리 보고 칼 빼내니 고 거동이 녹록하다

장부丈夫의 큰 도량度量은 어떠한지 알 이 없어 하노라

• 녹록하다: 보잘것없다. 만만하다.

• 도량度量: 어떤 일이나 상황에 대한 넓은 마음과 깊은 생각.

분할된 화자, 세상과 나의 불화

김이익(1743~1830)의 작품이다. 인유引喩의 기법을 사용하였다. 인유란 인용引用이라고도 하는데, 고사, 격언, 역사적 사건, 신화 등 역사·문화적 자산을 끌어들여 작품에 새로운 의미를 창출해 내는 수사법의 하나이다. 시조는 작자의 심회를 표출하는 서정 갈래로서, 그 발화자는 주로 작가 자신이다. 그러나 이 작품은 인유를 통해 화자를 둘로 나누어 작자가 표현 의도를 달성하고자 한 것으로 보인다. 초·중장과 종장의 의미적 낙차와 사용된 어구들의 구비전승적口碑傳承的 성격을 고려해 볼 때, 초·중장의 화자는 속인俗人이고, 종장의 화자는 작자 김이익으로 여기는 것이 타당하다. 초·중장을 통해 도입 및 전개된 풍자적 정조를 종장에서 반전하는 구조를 취하였다는 점에서, 초장에서 시상을 제시하고 중장에서 심화한 뒤 종장에서 전환 및 마무리하는 시조의 통상적인 전개 방식을 따르고 있다고 볼 수 있다.

초장은 "성난다고 바위를 차면 제 발부리만 아프다."라는 속담을 원래의 표현을 거의 그대로 인용하였다. 이 속담은 정약용의 『이담속찬耳談續纂』「우리나라 속담〔東諺〕」(131)에,

성난다고 바위를 차면 제 발부리만 아프다. 역경도 순종하여 받아들이지 않으면 자기만 다치게 된다는 말이다.

라고 실려 있다. 중장은 중국의 속담인 '노승발검怒蠅拔劍'을 인용하였다. 『위략魏略』에,

왕사王思는 성격이 급하였다. 일찍이 붓을 들어 문서를 작성하고 있을 때 파리가 붓 끝에 모여들어 이를 쫓았지만 다시 모여드는 것이었다. 이와 같이 하기를 두세 번, 왕사는 성이 나서 벌떡 일어나 파리를 쫓았지만 그래도 잡지 못하자 그만 붓을 땅에 내던지고는 발로 밟아 짓이겨 버렸다.

라고 전한다. 역사서의 산문 문장이 생생한 네 글자 표현인 '노승발검'으로 축약되어 전승되었을 때 아언雅言은 이미 속담화된 것이다.

초장과 중장을 하나씩 살펴보자. 먼저, 초장은 인과적 사실을 그대로 진술한 속담을 차용하였기에, 경계 행동에 대한 시선이 균형적이다. 초장은 바위를 걷어찬 자의 고통에 대해 포착하여 다소간의 연민을 유도할 수도 있기에 비판의 칼날이 비교적 무딘 편이다. 초장에서 성질이 급하거나 괴팍한 사람은 비난을 받고 있지만 그가 자초한 자기 위해危害의 면에서는 동정되기도 할 법한 것이다. 이처럼 속담은 경계 대상에 대해 표현형식의 면에서 중립적인 입장을 취한다. 속담이 민간의 입을 거쳐 다듬어져 만들어진 만큼 초장의 풍자는 귀에 거슬리지 않는다.

다음으로, 중장이다. 중장은 초장은 물론 종장과의 관계를 아울러 살필 필요가 있다. 먼저 중장은 초장에서 도입된 풍자적 정조를 이어받되 질타의 강도를 더했다. 초장은 전체가 속담인 데 비해, 중장의 경우 앞 구절은 속담이지만 뒷 구절의 "고 거동이 녹록하다"라는 표현은 속담이 아니라는 점에서 다르다. '녹록하다'는 것은 '보잘것없다' '만만하다'라는 뜻이다. 중장은 초장과 동일한 문장 구조를 지니고 있으므로 병렬을 이룬다. 이러한 표현형식의 동일성은 내용까지도 동일하게 독해하도록 유도하여, 초장과 중장의 차이를 인지하지 못하도록 한다. 마치 초장과 중장이 모두 속담, 즉 세인의 전승적 언어인 것처럼 여기게 되는 것이다. 병렬구조는 초·중장을 하나의 세트로 단단하게 연결한다. 그리고 종장을 외따로 분리시켜 버린다. 같은 연결어미 '~(으)니'로 연결된 문장인 초·중장과, 단일 문장인 종장은 언어의 형식과 구조 면에서 상이하므로 단락段落되어 있다. 이러한 초·중장과 종장의 단절적 거리는 세상과 나의 불화라는 전통적 구조를 암시하는 효과를 만들어 낸다. 불화의 구조는 세상으로부터 방축된 자가 취했던 전형적 대응 방식으로, 고대의 굴원 등에서 확인된다. 이 작품은 시조 삼장의 짜임 형식을 통해 잘못된 것은 내가 아니라 세상이라는 전통적 주장을 은미하게 재출력하고 있는 것이다.

초·중장과 종장의 형식상의 단절에 비해 내용상 단절은 교묘한 면이 있다. 중장은 자기 자신을 종장으로부터 떼어 내는 동시에 종장과의 개연성의 지점을 마련하고 있어, 작자의 솜씨가 결코 '녹록하지' 않다는 것을 입증한다. 이처럼 작자는 작품의 구성과 형식을 통해서도 세인의 평가에 대한 자기 소명을 수행하고 있다고 보인다. 앞서 살펴보았듯, 중장의 전체는 초장과 달리 속담의 차용만으로 구성되지 않았다. "고 거동이 녹록하다"라는 구절은 작자의 의도에 의해 삽입된 표현이다. 이 표현은 대상에 대해 비아냥거리는 어조를 취하였다. 속담이 비유적·암시적 표현으로 깨우침을 유도하기에, 화자를 향한 반발을 비교적 생산하지 않는다는 점을 고려해 볼 때, 중장의 표현은 속담의 형식에서 이탈되어 있다. 중장은 암시적인 경계성 어구를 삽입하였으나 조롱의 의도를 노출하였다. 중장은 빈정거리는 어조로 수치심을 자극한다. 이러한 거친 표현은 표현 대상에 대한 강렬한 적대감을 생산하기도 하지만, 정반대로 그러한 발화를 내뱉은 화자의 인격과 지적 품격을 의심해 보도록 하며 발화자에 대해 정서적 거리를 만들어 내기도 한다.

이로써 초·중장의 발화를 전면 부정하는 종장이 등장할 개연성이 만들어진다. 독자는 중장의 발화에 동조하기를 머뭇거리며, '화자는 과연 지적·품성적으로 믿을 만한 자인가' '화자의 발화를 신뢰할 수 있을 것인가'를 고민하게 된다. 중장은 독자로 하여금 초·중장의 화자를 재검토할 마음의 준비를 시키고 다른 입장의 발화자를 등장시킬 전환점을 마련한다. 종장에서 초·중장의 비판에 대한 전면적인 전환이 이루어지면서 시조는 주제를 분명하게 발화하게 된다.

소외와 침묵이 만들어 내는 도덕적 정당성

종장의 화자는 초·중장과 분리된다. 초·중장의 세인 화자는 종장에서 시조의 통상적 화자인 서정적 개인으로 교체된다. 내용상 종장은 초·중장에서 펼쳐진 세인의 비아냥과 질책에 대응하여 화자가 지성적 자기 소명을 수행하는 자리로 기대될 수도 있다. 그러나 평시조는 정서 표현에 특화된 갈래이다. 정서적 언어로써 화자가 자기 정당성을 암시적으로 주장하고 있다는 점이 종장에서 중요하다. 종장은 시조 종장이 허용하는 자수 범위를 충실히 지키되, 둘째 구 "장부의 큰 도량은 어떠한지"를 여덟 자까지 꽤 늘려 쓰며 화자의 자기 해명에 대한 기대감을 극대화하다가, "알 이 없어 하노라"에서 네 자와 세 자로 짧게 써서 기대가 꺾이도록 구성하였다. '장부' '도량'과 같은 표현들은 초·중장에서 풍자의 대상이 된 조급하고 조잡스러운 성격의 직접적 대립어가 되기에, 다소 직설적 자기변호를 수행하는 면이 있다. 그러나 "알 이 없어"로 부정되기에 남성적 배포의 개념들은 초·중장에서 전개된 비난을 뒤집기에는 언어적 힘의 크기가 약하다 할 수 있다. 그러므로 작자가 종장을 구상할 때, 세인의 평가로부터 자신을 변호하기 위해 기획했던 효과는, 행을 구성하는 개별 단어의 의미를 거쳐, 최종적으로 환기되는 정서가 구성하는 의미에 맞닿아 있다고 생각된다. 그것은 바로 세상에 대한 단념의 감각이다. 이러한 체념의 정서가 곧 세상과 나를 대극적으로 구도화하며 거듭 세상의 불의에 대한 나의 고결과 정의를 발언하는 효과를 낳는다.

종장은 통상적 시조의 형식으로 끝맺고 있어 화자의 생각은 지적으로 충분히 노출되지 못한다. 종장은 감탄의 어미 '~노라'로 정서적으로 마무리되며 깊은 여운을 남길 뿐이다. 그러나 아쉬움과 답답한 감정만을 남긴 종장의 과묵함은 그 자체가 자기 정당성의 발언이 되는 아이러니가 있다. 그 정당화의 과정은 중세 사회의 독특한 윤리 감각인 소극성에 의해 뒷받침된다.

문제 상황에 대한 소극적 처신은, 상대의 허물을 탓하는 소인의 처신과 대비되는 군자의 행위 방식이며, 유교의 성인인 공자가 몸소 실행했던 윤리 준칙으로서 절대적 타당성을 지닌다. 그러므로 종장에서 암시되는 답답한 체념의 정서는 시적 화자의 지적·도덕적 우월성을 입증하는 장치로서 작용하는 것으로 보인다. 나아가 서정적 주체의 과묵함으로 인해 초·중장의 세인 화자의 공세적 태도가 번다스럽고 조잡스럽게 여겨지게 하는 의미적 도치조차 발생하고 만다. 이로써 초·중장의 화자는 지적·품성적으로 열등한 위치에 놓이게 되며, 그의 주장조차도 최종적으로 무력화되고 마는 효과가 발생하게 된다.

위에서 살펴본바, 이 작품은 인유를 통한 외부 화자 도입, 초·중장과 종장의 형식적 단절, 시조의 갈래 특성을 활용한 종장의 체념적 정서 표현 같은 독특한 형식적 장치와 기법을 통해 세상의 불의를 고발하고 서정 주체의 정당성을 주장하고자 한 목적을 효과적으로 관철해 내었다. 이제, 이 작품이 작자의 삶과 어떠한 관련성을 지니는지 살펴보도록 하자.

역사 기록을 넘어서는 문학적 진실

작자 김이익은 순조가 친정親政을 시작하는 1804년부터 고종이 집권하는 1863년까지 정치의 실권을 장악했던 안동김씨 세도가문 출신이다. 위 시조는 1802년에 유배지 금갑도에서 엮은 『금강영언록』에 실려 있기에, 안동김씨가 세도를 장악하기 이전에 창작된 것이다. 이때는 영조의 계비이자 대왕대비인 정순왕후 김씨가 4년간 수렴청정을 하였던 시기이다. 김대비는 집권 후 1800년에 김이익에게 전남 금갑도 찬배竄配를 명하였고, 다음 해인 1801년에 유배된 중죄인의 집 둘레에 가시울타리를 치는 천극栫棘의 율을 가하였다. 그러다가 순조 친정 이후 김대비 사후인 1805년 7월에 해배되었다.

김이익의 가문은 전통적으로 서인 노론에 속했으며, 1788년(정조 12년) 노론 내부에서 시파時派와 벽파僻派가 분기되었을 때 김이익은 시파의 일원이 되었고, 평생 이 노선을 강경하게 유지하였다. 시파는 '시배時輩와 같은 무리'라는 뜻을 담고 있다. 즉, 시류에 적당히 편승하는 무리라는 뜻이다. 이 용어는 정적인 벽파에 의해 부정적 함의로 사용되었지만 당파의 성격을 잘 보여 준다. 시파는 벽파에 비해 국왕의 뜻과 의리를 존중·순응하는 성향이 있는 당파로, 정조의 주요 정책인 탕평책을 지지했다. 또한 영조가 사도세자를 뒤주에 가두어 죽게 한 임오화변壬午禍變과 관련하여, 영조가 확립한 의리를 수정하여 사도세자의 명예를 높이려 했던 정조의 의리를 지지했다.

김이익은 35세 되던 1777년에 진사시에 합격하고 43세 되던 1785년에 알성

문과에 장원으로 급제하였으니 비교적 늦은 나이에 벼슬살이를 시작한 셈이다. 정계에 발을 디딘 이후부터는 적극적으로 정치활동에 임하였다. 그 때문인지 평생 세 차례의 유배형을 받게 되었다.

첫 번째는 1788년(정조 12)에 교리校理가 되어 영의정 김치인金致仁을 탄핵한 사건으로 인한 유배이다. 그런데 김치인은 김이익이 내직으로 올 수 있도록 도왔던 인물이었다. 사적 은혜를 입었음에도 김이익은 대신의 잘못을 간하는 데 개의치 않았던 것이다. 젊은 혈기로 비타협적으로 명분에 매달리는 모습에 정조는 "김이익 무리는 석궁을 함께 쏘며 반드시 죽고자 다툰다."라고 우려를 표하며 유배형을 내렸다. 그렇지만 김이익이 전혀 근거 없이 광폭했던 것만은 아니었다. 김치인은 벽파의 후원자로서, 죄인 이노춘李魯春을 용서하자고 제의하였다. 그런데 이노춘은 정조의 탕평책에 동의하는 세력을 '시의時議'에 영합하는 자로 비판하여 정조의 통치책을 전면 부정하였던바, 중죄로 처벌되어 흑산도에 위리안치된 인물이다. 따라서 정조의 내심에 부합되는 인물은 이노춘·김치인이 아니라 자신이 손수 유배형을 내린 김이익이었던 셈이다.

이후에 장령掌令, 동부승지, 대사성, 대사간 등을 거쳐 1793년(정조 17)에 안동부사가 되었다. 이때 환곡을 납부하지 않은 안동의 선비 유홍춘에게 곤장을 쳐 죽게 한 사건으로 두 번째 유배형을 받게 되었다. 정조는 김이익에 대해 "거조擧措가 상도常度에 많이 어긋나 있다."고 평가하였다. 따라서 김이익에게 유배형을 내렸다. 하지만 안동부사로서 김이익이 실행했던 시정이 전혀 근거가 없는 우행이 아니었다는 점이 확인될 필요가 있다. 이 사건에는 구향舊鄕과 신향新鄕 간 대립이 자리해 있다. 신향이 서인 노론을 중심으로 하여 관권을 등에 업고 새롭게 향권을 장악해 갔던 세력이라면, 구향은 안동의 재지 세력으로 남인 중심이었다. 김이익은 향촌사족의 발호를 막고 중앙정부의 지배권을 강화하려는 정조의 입장에 따라 구향 세력을 강하게 제압했던 명분이 있었던 것이다. 정조로서도 김이익이 안동에서 베푼 시정의 방향이 반가웠을 것이나 그 방식은 과도했기에 처벌할 수밖에 없었다고 보인다. 이 두 건의 유배형은 김이익의 과격한 성품과 그의 저돌적인 행위 이면에 자리한 일말의 정당성을 확인시켜 준다.

이듬해에는 이조참의와 대사간을 지내고 1795년 강화유수를 역임하였다. 이 시기에 정조가 강화도에 유배된 형제 은언군을 만나고자 하는 일이 조야의 쟁점이 되어 있었다. 은언군은 정조의 이복동생이자 사도세자의 셋째 아들이다. 영조의 계비인 정순왕후와 다수의 신료들이 이 만남을 반대하는 입장에 있었다. 그런데 중요한 것은 김이익이 강화유수로서 정조와 은언군을 연결하는 위치에 있었다는 것이다. 이 지점에서 김이익와 정조의 신뢰 관계를 유추해 볼 수 있다.

1800년 순조가 즉위한 뒤 정순왕후 김씨를 주축으로 벽파가 득세하게 되면서 김이익은 세 번째 유배형을 받게 되었다. 정순왕후가 집권하자 벽파는 오회연교五晦筵敎의 내용을 시파를 제거하는 데 활용하였다. 오회연교란 1800년(정조 24) 5월 그믐날에 정조가 연석筵席에서 내린 하교이다. 이 명령을 내리게 된 계기는 노론 시파 김이재金履載가 소론 이만수李晚秀의 이조판서 진출을 비판한 데서 비롯하였다. 이만수의 형인 이시수李時秀가 우의정으로 재직 중이었으므로 친족이 같은 곳에서 벼슬하는 일을 피하는 상피相避의 관행에 어긋난다는 점에서 김이재는 이만수를 극렬히 논박하였다. 젊은 옥당이 한 명의 재상을 논박한 것에 불과한 이 사안을 정조는 정당한 군신의리 확립의 계기로 삼고자 했었다. 그런데 정조가 사망하게 되면서 벽파가 시파를 제거하는 목적으로 이 하교를 활용되게 된 것이다.

정순왕후는 김이재를 사주한 자로 김이익을 지목하고, 선왕인 정조의 뜻을 거슬렀다는 것으로 처벌의 명분을 삼아 유배형을 내렸다. 김대비가 김이익을 처벌한 사유는 "선왕이 이미 그 간사한 정상을 살폈던"데에 근거하고 있으므로 김이익의 유배는 선왕인 정조의 뜻에 의거하고 있다고 볼 수 있다. 실제로 1800년 (정조 24년) 5월 30일 정조는 김이재를 유배 보낸 이유를 설명하고,

의리를 천명하든지, 자신의 잘못을 스스로 밝히든지 간에 오직 자기 한 몸에 매인 일일 뿐이다.

라고 배후자에 대한 경고성 발언을 한 바 있다. 또한 1800년(정조 24년) 6월 12일 정조는 다시,

내일부터 사흘을 기한으로 주겠는데 혹시 김이재의 상소를 사주한 자가 있다면 스스로 밝혀야 할 것이다. (중략) 사흘 안에 만일 스스로 밝히는 상소문이 올라오지 않아 내가 먼저 한번 입을 열 경우 그들이 어떤 경우를 당하리라는 것은 뻔한 일이다. (중략) 그러나 지금은 스스로 밝히지 않는다면 어떠한 처분이 있을지 알 수 없으니, 경들은 각기 밖에 나가 일러 주도록 하라.

라고 말하며 관련자를 처벌할 의지를 보였었다. 정조의 발언으로 미루어 자리에 있었던 모두가 관련자가 누구인지를 알고 있었다고 보인다. 따라서 김대비가 김이익을 김이재의 배후로 지목했을 때, 그것은 이미 알려진 사실을 바탕으로 한 것으로 보인다. 하지만 그렇다고 해서 김대비가 벽파의 입장에서 시파를 제거했듯이 정조가 김이익을 정계에서 축출할 의도를 지니고 있었다고 볼 수는 없을 것이다.

위 시조는 1802년(순조 2년)에 유배지 금갑도에서 엮은 『금강영언록』에 실렸다. 즉, 세 번째 유배 시기에 창작되었다. 앞서 살핀바, 위 시조는 세인들의 일반적 평가에 대한 서정적 자아의 자기소명을 주제로 한다. 초·중장에서 세인 화자에 의해 풍자된 다혈질적 기질은 두 번의 유배 사건에서도 확인된바 김이익의 저돌적인 성품과 직접적인 관련성을 갖는 것으로 보인다. 그러나 시조의 주제의식은 종장에 집약되어 있다고 할 수 있다. 종장에서 시적 화자는 중세적 침묵과 체념으로 자기 소명을 하였다. 하지만 시조는 시적 화자의 정당성의 근거를 구체화

하고 있지 않기에 그의 삶을 통해 정당성의 편린을 추정해 보는 수밖에 없다.

전술했듯 세 번째 금갑도 유배에서 김이익이 김이재를 사주했던 것은 사실로 보인다. 그렇다 해도 김이익의 행동에 대해 일말의 정당성을 추론해 볼 수 있다. 첫 번째와 두 번째 유배 사례를 통해 유추해 볼 수 있다. 첫 번째 유배에서 김이익은 영의정 김치인을 강하게 논박하여 정조의 손에 유배되었지만, 결과적으로는 김치인이 사직을 청하고 이노춘이 해배되지 않음으로써 정조의 탕평론이 건재함을 대외적으로 증명시켜 준 기여가 있다. 두 번째 유배에서 김이익은 환곡 문제로 안동의 유림인 유홍춘을 죽게 만들어 정조의 손에 유배되었지만, 재지층인 남인 구향 세력을 억제하여 관권 중심의 신흥 세력을 안동 지역에 이식하려 했던 정조의 입장을 지역에 강력하게 확인시켜 주었던 기여가 있다. 이처럼 김이익의 행보는 그 과격성으로 인해 처벌의 대상이 되기는 했어도 결과적으로 정조의 뜻에 부합하는 방향으로 작용하고 있다. 이를 통해 보면, 김이익은 살신의 정신으로 정조를 보필하였던 것이 아닌가 한다. 세 번째 유배를 불러온 김이재 사주 사건의 경우에도 결과적으로 정조에게 우호적으로 작용할 결과를 만들어 냈을 가능성이 있다. 이를테면, 김이익 같은 믿을 만한 신하를 본보기로 처벌하는 방식으로 군신의리를 확립하는 계기를 삼았을 수 있다. 그리고 정조가 꾀한 군신의리가 천명되어 실제로 실현되었을 가능성이 있다. 하지만 정조가 죽고 벽파가 김이재 사주 사건과 오회연교를 시파를 제거하는 명분으로 사용하여, 정조가 의도했던 최후의 결과가 드러나지 않게 되고, 김이익의 공로도 묻히게 되었던 것이 아닌가 한다.

주혜린

서검書劍을 못 이루고

김천택金天澤

書劍을 못 일우고 쓸 씌 업쓴 몸이 되야

五十 春光을 히옴 업씨 지니연져

두어라 언의 곳 靑山이야 날 씔 쭐이 잇시랴

— 『해동가요海東歌謠』(주씨본周氏本) 421번

서검書劍을 못 이루고 쓸데없는 몸이 되어

오십 춘광春光을 해 옴 없이 지냈노라

두어라 어느 곳 청산靑山이야 날 꺼릴 줄이 있으랴

• 서검書劍: 문관과 무관을 아울러 이르는 말. • 오십 춘광春光: 쉰 번의 봄날, 즉 50년간.

실천적 중인 가객, 김천택

이 시조는 조선 후기의 가객 김천택(생몰년 미상)이 남긴 작품으로, 그의 삶과 정체성, 그리고 내면의 회한을 압축적으로 드러낸 자전적 작품으로 볼 수 있다. 김천택은 영조 4년(1728)에 가집 『청구영언』을 편찬하면서 '여항육인閭巷六人' 항목을 따로 두어 당대의 대표적 가객 여섯 명의 작품을 별도로 수록하였으며 자기 자신도 그 가운데 포함하였다. 그러나 이 작품이 『청구영언』(진본)에는 실리지 않고 그다음 세대의 가집인 『해동가요』(주씨본)에 비로소 수록되었다는 점을 고려하면, 『청구영언』을 편찬한 이후에 이 작품이 지어진 것으로 추정된다.

김천택의 가장 중요한 업적은 역시 『청구영언』의 편찬이라 할 수 있겠으나, 그가 단지 노래를 수집하고 분류하는 일만을 했던 것은 아니다. 김천택은 스스로 노래하고 시조를 직접 짓기도 했던 실천적 가인이었으며, 조선 후기 여항문학의 대표적 인물이었다. 그는 중인 출신으로 본래 포교捕校였다고 한다. 대개 중인이었던 가객은 양반 사회와 일정하게 교류하면서도 그 일원이 될 수는 없었고, 풍류의 장을 이끌면서도 중심 권력의 질서 바깥에 머물 수밖에 없었다. 김천택은 그러한 경계적 삶 속에서 한 사람의 예인이 품게 되는 회한, 그리고 자기 존재를 둘러싼 체제적 한계를 깊이 성찰하며 이 시조를 지었다.

경계인의 회한, '청산'을 향한 결단

작품은 "서검을 못 이루고 쓸데없는 몸이 되어"로 시작한다. 여기에서 '서검書劍'은 문과 무, 곧 과거를 통한 입신양명을 상징하는 표현으로, 양반 계층이 지향하던 이상적 삶을 압축적으로 드러낸다. '양반兩班'이라는 말 자체가 문반文班과 무반武班, 즉 동반東班과 서반西班을 아우르는 조어이기도 하다. 화자는 바로 그 '서검'을 이루지 못한 자신의 삶을 토로한다. 하지만 여기에서 그치지 않는다. 이어지는 어구 "쓸데없는 몸이 되어"에는 개인적으로나 사회적으로나 아무 쓸모 없는 존재로 전락해 버렸다는 자기 인식이 담겨 있는데, 이는 단순한 자조를 넘어서며 '경계인의 자의식'이 드러난 발화라 할 만하다. 중인의 신분으로 양반의 세계를 동경하며 살았지만, 결국 그 세계에 진입하지도 못하고, 본래 속한 자리에서조차 이탈한 채 삶의 방향을 잃어버렸던 한 존재의 뼈아픈 고백인 것이다. 실제로 김천택은 또 다른 시조 「장검長劍을 싸혀 들고~」에서 자신의 삶을 '한단지보邯鄲之步'에 빗대어 회고한 바 있다. 남의 멋진 걸음걸이를 흉내 내려다 자신의 본래 걸음걸이마저 잊어버린 자의 고사를 끌어왔던 것이다. 따라서 "쓸데 없는 몸"이라는 규정은, 중인으로서의 자리를 지키며 살았다면 그럭저럭 의미 있는 삶이 되었을지도 모른다는 은연한 판단과, 그러나 잘못된 지향을 품은 탓에 의미 없이 삶을 흘려보냈다는 회한이 중첩된 표현이라 할 수 있다.

중장에서는 초장에 표출된 인식이 시간의 차원으로 확장되어 나타난다. 여기서 '춘광春光'은 단순한 봄날의 풍경이 아니라 한 해를 상징하는 말이며, "오십춘광"은 인생살이 50년을 가리킨다. 화자는 자신의 50년 생애를 "해 옴 없이", 한 것 없이, 아무런 성취 없이 지내 왔다고 술회한다. 하지만 이는 말뜻 그대로 '아무것도 하지 않았다'는 의미이기보다는 앞서 말한 잘못된 지향, 즉 신분적 한계를 뛰어넘어 양반의 삶을 흉내 내려 했던 시도의 실패를 칭하는 것이다. 자신이 진정 자리 잡아야 할 곳은 그곳이 아니었음을 초로初老에서야 깨닫고, 뒤늦게 지난 세월을 되짚으며 흘려보낸 시간에 대한 안타까움을 표출한 것이다. '-언져'라는 잦아드는 느낌의 종결어미는 그러한 회한을 더욱 절절하고 생생하게 전달해 준다. 이처럼 중장은 단순한 실패담이 아니라, 조선 후기 신분 질서 속에서 삶의 방향을 어긋나게 설정했던 한 경계인의 늦은 후회를 담아낸 대목으로 해석된다.

종장 "두어라 어느 곳 청산이야 날 꺼릴 줄이 있으랴"는 이 작품의 전환점이자 마무리이다. 통상 '두어라'는 시조 종장 첫머리에 자주 등장하는 투식套式이지만, 여기에서는 정서적 전환을 담아낸 실질적 표지로 작동한다. 이제 화자는 삶의 공간을 '청산'으로 옮기겠다고 말한다. 이때 '청산'은 구체적인 지명이 아니라 자연 일반을 지칭하는 제유적提喩的 표현이다. '청산' 뿐만 아니라 '강호江湖', '강산江山', '임천林泉' 등 같은 결을 지닌 시어는 조선 중후기의 사대부 시조에도 흔히 등장하며, 당시 문인들은 당쟁과 사화를 피해 정치 바깥의 평온한 공간으로서 자연을 찾았다. 그러나 김천택에게 '청산'은 확연히 다른 의미를 지닌다. 그는 정치의 중심에 있던 인물이 아닌 데다가 중심 바깥의 영역에서조차 계속해서 배제를 당해 왔던 존재였다. 따라서 그가 지향하는 '청산'은 세상에서 방축된 자신을 마지막으로 받아 줄 수 있는 공간, 즉 삶을 재설정할 수 있는 상징적 장소에 가깝다. 더욱이 "어느 곳"이라는 수식이 덧붙음으로써, 이 '청산'은 특정한 장소가 아니라 어느 곳이든 조용하고 간섭 없는 자연의 공간이면 충분하다는, 넉넉한 수용의 태도가 감지되기도 한다. 마지막 구절의 핵심은 '꾀다'인데 이 단어는 '꺼리다'의 옛말이다. 화자는 '청산'은 나를 꺼릴 리 없다고 말하거니와, 이 말을 뒤집어 생각하면 세상은 나를 끊임없이 꺼려 왔다는 의미가 된다. 중인이라는 이유로, 보잘것없다는 이유로 세상은 자신을 받아들이지 않았고 그로 인해 어떤 성취도 이루지 못했다는, 사회 구조에 대한 조용하지만 힘이 실린 비판을 이부분에서 읽어 낼 수 있는 것이다. 결국 김천택의 작품은 처음에는 삶의 실패를 자책하는 듯하다가도, 마지막에 이르러 그것이 전적으로 자기 탓만은 아니라는 자각과 함께 삶의 방향성을 다시금 성찰하는 구조를 이룬다고 정리할 수 있다.

이 시조는 단지 한 예인만의 탄식이 아니다. 그것은 조선 후기 사회의 질서 속에서 중심에 들지 못하고, 본래의 자리마저 지키지 못했던 경계인의 진솔한 자기 진술이기도 하다. 김천택은 비록 '서검'을 이루지 못했고 "쓸데없는 몸"이 되었다고 말했지만, 그의 작품은 지금도 생명력을 발한다. 그는 세상에서 배제된 자신을 '청산'으로 옮겨 놓음으로써 비로소 스스로를 새롭게 할 수 있는 길을 열었기 때문이다. "청산이야 날 꺼릴 줄이 있으랴"라는 되뇜은, 자신의 설 자리를 찾지 못해 서성이는 수많은 존재들이 위안으로 삼기에 충분하다.

김승우

048

노년의 무력함에서 무위자연無爲自然의 지혜로

거문고 타자 하니

송계연월옹松桂烟月翁

거문고 타쟈 ᄒ니 손이 알파 어렵거늘

북창北窓 송음松陰의 줄을 언져 거러두고

ᄇ람의 제 우는 소리 이거시야 듯기 됴탸

-『고금가곡古今歌曲』291번

거문고 타자 하니 손이 아파 어렵거늘

북창北窓 송음松陰에 줄을 얹어 걸어 두고

바람에 제 우는 소리 이것이야 듣기 좋다

• 북창北窓: 북쪽 창밖.　　　　　• 송음松陰: 소나무 그늘.

노년에 접어든 무관의 회고

송계연월옹의 이 시조는 예술적 욕망과 인간 한계 사이에서의 고뇌를 진솔하게 표현한 작품이다. 작가가 직접 편찬한 가집『고금가곡』에 수록되어 현재까지 전해지고 있으며, '송계연월옹'이라는 작가명 또한『고금가곡』의 기록에 따라 부여된 것이다.

이 시조의 묘미는 초장에서 드러나는 무력감에서부터 시작된다. 화자는 거문고를 타며 한때의 즐거움을 누려 보려 하지만, 손이 아파 이내 연주를 포기하고 만다. 거문고는 조선시대 선비들에게 학문과 예술을 상징하는 중요한 악기였던 바 그들은 거문고를 연주하며 내면을 갈고닦고, 자연 속에서 사색을 즐겼다. 하지만 이 시조에서 화자는 연주를 시도하다가도 "에잇, 못 하겠다!" 하는 듯한 모습으로 손을 놓아 버린다. 여기서 '손이 아프다'는 표현은 단순한 신체적 불편이 아니라, 노화와 쇠퇴를 상징하기도 한다. 거문고를 연주하고 싶은 마음은 여전하지만, 세월 앞에서 몸은 점점 무력해질 수밖에 없듯, 예전처럼 열정을 쏟기가 어려워진 것이다.

이 시조를 지은 송계연월옹이 누구인지는 정확히 밝혀지지 않았다. 김창흡金昌翕이나 서종정徐宗正 등의 인물로 보는 학설이 제기되었으나 확정하기는 어렵다. 그러나 『고금가곡』 말미에 실린 14수의 자작自作 시조를 통해 그의 생애를 유추해 볼 수는 있다. 확실한 것은, 이 시조가 송계연월옹이 30여 년간의 벼슬생활을 마치고 고향으로 돌아와, 나이 70세 무렵 자신의 삶을 회고하며 지은 작품이라는 점이다.

이 시조의 초장에서와 같이 그의 자작 시조에는 인생의 덧없음과 한계를 직시하는 태도가 강하게 드러난다. 송계연월옹은 "30년 풍진風塵 속의 동서남북 분주"(『고금가곡』 298번)한 무관으로 살아왔다. 함경남도의 마천령摩天嶺, 압록강의 괘궁정掛弓亭 등의 변방을 돌며 몸이 다하듯 충심을 바쳤다. 하지만 속절없이 세월은 흘렀고, 벼슬을 내려놓고 고향으로 돌아왔을 때 그에게 남은 것은 늙고 병든 몸뿐이었다. 벗도 없고, 눈이 침침해 글도 읽기 어려운 처지였다(『고금가곡』 301번). 유유자적 거문고나 타 보려 했으나, 그것조차도 마음처럼 되지 않았던 것이다.

유쾌한 노년의 초연한 지혜

그렇다면 이 시조는 노년에 접어든 이의 무력감과 한탄을 담은 작품일까?

종장을 보자. 보통 악기를 쓰지 않으면 조심스럽게 보관해 두기 마련인데, 화자는 거문고 줄을 북창 송음에 걸어 두겠다고 한다. 쉽게 말해, 소나무 그늘에 거문고 줄을 걸어 두는 것이다. 이 장면을 상상해 보자. 한 노년의 선비가 거문고를 연주하려다 한숨을 푹 쉬며 연주를 멈춘다. 그러고는 마치 빨래를 널듯 거문고 줄을 무심하게 소나무 가지에 툭 걸어 둔다. 그런데 이 거문고 줄은 바람에 흔들리며 저절로 소리를 낸다. 손으로 힘들게 연주하지 않아도 말이다. 그리고 종장에서 화자는 자신의 연주보다 바람이 만들어 낸 소리가 더 듣기 좋다고 말한다. 결국, 애써 무언가를 만들어 내려 하지 않아도 더 아름다운 소리를 듣게 된 것이다.

무엇보다 "이것이야 듣기 좋다"라는 종장의 마지막 구절이 이 시조의 매력 요소다. 화자는 이른바 무위자연無爲自然의 깨달음을 거창하게 설명하지 않는다. 그저 "이게 더 좋아." 하고 담백하게 말할 뿐이다. 군더더기 없는 표현 속에서 화자의 철학이 자연스럽게 드러나는 셈이다.

이 시조의 전개는 기승전결의 구조도 효과적으로 활용하고 있다. 초장에서는 노화로 인한 한계를 체감하고, 중장에서는 그것을 받아들이는 과정이 이어지며, 종장에서는 이윽고 평온함을 찾으며 시상을 마무리한다. 결국 이 시조는 한 노인의 신세한탄이 아니라, 굳이 애쓰지 않아도 자연이 대신해 준다는 깨달음을 전하는 작품이다. 무기력한 노년의 모습보다는 오히려 유쾌한 노년의 초연한 지혜라 할 수 있겠다.

바쁜 일상에서 우리는 끊임없이 무언가를 이루려 애쓰며 살아간다. 하지만 때로는 노력하지 않아도, 자연이, 시간이, 혹은 세상사의 흐름이 우리를 대신해 무언가를 해결해 주기도 한다. 거문고를 연주하려다 손이 아파 포기하고, 대신 바람 소리를 듣는 선비의 모습. 이는 어쩌면 우리가 살면서 한 번쯤 경험해야 할 태도일지도 모른다. 전전긍긍 너무 애쓰지 않고, 때로는 자연의 흐름에 맡겨 보는 것. 그것이야말로 이 시조가 전하는 가장 큰 깨달음이 아닐까 한다.

유정란

049

슬픈 희극 같은 인생

광풍狂風에 떨린 이화梨花

이정보李鼎輔

狂風에 띨린 梨花 옴여 감여 놀리다가

柯枝에 못 올으고 검의줄에 걸리거다

저 검의 落花ㄴ 줄 모르고 나븨 잡똣 훌연다

－『해동가요』(일석본一石本) 280번

광풍狂風에 떨린 이화梨花 오며 가며 날리다가

가지에 못 오르고 거미줄에 걸리거다

저 거미 낙화落花인 줄 모르고 나비 잡듯 하련다

- 광풍狂風: 미친 듯이 사납게 휘몰아치는 거
  센 바람.
- 이화梨花: 배꽃.
- 걸리거다: 걸렸구나.

아쉬움과 미련 때문에

이 시조는 이정보가 지은 것인데, 고려말의 문인 김구金坵의 한시「낙리화落梨花」를 시조로 고쳐 쓴 것이다.「낙리화」는『삼한시귀감』,『동문선』등에 수록되어 있다. 김구의 시 가운데 문인들에게 가장 널리 알려진 작품이다. 원문은 이렇다.

　　바람결에 나부끼며 가다 오다가, 너풀너풀 위로 불려 가는 건 가지에 올라
피려함인가? 어인지 한 잎이 거미줄에 걸릴라치면, 때때로 보았네, 거미가 나
비 잡으러 오는 것을.

　주어진 운명에 순응하지 않고 아쉬움에 욕심을 부리다 보면 인생을 그르칠
수 있다는 깨달음을 우의적 수법으로 표현한 시라고 할 수 있다.
　이 시조는 『해동가요』(일석본) 등 8종의 가집에 실려 전하고 있다. 이본 중에
는 첫머리가 "東風의 지는 곳" 혹은 "春風의 써러진 梅花"로 되어 있는 것도 있으
나 이는 원작의 취의를 잘 살린 것이라고 말하기 어렵다.
　이 시조는 한시를 고쳐 쓴 것이지만 한시에 비해 훨씬 박진감이 있고 흥미롭
다. 서두의 시작부터 예사롭지 않다. 시조의 서두는 단순히 동풍이나 봄바람 같
은 밋밋한 시어 대신 '광풍', 즉 '미친 바람'에 떨어진 배꽃을 등장시켜 그 다음
전개가 무척 흥미로울 것이라는 예감을 갖게 한다. 아니나 다를까 독자의 기대를
저버리지 않는다. 어찌 떨어진 꽃이 다시 가지에 올라갈 수 있단 말인가? 꽃은
이리저리 날리다 거미줄에 걸리고, 걸린 꽃과 거미의 반응을 묘사한 종장의 반전
이 시조의 참맛을 알게 해 준다.
　배꽃이 활짝 피면 밤에도 등을 켠 듯 환하다. 못다 핀 아름다움에 아직 가지
에서 떨어질 마음이 없는 꽃을 바람이 뒤흔든다. 광풍이 아니라면 좀 더 오래 붙
어 있을 수도 있었으련만, 어쩌랴 불가항력인 것을. 어디 꽃뿐이겠는가? 그런
일은 사람살이에서도 다반사로 일어난다. 알 수 없는 운명의 힘이 인생을 송두리
째 흔들며 고난을 안겨 준다. 아직도 바람이 꽃을 흔들어, 떨어지면서도 자신의
의지대로 하지 못하는 안타까움이 "오며 가며 날리다가"의 표현에서 엿보인다.
　중장에서 "가지에 못 오르고"라고 했다. 한번 떨어진 꽃은 도로 제자리로 올

라갈 수 없다. 아무리 몸부림을 친들 불가능한 일이다. "거미줄에 걸렸구나"는 거미줄에 걸렸다는 단순한 말이 아니라 하필 걸린 게 거미줄이냐며 이를 강조하기 위한 표현이다. 세찬 바람에 떨어진 꽃잎은 바람의 힘에 밀려 급기야 거미줄에 걸리고야 말았다.

종장은 놀라운 반전이다. 나부대던 배꽃이 거미줄에 걸린 것으로 끝이 아니었다. 배꽃은 어쩌다 나비로 보여 거미에게 칭칭 동여 매달릴 신세가 되어 버렸다. 굶주린 거미는 나비도 아닌 걸 나비라고 잡아 버렸으니 이 무슨 해프닝인가? 거미가 지배하고 있는 거미줄은 치명적이다. 비정한 정치판처럼 한번 빠지면 헤어 나오지 못하는 수렁과도 같다. 배꽃이 거미에게 사로잡히게 된 것은 바라는 것이 있기 때문이다. 광풍이 불 때 그냥 땅에 떨어졌으면 되었을 것을 아쉬움에 나부대다 우스꽝스런 신세가 되어 버렸다. 차라리 진짜 나비였다면 우스꽝스럽지나 않을 것을.

화려한 벼슬살이 뒤에 숨겨진 것

이 시조가 이정보의 생애에서 어떤 의미를 지니는 것인지는 알기 어렵다. 심지어 자기 자신에 대해 노래한 것인지, 아니면 일반적인 사람살이의 진실이나 세태를 우의적으로 노래한 것인지도 가늠하기 어렵다. 그렇지만 이정보의 인생에서 발견되는 다음과 같은 사실들이 이 시조를 좀 더 실감나게 읽는 데 도움이 되지 않을까 싶다.

이정보는 유달리 늦은 나이에 과거에 급제하여 정치세계에 발을 들여 놓았다. 그는 영조 8년(1732)에 지러신 성시문과에 병과 2등으로 합격하였는데, 이때 그의 나이가 마흔이었다. 스물아홉에 진사시에 합격한 지 11년 만이다. 마흔이 되어서야 과거에 합격했다면, 모르긴 몰라도 그 사이에 자신의 인생과 관련하여 괴로워했던 숱한 날들이 있었을 법하다. 어쩌면 그는 자신의 천분이 벼슬살이가 아니라고 생각했을 수도 있다. 그도 그럴 것이, 이정보는 음악을 유별나게 즐기고 좋아했던 사람이었다. 심노숭은 이정보가 심용沈鏞과 더불어 당대를 대표하는 '풍류주인'으로 일컬어졌다고 증언한 바 있다(「자저실기自著實記」). 김조순도 이정보가 평소 음악에 대단한 조예가 있었다고 했다(「대제학이공시장大提學李公諡狀」). 이정보는 성률을 깊이 이해하여 만년 벼슬에서 은퇴하여 계섬桂纖 등 남녀명창들을 많이 길러 냈다고 한다(심노숭, 「계섬전」).

그런데 뜻밖에 과거에 합격하고, 운명의 힘은 그의 인생을 정치의 길로 이끌고 갔다. 이상한 것은, 마흔 살에 과거에 합격하여 환로에 들어선 사람치고는 지나치게 화려한 길을 걸었다는 점이다. 이정보는 남들보다 한참 늦은 나이에 환로에 나아갔음에도 불구하고 엘리트 코스를 따라 빛나는 벼슬살이를 했다. 10명을 뽑는 문과시험에서 병과 2등은 좋은 성적이라고 할 수 없었음에도 그는 예문관의 검열로부터 관료생활을 시작하였다. 이는 9품의 말단이지만 '한림翰林'이라고 불리는 매우 영예로운 벼슬인 데다, 이조吏曹와 삼사三司를 거쳐 육조六曹의 판서, 정승으로 가기 위해서는 꼭 거쳐야만 하는 자리였다. 그는 40대 중반에 이르러 홍문관 부수찬, 교리, 이조 전랑을 지내고, 50대에 홍문관 부제학, 사헌부 대사간, 승정원 도승지 등을 지냈으며, 60대에 들어 형조판서, 예조판서, 이조판서를 두루 거친 뒤에 71세에 홍문관 대제학에 올랐다. 그가 정승에 오르지 못한 것은 워낙 늦은 나이에 환로에 들어섰기 때문이었다.

그가 이처럼 늦은 나이에도 불구하고 화려한 벼슬을 살 수 있었던 것은 무엇일까? 이정보는 벼슬을 시작한 지 얼마 안 된 마흔넷(1736)에 사헌부 지평으로 영조의 탕평책을 반대하는 시무책을 올렸다. 또 마흔여덟(1740)에 승정원 도승지로 재임할 때에도 영조의 탕평책을 극렬하게 반대했다. 이 사건으로 인해서 내침을 당하기도 하였지만 그때마다 바로 승진하여 복귀했다. 이정보와 같은 해, 비슷한 나이에 과거에 급제하여 벼슬길에 나간 최성대崔成大만 해도 탕평 정국에서 임금과 맞섰다가 유배를 당한 뒤부터는 정치세계와 일정한 거리를 두는 행보를 보였는데, 이정보의 행보는 이와 매우 달랐다. 이런 사실들은 이정보가 노론의 이익을 대변하는 역할을 하는 대가로 그들로부터 비호를 받았을 가능성을 암시한다. 어떤 밀약이 있었는지는 알 수 없으나 그가 첫 벼슬을 제수받았을 때부터 노론 권력의 비호가 작동하지 않았나 싶다. 40대 이후 이정보가 걸어간 길은 당대의 '풍류주인'으로 불리웠던 사람에게서 예상할 수 있는 것과는 상당한 거리가 있다. 이렇게 볼 수 있다면, 이 시조에서 거미에게 잡혀 매달린 가련한 배꽃은 세태에 대한 풍유보다는 작가 자신의 신세를 은유한 것으로 읽는 것이 더 좋을 성싶다.

시조는 일반적으로 초장에서 시상을 일으키고 중장에서 그것을 심화, 확장한 다음 종장에서 전환, 마무리하는 짜임새를 갖추고 있다. 이 시조 역시 기승전결의 시상구조를 충실히 지키면서 지어졌다. 원작 한시보다 이 시조를 읽었을 때 더 스릴과 재미를 느낄 수 있는 것은 시조가 추구하는 이 같은 구조 때문이다. 독자는 시조를 읽으면서 이런 반전의 즐거움을 기대한다. 혹시 그것을 모르거나 대수롭지 않게 여겨 글자수나 맞춘 것이라면 그것은 껍데기만 시조일 뿐 실상은 시조가 아닐 것이다.

김창원

050

문무文武 갈등 속 기녀의 유보 전략

제齊도 대국大國이요

소춘풍笑春風

齊도 大國이오 楚도 亦大國이라

죠고마는 藤國이 間於齊楚ᄒ여시니

두어라 이 다 죠ᄒ니 事齊事楚ᄒ리라

─『해동가요』(박씨본) 267번

제齊도 대국大國이요 초楚도 역대국亦大國이라

조그마한 등국藤國이 간어제초間於齊楚하였으니

두어라 이 다 좋으니 사제사초事齊事楚하리라

- 제齊: 중국 춘추전국시대에 춘추오패春秋 五覇, 전국칠웅戰國七雄에 들었던 강대국.
- 초楚: 중국 춘추전국시대에 춘추오패, 전국칠웅에 들었던 강대국.
- 역대국亦大國이라: 또한 대국이라.
- 등국藤國: 춘추전국시대에 제나라와 초나라 사이에 끼어 있었던 소국 등나라.
- 간어제초間於齊楚: 제나라와 초나라 사이에 끼어 있음.
- 사제사초事齊事楚: 제齊도 섬기고 초楚도 섬김.

궁중연회에서 벌어진 문무 갈등

조선 성종 대의 기녀 소춘풍의 시조 세 수 가운데 가장 널리 알려진 「제도 대국이오」는 그녀의 정치적 감각과 동시에 기녀로서의 자기 인식, 나아가 언어에 담긴 절제된 유머와 풍자를 두루 갖춘 작품이다.

이 시조가 전해지는 맥락은 『오산설림초고五山說林草藁』에 수록된 일화에서 찾을 수 있다. '봄바람에 웃는다'는 이름의 영흥永興 기녀 소춘풍은 일찍이 절색으로 그 소문이 자자했다. 이에 성종은 그녀를 후궁으로 삼고자 궁에 불러들여 자주 술잔을 기울였다고 한다. 어느 날 군신들과 함께 주연을 베풀던 성종은 소춘풍에게 주연의 흥을 돋게 하고자 직접 술잔을 돌리게 하였다. 이에 그녀는 금잔에 술을 부어 영상 앞으로 가 헌주가獻酒歌를 불렀는데, 그 노랫말은 순임금과 요임금에 성종을 빗댄 치사致詞였다. 성종은 자연스레 얼굴에 웃음을 머금었을 터, 술자리의 분위기는 소춘풍의 재치 있는 노래로 한층 무르익었을 것이다.

이어 소춘풍은 차례로 영의정, 우의정, 좌의정에게 술잔을 돌리고 이어서 육조판서의 서열에 맞춰 잔을 권했는데 어째서인지 병조판서를 무시하고 예조판서에게 잔을 먼저 올리며 다음의 노래를 불렀다고 한다.

> 당우唐虞를 어제 본 듯 한당송漢唐宋 오늘 본 듯
> 통고금通古今 달사리達事理하는 명철사名哲士를 엇덧타고
> 저 설띄 력력히 모르는 무부武夫를 어이 조츠리
>
> 『해동가요』(박씨본) 268번

앞의 헌주가에 맞춘 작품인 듯 성종의 치세를 당우唐虞의 이상 정치에 견주며 문치주의의 가치를 높이 평가하는 이 작품은 한눈에 보아도 문신을 치켜세우는 내용이다. 반면, 무신에 대한 평가는 어떠한가? 병조판서를 위시한 그들은 '설자리도 제대로 모르는' 사람쯤으로 묘사된다. 은근하지만 꽤 묵직한 아픔이다. 의도적으로 소춘풍이 차례를 건너뛴 것도 모자라, 그녀가 부른 노래에서도 무신을 향한 풍자가 고스란히 드러나는 것이다.

연회 자리에서의 이 발언은 곧바로 파장을 일으켰고, 무신들의 얼굴빛은 곧바로 달라졌다. 술잔 하나 먼저 받아 보려던 병판의 불쾌감은 누구보다도 컸을 터, 소춘풍은 이러한 상황을 벌여 놓은 당사자인데도 불구하고 태연하게 다음의 노래를 이어 불렀다.

> 전언前言은 희지이戲之耳라 므 말믜 허물 마오
> 문무일체文武一體인줄 나도 잠간 알거니
> 두어라 규규무부赳赳武夫를 아니 좇고 어이리

즉, 앞서 부른 노래는 농담[戲之耳]에 불과하니 자기를 탓하지 말라는 내용이다. 그리고는 문무가 본래 하나인 것은 본인 같은 기녀도 알고 있는 사실이라 완곡히 해명한다. 심지어 그녀는 종장을 통해 문신을 찬양했던 태도를 완전히 바꾸어 이제는 용맹한[赳赳] 장부를 따르겠다고 한다. 여기서 '어이리'는 감탄과 수용의 화법으로서 무신을 섬기지 않을 수 없다는 언어 전략이다. 순발력 있는 소춘풍의 태도 전환에 들떠 있던 예판과 문신들의 얼굴은 당연히 찌그러졌을 테다. 술자리의 분위기는 어떠했겠는가? 노래 하나로 긴장을 풀고 다시 분위기를 끌어나가는 그녀의 창작 솜씨가 여간 아님은 분명해 보인다.

결정하지 않음의 힘

이와 같은 술자리 갈등의 정점에서 그녀가 지어 부른 노래가 바로 「제齊도 대국大國이요」이다. 초장에서는 대국인 제나라와 초나라를 끌어와 각각 문신과 무신에 빗대었다. 그리고 중장에서는 제와 초 사이에 낀 '조그마한' 등국에 소춘풍 자신을 말했다. 제와 초는 춘추전국 시대의 강대국이었고, 등국은 이들 사이에 끼어 있던 약소국으로 자주 대국의 간섭과 위협에 시달려야 했다. 이에 소춘풍은 자신을 등국에 빗대어 강자 간의 대립에 휘말리는 약자의 처지를 절묘하게 표현해 냈다. 술자리를 진두지휘하며 문신과 무신을 요리한 그녀가 할 법한 얘기는 아니지만, 이런 말을 하는 그녀에게 누가 속 좁게 탓을 할 수 있었으랴. 그리고 종장에서는 '사제사초하리라'라고 하면서 문신과 무신 모두를 따르겠다며 노래를 마무리했다. '두어라'라는 감탄사는 체념이자 해학이며, 동시에 화자의 주체적인 판단을 유보하는 표현이기도 하다. 소춘풍은 사실상 그 어떤 결정도 하지 않은 셈이다.

이 시조는 단순히 문신과 무신의 다툼을 유연하게 풀어낸 재치 있는 노래로만 읽을 수 없다. 그녀의 시조는 '재치' 이상의 것으로, 그 내면에는 성찰, 현실 인식, 언어 전략, 감정의 절제가 고루 배어 있다. 또한 기녀로서 정치적 인식과 시적 표현의 경계에 선 화자가 자신을 대변할 수 있는 유일한 방식으로 '노래'를 선택했다는 점에서 더욱 주목할 만하다. 단 한 번의 노래로 그녀는 복잡한 현실을 압축하고, 주어진 상황을 우회하며, 동시에 자기 정체성을 명징하게 세웠던 것이다.

이 노래에서 또 하나 중요한 것은 문신과 무신, 그 어느 쪽도 '결정하지 않음'이다. 달리 말해 소춘풍의 유보적 태도 그 자체가 오히려 전략적 발화로 기능한다는 점이다. 누구의 편에도 설 수 없는 상황 속에서 그녀는 침묵이 아닌 '유보된 언어'로 반응한 것이다. 소춘풍은 양쪽을 다 섬길 수밖에 없는 현실을 수용하면서도, 그 자체가 지닌 부조리를 유머로 감싸 안았다. 그런 점에서 이 유보와 풍자의 노래는 기녀가 처한 제한 속에서도 발휘될 수 있는 저항적 역량의 한 방식이다.

성종은 이 마지막 시조를 듣고 크게 웃었고, 그녀에게 후한 상을 내렸다고 한다. 단순한 말재간을 넘어, 권력자들이 모두 모인 자리에서 기녀로서 빌휘한 직각과 정국政局을 읽는 눈이 놀라웠기 때문이었을 것이다.

소춘풍의 생애는 뚜렷하게 남아 있는 바가 많지 않다. 다만 그녀가 함경도 영흥 출신으로, 궁중 연회에 참여했을 만큼 이름을 떨친 기녀였다는 사실, 그리고 이처럼 고도의 정치적 감각을 발휘할 수 있었던 인물이었음을 우리는 이 한 편의 시조로도 충분히 확인할 수 있다.

　노래로 자기 처지를 알리고 세상을 읽어 낸 이 한 편의 시조는 지금 우리에게도 여전히 많은 것을 말해 준다. 그녀의 시조는 궁중에서 그저 하루 정도 즐길 거리로 끝났던 것이 아니라, 약자가 살아남기 위한 정교한 기술이자 자신을 지우지 않기 위한 수단이었다. 그래서 이 노래는 오래 남는다. 강자들 사이에서 자신의 자리를 스스로 세운 사람의 노래로 말이다.

유정란

3부

작품과 역사 그리고
시대의 숨결

051

오백 년 도읍지를

길재吉再

五百年 都邑地를 匹馬로 도라드니

山川은 依舊ᄒ되 人傑은 간 듸 업다

어즈버 太平烟月이 꿈이런가 ᄒ노라

－『청구영언』(진본) 1번

오백 년 도읍지를 필마匹馬로 돌아 드니

산천山川은 의구依舊하되 인걸人傑은 간 데 없다

어즈버 태평연월太平烟月이 꿈이런가 하노라

- 필마匹馬 : 한 필의 말. 혼자서 타고 가는 말.
- 의구依舊하되 : 옛날 그대로 변함이 없되.
- 인걸人傑 : 뛰어난 인재人材.
- 어즈버 : 감탄사 '아'.

- 태평연월太平烟月 : 근심, 걱정 없는 편안한 세월.
- 꿈이런가 : 꿈이던가.

시절가조時節歌調, 시대를 담다

시조는 3장 6구 4음보격을 기본형으로 하는 정형시이다. 따라서 중형시조나 장형시조가 나타나기 전의 시조는 모두 이 형식을 지키며 만들어졌기에 형식적 다양성은 찾아볼 수 없다. 그야말로 겉으로 보기에는 천편일률적인 형식을 지닌 문학 양식이 바로 시조인 것이다. 그렇다고 시조가 단조롭고 무미건조한 노래라고만 이해해서는 안 된다. 시조는 그것이 처음 형성된 고려에서부터 전성기를 구가한 조선에 이르는 수백 년 동안 비록 그 형식은 하나이지만, 수없이 다양한 우리네 삶의 풍경을 담아 온 우리나라의 대표적인 유행가流行歌, 말 그대로 시절가조時節歌調인 것이다. 따라서 시조에는 당대 사람들의 삶이 고스란히 담겨 있고, 그래서 우리는 시조를 통해서 당시의 시대적 상황을 미루어 짐작해 볼 수 있는 경우가 많다.

특히 이 책의 3부는 작품과 사회, 역사 현실을 고려한 작품들을 선별하여 수록하고 있는데, 이 작품 또한 다른 작품들과 마찬가지로 그 정서를 오롯이 감상하고 이해하기 위해서는 창작 당시의 시대적인 상황을 꼼꼼하게 읽어 낼 필요가 있다.

쇠락한 고국의 옛 도읍을 보며 느낀 정회

14세기 말, 고려는 안으로는 권문세족을 비롯한 지배층의 타락과 횡포, 밖으로는 외적의 침입과 간섭으로 인하여 민심은 이반離叛하고, 국력은 크게 쇠퇴하여 결국 왕업은 문을 닫게 된다. 이 작품은 『청구영언』(진본) 등 40여 종의 가집에 실려 전하고 있는데, 무명씨의 작으로 기록된 가집 몇 종을 제외하면 대부분 작가를 길재吉再라고 밝혀 놓고 있다. 고려의 유신遺臣인 야은冶隱 길재가 조선 개국 후에 고려의 도읍이었던 개성을 찾아보고 느낀 소회所懷를 노래한 작품이다.

왕건이 처음 나라를 세운 것이 918년의 일이고, 이후 936년에 후삼국을 통합한 뒤, 1392년에 이성계에 의해 멸망하기까지 474년 동안 지탱해 온 고려의 '오백 년' 역사를 회고하며 초장을 시작한다. 5백 년의 유구한 역사를 간직한 고국의 도읍을 고작 말 한 필에 의지하여 외로이 찾을 수밖에 없는 것은, 고려를 따르던 사람들이 모두 죽거나 흩어져 더 이상 그 모습을 찾아볼 수 없게 되었기 때문이다. 그는 고려가 멸망하고 새로운 나라 조선이 들어선 뒤에도 고려에 대한 충절을 지켜, 벼슬에 나아가지 않고 은거하며 제자들을 가르치는 일에 전념했다. 이처럼 중장에서는 인간사를 시간이 지나도 변치 않고 그 모습을 지키고 있는 산천과 대비하면서 세월의 무상함을 노래한다. 이어 종장에서는 태평했던 그 세월이 이제 한낱 꿈처럼 속절없는 일이 되었음을 한탄하며 시상을 마무리하고 있다. 감정을 겉으로 드러내기보다는 감추고 삼키는 것을 미덕으로 삼았던 사대부인 그였지만, 쇠락한 고국의 옛 도읍을 보며 느낀 정회는 숨길 수가 없었는지 감탄사 '어즈버'를 통해서 직설적으로 감정을 토로하고 있는 점이 인상적인 작품이다.

작품을 다른 각도에서 바라보면 초·중·종장이 각각 대립적인 두 요소로 짝짝하고 있다는 것을 확인할 수 있다.

그 하나는 '산천'과 '태평연월'이고, 다른 하나는 '인걸'과 '꿈'이다. 전자가 쉽게 변하지 않는 영속적永續的인 속성을 지니는 상징적 시어들이라고 한다면, 후자는 이와는 반대로, 세월의 흐름에 따라서 변하기 마련인 유한有限한 존재를 상징한다. 이처럼 상반되는 이미지의 반복적 배치는 망국의 한이라는 작품의 주제를 더욱 두드러지게 하는 효과가 있다. 또한 인간이 얼마나 유한한 존재인지를 무한한 자연을 빌려 깨닫게 해 주는 작품이기도 하다.

김성문

052

두 왕조를 섬긴 작가의 정당성 획득

까마귀 검다 하고

이직李稷

가마귀 검다 ᄒ고 白鷺ㅣ야 웃지 마라

것치 거믄들 속조차 거믈소냐

아마도 것 희고 속 검을슨 너뿐인가 ᄒ노라

-『청구영언』(진본) 418번

까마귀 검다 하고 백로야 웃지 마라

겉이 검은들 속조차 검을쏘냐

아마도 겉 희고 속 검을쏜 너뿐인가 하노라

• 검을쏜: 검은 것은.

까마귀와 백로의 중의성과 풍자

이 작품의 작가 이직(1362~1431)은 조선 초기의 문신으로서 자는 우정虞庭, 호는 형재亨齋, 시호는 문경文景이고, 시조 「다정가多情歌」의 작가인 이조년의 손자이다. 이성계를 도와 조선 개국에 공헌했다. 또한 제2차 왕자의 난 때, 태종이 될 방원芳遠을 도왔고, 주자소鑄字所를 설치하여 동활자인 계미자癸未字를 만들었다. 1414년에 우의정, 1424년에는 영의정에 올랐다. 저서로 『형재시집亨齋詩集』이 있다.

일반적으로 이 작품은 작가인 이직이 조선 왕조 개국공신으로 관직에 있으면서도 자신이 고려의 유신임을 잊지 않고 자신의 마음을 읊은 노래로 알려져 있다. 그런데 역사적 사실을 염두에 두고, 이 작품에 활용된 조류鳥類의 비유와 색채의 대비에 주목하면 보다 구체적이고 차별화된 해석이 가능하다.

우선 초장에 등장하는 까마귀는 이중적 상징성을 지닌 새이다. 작품에도 언급되었듯이 검은색과 함께 그 듣기 싫은 울음소리 때문에 까마귀는 사람들에게 줄곧 미움과 부정적 평가를 받아 왔다. 특히 예로부터 죽은 가축이나 인간의 시체는 까마귀의 즐겨 찾는 먹이 중 하나였다. 이러한 특성 때문에 까마귀는 전쟁터와 죽음, 공포를 연상시키는 불길한 새이다. 예컨대, 인도의 고대 서사시『마하라바타』에서는 까마귀를 죽음의 전령에 비유한다.

그러나 한편으로 까마귀는 신령한 영조靈鳥로 취급되기도 한다. 동아시아 고대문화와 신화에 등장하는 다리 세 개인 까마귀 삼족오三足烏와 견우와 직녀의 오작교烏鵲橋 이야기가 이를 입증한다. 또한 중국 당나라의 효자로 유명한 전서田緖와 이납李納 관련 설화도 그러하다. 즉, 어느 날부터 그들이 살던 곳에 까마귀들이 나뭇가지를 물어다 높이는 서너 자에 길이는 10리가 넘는 성을 쌓았다. 이를 괴이하게 여긴 사람들이 불태워 버리면 이를 다시 쌓았는데, 까마귀 입에서 피가 흘렀고, 이 때문에 훗날 그 성의 이름을 오성烏城이라 했다는 기록이 단성식段成式의『유양잡조酉陽雜俎』에 전한다.

아울러 까마귀는 조류 가운데 지능이 꽤 높은 영리한 새에 속한다. 까마귀과에 속하는 까마귀와 까치는 먹을 것을 얻으면 남몰래 깊은 숲속에 저장해 두었다가 후에 찾아 먹으며, 서양의 일화에서는 숫자를 세는 까마귀가 있기도 하다. 또한 많은 까마귀 종이 나뭇가지로 구멍 속의 먹이를 묻혀 빼내어 먹을 정도로 도구를 사용하고 심지어 만들기까지 한다. 바로 이러한 이중성 때문에 까마귀는『이솝우화』등의 우화에 어리석거나 똑똑한 극단적 존재로 여러 차례 등장한다.

고려의 국운이 기울자 고려의 유신들은 자의 반 타의 반으로 각각 두 갈래 길 중 하나를 선택했다. 하나는 초야에 은거해 망국의 한을 달래며, 절개를 지키면서 후일을 도모한 절의파이다. 다른 하나는 새로운 조선 왕조의 건국에 동조한 세력인 혁명파이다. 전자는 후자에 대하여 비난과 변절자라는 굴레를 씌웠다. 이에 대하여 조선 왕조에 가담한 후자는 자기 합리화 내지는 정당성을 작품으로 승화하여 표출하였다. 이 작품의 작가인 이직은 고려의 유신으로서 조선 왕조 개국의 공신이 되어 요직要職을 지냈다. 따라서 까마귀는 고려와 조선을 섬길 수밖에 없었던 이직이 자신을 빗댄 상징물이다.

이를 통해 중장에서는 유교의 주요 이념인 충신불사이군忠臣不事二君의 절의를 다하지 못한 본인의 행위가 바르지 못한 것임을 비유하였다. 아울러 마음까지 검은 것은 아니라고 밝힘으로써 자신이 양심까지 저버린 것은 아니라는, 최소한의 자기 정당성을 부여한 것이다.

결국 이 작품에서 까마귀는 외양과 속마음이 다른 사람을 의미한다. 중장의 내용처럼 겉이 검다고 해서 그 속마음마저 검다고 할 수는 없다는 것이다. 오히려 비난의 대상이 되는 것은 백로이다. 고결한 흰색의 고고한 외양을 지닌 백로가 어쩌면 속마음이 검을 수도 있다는 것이다. 종장에서는 이처럼 겉과 속이 다른 위선적 백로를 거세게 몰아붙이고 있다.

이와 같이 작가 이직의 생애나 세계관 및 여말선초의 역사적 상황을 염두에 두면, 까마귀는 조선 건국에 기여하고 조정에 나아가 권세를 획득한 사람들을 대표한다고 볼 수 있고, 백로는 끝까지 고려 왕조를 위해 충의를 지킨 사람들이라고 할 수 있다. 이직의 입장에서 분명한 점은, 진정 백성을 위한 새로운 세상을 추구하는 마음가짐이라면 까마귀의 입장을 변절로만 볼 수는 없을 것이라는 점이다.

따라서 이 작품은 겉으로는 변절자이자 권력만을 추구하는 것처럼 보이지만 백성을 위한 새로운 세상의 건설이라는 자신의 뜻을 펼치려는 흰 마음을 지닌 인간들과, 겉으로는 절의를 지키는 듯하지만 역사의 흐름과 백성의 고난을 외면하는 인간들을 비판하는 작품으로 볼 수 있다.

인간들의 표리부동함을 훈계하다

한편, 까마귀와 대비되는 초장의 백로는 우리말로 해오라기라고 불리기도 하는 새이다. 정학유丁學游의『시명다식詩名多識』에 따르면 백로는,

> 아름답고 깨끗한 흰빛이며, 머리 위에 긴 털 열 몇 가닥이 있다. …『금경禽經』에 얕은 물에서 걸어 다니며, 스스로 고개 숙였다 올렸다 하기를 좋아하여, 마치 방아 찧거나 김매는 모양과 같기 때문에 '용서'라 한다고 했다. … 정수리에는 긴 털이 있는데, 털이 긴 모양은 마치 실과 같고, 물고기를 잡고자 하면, 그것을 늘어뜨린다.

라고 하였다. 이상과 같은 백로의 생태 중 걸어 다니면서 고개를 숙였다 올렸다 하는 행동과 정수리의 긴 털을 늘어뜨리는 것은 단지 먹이를 잡기 위한 기만 행동이라고 할 수 있다. 이는 백로의 아름답고 깨끗한 흰빛이나 고고한 자태와는 거리가 있는 부정적 이미지이다. 이처럼 백로는 그 고결한 생김새와 달리 실제로는 속임수의 명수로서 까마귀 못지않게 겉과 속이 다른 새일 수 있는 것이다.

이와 같은 백로의 생태에 주목하면, 한편으로는 다음과 같은 해석도 가능하다. 이 작품은 까마귀와 백로, 겉과 속, 흰색과 검은색의 대비적 시어들을 활용해 군자君子와 소인小人을 상징적으로 풍자하고 있다는 것이다. 즉, 겉모습은 군자인 척하지만 실제 속마음은 소인인 무리를 작가인 이직이 풍자한 작품이라는 것이다. 이를 염두에 둔다면, 이 작품에서 까마귀는 오해를 불러일으킬 수도 있는 처신을 했지만 양심만은 올바른 존재이고, 백로는 올바르지 않은 양심을 지닌 채 올바른 처신으로 위장하고 있는 존재라고 할 수 있다. 이와 같이 이 작품은 까마귀와 백로의 대비를 통해 인간이 지닌 양면적 속성을 잘 표현하고 있다.

따라서 이 작품은 두 왕조를 섬기며 작가인 이직이 최소한의 양심과 자기 합리화를 강조한 작품이다. 또한 다른 측면의 해석으로, 좁은 도량과 일시적 절의만 중시하는 인간들의 표리부동表裏不同함을 훈계한 시조라고도 볼 수 있다. 이처럼 이 작품은 까마귀와 백로의 색채 중심 대비를 통해 인간의 파악하기 어려운 내면세계를 풍자한 작품이라 하겠다.

김형태

구름 깊고 돌 험한 길에

김득연金得硏

구름 깁고 돌 험흔 길헤 머다 아녀 즐겨 오시니

山城薄酒는 못 자셤즉 ㅎ거니와

그려도 뜻 고즐 봐겨서 또 흔 잔을 잣쇼셔

－『갈봉유고』 52번

구름 깊고 돌 험한 길에 멀다 아녀 즐겨 오시니

산성山城 박주薄酒는 못 자셨음 직하거니와

그래도 뜬 꽃을 봐 계셔 또 한 잔을 자소서

• 아녀: 아니하고.

• 박주薄酒: '맛없는 술'이라는 뜻으로, 남에게 대접하는 술을 겸손하게 이르는 말.

시인 김득연과 「회작국주가」

이 작품은 갈봉葛峰 김득연(1555~1637)의 연시조 「회작국주가會酌菊酒歌」 3수 가운데 제2연으로, 작가 김득연의 유집遺集인 『갈봉유묵葛峰遺墨』에 수록되어 전한다.

김득연은 조선 중기의 재지在地 사족이다. 본관은 광산光山이지만, 증조부 때 안착한 후 그곳에서 생활하여 영남 사림의 영향권에 속하게 된다. 부친 유일재惟一齋 김언기金彦璣는 이황의 문인門人으로서 안동 문학 융성의 창도자란 칭송을 받을 만큼 사족으로서의 기반을 확고히 하며 후진양성에 힘썼다. 덕분에 김득연은 어렸을 적부터 부친의 제자들과 함께 수학하였고, 그 가운데서도 남다른 재능을 보였다고 한다. 그가 활약하던 16~17세기는 붕당정치가 심화되던 시기로, 동인과 서인이 대립되고 동인은 다시 남인과 북인으로 나뉘어 당파 간의 정쟁이 치열했다. 이러한 현실 속에서 재지 사족들은 시세時勢에 따라 출처出處를 거듭할 수 밖에 없었다. 상황이 이러하자 정치에는 관심을 끊고 향리에 머물려는 방외인方外人적 성향의 문인도 등장하였다. 김득연이 바로 이러한 성향의 인물이라고 할 수 있다.

이광정李光庭이 편찬한 그의 「행장」에는,

공은 글 배움을 일찍이 이루어 세상의 우러름을 깊이 얻었으나, 이름 날리기를 원치 않았다. 나이 오십팔 세에 비로소 생원 진사 양 시험에 합격했으니, 당시에 북인이 환로宦路에 나가 있으므로 공은 천거되기를 구하지 않았다.

고 적고 있다. 대신 아버지의 묘 아래에 지수정止水亭이라는 정자를 짓고, 동료 문인들과 함께 노닐며 도의로써 왕래하였다. 그러면서 느껴지는 소회를 시조로써 표현하기도 하였는데, '모여서 국화주를 나눈다'는 의미를 지닌 「회작국주가」는 역시 이러한 그의 삶을 바탕으로 창작되었다.

「회작국주가」를 살피기에 앞서 김득연의 시조 작품을 일람하기도 한다. 그는 74수의 시조를 창작하여 현재까지 70수가 전하고 있다. 특히 이들은 모두 연시조의 형태를 취하고 있어서 6편의 연시조를 남기고 있는 셈이다. 그 작품의 면모를 소개하면 위에 소개한 「회작국주가」이외에, 「산중잡곡山中雜曲」(49수: 실제로는 53수이지만 현전하는 작품은 49수뿐이다.), 「영회잡곡咏懷雜曲」(6수), 「산정독영곡山

亭獨咏曲」(6수),「계우제회가契友齊會歌」(3수),「희영삼첩戱咏三疊 : 적벽가赤壁歌」(3수)가 그것이다.

그러나 김득연이 제작한 연시조 작품은 '유기적 구조물'이란 연시조의 정의와는 다소 거리가 있다. 각 작품을 이루고 있는 시조들은 그 순서가 계기적으로 연결되었다기보다는 그저 동일 제목 아래 몇 수의 시조들을 묶어 놓았다는 인상이 강하다. 이런 이유로 다수의 시조 작품을 남겼음에도 불구하고 시조 작가나 작품의 위상이 매우 높다고는 할 수 없지만, 15세기에 시작되어 16세기에 그 틀을 마련하여 17세기로 이어지고, 18세기 변모 양상을 보이며 이후 쇠퇴해 가는 연시조의 사적 맥락을 볼 때, 16세기에서 17세기로 이행해 가는 연시조의 면모를 보여 주는 의미를 지닌다고 하겠다.

국화주로 감사를 전하다

그런 가운데 「회작국주가」는 나름대로 연시조로서의 의미를 지니면서 김득연의 삶의 양상을 보여 준다. 이 작품은 선친 김언기의 문하생들이 모여 스승의 추모 시회詩會에서 감사의 의미로 국화주를 대접하는 것을 내용으로 삼는다.

제1수에서는,

> 어와 이 산중에 모두모두 죄 오시
> 풍송 한죽도 좇아 즐겨 하는고야
> 이후에 이 모임을 해해마다 하소서

라고 하며, 화자가 거주하는 산중으로 옛 문하생들이 찾아오는 것에서 시작한다. 중장에서는 '풍송한죽風松寒竹'으로 풍류를 즐기는 양상을 대신하며 해마다 시회를 이어 가자며 문하생들을 향해 인사를 건넨다.

이어지는 둘째 수인 위 시조의 초장에서는 "구름 깊고 돌 험한 길"이라고 하여, 산중으로 오는 여정을 험난한 길로 묘사한다. 길이 험한데도 무릅쓰고 온다는 것은 찾아온 사람들의 마음과 정성이 느껴지고, 더하여 그들을 맞이하는 화자의 고마움을 동시에 표현한다. 그래서 이어지는 구절에서 그 험한 길을 멀다 않고 즐겨 오신다고 설명한다. 상대를 향한 극진한 마음을 표현하기 위해 스스로는 낮추는 태도를 견지한다. 그래서 중장에서는 자신이 대접하는 술을 '박주'라며 겸양의 표현을 사용한다. 박주가 겸손함을 뜻한다면 종장의 "뜬 꽃"은 정성을 의미한다. 요컨대 비록 박주라서 마시기 불편하겠지만, 그래도 자신의 정성을 봐서 한 잔 더 자시라고 권하는 것이다.

「회작국주가」를 종결하는 셋째 수는,

옛사람이 국담수를 마시고도 늙어 오래 살았거든
오늘날 이 내 술에 옛 꽃이 또 떠 있네
진실로 이 잔 곳 자시면 불로선不老仙이 되리라

라고 노래하며 시회에 모인 사람들의 불로장생을 축원하는 것으로 작품을 마무리한다. 국화주의 효험을 위해 작가는 국화꽃을 띄운 물인 국담수菊潭水와 견준다. 물 위에 국화꽃을 띄운 국담수에는 국화꽃의 효능이 그리 많지 않을 것이다. 그런데 옛사람들은 그 물을 마시고도 장수하였는데, 국화주에는 국화꽃의 효능이 훨씬 더 풍부하게 담겨 있으니 효험도 클 것이다. 그러니 자신이 권하는 국화주를 마시면 늙지 않는 신선이 될 것이라고 한다.

이저럼 일송의 권수가勸酒歌와노 같은 「외삭국수가」에서는 부신의 시회에 모인 그 문하생이자 자신의 학문적 동지들을 만나, 인사를 나누고 국화주를 건네는 흥취를 담고 있다. 여기서 소개한 「구름 깊고 돌 험한 길에」는 그중 둘째 수로서, 손님을 반겨 맞이하며 겸손한 마음으로 국화주를 대접하는 작가의 모습이 담겨 있다.

김상진

240

실패한 영웅의 분울한 심사

춘산春山에 불이 나니

김덕령金德齡

春山의 불이 나니 못다 핀 곳 다 붓는다

져 뫼 져 불은 쓸 물이나 잇거니와

이 몸의 니 업슨 불 니러나니 쓸 물 업서 ᄒ노라

— 『김충장공유사金忠壯公遺事』 1번

춘산春山에 불이 나니 못다 핀 꽃 다 붙는다

저 뫼 저 불은 끌 물이나 있거니와

이 몸에 내 없는 불 일어나니 끌 물 없어 하노라

• 뫼: 산山.

끌 수도 없는 마음속 분울

이 시조는 임진왜란 당시의 의병장 김덕령(1568~1596)의 작품으로, 『김충장공유사金忠壯公遺事』를 비롯한 5종의 문헌에 수록된 작품이다. 『김충장공유사』에 「춘산곡春山曲」이라는 제하題下로 수록된 이 시조는 '춘산'에 난 불과 '이 몸'에 난 불의 대비를 통해 화자의 심정을 전하고 있다.

「춘산곡」이라는 제목에서 짐작할 수 있는 것처럼 이 작품의 주요 제재는 춘산, 즉 봄철의 산이다. 봄철은 네 계절 중 제일 먼저 맞는 계절로, 날씨가 점차 따스해지는 가운데 만물이 한해살이를 시작하며 그 생명력을 키워 나가는 때이다. 그렇기에 봄이라는 계절은 앞으로의 무한한 가능성과 희망을 뜻하기도 한다. 초장의 "못다 핀 꽃"은 이 같은 봄의 계절감과 그에 수반하는 의미를 잘 보여 주는 시어라고 할 수 있다.

봄철 산에 불이 났다는 것은 곧 움트는 생명력으로 가득한 공간이 일시에 파괴될 수 있음을 의미한다. 특히 초장에 제시된바, 쉬 잡히지 않을 불길에 사그라들 것 중 하나인 "못다 핀 꽃"은 아직 채 피지도 못했다는 점에서 봄철 산에 난 불에 대한 안타까움을 심화시킨다. '붙는다'라는 종결 표현에서는 이 같은 정황을 본다면 누구라도 느낌 직한 답답함이 드러난다.

그럼에도 봄철 산의 불은 "끌 물"이 있으니 해결할 방도가 없지 않다. '~거니와'라는 연결 어미는 이어지는 종장에서 제시될 상황이 봄철 산에 불이 난 것보다 해결하기 어려운 종류의 것임을 암시한다. '뫼'와 '불'을 수식하는 '저'라는 관형사 역시 초중장에 걸쳐 제시된 봄철 산의 문제적 상황과 이어질 종장의 내용 사이의 거리감을 확보하면서 그 심각성을 강조한다.

못다 핀 꽃까지 태워 버릴 위험이 있는 봄철 산의 불길은 누가 보아도 애가 탈 만한 것이지만, 종장에서 이어지는 화자가 놓인 상황은 봄철 산에 난 불보다 해결하기가 쉽지 않다. 이 몸에 난 불은 자신의 처지가 한없이 억울한 데서 비롯된 마음속 울분이기에 못다 핀 꽃에 붙을지도 모르는 봄철 산의 불과 달리 연기가 나지 않는다. 그리고 당연하게도 봄철 산의 불과 달리 끌 수 있는 불도 없다. 자신의 의지나 노력으로 결코 어찌할 수 없는 상황에 대한 화자의 심정은 "없어하노라"라는 체념적 탄식으로 절절하게 이어진다.

추상적인 감정을 눈에 보이는 구체적 실체에 빗대는 표현은 널리 알려진 사설시조「창 내고자 창 내고자」를 떠오르게 하기도 한다. 하지만 사설시조「창 내고자 창 내고자」가 부정적인 심리를 마음에 창을 내어 답답할 때마다 여닫아 보고 싶다는 불가능한 상황을 통해 해학적으로 풀어내는 것에 반해 이 작품은 화자의 울분이 결코 해소될 수 없는 것임을 강조하며 그 비통함을 전한다.

충신열사로 기억되는 실패한 영웅

그렇다면 「춘산곡」의 화자이자 작가인 김덕령으로 하여금 이 작품에서 확인되는 것과 같은 분울함을 갖게 한 정황은 무엇이었을까? 잘 알려진 것과 같이 김덕령은 임진왜란 당시의 의병장으로, 1592년 임진왜란이 발발하자 당시 많은 사족이 그러했듯 형 김덕홍과 함께 의병을 일으켰다. 하지만 때마침 어머니의 상을 당해 귀향했다가 이후 1593년 다시 거병하여 세력을 크게 떨쳤으며, 1594년에는 곽재우郭再祐와 함께 권율權慄의 막하에서 영남 서부 지역의 방어를 맡았다. 다만 이미 강화가 진행되어 이렇다 할 전공을 세우기 어려웠던 중에 1596년 이몽학李夢鶴의 난에 억울하게 연루되어 20일 동안 혹독한 고문을 받은 끝에 길지 않은 생을 마쳐야 했다. 『김충장공유사』에 수록된 「춘산곡」은 김덕령이 이몽학의 난에 연루되어 처형당하기 직전 읊었다고 전하는 작품으로, 실패한 영웅 김덕령이 그 의기를 펼치지도 못하고 울분에 차 죽게 된 심사를 절절히 전하는 노래라 할 수 있다.

거병 당시부터 조정으로부터 큰 기대를 받았으며 또한 신이한 힘을 가진 것으로 이름이 높았으나 젊은 나이에 역적으로 몰려 억울하게 죽음을 맞았다는 사실로 인해 김덕령은 숱한 구비 전승의 주인공이 되었다. 구전 설화가 그려 낸 김덕령의 모습들은 임진왜란을 배경으로 한 소설 「임진록」을 통해 다시 구현되었으며, 조선 후기 역사 군담 소설의 형성에 영향을 미치기도 하였다.

역적으로 죽은 김덕령은 이후 현종 2년인 1661년 신원伸寃되었으며, 현종 9년인 1668년에는 병조참의, 숙종 7년에는 1681년에는 병조판서로 추증追贈되었다. 그리고 정조 12년인 1788년에는 의정부좌참찬으로 추증되는 한편 '충장

忠壯'이라는 시호를 받는다. 이 작품이 최초로 수록된『김충장공유사』는 1790년 정조의 명찬命撰으로 편찬된 것으로, 김덕령을 충신열사로 공인하는 과정에서 간행된 문헌이다. 당연하게도「춘산곡」을 비롯해『김충장공유사』에 수록된 글들은 김덕령을 정표旌表하기 위한 목적으로 구성되었다.「춘산곡」의 주제적 지향역시『김충장공유사』가 전제하는 김덕령의 초상과 거리가 멀다고 하기 어렵다.

「춘산곡」은 김덕령 사후 오랜 시간이 지나 뚜렷한 목적성을 띠고 간행된『김충장공유사』에야 처음으로 수록되었으며,『김충장공유사』외에「춘산곡」이 수록된 가집은 4종에 불과하다. 김덕령이 수일째 모진 고문으로 경황이 없던 중 실제 이 작품을 읊었으리라 아무런 의심 없이 확언하기는 어렵다. 다만 분명한 것은「춘산곡」을 읽는 데 그 용력과 충의에도 불구하고 억울하게 죽을 수밖에 없었던 김덕령의 마지막이 시적 상황으로 전제되어야 한다는 것이다. 이 같은 전제하에서「춘산곡」은 지금의 우리가 기억하는 김덕령이 최후에 품었을 것이라 짐작되는 통분을 그 어느 문헌 기록보다 더 효과적으로 전한다 하겠다.

조은별

244

오곡五曲은 어드멘고

이이李珥

五曲언 어듸멘고 隱屛이 보기 죠히

水邊의 精舍는 瀟灑함도 가이 읍다

이 듕의 講學ᄒ고 詠月吟風ᄒ오리라

- 『고산구곡가첩高山九曲歌帖』(장서각본藏書閣本) 6번

오곡五曲은 어드멘고 은병隱屛이 보기 좋아

수변水邊의 정사精舍는 소쇄瀟灑함도 가이없다

이 중에 강학講學하고 영월음풍詠月吟風하오리라

- 오곡五曲: 이이李珥가, 자신이 은거했던 황해도 해주 고산高山의 풍경과 감회를 읊은 「고산구곡가」의 다섯 번째.
- 어드멘고: 어디인고.
- 은병隱屛: 이이가 은거했던 고산 석담石潭의 '은병정사隱屛精舍'.

- 정사精舍: 학문을 가르치거나 정신을 수양하기 위하여 마련한 집.
- 가이없다: 가없다. '끝이 없다'라는 뜻.
- 소쇄瀟灑함: 기운이 맑고 깨끗함.
- 영월음풍詠月吟風: 음풍영월吟風詠月. 맑은 바람과 밝은 달을 대상으로 시를 짓고 흥취를 자아내어 즐겁게 놂.

네 계절 모두 아름다운 고산 구곡담

이 작품은 율곡栗谷 이이(1536~1584)의「고산구곡가」10수 가운데 여섯째 노래이다. 작가 율곡은 조선을 대표하는 성리학자이자 문인文人이다. 모친인 사임당師任堂 신씨申氏의 친정인 강원도 강릉에서 태어나 성장하다가 여섯 살에 본가가 있는 서울 청진동으로 왔으며, 이후에는 파주 율곡리에서 성장하였다. 어릴 적부터 문학적 재능이 뛰어나, 여덟 살에 율곡리의 화석정花石亭에 올라 시를 지었다고 한다.

시문학에 대한 율곡의 견해는 역대 시 가운데 빼어난 것을 뽑아 편찬한 그의 시선집『정언묘선精言妙選』의 서문에서 잘 나타난다. 여기서 그는 시를 일컬어 '바른 성정이 거짓 없이 자연스럽게 드러난 것' '말의 정수精髓를 담고 있는 것' 등으로 설명한다.「고산구곡가」는 이러한 율곡의 지향이 고스란히 나타난 것으로, 그의 이기철학理氣哲學을 10수의 연시조로 형상화한 것이라고 하겠다.

율곡은 42세에 벼슬에서 물러나 황해도 해주의 고산에 은거하며 후학을 가르치는 데 주력하였다. 그 이듬해에 그곳에서의 삶을 담은「고산구곡가」를 창작하는데, 이것은 율곡의 유일한 시조 작품이다.「고산구곡가」는 조선조 성리학의 전범으로 일컫는 주자朱子의「무이도가武夷櫂歌」(또는「무이구곡가武夷九曲歌」)를 본받아 고산 구곡담을 차례로 노래하였다.「무이도가」를 본받기는 했지만「고산구곡가」만의 개성을 보이기도 한다. 즉,「무이도가」가 무이산武夷山 구곡담九曲潭의 아름다움을 순차적으로 묘사함으로써 주자의 성리학을 표현하는 것과는 달리,「고산구곡가」는 고산의 아홉 골짜기를 노래함과 동시에 사시四時의 순환이라는 시간 질서를 아우르면서 이이의 주기론主氣論적 사유를 나타내고 있다.

「고산구곡가」는 고산 구곡담을 노래하였지만 작품은 아홉 수가 아닌 10수로 이루어졌다. 이는 아홉 골짜기를 노래하기에 앞서 제1연에 서사序詞를 두었기 때문이다. 즉 제1연에서,

246

고산高山 구곡담九曲潭을 사람이 모로더니

주모복거誅茅卜居 하니 벗님내 다 오신다

어즈버 무이武夷 상상想像하고 학주자學朱子를 하리라

라고 하여 고산에 터전을 마련하고, 그곳에서 학문을 할 것을 다짐한다. 종장 끝 구에서 '하리라'고 하는 다짐의 종결어미를 사용함으로써 이어지는 작품의 서사로써 기능함을 알 수 있다.

이어 제2연 이하 10연의 작품에서 고산의 일곡부터 구곡까지를 노래하게 되는데, 이들의 초장은 대체적으로 "○곡은 어드메오 ○○에 ○○하다"라는 동일한 형식을 취한다. 예컨대 일곡을 노래한 제2연은 "일곡은 어드미고, 관암에 히 비췬다"라고 하여, 몇 곡인지를 묻고 이어 장소(관암)와 시간(해 비췬다:새벽)을 답하는 형식을 취하고 있다. 즉 일곡一曲에서 구곡까지의 장소를 각각 관암冠巖, 화암花巖, 취병翠屏, 송애松崖, 은병隱屛, 조협釣峽, 풍암風巖, 금탄琴灘, 문산文山이라 명명하여 노래하고, 일곡에서 사곡四曲에 이르기까지는 '해 비췬다', '춘만春滿커다', '잎 퍼졌다-여름 경景' '해 넘거다'라고 하여 '아침-봄-여름-낮'의 시간을, 육곡六曲에서 구곡까지는 '물이 넓다-황혼', '추색秋色 좋다', '달이 밝다', '세모歲暮 커다'라고 하여 '일몰(초저녁)-가을-밤-겨울'의 시간을 노래하였다.

요컨대, 일곡에서 구곡으로 이동하며 1년 사시四時인 춘하추동春夏秋冬과 하루 사시인 단주모야旦晝暮夜의 시간을 교차하며 작품을 이어 간다. 그런데, 단주모야와 춘하추동은 '단:춘, 주:하, 모:추, 야:동'으로 서로 대응될 수 있어서 전체 시간을 하루의 시간, 또는 일 년의 시간으로 볼 수 있다. 이로써 일곡에서 사곡까지는 아침에서 낮, 또는 봄에서 여름으로 가는 상승구조로, 육곡에서 구곡까지는 오후에서 밤, 또는 가을에서 겨울로 가는 하강구조로 볼 수 있다.

고산 구곡담의 다섯째 골짜기, 은병

그런데 위에서 소개한 「오곡五曲은 어드멘고」는 고산의 아홉 골짜기가 등장한다는 점에서는 여타의 여덟 곡과 마찬가지이면서, 시간이 등장하지 않는다는 점에서는 오히려 서사인 제1연과 흡사하다. 즉, 제1연이 고산 구곡담에 풀을 베고 터전을 마련하고 그곳에서 학문할 것을 다짐하고 있는데, 오곡을 노래한 위의 시조 역시 동일한 양상을 띠고 있다.

"오곡은 어드멘고 은병이 보기 좋아"라고 한 초장은 고산 구곡담을 노래한 여느 작품과 동일하다. 하지만 중장과 종장은 시간성이 나타나지 않는 대신 거주할 터전과 학문이 등장한다. 초장의 '은병'은 율곡이 학동學童을 가르치기 위해 황해도 고산에 세운 서재書齋를 일컫는다. 중장의 '정사'란 학문을 수행하는 수행처를 일컫는다. 그러므로 수변정사는 초장의 '은병'과 함께 하여 물가에 있는 은병정사隱屏精舍를 뜻한다. 종장에서는 그곳에서 강학講學과 영월음풍을 하겠다고 하여 학문을 다짐한다.

여기서 잠깐, 율곡이 은병정사를 지은 연유와 함께 「고산구곡가」를 창작한 경위에 대하여 살펴보기로 한다. 『율곡전서』에서는,

> 무인 6년 선생 43세 때 은병정사를 지었다. (중략) 이것이 우연히도 무이구곡과 상부한 까닭으로 고산석담구곡이라 했다. 또 제 오봉에 석봉이 있는데, 그 앞에서 공읍拱揖을 하는 형상이다. 선생은 이에 그 사이에 정사를 짓고 무이의 대은병大隱屏의 뜻을 취해 은병이라 이름하였다. (중략) 선생은 무이도가를 본떠서 고산구곡가를 지으니, 이로부터 원근 학자들이 수없이 몰려왔다.

라고 적고 있다.

이렇게 오곡을 노래한 제6연은 고산구곡담의 다섯째 골짜기인 은병을 노래하지만 시간성이 나타나지 않고, 터전을 마련하고 학문을 이야기함으로써 제1연

과 유사한 양상이다. 종장 끝구를 '하오리라'고 하여 향후의 일을 다짐하는 것 또한 제1연과 동일한 양상이다. 이러한 「오곡은 어드메고」는 제1연과 마찬가지로 이어지는 제7연에서 10연까지의 서사적 기능을 한다고 볼 수 있다. 한편 오곡을 중심으로 작품을 볼 때, 일곡에서 사곡까지는 시간이 상승하게 되고 이후의 육곡에서 구곡까지는 시간이 하강하게 된다. 그렇다면 오곡을 중심으로 이전의 작품들은 상승구조, 이후의 작품들은 하강구조로 명명할 수 있다. 그렇다면 제1연이 「고산구곡가」 10수를 이끄는 전체의 서사로 기능한다면, 제6연인 오곡은 육곡에서 구곡까지 작품을 이끄는 제2의 서사로 기능하게 되는 것이다.

이처럼 「오곡은 어드메고」는 「고산구곡가」에서 노래하는 아홉 골짜기 가운데 하나를 노래하며 율곡의 이기철학을 견고히 함과 동시에 작품의 하강구조를 이루는 후반부를 이끄는 서사로 기능하며, 연시조인 「고산구곡가」가 유기적 결합체로서 의미를 지니는 데 중요한 몫을 하고 있다.

김상진

056

국치國恥의 아픔

자러 가는 까마귀

윤선도尹善道

자라 가눈 가마괴 멷 낱치 디나거니
압길히 어두우니 暮雪이 자자뎓다
鵝鴨池롤 뉘 텨서 草木慚을 싣돈던고

- 『고산유고孤山遺稿』62번

자러 가는 까마귀 몇 낱이 지나가니
앞길이 어두우니 모설暮雪이 잦아졌다
아압지鵝鴨池를 뉘 쳐서 초목참草木慚을 씻었던고

• 모설暮雪: 저물녘에 내리는 눈.　　• 초목참草木慚: 초목에까지 남아 있는 수치,
• 아압지鵝鴨池: 거위와 오리가 떠 다니는 못.　　즉 병자호란의 국치國恥.

「어부가」의 환골탈태

　「어부사시사」는 고산孤山 윤선도(1587~1671)의 문집『고산유고』중 권6 하의
'가사歌辭'편에 실려 있는 작품으로, 춘·하·추·동 계절별로 각 10수, 총 40수의
연시조이다. 고산은 16세기 말에 태어나 17세기 후반까지 살았던 인물로 임진왜

란과 병자호란을 겪었고, 동인과 서인, 동인이 서인과 남인으로 나뉘는 등 당쟁이 심했던 정치적 혼란기 속에서 삶을 살아온 인물이다. 나라의 대외적, 대내적 환란 속에서도 고산은 85세까지 장수했지만, 일생의 절반 이상은 유배지와 은거지에서 삶을 보냈다.

병자호란의 치욕을 씻고자

「어부사시사」는 병자호란 때 치욕적인 항복 소식을 접하고 제주도로 향하다 보길도를 발견하고 이곳을 은거지로 삼아 살면서 창작한 시조이다. 『고산유고』에는 「어부사시사」의 창작동기를 아래와 같이 밝혔다.

> 동방에 예로부터 어부사漁父詞가 있었으니 누가 지은 것인지는 알 수 없고 옛시를 모아 곡을 붙인 것이다. 읊조리면 강풍江風과 해우海雨가 입가에 일어 사람으로 하여금 표연히 세상을 떠나 홀로 설 뜻을 갖게 한다. (중략) 그러나 음향이 상응하지 않고 어의가 심히 갖추어지지 못했으니 대개 옛시를 모으는 데에 얽매인 탓이다. 그러므로 옹색해지는 결함이 있음을 면치 못한다. 내가 그 뜻을 덧붙이고 우리말을 사용하여 어부사를 지었으니 사계절을 각 한 편으로 하고 한 편은 10장으로 했다. (후략)

작자 미상의 「어부사」는 이전 시대 때부터 구비전승되던 노래였다. 이를 농암 이현보가 「어부가」로 개작한 바 있고, 이 노래의 영향을 받아 새롭게 지은 것이 바로 고산의 「어부사시사」이다. 고산은 구비전승되던 「어부사」가 있었으나 옛날의 시를 얽어맨 탓에 "음향이 상응하지 않고", "어의가 심히 갖추어지지" 않았다고 지적하며 자신이 "뜻을 덧붙이고 우리말을 사용"하여 환골탈태하여 창작하였음을 밝히고 있다.

「어부사시사」는 특이하게도 초장과 중장 사이와 중장과 종장 사이에 후렴구가 있다. 중장과 종장 사이에 있는 후렴구는 "지국총 지국총 어亽와"로, 이는 노 젓는 소리인 '찌그덩 찌그덩 어기영차'를 한자로 음차하여 표기한 것이며 모든 연에 동일하게 기록되어 있다. 그러나 초창과 중장 사이에 있는 후렴구는 각 연마다 상이하다. 각 계절별로 1수는 "빈 떠라 빈 떠라"(배를 띄움), 2수 "닫 드러라 닫 드러라"(닻을 올림), 3수 "돋 두라라 돋 두라라"(돛을 닮), 4수 "이어라 이어라"(노를 저음), 5수 "이어라 이어라"(노를 저음), 6수 "돋 디여라 돋 디여라"(돛을 내림), 7수 "빈 셰여라 빈 셰여라"(배를 세움), 8수 "빈 미여라 빈 미여라"(배를 맴), 9수 "닫 디여라 닫 디여라"(닻을 내림), 10수 "빈 븟텨라 빈 븟텨라"(배를 붙임)로 구성되어 있어 배의 출범에서 귀선까지의 과정을 세심하게 보여 주고 있다. 또한 각 계절마다 아침, 낮, 저녁, 밤과 같이 시간적 흐름을 반영하여 구성이 치밀한 작품으로 평가받는다.

이 작품은 동사 6, 즉 겨울편의 여섯 번째 시조로, 겨울의 풍경을 담담히 묘사하여 한 폭의 수채화를 연상하게 한다. 초장 "자러 가는 까마귀 몇 낱이 지나가니"에서는 까마귀가 날아가는 풍경을 제시하고 있다. 그리고 중장에서는 "앞길이 어두우니 모설이 잦아졌다"를 통해 암담한 현실을 그려 내고 있다. 앞으로 가는 길이 어둡고 험난한데 거기에 설상가상으로 눈까지 퍼붓고 있는 부정적인 상활을 제시하고 있는 것이다. 눈발이 날리는 그 공중에 까마귀의 검은색은 하얀 눈과 색채 대비를 이루며 이미지를 선명하게 부각한다. 이러한 차갑고 어두운 시적 상황은 당대 병자호란으로 인한 치욕과 조선의 암담한 현실을 상징적으로 드러낸 것으로 볼 수 있다. 병자호란에서 패배한 인조는 삼전도에서 굴욕적인 항복식을 치렀고 소현세자 등 왕족과 수많은 백성들이 포로로 잡혀갔다. 결국 조선은 청나라와 군신관계를 맺었고 청나라의 조공 요구도 받아들이게 되었다. 이러한 조선의 상황은 고산 윤선도에게도 그야말로 암울하게 느껴졌을 것이다. 날은 어둡고 눈보라까지 몰아치는 부정적 현실에서 어디론가 향해서 가는 까마귀의 모습은 암담한 현실에 처한 화자의 모습이기도 하다.

이러한 부정적인 현실에 대한 전환이 일어나는 것은 종장이다. 종장의 "아압지를 뉘 쳐서 초목참을 씻었던고"에는 아압지 고사를 인용하여 화자 자신의 욕망을 간접적으로 드러내고 있다. 아압지 고사는 당나라 때 오원제吳元濟가 회주淮州에서 난을 일으키자 이소李愬가 이 연못의 오리 떼를 놀라게 하여 시끄러운 소리를 내게 한 후 채성蔡城을 공격하여 함락시켰다는 고사이다. 이 고사를 끌어와서 초목에까지 남겨져 있는 병자호란의 국치를 씻어 보고자 하려는 의도를 드러낸 것이다. 현재는 보길도라는 섬에서 외로이 자연 풍경에 심취하여 지내고 있지만 까마귀를 보고 아압지 고사를 상기한 것은 병자호란의 치욕을 잊을 수 없음과 그 치욕을 씻고자 하는 화자의 욕망을 드러낸 것이라 볼 수 있다. 자연물에 화자의 정서를 투영하여 나타낸 이 시조는 비록 자연 속에서 한가한 생활을 하고 있지만 임금과 나라에 대한 걱정에서 벗어날 수 없는 유학자로서의 면모를 드러낸 작품이라 하겠다.

배은희

057

오랑캐에게 무릎을 꿇을 수는 없다

가노라 삼각산三角山아

김상헌金尙憲

가노라 三角山아 다시 보쟈 漢江水야

故國山川을 써ᄂ고져 ᄒ랴마ᄂ

時節이 하 殊常ᄒ니 올동말동 ᄒ여라

- 『시가詩歌』(박씨본朴氏本) 164번

가노라 삼각산三角山아 다시 보자 한강수漢江水야

고국故國 산천山川을 떠나고자 하랴마는

시절이 하 수상하니 올 동 말 동 하여라

• 하: 몹시.

시유뇌시 않믄 전쟁의 상서

이 시조는 『시가詩歌』(박씨본) 등 10여 종의 가집에 실려 전하고 있는데, 대부분의 가집에서 그 작자를 청음淸陰 김상헌(1570~1652)이라고 기록하고 있다. 이 작품 역시 제대로 이해하고 감상하기 위해서는 창작 당시의 역사적인 상황을 먼저 확인할 필요가 있는데, 병자호란이 바로 그것이다. 1636년 병자호란이 일어났을 때, 김상헌은 예조판서로 있으면서 남한산성으로 인종을 호종하였다. 당시 그는 최명길崔鳴吉 등을 중심으로 적과 화친해야 한다고 주장한 이른바 주화론主和論에 반대하여 주전론主戰論을 내세운 척화신斥和臣으로, 적과 끝까지 맞서 싸울 것을 주장하였다. 또한 최명길이 작성한 청에 대한 항복 문서를 찢고 통곡하였다고 전해지며, 인조가 삼전도三田渡에서 청 태종에게 항복한 뒤에는 자결하려고 하였으나 실패하자, 은퇴하여 안동으로 물러났다. 그러던 중 1639년 청나라가 명나라를 공격하기 위해 요구한 출병에 반대하는 상소를 올렸다가 청나라의 요구로 1640년에 심양瀋陽으로 압송, 6년 만인 1645년에 소현세자와 함께 풀려나 귀국하였다.

따라서 이러한 역사적 사실을 고려할 때, 이 작품은 병자호란 이후 작자가 청나라에 볼모로 끌려가게 되었을 때, 고국을 떠나야만 하는 슬픔을 노래한 것이기에 치유되지 않은 전쟁의 상처가 고스란히 남은 시조라고 할 수 있다.

조국을 떠나는 노신老臣의 작별 인사

작품의 초장은 조선의 왕도 한양을 상징적으로 드러내는 소재인, '삼각산三角山'(북한산)과 '한강수漢江水'(한강)를 호명하며 시작한다. 지금도 우리의 국토를 비유적으로 표현할 때 산과 강을 대표격으로 삼는 경우가 많은데, 애국가에도 등장하는 '화려강산'이나 '금수강산'이 여기에 해당한다. 다른 나라에, 그것도 자신을 곱지 않은 시선으로 보는 청나라에 볼모로 잡혀가는 상황에서 다시 보자고 건네는 약속은 어쩌면 지키지 못할 것임을 예감하고 건네는 작별의 인사는 아닌지.

중장에서는 그럼에도 끝내 목숨보다 귀하게 여긴 조국에 대한 미련이 남아 한 번 더 시선을 고국의 산과 강으로 돌리고 있다. 나이 70이 넘어 고국을 떠나는 노신老臣의 마음이 고스란히 드러나는 대목이다.

종장에서는 그렇게 망설이며 미련을 버릴 수 없는 이유가 제시되어 있는데, 그것은 바로 조선을 둘러싼 국제 정세의 혼란, 그래서 다시 고국으로 돌아오는 것이 쉽지 않을 수 있다는 예감 때문인 것이다. 더욱이 청나라가 자신을 볼모로 요구한 가장 큰 이유는 병자호란 때에 척화를 주장하였다는 것, 그리고 청이 요구한 명나라 정벌을 위한 출병 요구에 반대했기 때문이라는 점을 생각해 볼 필요가 있다. 작자가 병자호란을 거친 후에도 지속적으로 주자학적 명분론에 입각해서 존명배청을 주장한 것은 국제 정세를 바라보는 안목이 부족했다기보다는 오랜 시간 절대적 가치를 부여하며 따랐던 명이 새롭게 일어난 청나라에 그렇게 쉽게 멸망하지 않으리라는 믿음에 기반한 것이었다고 보는 것이 타당해 보인다.

혹자들은 작자를 최명길과 비교하며, 현실적 외교 감각이 없이 대세를 저버린 시대착오적인 명분론자라고 비판하기도 한다. 그러나 그가 남한산성에서 무조건적인 척화가 아니라 일단 맞서 싸우다 상황을 보면서 화친을 고려해야 한다고 주장했다는 기록을 조금만 눈여겨보면, 나름대로 전통적인 강국인 명나라와 신흥 강호인 청나라 사이에서 명분과 실리를 추구하려고 고민했던 사람이었음을 알 수 있다. 그렇기에, 그가 종장에서 읊은 "시절이 하 수상하니"라는 말이 내포하고 있는 의미의 복잡성과 나라를 생각하던 우국충정이 더욱 절실하게 다가온다.

김성문

058

삭풍朔風은 나무 끝에 불고

김종서金宗瑞

朔風은 나모그티 불고 明月은 눈속에 츤듸

萬里邊城에 一長劍 집고 셔셔

긴 포람 큰 흔 소릐 거칠 거시 업셰라

－『청구영언』(진본) 13번

삭풍朔風은 나무 끝에 불고 명월明月은 눈 속에 찬데

만리변성萬里邊城에 일장검一長劍 짚고 서서

긴파람 큰 한 소리 거칠 것이 없어라

- 삭풍朔風: 겨울철에 북쪽에서 불어오는 찬 바람.
- 만리변성萬里邊城: 멀리 떨어진 국경 부근의 성.
- 일장검一長劍: 하나의 길고 큰 칼.
- 긴파람: 길게 부는 휘파람.

문인文人이 지은 무인시조武人時調

이 시조는 『청구영언』(진본) 등 40여 종의 가집에 실려 전하고 있는데, 대부분의 가집에서 그 작자를 절재節齋 김종서(1383~1453)로 기록하고 있다. 김종서는 1443년 함길도 관찰사로 북쪽 변방에서 육진을 개척해 두만강을 국경선으로 확정하는 데 큰 공을 세운 전력과 부친이 무관을 지낸 이력 등이 있어, 그를 조 전 전기의 대표적인 무장으로 알고 있는 사람이 많다. 그러나 사실 그는 우의정 과 좌의정 등을 역임한 대표적인 문신이다. 집현전 출신은 아니었지만『고려사高 麗史』개수 작업과『세종실록世宗實錄』편찬의 책임을 맡아 학자로서의 능력을 발 휘하였으며, 황보인皇甫仁 등과 함께 고명대신顧命大臣으로, 문종의 부탁을 받고 좌의정의 자리에서 단종을 보필하다가 계유정난癸酉靖難 때 수양대군을 따르던 무리에 의해 죽임을 당한 인물이다.

작가가 무인은 아니지만 이 작품은 소위 말하는 무인시조로 분류되는 대표적 인 시조이다. 그 이유는 무인시조로 분류하는 요건이 작가의 신분, 즉 신분이 무 인인 사람이 지은 작품이냐가 아니라, 작품의 내용이 무인 특유의 기개와 호방 함, 비분강개, 위국충절의 마음 등을 담고 있느냐 하는 것이기 때문이다. 따라서 이 작품을 무인시조로 분류하는 데에는 별다른 문제가 없다고 하겠다. 반면, 무 인 신분의 작가가 지은 시조라 하더라도 그 내용이 여느 문인의 것과 다르지 않 다면, 그것은 무인이 지은 시조라고는 할 수 있어도 무인시조라 부르기는 어려울 것이다.

변방을 지키는 대장부의 호기가豪氣歌

이 작품은 이른바「호기가豪氣歌」로 불리는 2수의 시조 중에서 첫 번째 작품 으로, 제목에 걸맞게 변방에서 큰 칼을 짚고 서서 조국과 백성을 지키는 장수의 씩씩하고 호방한 기상이 선연하게 드러나 있다. 초장의 나무 끝에 부는 삭풍과 눈 속에도 밝게 빛나는 달은 작품의 배경이면서 시적 화자의 결연한 의지를 돋보 이게 하는 역할을 한다. 감각적인 시어를 연속 배치하여 화자가 위치한 공간의 장엄한 분위기를 연출한다. 중장에서는 긴 칼을 짚고 당당히 서 있는 화자의 모 습을 제시한 다음, 이은 종장에서 휘파람과 큰 소리를 통해 변방에서 나라를 지켜내는 대장부의 거칠 것 없는 풍모를 상징적으로 드러내고 있다.

이 작품은 음성상징의 관점으로도 바라볼 수 있는데, 작품에 사용된 44개 모음의 성격을 정리해 보면, 양성모음(ㅏ, ㅗ)이 13개로 전체의 30%, 음성모음(ㅓ, ㅔ, ㅕ, ㅟ, ㅜ, ㅡ)이 24개로 54%, 그리고 중성모음(ㅣ)이 7개로 16%를 차지하고 있다. 특히 작품의 전반적인 배경과 분위기를 형성하는 초장의 경우에는 17개의 모음 중에서 음성모음이 12개로 양성모음 5개에 비해 압도적으로 많이 사용되었음을 확인할 수 있다. 기존의 관련 연구를 통해서도 알려진 바와 같이, 일반적으로 양성모음에 비해 음성모음의 상징성이 '暗, 重, 大, 鈍, 厚'의 분위기와 관련이 깊다는 것을 고려할 때, 작가가 이 작품을 통해 드러내고자 하는 비장한 장수로서의 면모와 정서가 음성상징의 측면에서도 잘 드러나는 작품인 것이다. 이는 자음에서도 비슷한 양상을 보이는데, 경음(ㅆ, ㅉ, ㄲ)과 격음(ㅊ, ㅋ, ㅌ, ㅍ, ㅎ)이 각각 7개와 8개로 여타의 작품에 비해 출현 빈도가 높은 것을 확인할 수 있다. 이 역시 앞선 음성모음의 경우와 마찬가지로 경음과 격음의 구사 빈도가 높을수록 장엄하거나 긴장된 분위기와 보다 밀접한 관련을 맺는다고 볼 수 있다. 따라서 본 이 시조는 변방을 지키는 장수의 결연한 의지를 드러내고자 한 시인의 의도가 음성상징과 어우러지며, 시적으로 잘 형상화된 작품이라고 볼 수 있겠다.

김성문

059

마을 사람들아

정철鄭澈

ᄆᆞ을 사ᄅᆞᆷ들아 올ᄒᆞ 일 ᄒᆞ쟈ᄉᆞ라

사ᄅᆞᆷ이 되여 나셔 올티옷 못ᄒᆞ면

ᄆᆞ쇼롤 갓 곳갈 싀워 밥 머기나 다르랴

-『송강가사』(이선본) 9번

마을 사람들아 옳은 일 하자꾸나

사람이 되어 나서 옳지곧 못하면

마소를 갓 고깔 씌워 밥 먹이나 다르랴

• 옳지곧: 옳지를. '곧'은 앞말을 강조하는 뜻   • 먹이나: 먹이기나.
의 보조사.

인간이 알아야 할 오륜과 사회규범

    송강松江 정철(1536~1594)이 지은 연시조 「훈민가訓民歌」 16수 가운데 여덟 번째 시조이다. 「훈민가」는 작자 송강이 45세에 강원도 관찰사로 봉직하면서 그곳 백성들을 훈도하기 위한 것으로, 중국 송宋나라의 진양陳襄이 지은 「선거권유문

仙居勸諭文」(선거현의 백성들에게 내린 권유문)을 바탕으로 제작되었다. 진양의 「선거 권유문」에는

> 1. 부의모자父義母慈, 2. 형우제공兄友弟恭, 3. 자효子孝, 4. 부부유은夫婦有恩, 5. 남녀유별男女有別, 6. 자제유학子弟有學, 7. 향려유례鄕閭有禮, 8. 빈궁우환친척상구貧窮憂患親戚相救, 9. 혼인사상인리상조婚姻死喪鄰里相助, 10. 무타농상無惰農桑, 11. 무작도적無作盜賊, 12. 무학도박無學賭博, 13. 무호쟁송無好爭訟, 14. 무이악릉선無以惡凌善, 15. 무이부탄빈無以富呑貧, 16. 행자양로行者讓路, 17. 경자양반耕者讓畔, 18. 반백자불부대어도로斑白者不負戴於道路

의 18조목으로 이루어졌다.

송강의 「훈민가」는 「선거권유문」의 18조목 가운데 네 개의 조목(14~17)을 제외하고, 12조목과 13조목을 하나로 하여 13수의 시조 작품으로 형상화하고, 여기에 군신君臣, 장유長幼, 붕우朋友를 더하여 16수의 연시조로 탄생하였다. 「훈민가」와 흡사한 것으로 일련의 「오륜가五倫歌」(주세붕. 김상용. 박선장 등의 작품)가 있다. 이들은 모두 백성을 교화하기 위해 제작되었다는 공통점을 지니지만, 「오륜가」가 오륜의 질서를 그 내용으로 한다면, 「훈민가」는 오륜의 질서와 함께 사회규범도 포함한다는 점에서 좀 더 확대된 개념이라 할 수 있다.

그런데 송강은 「선거권유문」에서 사회 규범에 관한 조목을 일부 제외하거나 축소한 대신 오륜의 질서를 추가하고 있다. 이것은 사회 규범이 덜 중요하다기보다는 제외된 조목들이 다른 조목으로 대신할 수 있는 여지가 있고, 무엇보다 오륜의 질서를 강조하기 때문이라고 할 수 있다. 또한 「훈민가」는 노래하는 '시조'이다. 즉, 강원도 백성들을 가르치는데도 요긴한 「선거권유문」의 조목을 수용하되 그곳의 현실적 상황에 적합하도록 내용을 변용하고, 전달 효과를 높이기 위하여 시조로 제작한 것이다.

「훈민가」는 작가의 감흥을 노래하는 시조와는 달리 백성을 가르치기 위함이라는 효용적 목적을 최우선으로 한다. 그러므로 전달의 효과를 높이기 위한 작가의 의도가 곳곳에서 보인다. 시조에는 작가가 화자話者로, 강원도 백성이 청자聽者로 등장하게 되는데, 16수의 시조를 화자의 발화 양식에 따라 세 가지 유형으로 구분할 수 있다. 화자하위형, 화자상위형, 화자청자동등형이 그것이다. 화자하위형은 주로 충효忠孝의 주제를 노래할 때 사용되는 유형으로, 화자가 행위자가 되어 충이나 효를 실행할 것을 다짐한다. 화자상위형은 화자가 목민관의 신분이 되어 그곳 백성들의 행동을 명령하는 전형적인 오륜가의 방식이다. 형제, 자식, 부부 등의 가족 윤리와 사회 윤리 등을 언급하였다. 화자청자동등형은 화자역시 강원도 백성 가운데 한 사람이 되어 다른 사람들에게 동참을 유도하는 경우이다. 위에 예시한 「마을 사람들아」가 화자청자동등형 발화라 하겠다. 즉, 다른 백성들의 동참을 위해 초장 끝구에서 '하자꾸나(ᄒᆞ쟈스라)'라는 청유형 어미를 사용하였다.

「훈민가」의 구성을 발화 양상에 따라 나누어 보면 화자하위형 5수, 화자상위형 8수, 화자청자동등형 3수로 이루어졌다. 특히 작품의 시작과 끝인 제1연, 2연, 16연에서 화자하위형으로 발화하고 있다. 그만큼 작가가 겸양의 화법을 중요하게 생각한다는 것을 알 수 있다. 또한 16수의 연결과 발화 양상의 관계가 매우 유기적으로 연결되어 있다는 것도 알 수 있다. 즉 이들 세 유형을 적절히 배치하고 있는데, 화자하위형은 처음(1연, 2연), 중간(9연, 10연) 끝(16연)에 고루 분포시키고, 화자하위형은 3~6연, 11~12연, 14~15연에 연속 배치하고 있으며, 화자청자농능형은 두 유형의 승산인 7연과 8연, 13연에 배지하여 매개 역할을 하고 있다. 이것은 동일 화법으로 연속 발화할 때 생기는 지루함을 없애 전달의 효과를 높이려는 작가의 배려이다.

다정한 목소리로 선행을 권하다

'향려유례'를 제재로 한 「마을 사람들아」는 작품의 중심이라 할 수 있는 여덟 번째 시조로, 화자청자동등형 발화를 취하고 있다. 일반적인 훈민시조나 오륜시조와 달리 청유형 어미를 사용하여 청자에게 친근하게 다가가는 특징을 지닌다. 여기서 지칭하는 '마을 사람'은 구체적으로는 강원도 백성들인데, 청유형 어미로 옳은 일을 하자고 권면함으로써 작가인 화자는 여기서만큼은 목민관으로써 백성들을 가르치는 것이 아니라 함께 행동하는 강원도 백성 중 한 사람으로 기능한다. 즉, 작중화자를 따로 두고 있는 셈이다.

내용은 무척 단순하다. '향려유례'란 조목으로 알 수 있듯이 마을 사람들에게 사람으로 태어나서 마땅히 '옳은 일'을 해야 한다고 이야기한다. 그래야 하는 당위에 대해서도 어렵고 복잡한 말 대신 사람들과 가장 친근한 동물인 말과 소를 끌어들여 설명한다. 백성들의 눈높이에 맞는 설명을 하는 것이다. 화자청자동등형으로 발화한 작품으로는 13수의 「오늘도 다 새거다」가 있다. '무타농상'이란 조목인데, 작품을 보면

> 오늘도 다 새거다 호미메오 가자스라
> 내 논 다 메여든 네 논 졈 메어주마
> 올 길헤 뽕 따다가 누에 먹혀 보자스라

라고 노래한다. 이 작품에서도 작가가 강원도 백성 가운데 한 사람이 되어, 아침에 호미 메고 나가 논도 매고 누에도 치는 전형적인 농촌의 삶을 노래한다.

이처럼 「마을 사람들아」를 비롯한 「훈민가」는 백성들을 가르친다는 목적에 부합하기 위한 여러 장치를 사용하고 있다. 시조라고 하는 장르를 선택하여 다양한 화법으로 발화하기도 하고, 문자의 사용에서도 한자어의 사용을 가급적 배제한 순수 우리 언어를 사용하며, 농촌에서의 일상적인 삶을 그 소재로 삼아 전달

의 효과를 높인다. 또한 16수의 배열에도 유념하여 유기적 구조물로서의 연시조로도 의미를 지닌다.

김상진

군봉群鳳 모이신 데

박인로朴仁老

群鳳 모두신 딘 외가마귀 드러오니

白玉 싸힌 곳의 돌 ᄒ나 굿다마ᄂᆞ

두어라 鳳凰도 飛鳥와 類이시니 뫼셔 논들 엇쪄ᄒ리

-『노계가집蘆溪歌集』(경오본庚午本) 4번

군봉群鳳 모이신 데 외까마귀 들어오니

백옥白玉 쌓인 곳에 돌 하나 같다마는

두어라 봉황도 비조飛鳥와 유類이시니 뫼셔 논들 어떠하리

• 군봉群鳳: 한 무리의 봉황새.　　　　　• 유類이시니: 같은 종류이시니.

• 비조飛鳥: 날아다니는 새.

봉황과 대등한 까마귀의 자긍심

　이 작품은 박인로의 사친가思親歌인 「조홍시가」 제4수로서 제1수 「반중盤中 조홍早紅감이」, 제2수 「왕상王祥의 이어鯉魚잡고」, 제3수 「만균萬勻을 늘려 내야」 세 작품과 함께 『노계집』 권1에 수록되어 있다. 이 작품에는 까마귀를 등장시켜

효孝의 공동체적 가치를 노래함으로써 효가 개인적 차원을 초월해 삼라만상에 적용되는 보편적 규범이자 중요한 가치임을 역설하고 있다.

박인로(1561~1642)는 조선 중기의 문신으로서 자는 덕옹德翁, 호는 노계蘆溪·무하옹無何翁이다. 임진왜란 때 의병장 정세아의 휘하에서 별시위別侍衛가 되어 전공을 세웠다. 조국애·자연애를 사상적 바탕으로 많은 작품을 남겼는데,「사제곡莎堤曲」,「누항사陋巷詞」,「영남가嶺南歌」,「노계가蘆溪歌」,「입암별곡立巖別曲」,「소유정가小有亭歌」등 가사 9편과 시조 68수가 전한다. 그의 작품이 실려 전하는 문헌으로는『노계집蘆溪集』,『손씨수견록孫氏隨見錄』등이 있다.

이 작품의 초장에서는 효의 범주가 개인을 초월해 사회공동체적 차원으로 확대되어야 함을 드러냈다. 까마귀는 군집생활을 하면서 그 무리의 위계도 비교적 명확한 편이다. 조선 후기 문인 이유원李裕元의『임하필기林下筆記』에도『영읍지營邑誌』의 기록을 빌어, 선조 때 삼도수군통제사인 이순신李舜臣이 한산도에 설치한 통제영統制營 안에 예로부터 들까마귀가 많아 오로지 까마귀 떼만 쫓아내는 군졸을 배치했고, 급료로 주던 무명인 요포料布를 후하게 주었다는 기록이 있다.

까마귀는 지능이 높고 기억력이 뛰어나다. 복잡한 사회생활을 본격적으로 영위하고 있으며, 집단 내에서 개체를 인식하고 그들의 사회적 지위를 파악한다. 예컨대, 짝이 죽으면 까마귀가 슬퍼한다는 증거도 일부 발견되었고, 큰까마귀가 싸움에서 진 개체를 위로하는 모습도 목격되었다. 갈까마귀의 경우, 복잡한 계층 구조뿐 아니라 한 쌍 사이의 긴밀한 유대관계를 맺고 있음이 생태학자들에 의해 밝혀졌다.

초장의 외까마귀는 부모님께 효를 다하려는 작기 자신을 겸손히게 표현한 것이다. 까마귀는 새끼가 크면 늙은 어미에게 먹을 것을 물어다 준다고 해서 '반포조反哺鳥' 또는 '조반포鳥反哺'라는 명칭이 있고, '반포지효反哺之孝'라는 성어成語처럼 효성이 지극한 새로 알려져 있다. 따라서 유교 이념상 효를 중시하는 동아시아 사회에서는 하찮은 까마귀 한 마리지만, 효를 알고 실천하는 조류로서 봉황의 무리에 들어가 더불어 어울릴 수 있는 충분한 자격을 지니는 것이다.

중장에서는 초장의 내용 중 봉황 무리와 외까마귀를 흰 옥과 돌로 환치換置하고 비유하여 효밖에 내세울 것 없는 자신의 처지를 겸손하게 부연하였다. 종장의 "비조와 유"라는 것은 자신도 위대한 인물들이나 효자들과 같은 인간임을 나타낸다. 봉황을 모셔 놓는다는 것은 위대한 인물들이나 역사적 효자들을 본받아 부모님을 지극정성으로 모시고자 하는 작가의 간절한 마음을 나타낸다.

초장과 종장의 봉황은 상상속의 상서로운 새로 수컷을 '봉', 암컷을 '황'이라고 한다. 따라서 이 작품에서의 봉황은 작가의 어버이를 포함한 이 세상의 다른 어버이들을 동시에 상징하는 어휘라고 볼 수도 있다. 봉황은 태평성세에만 출현하는데, 허신許慎의 『설문해자說文解字』에 따르면 머리는 닭 같고, 이마는 새 같으며, 목은 뱀 같고, 볼은 제비 같으며, 부리는 수탉 같고, 가슴은 기러기 같으며, 등은 거북 같고, 뒷부분은 수사슴 같으며, 깃은 원앙 같고, 꼬리는 물고기 같으며, 무늬는 용龍 같고, 키는 6척가량이며, 오색의 찬란한 깃과 털로 덮여 있다. 오동나무에만 깃들고, 죽실竹實만 먹으며, 단물 샘에서만 물을 마신다. 봉황이 날면 뭇 새가 떼를 지어 따르는 까닭에 붕朋 자를 빌려와 붕鵬 자를 만들었다. 또한 봉황이 쉬는 곳에는 으레 다른 새들이 모여들어 노닐기 때문에 우충羽蟲 360종種의 우두머리가 된다고 하였다. 즉, 봉황은 작가가 존숭尊崇하는 위대한 인물이면서 한편으로는 지극정성을 다해서 모셔야 하는 고귀한 어버이를 상징한다고 볼 수도 있다.

「조홍시가」 네 수의 구성 및 관련 일화

이 작품은 특이하게도 작가가 이덕형李德馨으로 표기된 경우도 있다. 이는 사친가인 「조홍시가」 네 수의 구성 및 관련 일화에서 야기된 견해이다. 즉, 연시조로 보기에 「조홍시가」 네 수는 내용의 일관성이 결여되어 각각의 다른 시조를 편집한 것으로 보는 것이다. 네 수의 작품 구성을 보면, 「조홍시가」 제1수에서는 중국 삼국시대 오吳나라의 육적이 원술에게 받은 귤을 먹지 않고 어머니께 드리려고 품에 품었다는 육적회귤 고사를 들어 효의 소중함과 부모를 여읜 개인적 회한을 노래하였다. 제2수에서는 자신을 미워하는 계모를 위해 겨울에 몸으로 얼음을 녹여 잉어를 잡았다는 왕상지효王祥之孝의 서진西晉 왕상, 하늘을 감동시켜 한겨울에 죽순을 구해 모친의 병을 고쳤다는 맹종읍죽孟宗泣竹의 오나라 맹종, 70 나이에도 색동옷을 입고 재롱을 떨어 부모님을 기쁘게 했다는 반의지희斑衣之戱의 춘추시대 노魯나라 노래자老萊子, 공자의 제자 가운데 효로 이름난 증자지효曾子之孝의 노나라 증자 등 원元나라 곽거경郭居敬이 선정한 24명의 효자인 이십사효二十四孝에 해당하는 역사적 인물을 들어 효를 한층 더 강조하고 있다. 제3수에는 시간의 흐름을 늦춰서라도 부모의 장수를 기원하려는 작가의 간절한 염원이 담겨 있다. 이 작품은 제4수로, 위대한 인물들과 교유하는 동류이거나 어버이와 즐거움을 나눌 수 있는 작가의 자긍심을 드러냈다.

다음으로 작품과 관련한 일화를 보면 1601년에 이덕형이 도체찰사都體察使로서 영천에 이르러서 홍시를 보내자 박인로가 그 자리에서 「조홍시가」를 지었다고 전한다. 즉, 『노계선생문집』권지삼卷之三 조홍시가 조條에 "신축년 9월 초에 한음 재상께서 박 공에게 홍시를 대접했더니, 박 공은 돌아오는 길에 느낀 바가 있어 (이 노래를) 지었다."라고 기록되어 있다. 또한 『청구영언』(진본) 「사친가」 서두에 "한음(이덕형)이 소반의 홍시를 보고, 박인로로 하여금 (단가) 삼장을 짓게 하였다. (그 노래는) 대개 어버이를 생각하는 지극한 정성에서 나왔다."라고 기록되어 있다. 이와 같이 내용상 실부모失父母와 장수 기원 등 일관성이 결여된 작품 구성과 관련 일화 때문에 이덕형 등 다른 이의 창작설이 대두된 것이라고 할 수 있다.

이 작품과 관련해서 또 다른 특이점은 판본에 따라서 종장 첫 구의 감탄사 '두어라'가 누락되어 있다는 것이다. 여기에서는 『노계집』을 따랐다.

김형태

061

전란의 최전선에 선 장수의 고뇌

한산閑山섬 달 밝은 밤에

이순신李舜臣

閑山섬 둘 불근 밤의 戍樓에 혼자 앉아

큰 칼 녀픠 추고 기픈 시롭 ᄒᄂᆫ 적의

어듸셔 一聲胡笳ᄂᆫ 눕의 애롤 긋나니

-『청구영언』(진본) 111번

한산閑山섬 달 밝은 밤에 수루戍樓에 혼자 앉아

큰 칼 옆에 차고 깊은 시름 하는 적에

어디서 일성호가一聲胡笳는 남의 애를 끊나니

• 수루戍樓: 적군의 동정을 살피려고 성 위에 만든 누각.

• 일성호가一聲胡笳: 한 줄기 피리소리. '호가胡笳'는 갈대잎을 말아 만든 초적류 관악기를 뜻한다.

작품의 시공간

이순신의 「한산도가」는 『청구영언』(진본) 등 여러 가집에 실려 전하고 있다. 이 외에 잡록류인 『연려실기술』에 이본이 하나 전하는데, 노랫말이 조금 다르다.

한산셤 달 발근 밤의 위루의 혼자 안자,

일장검 겻히 노코 긴 한숨 흐는 밤의,

어듸셔 일셩호가는 남의 이를 긋느니.

가집의 것이 조어가 더 자연스럽고 아름다운 편이다.

『청구영언』(진본)을 비롯한 모든 가집은 이 시조의 작가를 이순신으로 표기하고 있다. 그런데 이와 다른 기록도 있다. 1829년에 편찬한 『성주황씨가보』는 지방지의 기록을 인용하여 「한산도가」를 황세득黃世得이 지은 것으로 소개하고 있다. 다만 족보에 실린 것은 국문이 아닌 한역이며, 더욱이 시의 화자가 '수루'가 아닌 '판옥선두'에 오른 것으로 번역되어 있다. 작가가 국문시조와 달리 판옥선의 지휘 장수로 설정되어 있는 것이다. 황세득은 장흥부사, 사도첨사 신분으로 이순신의 휘하에서 활약하였다. 이순신은 한산도에 주둔할 때 사도첨사 황세득을 불러 술을 마시거나 망궐례를 한 일을 일기에 남기기도 하였다(1596년 6월과 8월).

「한산도가」의 작가를 이순신으로 확정할 수 있는 문헌은 현재로서는 없다. 『난중일기』에도 시조 관련 언급은 전혀 없다. 이순신 사후에 조카 이분李芬이 지었다고 전하는 「행록」에서는 1593~1594년에 걸친 이순신의 행적을 기록하며 「한산도가」의 창작을 언급하고 있다. 그러나 이는 처음 지어진 「행록」에는 없던 내용을 보충한 것으로, 후대인이 가집에 전하는 내용을 근거로 추록한 것이 틀림없다. 따라서 「한산도가」의 작가를 이순신으로 확정할 수 없지만, 그렇다고 그것을 부정할 명백한 증거도 없다. 그렇다면, 현재로서는 이 시조를 수록하고 있는 가장 오래된 문헌인 김천택의 『청구영언』(진본)을 존중하지 않을 수 없다.

앞서 언급한 이순신의 「행록」은 「한산도가」의 창작 시기를 1593~1594년 사이로 잡고 있다. 그러나 어떤 근거에서인지는 알 수 없다. 시조의 창작 시기는 작품 자체에서 추정하는 것이 좋다. 시조의 공간적 배경이 한산도니, 우선은 한산도에 머물 때 지은 것으로 보는 것이 마땅하다. 이순신은 1593년 7월 14일 여수의 전라좌수영을 한산도로 옮겼다(일기). 전라좌수영이 호남에 치우쳐 적의 움직임에 민첩하게 대응하기 어려워 한산도로 옮기기를 요청했고 이를 조정에서 승낙했다. 그리고 한 달이 지난 1593년 8월, 이순신은 전라좌수사로서 삼도수군통제사를 겸직하라는 명을 받았다(행록). 이후 1597년 2월 26일 한양으로 압송되기까지 3년 6개월여 동안 한산도에 머물렀다.

시조의 창작 시기를 좀 더 좁혀 볼 수도 있다. 시조에서 시적 화자가 올라 앉아 있는 공간인 '수루'는 '운주루運籌樓'를 의미한다. 운주루는 이순신이 한산도로 진을 옮기고 나서 지은 것으로 1594년 7월 완공되었다. 『난중일기』를 읽어 보면 시조의 노랫말처럼 이순신이 달밤에 수루에 홀로 올라 배회하거나 시름에 빠져 있는 모습을 자주 볼 수 있다.

해질 무렵 수루에 올라갔다. 밤이 될 때까지 앉아 있다 돌아왔다.(일기: 1594년 7월 22일)

밤에 바다 달빛이 수루에 가득 찼다. 가을날의 시름으로 지독히 괴로웠다. 수루 위를 이리저리 거닐었다.(일기: 1595년 7월 9일)

저녁 달빛이 낮과 같이 밝았다. 바람 한 점 없었다. 홀로 수루에 앉아 있었다. 마음이 어지러워 잠들 수 없었다.(일기: 1596년 1월 13일)

시조의 창작 시기와 관련해서 또 하나 짚어 볼 것은 "큰 칼"이다. 작품 속의 '칼'이 꼭 지금 현충사에 있는 이순신 장검을 지칭하는 것이라고 할 수는 없지만, 그것이 제작되던 때가 이순신이 한산도에 머물던 1594년 4월, 즉 수루가 완성되기 바로 직전이었다는 사실은 기억할 만하다. 이런 사실들에 기초할 때, 달밤에 한산섬 수루에 올라 큰 칼을 차고 깊은 시름에 빠져 있는 시적 화자의 모습은 한산도의 '수루'가 낙성된 1594년 7월 이후에나 가능한 장면이다. 그렇다면 1594년 7월부터 1597년 2월까지 대략 2년 7개월의 시간 동안 이순신이 당면하고 있던 현실은 어떤 것이었을까?

잘 알다시피, 1593년 3월 초 행주산성 전투에서 크게 패한 왜군은 더 이상 한성을 방어하기 어렵다고 판단하고 명나라에 화의를 제의하였다. 1593년 4월부터 시작한 강화 협상은 1596년 9월까지 자그마치 4년을 끌었다. 조선의 반대에도 불구하고 명나라는 강화 협상을 계속했고 결국 양측은 병력 철수에 합의했다. 명군은 1593년 8월을 시작으로 1594년 9월에는 모든 병력이 본국으로 철수했다. 그러나 왜군은 철수 합의에도 불구하고 2만의 병력이 여전히 경상도 남해안 곳곳에 왜성을 쌓고 주둔했다. 왜군이 우리 영토의 일부를 점령한 채 남해안 곳곳에서 약탈을 자행하고 본국을 마치 제집 드나들 듯 왕래하여도 조선 단독의 힘으로는 왜군을 바다 밖으로 밀어낼 여력이 없었다. 조선 군대는 아직까지 육군의 힘은 미약하였고 수군은 육지에 웅거한 채 해전을 기피하는 적을 섬멸하기에는 전략적으로 한계가 있었다. 결국 수군은 한산도에 진을 치고 견내량을 막아 왜군이 거제 서쪽으로 넘어오지 못하게 막는 것으로 만족할 수밖에 없었다. 그런데 한양의 조선 정부의 정세 판단은 통제사와 많이 달랐고, 결국 수군의 진격을 요구하는 정부와 그를 수용할 수 없는 통제사 사이에 갈등의 골은 깊어 갔다. 여기가 바로 「한산도가」가 지어진 구체적인 지점이라고 할 수 있다.

패러디 시소의 분악석 감농

시조 「한산도가」가 노래하고 있는 정서는 전선에서 느끼는 쓸쓸함이다. 이 쓸쓸함의 정서는 한시에서 많이 다루었던 것이다. '변새시邊塞詩'라고 하는 것이 그것인데, 이는 집을 떠나 수자리하는 병사의 외로움, 쓸쓸함을 주로 표현한다. 그런 점에서 이 시조는 변새시가 노래했던 정서를 시조의 형식으로 담아낸 것이라고 할 수 있다. 특히 이 시조와 관련해서 주목되는 한시 작품 하나가 있다. 당나라 시인 고적高適이 지은 「새상청적塞上聽笛」이다. 7언절구 형식인 이 시는 "雪淨胡天牧馬還, 月明羌笛戍樓間"으로 서두를 시작한다. 「한산도가」는 이 시의 "月明羌笛戍樓間"에서 착상을 빌린 것이다. 그런 점에서 이 시조는 발상이 참신하다고 할 수는 없을 것 같다. 그러나, 그럼에도 불구하고 이 시조는 위의 '수루'를 한산섬이라는 특별한 공간의 수루로 바꾸어 놓음으로써 시적 긴장감을 조성하는 데 성공하고 있다.

　「한산도가」는 한산섬이라고 하는 특별한 공간을 전경으로 제시하면서 시작된다. 거제도 남쪽 30리에 있는 이 섬은 고성과 거제도 사이를 통과하는 좁은 물길인 견내량을 정면으로 마주하고 있다. 왜선이 호남으로 진출하려면 반드시 이곳을 뚫고 와야만 했다. 이순신은 한산도로 진을 옮기면서 "호남은 국가의 보장이니, 만약 호남이 없으면 국가가 없는 것"(현지평에게 보내는 편지)이라고 했다. 그러니까 한산도, 다시 말해 화자가 올라 앉은 한산도의 수루는 조선 방어의 최전선이자 최후의 전선이었다. 한산섬이 품고 있는 긴장감은 다음 장의 "큰 칼"로 이어지며 더욱 깊어진다.

　두 번째 장의 "큰 칼"은 달빛에 반짝이는 예리한 칼날을 품은 검이 아닌, 거대한 장검이다. 그것은 장수의 무거운 책임감을 상징한다. 화자는 한산도의 수장으로서 무거운 책임을 느끼며 수루에 올라 깊은 상념에 빠져 있는 것이다. 물론 이때의 "큰 칼"은 시적인 창조물로서 실제 이순신의 장검과는 별개일 수 있다. 그럼에도 이 장검의 상징적 의미는 이순신이 실제의 장검에 투사했던 그것과 다를 수 없다. 이순신의 장검에는 그 유명한 명문이 새겨져 있는데,

　　　석자 칼로 하늘에 맹세하니 산과 강도 빛이 변하고, 한 번 휘둘러 쓸어버리니 피가 산과 강을 물들인다.

는 내용이다. 왜적의 무리를 진멸하고야 말겠다고 하늘에 다짐한 것이다.

그렇다면 화자가 달밤에 수루에 올라 깊이 시름하고 있는 것의 정체는 무엇일까? 그것을 작품 안에서 찾는 것은 쉽지 않다. 이 시름을 이해하는 데 일기의 내용이 참고할 만하다.

1594년 5월, 이순신은 한산도에서 도원수 권율의 부관이 가져온 임금의 유지를 대한다. 유지의 내용은 '수군을 거제로 나아가게 해 적이 겁을 먹고 물러나 숨게 하라는 일'이었다(8일). 이 유지를 대한 이순신의 심경은 이러했다.

> 내내 홀로 빈 정자에 앉아 있었다. 온갖 생각이 가슴을 쳤다. 가슴에 품은 생각으로 어지러웠다. 어찌 다 말하랴, 어찌 다 말하랴. 정신이 아주 아득해 술에 취한 듯, 꿈에 취한 듯했다. 바보가 된 듯, 미친 듯했다. 바보가 된 듯, 미친 듯했다.(9일)

또 같은 해 9월에도 한양으로부터 비밀 유지를 받았다. 바다와 육지의 여러 장수가 팔짱 끼고 아무 일도 하지 않고 서로 떨어져 있으면서 나아가 무찌를 계책 하나 힘쓰거나 계획 하나 세우지 않고 있다는 선조의 불만을 표출한 것이었다. 이순신은 억울하고 답답한 심정을 다음과 같이 밝혔다.

> 아무 일도 않고 3년을 바다에서 허송했다니. 그럴 리가 만무하다. 여러 장수와 죽기를 결심하고 맹세했고 복수할 뜻을 매일매일 되새기고 있다. 그러나 다만 적이 험한 소굴을 점거하고 있어 가벼이 나아가지 않았을 뿐이다. 하물며 나를 알고 적을 알면 백 번을 싸워도 위태롭지 않다고 하지 않았나. 촛불을 밝히고 홀로 앉아 있었다. 나랏일이 그릇되어도 바로잡을 방법이 없다. 어찌하랴 어찌하랴.(3일)

274

화자의 깊은 시름을 이처럼 조선정부와 통제사 사이의 갈등에서 말미암은 것으로 해석할 수 있다면, 종장은 시상의 극적 전환이다. 가슴에 품은 생각으로 어지러운 화자의 마음을 느닷없는 피리소리가 찢어 놓는다. 그렇지 않아도 심란한 장수의 마음을 나그네의 정서가 후비며 아프게 만들고 있는 것이다. 달밤의 피리소리가 자아내는 쓸쓸함으로 인한 것이다. 진晉나라 유곤劉琨이 진양성에서 오랑캐의 기병에 포위되었을 때에 달 밝은 성루에 올라가 '호가胡笳'를 부니 오랑캐들이 눈물을 흘리며 고향 생각에 젖어 포위를 풀고 돌아갔다는 고사가 있다. 이후 달밤의 오랑캐 피리소리는 고향을 그리워한다는 의미가 되었다. 채문희가 오랑캐 땅에서 지어 불렀다는 「호가십팔박」의 노랫말도 그런 내용이었다.

이순신은 일기의 곳곳에서 홀어머니를 사무치게 그리워하는 심정을 적고 있다. 그런가 하면 고향에 남은 가족의 안위를 염려하며 가장의 역할을 못 하고 있는 자신의 처지를 괴로워하는 심정을 표출하기도 한다.

> 아내의 병세가 아주 위중하다고 했다. 살고 죽는 것이 어찌 결정되었는지 알 수 없구나. 나랏일이 이러니 다른 일은 걱정도 할 수 없구나. 그러나 아들 셋, 딸 하나는 어찌 살아갈까? 마음이 아프고 가슴이 탔다. 마음이 아프고 가슴이 탔다. (1594년 8월 30일)

한번은 여수의 본영에 피난처를 마련하고 있던 어머니를 어렵게 찾아뵌 적이 있었다. 그날 밤 그가 어머니와 함께 있었던 장면을 일기는 이렇게 적고 있다.

> 밤늦게 어머님께 도착했다. 흰머리가 수북하셨다. 나를 보시고 놀라 일어나셨다. 숨이 곧 끊어질 듯, 하루도 더 버티기 어려울 듯했다. 펑펑 쏟아지려는 눈물을 참고 서로 부여잡았다. 그 마음을 위로하고자 밤새 위안하며 기쁘게 해 드렸다. (1596년 윤8월 12일)

한산도의 수루에 올라 큰 칼을 차고 고뇌하는 화자는 위기의 나라를 구해야 하는 장수이다. 그러나 그는 장수이기 이전에 또한 하나의 유약한 인간이요, 가족을 사랑하는 자식이요 남편이요 아버지이기도 했다. 이런 단순한 사실이 고려될 때, 전선의 고요한 달밤, 온갖 상념이 교차되는 가운데 깊어져 가는 시름, 느닷없이 들려오는 구슬픈 피리소리, 창자를 자르는 듯한 아픔으로 진행하는 이 시조의 정서적 흐름이 이해될 수 있다. 「한산도가」는 그러한 정서의 흐름을 시조의 시상 구조에 맞추어 격조 있게 표현한 수작이라 할 만하다.

김창원

062

나도 불러 보리라, 나의 노래를

노래 삼긴 사람

신흠申欽

노래 삼긴 사룸 시름도 하도할샤

닐러 다 못닐러 불러나 푸돗든가

眞實로 풀릴 거시면은 나도 불러 보리라

- 『청구영언』(진본) 144번

노래 삼긴 사람 시름도 하도 할샤

일러 다 못 일러 불러나 풀었던가

진실로 풀릴 것이면은 나도 불러 보리라

• 삼긴: 만든. '삼기다'는 '생기게 하다'라는 뜻   • 하도 할샤: 많기도 많구나.
이다.

시름에서 해소로

이 작품은 신흠(1566~1628)이 김포에 칩거하던 시절 지은 30수의 시조를 모은
「방옹시여放翁詩餘」 중 29번째 작품으로, 『청구영언』을 비롯한 15종의 가집에 전
하고 있다. '방옹放翁'은 신흠이 김포 은거 시절 붙인 자호로, '방축된 늙은이'를

뜻한다. '시여詩餘'는 말 그대로 '시의 나머지', 즉 시로는 다 할 수 없는 감정을 해소하기 위한 노래라는 뜻으로 다양한 형식의 노래를 광범위하게 이르는 명칭이며, 여기에서는 시조를 의미한다. 본래 '시여'란 중국 송대에 유행했던 사詞를 의미했으나, 우리나라에 들어와서는 노래하기 위한 시, 즉 구송으로 불리다 한글로 정착된 우리말 시가의 이칭으로 쓰였다.

이 작품을 창작할 당시 신흠은 1613년 일어난 계축옥사癸丑獄事에 연루되어, 방축과 유배로 이어지는 우울한 시절을 보내고 있었다. 계축옥사는 광해군 즉위 후 실권을 장악한 대북파가 영창대군과 이를 호위했던 반대 세력을 축출하기 위해 일으킨 옥사이다. 이때 신흠은 영창대군을 보호하라는 선왕 선조의 유교를 받았던 '유교칠신遺敎七臣' 중 하나라는 이유로, 집중적 감시와 공격의 대상이 집중되었다. 그 칠신 중 한 사람이었던 박동량이 영창대군의 하인이 의인왕후의 능에서 저주를 벌였다고 발설하였고, 이 일에 인목대비와 그의 아버지인 김제남이 저주에 연루되었다는 혐의를 받은 것이 도화선이 되어 끝내 옥사로 이어졌다. 그리고 이 사건을 계기로 중앙 정계에서 물러난 신흠은 김포와 유배지 춘천을 오가며 문학적으로 큰 전환의 계기를 맞이하게 되었다.

이 작품에는 신흠의 정치적 부침, 김포 은거 시절의 경험이 반영되어 있다. 초장에서는 노래가 '시름'에서 비롯되었음을 밝히고 있다. "노래 삼긴 사람 시름도 하도 할샤"라는 탄식은 자연스러운 구어의 호흡에 실리며 그가 겪고 체험했던 시름의 깊이를 드러낸다. 시름은 세상과의 불화에서 오는 정서적 반응이다. 이는 전쟁과 이어지는 극심한 정치적 갈등 속에서 영욕을 동시에 경험했던 자연인 신흠의 시름인 동시에, 유자적 이상과 현실적 모순 사이에서 갈등할 수밖에 없었던 문인의 태생적 시름이기도 하다. 영남의 사림 권호문은 일찍이 그의 작품「독락팔곡獨樂八曲」서문에서 "고인이 이르기를 '노래는 흔히 우사憂思에서 나온다.'고 하였는데 노래 역시 내 마음의 불평不平에서 나왔다."라고 한 바 있다. 권호문의 이 발언은 노래가 시름에서 비롯되었다는 신흠의 탄식과 상통하는 바가 있다.

이는 곧 자신이 상상하고, 추구해 왔던 세계와의 단절, 그리고 여기에서 느끼는 불편함이 노래를 추동하는 힘임을 보여 주고 있다. 세상과 스스로 거리를 두려는 신흠의 내면은 「방옹시여」를 여는 첫 작품에서부터 확인된다. 첫 작품의 중장, "柴扉롤 여지 마라 날 츠즈리 뉘 이시리"에서는 지금까지 그가 알고, 겪어 왔던 세계와는 완벽하게 단절된 고적한 자아의 목소리가 들리는 듯하다. 이 작품의 초장은 이렇듯 혼돈스러운 세상을 멀리하고 스스로를 '문' 안에 가두었던 화자가 내 안의 시름을 대면하기 시작하는 시점을 보여 주고 있다.

중장에서는 그 어떠한 언술보다 강한 노래의 힘, 즉 노래를 통한 해소의 힘을 "일러 다 못 일러"라는 반복구를 통해 드러내고 있다. 이는

> 말로는 부족하기 때문에 차탄을 하게 되고, 차탄해도 부족하기 때문에 읊조리며 노래하고 되고 읊조리며 노래해도 부족하기 때문에 자신도 모르는 사이에 손을 움직이고 발을 구르게 되는 것이다.

라고 했던 『모시毛詩』 서문의 논리와도 상통한다. 노래는 시보다 더 고양된 감정을 표현한다. 시와 노래는 모두 마음에서 비롯되지만 감정이 고양됨에 따라 발화의 양상은 더 신체화된다. 중장에서는 이처럼 노래가 가장 감정의 심연을 끝까지 드러내 보이는 궁극의 발화이자 행위임을 선명하게 드러내고 있다.

종장에서는 '풀이'로서의 노래의 실체가 드러난다. '진실로 풀릴 것이면 나도 불러 보리라'라는 자기 다짐과 고백은 자기 안의 시름을 대면하고, 이를 노래에 실어 해소하려는 적극적 의지의 표현이기도 하다. 말로는 차마 해소되지 않는 시름을 푸는 노래의 힘은 소리와 발성이 더해져 모어로 부르는 신체적 행위로 완성된다고 할 수 있다. 19세기 중엽 편찬된 것으로 보이는 가집 『동가선』 서문에는 "분개하는 자는 이로써 이를 풀게 하고, 울적한 이는 이로써 이를 펴지게 하며, 즐거운 자는 이로써 흥을 일으키고, 한가한 자는 이로써 소요하게 한다."라

는 구절이 보인다. 이는 곧 어음에 인간의 소리가 더해진 노래야말로 말로 다하지 못하는 뜻을 그 마지막까지 곡진하게 펼친다는 의미일 것이다.

이처럼 이 작품은 방축과 유배로 이어진 자신의 울울한 심사를 노래로 해소한 그의 내면 풍경을 보여 준다. 이를 입증이라도 하듯 신흠은 노래를 짓게 된 내적 동기를 「방옹시여」 서문에서 스스로 밝히고 있다.

내가 전원으로 돌아온 것은 실로 세상이 나를 버리고 나 또한 세상에 싫증을 느껴 왔기 때문이다. 돌이켜 보건대, 영화와 현달이란 한갓 두엄더미나 쭉정이처럼 하찮게 여겼고, 다만 사물에 우의하여 읊조리는 고질적 습관이 있어, 마음에 품은 것이 있으면, 문득 시장으로 형용하거나, 그 나머지에 방언으로 엮고, 가락을 붙여 언문으로 기재하여 왔을 뿐이니, 이는 하리곡下里曲이나 절양곡折楊曲에 불과할 뿐 대아지당 일반에는 오를 수 없지만, 유희의 자리에 나서면 혹 볼만한 것이 아주 없지는 않다.

사물과 만나 마음의 움직임이 일어날 때, 이를 운율 있는 언어로 표현하는 것은 시나 노래나 한가지이다. 그런데 노래란 시에서 미처 다하지 못한 감정이나 저의를 '시의 그 나머지'에 실현하는 것이다. 앞서 감정의 궁극을 표현하는 노래의 힘에 대해 역설하였던 『동가선』 서문에서도 '노래란 곧 시의 그 나머지'라는 구절도 보인다. 말하자면 이 작품은 시와 '시여'의 관계를 '노래'로 명료하게 구현한 작품이라 할 수 있다. 방축과 유배라는 신흠의 개인적 불행은 그가 노래에 깊은 관심을 가지고, 장작하게 된 내적 성황을 살 설명해 주고 있다. 그가 '방언'과 '언문'이라고 표현했던 모어와 한글은 '그 나머지의 감정'을 표현하는 데 최적의 통로였던 것이다.

세상과 공명하는 노래

이 작품은 17세기 시조의 징후를 보여 주는 작품으로도 읽어 볼 수 있다. 시조를 통해 문학과 도학의 거리를 좁히고자 했던 「도산십이곡」이나 「고산구곡가」가 노래를 통한 감발感發과 심성 수양의 정경을 드러내면서 16세기 사림 시조의 정점을 보여 주었다면, 신흠의 시조는 욕망과 감정의 주체인 인간의 내면 풍경을 솔직하게 그려 내고자 하였다. 신흠은 「방옹시여」를 통해 성정의 올바름, 즉 '성정지정性情之正'을 지향하는 윤리적 주체의 고결한 이상을 그리기보다는 떳떳하지 못하고 때로는 부끄럽기까지 한 자신의 속내를 애정, 취락의 제재에 실어 담아내고 있다. 수양에 의해 절제되거나 어느 부분 은폐하여야 할 감정은 이렇게 하여 전면에 드러날 수 있었던 것이다. 말하자면 그의 시조는 사설시조로 대표되는 조선 후기 시조의 변화상을 예비한 것이라고도 할 수 있다.

방옹과 유배객으로 살던 신흠은 인조반정 이후 본래의 자리로 복귀하였다. 가장 불우한 시절 지어진 이 작품은 전쟁과 당쟁, 그리고 자신이 살아왔던 세계와의 단절을 겪었던 신흠의 삶과 내면을 보여 준다. 또한 그와 동시에 그 어떤 웅변보다, 그리고 시보다 강한, 노래가 지닌 치유와 해소의 힘을 보여 주는 작품이라 할 수 있다. 그에게 노래란 문장가 신흠 이전에 기뻐하고, 슬퍼하고 탄식하는 자연인 신흠의 자아를 대면하는 과정이며, 세상으로 나아갈 수 있는 유력한 통로였던 것이다.

박애경

꽃이 진다 하고

송순宋純

곳이 진다 ᄒ고 새들아 슬허 마라
ᄇ람에 흣놀리니 곳의 탓 아니로다
가노라 희짓ᄂ 봄을 시와 므슴ᄒ리오

-『청구영언』(진본) 347번

꽃이 진다 하고 새들아 슬퍼 마라
바람에 흩날리니 꽃의 탓 아니로다
가노라 희짓는 봄을 샘하여 무엇 하리오

• 희짓는: 방해하는.

자언 현상에 빗댄 피할 수 없는 희생

면앙정俛仰亭 송순(1493~1583)은 벼슬에서 물러난 뒤 고향인 전남 담양의 제월
봉 아래에 면앙정을 짓고 은거한 문인이다. 그는 시조뿐만 아니라 가사도 창작하
였는데, 그중 「면앙정가」는 강호가도를 완성한 대표적인 작품으로 평가받는다.
그의 시조 중 「십 년을 경영하야」라는 작품은 자연과 하나가 되고자 하는 조선시

대 선비들의 지향의식을 문학적으로 형상화한 수작으로 꼽힌다.

「꽃이 진다 하고」는 꽃이 지는 것을 아쉬워하는 화자의 모습이 나타나는 작품으로, 『면앙집』에 실린 한시 「상춘가傷春歌」와 그 내용이 유사하다.

새들이 우는 것은 꽃 지는 것을 슬퍼함이라   有鳥曉曉 傷彼洛花

봄바람이 무정하니 슬퍼한들 어찌하리   春風無情 悲惜奈何

한시 「상춘가」에서는 꽃이 봄바람에 날려서 지는 것을 보고 새들이 슬퍼하고 있고 화자는 봄바람이 무정하기 때문이니 어찌할 수 없다는 체념적인 정서를 나타내고 있다. 그러나 시조에서는 지나가는 봄을 시기해서 무엇하겠냐는 체념적인 정서와 더불어 "슬퍼 마라"는 구절에 더욱 힘을 느끼게 된다. 그 요인은 작품의 내재적인 것에서 분석하기보다 당대 현실과 관련 지어 분석하면 분명하게 드러나게 된다.

이 작품이 창작된 시기는 을사사화(1545)를 배경으로 한다. 을사사화는 중종의 제1계비인 장경황후의 오빠 윤임과 제2계비인 문정왕후의 아우 윤원형의 대립에서 시작되었다. 12세 명종이 즉위하자 윤원형은 윤임 일파를 제거해 나가기 시작하였다. 이들의 죄목은 반역 음모죄로 무고죄도 상당하였다. 6년이라는 시간 동안 지속된 이 사화로 인해 유배되거나 죽은 사람들이 100여 명에 달하였다. 이러한 역사적 사실을 토대로 송순은 자연의 현상에 빗대어 화자의 의도를 드러내었다.

역사 속의 나약한 인간

이 작품에서 '꽃'은 바로 이때 희생된 선비들을 빗대어 말한 것으로 볼 수 있다. '새들'은 이러한 현실을 개탄하는 선비들을 비유한다. 그리고 '바람'은 이들이 피해 갈 수 없는 당대 역사의 흐름, 즉 사화를 빗대었다. 이 작품에서 묘미를 느낄 수 있는 부분은 초장의 2구인 "새들아 슬퍼 마라"이다. 사화로 인해 희생된 선비들에 대한 안타까움은 화자 자신을 비롯한 당대인들의 공통된 정서일 것이다. 여기에서 화자는 "슬퍼 마라"로 말한 것은 일시적인 감정에 휩쓸려 대응하기보다는 현실에 대해 객관적이고 냉정한 태도를 갖기를 바라는 마음을 드러낸다. 여기에 비단 인간사만 그러한 것이 아니라 자연사도 마찬가지라는 비유를 통해 자신의 견해를 뒷받침하고 있는 것이다.

시조 중 역사적 사건을 자연에 빗대어 표현한 작품은 상당수 존재한다. 이는 자연의 원리와 인간사의 원리가 유사함을 찾으려는 인식에서 출발한다. 때로는 자연사와 인간사를 대조하기도 하지만 우주적 원리에 입각해 자연사와 인간사에 유사한 점이 존재하고 있음을 간파하고 노래하였다. 이 작품도 이와 같은 원리에 입각하여 봄이 되면 꽃이 피고 세찬 바람이 불면 꽃잎이 떨어지듯이, 역사의 소용돌이 속에서 뜻있는 선비들이 때로는 희생당할 수 있다는 것을 문학적으로 형상화한 수작이다.

배은희

동정洞庭 밝은 달이

이후백李後白

洞庭 불근 달이 楚懷王의 넉시 되야
七百里 平湖에 두렷이 비쵠 뜻은
屈三閭 魚腹裏忠誠을 못내 볼켜 홈이라

- 『청구영언』(진본) 387번

동정洞庭 밝은 달이 초회왕楚懷王의 넋이 되어
칠백 리 평호平湖에 뚜렷이 비쵠 뜻은
굴삼려屈三閭 어복리충성魚腹裏忠誠을 못내 밝혀 함이라

• 동정洞庭 : 동정호洞庭湖. 중국 호남성 동북쪽
  에 있는 호수.
• 초회왕楚懷王 : 중국 전국시대 초나라의 회
  왕. 진秦 소양왕昭襄王과 회담하러 무관武關
  에 갔다가 3년 동안 억류된 뒤 죽었다.
• 평호平湖 : 넓고 평평한 호수.

• 굴삼려屈三閭 : 중국 전국시대 초나라의 시인
  굴원屈原으로, 삼려대부三閭大夫 벼슬을 지
  냈다. 충절을 상징하는 인물로, 멱라수汨羅水
  에 몸을 던져 죽었다.
• 어복리충성魚腹裏忠誠 : 물고기 배 속의 충혼.

끝내 닿지 못했던 초회왕과 굴원

이 작품은 이후백(1520~1578)의 연시조 「소상팔경瀟湘八景」 중 3연 '동정호의 달'을 노래한 작품이다. 전 8수로 이뤄진 「소상팔경」은 『청련집』 '가사歌詞' 편에 전하며, 『청구영언』을 비롯한 47종의 가집에 실려 있다. 현재로선 「소상팔경」을 제재로 한 유일한 시조 작품으로 알려져 있다. 문집의 연보에는 작가가 15세때 백부를 모시고 화개와 낙양 사이 섬진강 유역을 유람하며 쓴 시라 하나, 확실치는 않다. 송시열이 쓴 행장에 이 작품이 일찍이 서울에까지 전해지고, 악부에 올라 그의 문명을 드높였다고 적혀 있는 것으로 보아, 이후백의 초년 시절 작품으로 보인다. 이후백은 1635년 향시에 등과한 이후 청백리 관료로 이름을 높였다. 또한 이의건, 최경창, 백광훈 등과 교유하며 송풍이 주도하던 시단에 당풍을 본격적으로 수용하여 '삼당파' 시인의 출현에 영향을 준 문인이기도 하다.

시조의 제재가 된 '소상팔경'은 중국 호남성 동정호 부근 소수瀟水와 상수湘水가 합쳐진 지역의 경관을 의미하는데, 전통적으로 빼어난 경관과 풍부한 고사를 지닌 곳으로 알려져 왔다. 바로 그 점 때문에 소상팔경은 회화, 문학으로 거듭 재현되면서 강남 지방의 낭만과 풍류를 상징하는 대표적 공간의 상징이 되고, 많은 문인, 묵객들에게 영감의 원천이 되었다.

묘사의 대상이 되는 팔경은 1. 마을을 둘러싼 산의 푸르른 기운〔山市晴嵐〕, 2. 안개 낀 절에서 울리는 해 저물녘 종소리〔煙寺暮鐘〕 또는 원사만종遠寺晩鐘, 3. 멀리 포구로 들어오는 고기잡이배〔遠浦歸帆〕, 4. 어촌 마을에 비치는 저녁 노을〔漁村夕照〕 또는 어촌낙조漁村落照, 5. 소상강에 내리는 밤비〔瀟湘夜雨〕, 6. 동정호에 비지는 가을 달〔洞庭秋月〕, 7. 노래밭에 내려앉은 기러기〔平沙落雁〕, 8. 서울 강 해질녘 내리는 눈〔江天暮雪〕으로 구성되어 있다.

이후백의 「소상팔경」은 8개의 풍경을 각각 시제로 하여 쓰기보다는 한 작품 안에 두세 가지 소재를 섞어 배열하거나, 소상팔경을 품은 중국 강남 지방의 고사를 작품에 배치하여 '8경, 8제, 8수'의 전형적 구성이 아닌, '지금 대면하고 있

286

는 정경'에서 촉발되는 작가의 감회가 주를 이룬다. 이는 소상팔경 시가 주로 회화에 붙인 제화시가 주를 이루는 데 반해, 이 작품은 기행과 유람의 경험에 근거하여, 소상팔경 이미지를 통해 우리나라의 자연을 이상화한 데에 기인한 것으로 보인다. 대개 소상팔경을 제재로 한 회화와 제화시에서는 그 풍경에서 연상되는 탈속적인 분위기와 고적한 정경 묘사를 주로 취하였다. 이는 '소상팔경'이 문학의 제제로 수용된 고려 이후 이어져 온 시적 전통이라 할 수 있다.

이후백은 여기에 인사와 회고를 배치하여, 경물과 영사를 한데 담아내는 방식을 취함으로써, 소상팔경을 상상 속의 탈속적 공간이 아닌 자신의 의지와 가치의식이 담긴 '서사적' 공간으로 재구성했다. 특히 두세 가지 제재를 섞어서 인사와 배치한 다른 작품과 달리 이 작품은 '동정추월洞庭秋月'을 단일한 제재로 삼아, 초회왕楚懷王과 굴원屈原의 고사를 소환하고 있다.

초장에서는 동정호(실제로는 섬진강)을 바라보며 적국에서 쓸쓸하게 객사한 초회왕의 최후를 떠올린다. 초회왕은 전국 시대 초나라의 왕으로, 진나라의 책사 장의張儀에게 속아, 제나라와 결별하고 진과의 화친정책도 실패함으로써 결과적으로 초나라의 국세를 기울게 한 암군으로 꼽힌다. 이 작품에서는 초회왕을 신하와의 관계에서나 이웃 나라와의 관계에서 실패한 암군의 초상보다는 불행한 군주의 표상으로 떠올리는 듯하다. 이는 '넋'이라는 단어에서 짐작해 볼 수 있다. '넋'은 현세에서 이루지 못한 '미완'의 그 무엇과 관련되어 있다. 요컨대 육신은 생전에 끝내 다하지 못한 의지, 과업, 남겨진 인연 등이 '넋'의 심상으로 구현되는 듯 보인다. 그리고 그 '넋'의 정체는 종장으로 이끄는 추동력으로 작용하고 있다.

중장에서는 동정호를 가득 채우고 있는 달빛의 이미지와 공간감을 통해 초장에 등장한 넋의 정체에 접근하고 있다. 동정호는 낭만과 풍류, 탈속의 공간이기도 하지만 순임금의 두 비였던 아황娥皇과 여영女英이 몸을 던진 고사가 남아 있는 비극적 공간이기도 하다. 이를 입증이라도 하듯 「소상팔경」은 첫수에서부터 아황과 여영의 고사를 등장시키고 있다. 천상의 존재와 지상의 절경이 만나는

'동정추월'의 탈속적 이미지는 이렇듯 결핍을 끊임없이 환기하며, 현실의 이면을 반추하게 한다.

종장에서는 굴원을 떠올리면서, 초회왕의 넋과 동정호 그리고 여기를 비추는 달빛의 심상을 '위국충혼爲國忠魂'으로 통합해 내고 있다. 굴원은 초사를 대표하는 문인이자 초회왕과 그의 아들 경양왕頃襄王, 양왕을 모신 정치가이기도 하다. 그는 초회왕을 모시며 내치와 외교에서 뛰어난 역량을 발휘했지만 왕은 그의 만류를 뿌리치고 진나라와 화친을 맺고, 결국 자신과 초나라의 운명을 나락에 빠뜨렸다. 굴원의 불행은 여기에서 그치지 않았다. 초회왕의 뒤를 이은 경양왕 때에는 왕 주위 신하들의 모함으로 삭탈관직을 당하고, 동정호 주변을 떠돌다 끝내 멱라수에 몸을 던져 불행한 신하의 삶에 스스로 종지부를 찍었다. 이후 굴원은 우국지사이자 동시에 불우한 신하의 상징으로 끊임없이 문인들 사이에 회자되었다.

「초혼」으로 남은 굴원의 충정

초회왕과 굴원의 한이 서린 동정호를 비추는 달은 자연스럽게 굴원이 초회왕을 위해 지은 「초혼招魂」을 떠올리게 한다. 「초혼」은 상제의 명을 받은 무양巫陽의 긴 발화로 구성되어 있다. 무양에 의탁한 굴원은 "혼이여 돌아오라〔魂兮歸來〕어찌 그리 먼 곳으로 가야 했던가?〔何遠爲些?〕"라는 간절한 외침을 거듭하며, 적지에서 쓸쓸히 객사한 후 정주하지 못한 초왕의 혼을 초나라 땅으로 소환하고자 한다.

종장은 굴원의 오랜 진심과 외침에 대한 초회왕의 응답이라 할 수 있다. 말하자면 이 작품은 살아서는 미치지 못했던 충신의 마음이 이렇게 넋이 되어서야 닿을 수 있었던 비극적 정경을 구현한 것이라 하겠다. 또 달리 보면 너무나 늦었던 초회왕의 각성의 순간을 포착한 것이라고도 볼 수 있다. 순간, 동정호와 동정호를 비추는 달은 탈속적 낭만의 표상이 아니라 어긋나기만 했던 왕과 신하의 불행, 그리고 끝내 이를 넘어선 '어복충성'의 표상으로 재의미화된다.

섬진강 유역에서 동정호를 상상하고, 굴원과 초회왕 그리고 초나라의 비극적 역사를 떠올린 청년 이후백이 생각하는 '어복충성'의 의미는 무엇이었을까? 아직 관로의 험난함을 겪지 않은 이후백이 자신의 불행과 자기 연민을 굴원에 투영했다고 보기는 어렵다. 그렇지만 거듭된 사화로 무고한 선비가 희생되고 배척되는 상황을 목도하면서, 그들을 위한「초혼가」를 짓고자 했던 것은 아닐까?

박애경

065

이 고기 가시 많다 하고

권섭權燮

이 고기 가싀 만타하고 바리기는 앗갑고야
브리디 마쟈 ᄒ니 이 가싀를 엇디ᄒ리
이 가싀 낫낫치 굴희고 먹어 보쟈 하노라

-『옥소고』53번

이 고기 가시 많다 하고 버리기는 아깝구나
버리지 말자 하니 이 가시를 어찌하리
이 가시 낱낱이 가리고 먹어 보자 하노라

경험의 언어와 정서적 감응

이 작품을 처음 접한 요즈음의 독자들은 아마도 당혹스러운 느낌을 떨치기 어려울 것이다. 기대할 만한 시적 응축이나 긴장, 참신한 비유, 서정적 울림의 요소들이 거의 발견되지 않기 때문이다. 소재 또한 생활세계에서 흔히 접할 수 있는 가시 많은 물고기이고, 시상의 전개나 어투 또한 일상어의 그것에 매우 가깝다. 작품은 내면 토로의 방식으로 짜여 있는데, 가시 많은 물고기를 접하고서 버리자니 아깝고, 먹자니 가시가 염려되어 고민하다가 정성껏 가시를 발라내고 먹어 보겠다는 내용이다. 너무나 평범하고 밋밋하지 아니한가!

무엇이 문제일까? 나의 독법이 틀렸을까, 아니면 작품이 이상한 것인가. 하나씩 검토해 보기로 하자. 이 작품의 창작 연대를 정확하게 고증하기는 어렵지만, 권섭(1671~1759)의 중년기에 창작되었다고 가정한다면, 대략 300년 전쯤에 지어진 것이다. 그 사이에 시의 창작 방식이나 시를 둘러싼 미학적 패러다임도 현저하게 변화되었다. 이 점을 염두에 둔다면 시의 독법도 달라져야 할 것이다. 고성기옥 교수는 현대시와 고전시의 차이를 사유의 언어와 경험의 언어로 대비하였다. 즉 현대시의 언어가 추구하는 것은 정신적 그림으로서의 형상성으로, 현대시의 언어가 독자의 끊임없는 정신 활동을 요구하는 사유의 언어라면, 고전시의 언어는 이미지로 제시되는 것이 아니라 온몸을 던져 행동하는 경험적 상황으로 제시되며, 여기에서 정서적 감응을 자아내는 경험의 언어라는 것이다.

우리가 고전시의 독법으로 이 작품을 접근하자면 권섭의 삶과 그의 시대에 대한 이해가 필수적이다. 권섭은 노론 명문가의 후예로, 1671년 현 삼청동 소재 외조모댁에서 태어났는데, 외조모 정씨는 효종의 넷째 딸 숙휘공주의 부마가 된 인평위 정제현의 친누나이다. 권섭은 14세에 부친이 별세하였기에 송시열의 수제자로 기호학파의 정통 계승자인 백부 권상하의 슬하에 머물며 훈도를 받았다. 『옥소고』「산록」에 실린 그의 진술에 따르면 어린 시절에는 숙휘공주를 따라 대궐에 드나들며 현종과 숙종 및 여러 왕후들의 귀염을 받는, 귀공자로서 살았다. 그러나 이러한 호사가 지속될 수 없었던 것은 숙종 시기의 특별한 정치 상황 때문이었다. 숙종은 정국의 주도권을 장악하기 위해 필요할 때마다 붕당을 교체하는 환국정치를 단행하였고, 그 여파는 권섭의 삶에 중대한 전환점으로 작용하였다. 권섭이 19세가 되던 해 인현왕후 폐출 사건을 계기로 기사환국이 발생하자 권섭도 연명 상소에 참여하지만, 송시열을 비롯한 서인세력의 사사와 유배 등 처참한 몰락을 겪은 뒤, 그는 관계로의 진출을 포기하고 탐승과 창작의 길로 나섰다. 44세에는 서울 생활을 청산하고 가족들을 데리고 충북 청풍으로 이사하여 향촌사족의 생활을 시작하였다. 그러나 이후 7년 동안 집안에 간난이 끊이질 않아 가산을 탕진하고, 몸을 의탁할 곳조차 마땅치 않은 궁핍한 처지로 전락하였다. 이후 생을 마칠 때까지 여러 곳으로 이사하며 경제적 안정을 도모하였지만 소망대로 요족한 삶을 누리지는 못한 것으로 보인다. 「산록」을 읽어 보면, 그는 창피함을 무릅쓰고 수령에게 자주 환곡을 부탁해야 했으며, 만년에는 손자를 땅에 묻고 돌아와 경북의 사찰에 의탁하였는데 주변에서 보낸 양식으로 버틸 수 있었다면서 "내가 집에 있었다면 굶주렸을 것이니 이는 빌어먹는 사람의 형세와 같다."고 술회하고 있다. 이러한 상황을 염두에 두면서 작품을 다시 읽어 보자.

궁핍한 삶의 체험적 소묘

초장의 "이 고기 가시 많다 하고"의 이 고기는 작품의 제목에도 등장하는 '다경어多鯁魚' 즉 가시 많은 생선이다. 혹시 경험이 있는 독자들이라면 준치를 떠올릴 만하다. 생선살이 맛이 있어 허겁지겁 먹다 보면 여지없이 목구멍에 가시가 박혀 곤욕을 치르게 하는 생선이 바로 준치이기 때문이다. 이 준치 이야기는 「산록」에도 등장한다. 권섭이 어린 시절 자식처럼 사랑을 베풀어 준 숙휘공주가 항상 보리밥을 좋아하여 그 이유를 물어보니, 효종왕후가 매양 꽁보리밥과 익힌 준치를 드셨기에 본인도 자연히 그러한 식성을 갖게 되었다는 것이다. 심양에서의 오랜 인질 생활과 애민의 따스한 마음이 이처럼 검소하고 절제된 식습관을 배태하였을 것이다.

가난한 사람에게는 준치와 같은 가시 많은 생선도 소중한 먹거리이다. 그러나 그 안에 재앙처럼 도사리고 있는 가시가 문제다. 먹거리이지만 삿된 재앙을 초래할 수 있는, 위험한 먹거리라는 점이 갈등 상황을 조성하는 것이다. "버리기는 아깝구나"에 서울의 명문거족에서 궁핍한 향촌사족으로 추락한 권섭의 애잔한 내면 정서가 포착된다.

중장에서도 이러한 내면 갈등은 이어진다. 아까워서 버리지 않는다면 그 많은 가시들을 어떻게 처리할지가 문제이다. 권섭의 산문에는 그 자신의 의식주 생활의 변화상을 회고한 글도 있다. 즉 어렸을 때는 화려하게 고운 옷을 입고, 기름진 음식을 먹었으며, 안장을 얹은 말이 아니면 한 걸음도 움직이지 않았는데, 중년부터는 겨울에도 홑적삼으로 봉당에 노숙도 하고 식생활에서도 고기를 적게 먹고 채소를 많이 먹는 식습관이 형성되었다는 것이다. 이러한 작자의 식습관에 비추어 볼 때 고기의 일종인 생선은, 더군다나 가시 많은 생선이라면 버릴 수도 있을지 모른다. 그러나 환곡에 의존해야 삶을 지속할 수 있는 가난에 찌든 생활 형편이라면 어찌 먹거리를 쉽게 버릴 수 있을까? 초장에서 중장까지 이어지는 이 기나긴 고민은 기실 생존의 문제였던 것이다. 오늘날 우리가 수산물 시장에서 기호와 취향에 따라 횟감이나 구이용으로 생선을 고르는 것과는 확연하게 다른, 절박한 삶의 처절한 경험이 구절구절 스며 있다.

종장에서는 결국 번거롭더라도 하나하나 가시를 정성껏 발라내고 먹어 보겠노라고 시상을 마무리한다. 나름 지혜로운 처방이기는 하나, 몰락한 사족의 애처로운 삶의 정경이 선연하게 떠오르는 장면이다.

이 작품은 물론 권섭이 지향하는 삶의 태도에 대한 은유로도 읽을 수 있다. 그가 살았던 시대는 양심적인 지식인이 처신하기 어려운 정치적 격변기, 즉 극도로 혼란한 붕당기였기에 가시 많은 고기란 시시로 직면하는 위험이나 한계 상황을 상징하는 것으로 해석할 수 있다. 그렇다면 이 작품은 인내심과 지혜로 부조리한 현실의 위기 상황을 슬기롭게 극복해 내자는 낙관인 삶의 태도를 보여 주는 것으로도 읽힌다.

그럼에도 이 작품은 그의 연시조 「소의호笑矣乎 4장」이나 「비래호悲來乎 4장」처럼, 거의 비시적 요소들을 시적 공간으로 끌어들였다고 평가할 수 있다. 또한 전대의 시조사적 전통과는 달리 일상적 언어와 시적 언어의 경계를 낮춘 시적 언어 구사와 시상 전개의 파격성을 보여 주기에, 독자로서는 당혹스러울 법하다.

이형대

066

가슴속에 품은 큰 뜻이 수포로 돌아가다

장검長劍을 빼어 들고

김천택金天澤

長劍을 쌔혀 들고 다시 안자 혜아리니

胸中에 머근 뜻이 邯鄲步ㅣ 되야괴야

두어라 이 또한 命이여니 닐러 므슴 ᄒ리오

— 『청구영언』(진본) 265번

장검長劍을 빼어 들고 다시 앉아 헤아리니

흉중胸中에 먹은 뜻이 한단보邯鄲步가 되었구나

두어라 이 또한 명命이어니 일러 무엇 하리오

• 한단보邯鄲步 : '한단邯鄲 사람의 걸음걸이'
라는 뜻으로, 중국 춘추전국시대 연燕나라의
한 소년이 조趙나라 한단 사람들의 맵시 있
는 걸음걸이를 배우러 갔다가, 배우지도 못하
고 본래 걸음걸이마저 잃어버리고 기어 돌아왔
다는 고사에서 유래한다.

모든 것을 운명으로 돌리려는 불평不平한 심사

이 작품은 하나의 타입 안에 모두 세 가지 유형의 작품이 존재한다. 『청구영
언』 진본과 홍씨본에는 김천택의 작품으로, 『청구영언』 가람본에는 은와당隱臥

堂의 작품으로 되어 있다. 세 개 유형은 중장 표현에 약간씩 차이가 있을 뿐, 의미상의 차이는 거의 없다.

작가 김천택의 생몰연대 및 가계와 신분에 대해서는 자세히 알려진 바가 없으며, 숙종 때 포교捕校를 지냈다는 정도만 확인될 뿐이다. 하지만 중인 계층의 여항 가객으로서 큰 활약을 하였고, 현전 최초의 가집 『청구영언』을 정리하여 남겼으며, 81수가량의 시조 작품을 남기기도 하였다. 그가 남긴 작품의 주제적 경향 중에 하나는 '자신의 삶과 세태에 대한 고민'인데, 이 작품도 그러한 주제적 특성을 보여 주는 작품 가운데 하나라고 할 수 있다. 이 작품은 화자가 뜻한 바가 좌절되자 모든 것을 운명으로 돌리려는 불평不平한 심사를 토로하고 있다.

지나온 삶에 대한 미련과 체념 사이에서

초장에서는 장검을 빼어 들고 자신의 지난 삶을 곰곰이 돌이켜 생각하고 있다. 장검을 손에서 내려놓지 못하고 만지작거리는 모습은 화자에게 장검에 대한 미련이 남아 있음을 짐작하게 한다. 한편 그의 또 다른 시조 작품에서는 "서검書劒을 못 일우고 쓸 띄 업쓴 몸이 되야"라고 하기도 하였다. 두 작품은 모두 인생의 만년에 이른 화자가 스스로의 삶을 돌이켜볼 때, 문장으로든 무예로든 특별히 무엇인가를 성취했노라고 내세울 만한 것이 없는 상황임을 추정케 한다.

중장을 보면 화자는 분명 가슴속에 나름의 뜻한 바가 있었다. 『청구영언』(홍씨본)의 중장에서는 '십년 사업十年事業이'라고 하여, 화자가 자신의 포부를 실현하기 위해 오랜 세월 열심히 노력해 왔음을 엿볼 수 있다. 하지만 뜻한 대로 일이 실현되지는 못했던 것 같다. 이를 알려 주는 시어가 바로 '한단보'다. 이는 『장자』에 나오는 고사로서, 전국시대 조나라 수도 한단의 사람들이 걸음걸이를 맵시 있게 잘 걷는다는 말을 듣고 초나라의 한 젊은이가 한단으로 가서 3년 동안 걸음걸이를 배웠으나 제대로 배우지도 못하였고 본래 자신의 걸음걸이마저 잃어버리고 최후에는 엉금엉금 기어서 돌아왔다는 교훈을 담고 있다.

종장에서 화자는 '두어라'로 시상을 집약하고 있다. 이는 단순한 감탄사일 수도 있지만, '모든 것을 내버려 두어라!'라는 일종의 깨달음과 달관의 언사로도 이해할 수 있다. 이어 화자는 자신이 뜻한 바를 위해 오랫동안 열심히 노력해 왔지만 모든 것이 수포로 돌아간 것을 운명으로 받아들이는 자세를 취하고 있다. 결국 이 작품에는 화자 스스로 뜻한 바를 이루지 못한 불우不遇의 심리, 이를 운명으로 받아들이는 체념, 더 이상 자신에 대해 말할 것이 없다는 일종의 탄식과 같은 분위기가 감돌고 있다.

　　이상에서 언급한 내용을 바탕으로 종래에는 이 작품을 작가 김천택의 중인 신분과 연결시켜서 현실 세계에 용납되지 못하는 신분적 한계에 대한 화자의 인식을 드러내고 있는 것으로 이해하였다. 하지만 꼭 작품을 부정적으로만 이해할 필요는 없을 듯하다. 중장의 '한단보' 전고를 적극적으로 해석할 경우, 화자가 가슴속에 품은 뜻을 끝내 이루지 못한 이유는 자신의 정체성이나 장점을 망각하고 다른 사람들의 방식을 맹종하였기 때문이다. 우리는 성공에서도 배우지만, 실패를 통해서도 깨달음을 얻게 된다. 초장에서 화자가 "다시 앉아 헤아리"는 행위는 자신의 과거 모습에 대한 일종의 반성적 사유이자 성찰적 행위일 수 있다. 이에 종장에서는 화자가 자신의 실패 이유를 깊이 깨닫고 과거의 굴레에 더 이상 연연해하지 않겠다는 자의식을 표명한 것으로도 이해할 수 있다.

조지형

067

시조, 도시의 일상과 감성을 노래하다

서방님 병 들여 두고

김수장金壽長

書房님 病 들여 두고 쓸 것 업셔

鍾樓 져지 달리 파라 비 사고 감 스고 榴子 스고 石榴 삿다 아츠아츠 이저고 五花糖을 니저발여고즈

水朴에 술 쏘자 노코 한숨계워 ᄒ노라

-『해동가요』(주씨본) 540번

서방님 병 들여 두고 쓸 것 없어

종루鍾樓 저자에 타래 팔아 배 사고 감 사고 유자 사고 석류 샀다 아차아차 잊었고 오화당五花糖을 잊어버렸구나

수박에 술 꽂아 놓고 한숨 겨워 하노라

- 종루鍾樓: 종을 달아 두는 누각.
- 타래: 머리카락.
- 잊었고: 잊었구나.
- 오화당五花糖: 오색으로 물들여 만든 둥글납 작한 사탕.
- 술: 숟가락.

나는 소비한다, 고로 나는 존재한다

이 작품은 숙종·영조 시기 대표적 가객인 김수장(1690~?)의 작품으로, 그가 편찬한 『해동가요』(주씨본)와 『교주 가곡집』에 전한다. 이 작품은 18세기부터 서울을 중심으로 활발하게 연행된 파격의 사설시조 작품으로, 사설시조 특유의 세태묘사와 그 안에서 살아가는 인간군상의 모습이 생동감 있게 펼쳐지고 있다. 이 작품에서는 가난한 도시 여성을 화자로 하여, 종로의 저잣거리, 서민들의 일상과 소비 등을 속도감 있는 시선의 이동으로 만화경처럼 펼쳐 보이고 있다.

초장에서는 병든 남편을 수발해야 하는 여성의 애환이 나타나 있다. 남편의 유고는 그동안 이 여성이 유지해 왔던 지속 가능한 일상에 균열을 만들고, 이는 곧 '빈곤'이라는 감당하기 어려운 상황으로 이어진다. 말하자면 이 여성은 가장의 부재(그것이 일시적일지라도)와 그로 인한 빈곤이라는 이중의 결핍에 노출되어 있다. 병 든 남편을 대신하여 생계를 꾸리고자 하나 생계에 보탬이 될 만한 물품도, 교환할 돈도 없는 난감한 상황을 초장에서는 "쓸 것 없어"라고 표현하고 있다. 이처럼 이 작품은 빈곤의 문제를 전면에 내세우며 지금까지 시조에서 주목하지 않았던 뒷골목 여성의 감성과 일상에 주목한다. 여기에서 빈곤은 유자의 윤리적인 우위를 드러내는 가치나 덕목이 아닌, 일상적 삶을 위협하는 문제적 상황이자, 결핍 그 자체임을 보여 준다.

중장에서는 이러한 상황을 타개하기 위한 여성의 '거래'를 마치 활동사진처럼 시선을 바삐 움직이며 보여 준다. 달래를 팔고 먹거리를 사는 여성의 동선을 쫓는 시선이 상황의 심각함을 무력화시킬 정도로 경쾌하고 생동감 있게 재현되고 있다. 달래는 여성의 머리를 풍성하게 보이기 위해 덧내는 가채로, 생필품이라기보다는 소비재에 가깝다. 이를 팔아 갖가지 과일을 사던 여성은 정작 중요한 오화당을 사지 못한 것을 뒤늦게 깨달은 순간, 그 안타까움을 '아차아차'라는 의성어로 극대화한다. '아차아차'라는 의성어를 경계로 종로 저잣거리에서 집으로, 물건 혹은 물건을 사는 여성의 바쁜 손놀림에서 여성의 난감한 표정으로 공

298

간과 시선이 빠르게 이동하면서, 분주한 종로 저자거리의 풍경과 덩그러니 혼자 놓인 여성의 모습을 대조적으로 부조해 내고 있다.

중장은 망연자실한 여성의 회한을 '한숨'으로 대신하고 있다. 한숨이나 시름은 불평한 마음 상태에서 나오는 것이다. 그리고 이는 종종 노래를 이끄는 내적 동력으로 작용하기도 한다. 그런데 여성이 내쉬는 이 한숨은 상황이 바뀌지 않는 한 해소되지 않는 시름이다. 이 작품에서는 해소될 수 없는 한숨과 시름을 "수박에 술 꽂아 놓고"라는 정지된 화면과 같은 인상적인 장면으로 전경화하여 보여 준다. 아울러 여성에 대한 동정 어린 연민인지, 어리석은 소비에 대한 야유인지 판단하기 어려운 모호한 시선을 투사하고 있다.

이 작품에서 여성이 겪고 있는 가난은 당장의 끼니를 걱정할 정도의 절대 빈곤은 아닌 것으로 보인다. 그렇기 때문에 꾸밈에 필요한 가채를 팔아 배와 석류, 유자 등 군것질 거리를 장만한다. 말하자면 자신의 욕망을 채우기 위한 소비재를 팔아 또 다른 소비재를 구매한 것이다. '오화당'은 남편을 향한 여성의 애틋한 마음이지만 동시에 채워지지 않은 욕망의 또 다른 표현이라 할 수 있다.

종로 저잣거리를 배경으로 펼쳐진 이 작품은 시장이 소비, 나아가 인간의 욕망을 자극하는 18세기 서울의 인정과 세태를 보여 주는 풍속도라 할 수 있다. 조선 왕조의 수도였던 서울은 『주례周禮』의 도성 설계 원리에 따라 축조된 유교적 계획 도시로, 왕실과 관료의 집무와 주거를 위한 공간으로 만들어진 도시이다. 이처럼 초기 서울은 정치와 행정, 군사적 목적을 위주로 설계된 전형적인 '도성都城'의 형태였다고 할 수 있다. 서울의 인구 구성 역시 조선 초에는 소수의 왕실 인사와 관료, 이들에게 생산물을 제공하는 다수의 양민과 사노비로 단순하게 구성되었다. 그런데 17세기 말을 고비로 농촌 인구의 꾸준한 유입으로 서울의 인구가 증가하고, 도시 공간 또한 도성 밖으로 점차 확산되었다. 그에 따라 인구 구성 또한 다양해졌으며, 상업과 수공업에 종사하는 상민층이 두터워지게 되었다. 통계에 의하면 17세기 후반 이후에는 서울 인구의 90퍼센트가 상업과 관련한 인구였다고 한다. 이러한 인구 구성은 곧 시장과 시장 기능의 확대를 의미한다. 궁중과 관청에 필요한 물품을 조달하던 육의전六矣廛이 자리한 종로는 그 시작부터 번화가였으나, 시장의 기능이 커지고 자유매매가 성행하면서 많은 사람들이 오가는 서울의 중심으로 부상하게 되었다.

강호에서 저잣거리로 간 시조

이러한 변화는 문학·예술의 향유에도 영향을 미치게 되었다. 사설시조로 대표되는 18세기 시조가 거둔 가장 큰 성취 중 하나는 향촌, 그리고 그곳에 거주하는 사족의 내면 풍경과 그들이 지향하는 이념이 아니라 도시, 그리고 그 안에 거주하는 인간군상이 엮어 가는 삶의 풍경으로 시선을 이동한 것이라 할 수 있다. 도시란 거대한 건축물이 집적된 지역인 동시에 각종 물적 시설로 정비된 공간이다. 그리고 '그 주민의 압도적 대부분이 공업적 또는 상업적 영리로부터의 수입에 의하여 생활하는 정주定住 형태'로 정의되기도 한다. 이렇듯 도시는 전통적인 삶의 형태로부터 벗어난, 역동적인 삶을 구성하는 장소라 할 수 있다.

바뀐 것은 배경뿐만이 아니다. 도시적 삶의 경험과 그들의 감각이 작품의 전면에 등장하면서, 시조가 포착하는 대상이나 이를 드러내는 방식까지 바뀌게 되었다. 도시로의 시선 이동은 도시의 몇몇 인상적인 장면의 포착이나 소재적 새로움에 머물지 않고 시조가 기반해 왔던 미적 관습, 즉 절제와 단정한 호흡 그리고 최소한의 요소로 그 너머의 무한한 정경을 구현해 왔던 함축의 미학으로부터의 결별을 의미한다. 이를 대신한 것은 사물에 대한 관심과 이를 '보는 듯' 재현하려는 감각에의 의지이다. 시선을 상악하고 소비를 자극하는 사물은 삶의 숭요 영역으로 들어온 시장에 '전시'되면서, 의식과 감성 구조마저 바뀌게 된다. 수양하는 윤리적 주체가 사라진 자리에는 욕망하고 소비하는 주체가, 이념이 퇴색된 자리에는 감각이, 안빈낙도의 명분이 무색해진 빈 틈에는 물신物神이 여지없이 등장하고 있다.

이처럼 이 작품은 굳이 '김수장'이라는 존재를 떠올리지 않아도, 사대부 시조가 꾸준히 축적하고 구현해 온 미적 관습에서 현저히 이탈했다는 것을 쉽사리 포착할 수 있다. 병든 남편, 생활고라는 이중의 질곡에 노출된 여성이 화자로 등장하지만, 부덕을 설파하거나 '안분지족安分知足'의 당위를 설득하지 않는다. 여기에서 주목하고 있는 것은 여성의 빈곤, 그 상황적 심각함보다는 소비를 자극하는 도시, 그 도시의 풍요에서 소외된 인간의 서글프면서도 어찌 보면 우스꽝스러운 자화상이라고 할 수 있다.

박애경

068

그대 농사 적을 적에

이세보李世輔

그디 농스 적을 적의 니 츄슌들 변변헐가
져 건너 박부즈 집의 빗이나 다 갑흘는지
아마도 가난헌 스룸은 가을도 봄인가

-『풍아(대)風雅(大)』64번

그대 농사 적을 적에 내 추순들 변변할가
저 건너 박 부자 집에 빚이나 다 갚을는지
아마도 가난한 사람은 가을도 봄인가

모순적인 농민 현실에 대한 비판적 시선

19세기 조선의 종실 출신이자 최다 시조 작가인 경평군 이세보의 이 작품은 '그대'와 '내' 사이의 대화 형식으로 이루어진 대화제 시조이다. 지금까지 학계에서 밝혀진 성과에 기대어 좀 더 정확하게 얘기하자면 이 작품은 이세보의 시조집 『풍아(대)』와 『풍아(소)』, 『별풍아』에 실린 시조들에서 12수의 연시조 형식으로 이루어진 「농부가」 가운데 아홉 번째 작품이다. 이세보의 연시조는 ① 봄(3수), ② 여름(2수), ③ 가을(1수), 수확의 기쁨(2수), ④ 가을(2수), 궁곤한 농민현실(2수), ⑤ 농민 계도(3수)로 짜여 있다.

위의 작품은 문답체의 대화 형식으로 이루어진 ④의 두 번째 작품이기에 정확한 의미를 파악하기 위해서는 질문에 해당하는 첫 번째 작품을 살펴보지 않을 수 없다. 아래의 시조가 바로 그것이다.

> 그딕 츄슈 얼마 헌고 닉 농수 지은 거슨
> 토셰 신역 밧친 후의 몃 셤이나 남을는지
> 아마도 다ᄒ고 나면 과동이 어려

작품에 등장하는 화자는 한 마을에 살고 있는 동년배의 농부들로 설정되어 있다. 초장의 전반부에서 상대방의 수확량을 묻고 나서 농부는 곧이어 자신의 어려운 처지를 하소연한다. 토세와 신역을 납세하고 나면 겨울을 나기가 어렵다는 것이다.

주지하다시피 조선 후기의 토세(전세)와 신역(군포)은 불합리한 제도와 관료층의 부패로 인하여 농민층에 극심한 부담을 주었고, 이는 농민층의 유망과 크고 작은 민란의 직접적인 원인이 되기도 하였다. 시적 공간에 등장하는 농부 또한 이처럼 모순적 현실의 한가운데 처해 있다. 추수 직후임에도 불구하고 당장의 겨울나기가 어렵다면 농부의 생존 현실은 한계에 다다랐을 것이며 그 고통과 절망은 이루 말할 수 없을 것이다. 토지생산에 의존하여 살아야 했던 조선 사회는 건국 초와 비교해 볼 때 경작지 면적은 크게 변화가 없었으나 조선 말에 이르러 인구는 대략 세 배 가까이 증가했다고 한다. 이미 수치상으로도 빈곤율이 증가한데 더해서 수취체계의 모순까지 더해졌으니 농민의 현실은 견디기 어려운 상황이 되었을 것이다. 작품은 이를 시적 화폭으로 옮겨 놓았다.

현실을 수용하는 소극적 태도

「그대 농사 적을 적에」는 이 농부의 질문에 대한 대답이다. 초장을 보자. 그 대의 추수가 적다면 내 추수인들 변변하겠느냐는 반문이다. 한 동네에서 지은 농 사라면 기후조건은 동일하였을 터이니 수확량의 차이는 크지 않을 것이다. 여기 까지가 자연적 조건에 의한 수확량의 감소를 의미한다면 중장은 바로 농민 현실 을 압박하는 사회적 모순의 폭로이다. 저 건너 박 부자 집에 진 빚이나 다 갚을 수 있을지 의문이라는 것이다.

이미 알려져 있듯이 조선 후기 농촌 지역에서 고리대자본의 폐해는 이루 말 할 수 없었다. 환곡이 이미 고리대자본으로 전환되어 있었으며, 향리나 토호, 부 농들의 곡가 차이를 활용한 식리殖利 활동은 농민층의 몰락을 가속화시켰던 것이 다. 이런 점에서 "빚이나 다 갚을는지"에는 자조와 한탄의 절망감이 묻어난다. 그러나 이러한 사태의 심각함과 이로 인한 깊은 절망감에 비해 종장의 결말 처리 는 무척이나 상투적이다. 종장 첫구의 '아마도'는 이세보 전체 작품의 절반에 가 까울 정도의 출현 빈도를 보이는 일종의 투식어인데, 가난한 사람에게는 가을도 봄이라는 이후의 진술도 절실한 자기 체험의 표백이라기보다는 매너리즘에 근접 한 일반적 진술로 여겨진다. 삶의 임계치에 도달한 농민이라면 이처럼 싱거운 표 현으로 마무리 짓지는 않았을 터이기 때문이다.

이세보는 우리 시조사의 전통에서 모순적인 농민 현실에 대한 비판적인 시선 을 광범위하게 시조의 화폭에 담아내었다. 그러나 농민의 절실한 자기 체험으로 충실하게 전환하지 못했다는 점에서는 그 한계가 뚜렷하다고 판단된다.

이형대

069

떠나온 곳을 뒤로하고

공명功名도 잊었노라

김광욱金光煜

功名도 니젓노라 富貴도 니젓노라

世上 번우한 일 다 주어 니젓노라

내 몸을 내무자 니즈니 눈이 아니 니즈랴

-『청구영언』(진본) 147번

공명功名도 잊었노라 부귀富貴도 잊었노라

세상 번우煩憂한 일 다 주어 잊었노라

내 몸을 내마저 잊으니 남이 아니 잊으랴

• 번우煩憂한: 괴롭고 근심스러운.

잊으려 해도 잊을 수 없는 서울

이 시조는 김광욱(1580~1656)의 연작 시조 「율리유곡栗里遺曲」 17수 중 두 번째 작품으로, 김천택 편 『청구영언』을 비롯한 총 21종의 가집에 수록되어 전하고 있다. 다섯 번이나 반복되는 '잊었다'는 표현을 통해 공명과 부귀뿐만 아니라 세상의 괴롭고 근심스러운 일, 나아가 자기 자신에 대해서조차 잊었음을 강조하는 이 작품은, 화자이기도 한 작가 그 자신이 역설적으로 작품에서 언급된 이 모든 것들을 전혀 잊지 못하고 있음을 보여 준다.

작가가 공명과 부귀, 세상과 자기 자신까지 '잊었다'고 힘주어 말해야 했던 사정은 무엇이었을까? 위 작품을 비롯한 연작 시조 「율리유곡」을 이해하기 위해서는 작가가 처했던 당대의 정치 현실과 그에서 비롯된 작가 개인의 전기적 사실을 경유하지 않을 수 없다.

김광욱은 광해군 대와 인조 대에 활동한 서인西人으로, 당시 대부분 서인의 경우와 마찬가지로 그의 정치적 부침 역시 회퇴변척(1611), 계축옥사(1613), 인조반정(1623)과 같은 당시의 정치적 사건에 말미암은 것이었다. 회퇴변척 때에는 이언적李彦迪과 이황의 문묘종사를 반대하는 정인홍 등 대북大北을 탄핵하였으며, 1613년 계축옥사 때에도 아버지와 함께 연루되어 무고로 구속되었다가 다행히 곧 풀려났다. 이후 1615년 인목대비 폐모 논의에 참여하지 않은 것을 이유로 삭직된 김광욱은 1623년 인조반정으로 복권되기 전까지 가문의 근거지인 행주幸州에 은거하였다. 연작 시조 「율리유곡」 17수는 작가 김광욱이 이처럼 방축된 당시에 지은 것으로, 제목의 '율리栗里'는 김광욱이 은거한 마을의 이름이다.

「율리유곡」 17수는 농가에서의 질박한 생활을 일상적인 시어로 그려 내고 있는 작품이다. 제목의 전면에 내세우기도 한 '율리'는 작품의 생산공간이자 배경이면서 작가 김광욱이 지향하는 삶의 모습을 의미하기도 한다. 주지하듯 '율리'는 그 옛날 도연명이 은거했던 곳과 같은 이름으로, 도연명의 전원적 삶을 상징한다. 이에 김광욱은 「율리유곡」 17수를 통해 자신 역시 도연명과 같이 진세塵世와 멀어져 전가田家에서 졸박拙朴한 일상을 보내고자 함을 노래한 것이다. 예컨대, 「율리유곡」 첫 번째 작품은 도연명이 은거했던 곳과 화자 자신의 은거지가 지명이 같다는 것을 근거로 화자 자신의 생활 역시 도연명의 은거와 다르지 않으리라는 것을 노래한다. 특히 「율리유곡」 첫 번째 종장의 '수졸전원守拙田園'(전원에서 졸박함을 지키고 사는 것)이라는 표현은 도연명의 「귀원전거歸園田居」에서 유래한 것으로서 「율리유곡」 전반의 주제적 지향을 집약한 것이라 할 수 있겠다.

하지만 전원에서의 삶을 작품 전면에 내세워 읊었다고 해서 작가 김광욱이 과거에 자신이 머물렀던 서울과 정치 현실, 그리고 그것으로부터 파생되는 공명, 부귀, 세상 번우한 일로부터 완전히 격절隔絶 되었다고 보기는 어렵다. 앞서 확인한 김광욱의 전기적 사실에서 알 수 있듯 김광욱이 서울이라는 공간과 중앙 정치 현실을 떠나 은거했던 것은 부정적인 정치 현실로 인한 불가피한 것이며, 또한 아주 일시적인 것이었기 때문이다. 애초에 김광욱이 머물렀던 '율리'라는 공간만 해도 서울과의 접근성을 염두에 둔 근기近畿의 별서別墅였다. 잘 알려진 것과 같이 근기라는 공간은 하루 만에도 서울에 갈 수 있는 정도의 거리감만을 유지한 곳으로, 결국 근기의 별서에 머무르는 사족들이 그 마음을 어디에 두고 있는지를 증거하는 곳이었다.

그럼에도 도연명을 좇아 살리라는 다짐

작품으로 돌아와 보자. 초장에서 화자가 잊었다고 말하는 공명도, 부귀도 모두 서울에 몸을 두고 있어야, 좀 더 구체적으로 말하면 중앙의 정치 현실에 몸담아야 가능한 것이다. 이어지는 중장에서 "다 주어" 잊었다고 힘주어 말하는 "세상 번우한 일" 역시 서울살이에 수반되는 것이다. 종장에서 화자는 더 나아가 자기 자신에 대해서조차 잊었으며, 자기 자신조차 자신을 잊었으니 다른 이들도 역시 잊었을 것이라고 말한다. 아마도 화자가 잊었다고 하는, 다른 이들도 잊었으리라고 말한 "내 몸" 역시 서울에서의 공명과 부귀로 설명되는, 은거 이전의 화자 자신일 것이다.

이에 위 작품에서 초장, 중장, 종장에 걸쳐 여러 차례 반복되는 '잊었다'는 표현은 「율리유곡」이라는 제목과 작품 전반에서 표방하는 도연명적 삶과 달리 작가가 두고 온 서울에서의 삶, 두고 온 중앙의 정치 현실에 대해 진실로 망각했음을 의미하지 않는다. 오히려 도연명의 전원적 삶을 좇아 살리라는 마음을 내세웠음에도 불구하고 위 작품에서 '잊었다'고 말한 모든 것들을 잊기가 결코 쉽지 않음을 의미한다.

하지만 이 작품 뒤에 이어지는「율리유곡」의 나머지 작품 대부분은 화자가 쉽게 잊지 못할 것이라 짐작되는 것들에 대해 읊지 않으며, 오히려「율리유곡」첫 번째 작품 종장의 '수졸전원'으로 집약되는 삶, 즉 그 옛날 도연명이 영위했음직한 전원에서의 일상적 삶을 담박하게 그려 내는 데 주력한다. 이 작품이「율리유곡」전반의 주제적 지향을 집약한 첫 번째 작품에 이어「율리유곡」의 두 번째 작품으로 놓인다는 것은 공명, 부귀, 번우한 일, 그리고 서울에서의 나 자신을 잊기 쉽지 않으나 그럼에도 이들을 잊으며 도연명과 같이 살아 보리라는 굳은 다짐이라고 할 수 있겠다.

조은별

070

간난신고 없이 편안한 초야의 삶

매암이 맵다 울고

이정신李廷藎

민암이 밉다 울고 쓰르람이 쓰다 우니
山菜를 밉다는가 薄酒를 쓰다는가
우리는 草野에 뭇쳣시니 밉고 쓴 줄 몰니라

- 『청구영언』(육당본六堂本) 404번

매암이 맵다 울고 쓰르라미 쓰다 우니
산채山菜를 맵다는가 박주薄酒를 쓰다는가
우리는 초야草野에 묻혔으니 맵고 쓴 줄 몰라라

• 매암이: 매미.　　　　　　　　　　　• 박주薄酒: 맛없는 술.
• 산채山菜: 산나물.

'맵다'와 '쓰다'로 펼쳐 내는 언어유희

　이 작품은 『가곡원류歌曲源流』 등 모두 25개의 가집에 출현하며, 작가 표기도 대부분 '이정신'으로 되어 있어 그동안 작가 문제에 있어서 별다른 논란이 없었다. 이정신은 생몰년 미상의 조선 후기 가객으로, 일부 기록을 참고하자면 영조

때 현감縣監 벼슬을 지냈다고 한다. 그는 애정, 탄로, 안빈 등 다양한 주제 지향의 시조 작품 17수를 남겼다.

무엇보다도 이 작품은 동일한 시어의 반복, 다양한 소재 간의 연결성, 대구 및 언어유희를 활용한 표현 수법을 통해 시상을 전개하고 있어 표현력이 돋보인다. 이 작품 전체를 관류하는 두 개의 핵심 시어는 '맵다'와 '쓰다'이다. 두 어휘는 초장, 중장, 종장에서 계속 반복되는데, 의미의 중의성을 바탕으로 여러 시어들과 연결된다.

초장에서는 어느 여름날 화자의 거처 주변에서 매미가 맴맴 울고 쓰르라미가 쓰름쓰름 우는 모습이다. 여기에서는 맵다와 쓰다가 각각 의성어로 활용되면서, 자연스럽게 화자가 자연물을 동반하여 한적한 시골에서 야인野人으로 생활하고 있음을 연상하게 한다.

중장에서는 맵다와 쓰다가 화자가 일상적으로 접하는 음식과 연결되면서 맛을 나타내는 의미로 바뀐다. 그것은 맛이 변변치 못한 소박한 음식인 산채와 박주이다. 하지만 화자는 산채가 맵다고 우는 것인가? 박주가 쓰다고 우는 것인가? 하는 설의법을 사용함으로써, 매미와 쓰르라미는 맵고 쓰다고 할망정, 자신에게는 전혀 맵고 쓰지 않음을 드러낸다. 아울러 화자는 변변치 않은 산채와 박주라고 하여 이를 타박할 의도 또한 전혀 없다. 오히려 자신의 입맛에는 산채와 박주가 잘 맞는 듯이 아무런 불평 없는 일종의 자족감을 드러낸다. 여기에서 우리는 화자가 느끼고 있는 안빈의 심사를 엿볼 수 있다.

탈속과 달관의 처세

종장에서는 초야에 묻혀 지내는 화자의 삶을 분명하게 확인하게 된다. 얼핏 생각하면, 얼마나 외롭고 쓸쓸하고 무서울까? 이에 종장에서는 맵다와 쓰다가 화자의 삶과 연결되면서, 몹시 힘들고 어려우며 고생스럽다는 의미의 '신고辛苦' 즉 '간난신고'의 의미 지평으로 탈바꿈한다. 하지만 종장의 언사를 통해 화자는

310

초야에 묻혀 지내지만 그 어떤 고통이나 괴로움도 없이 지낸다는 탈속과 달관의 처세를 보여 주고 있다. 이 같은 발언을 통해 우리는 화자가 계속해서 이러한 삶을 살아갈 것이라는 점을 충분히 짐작해 낼 수 있다.

옛사람들에게는 벼슬에 나아가 관료로서 사는 삶이 있고, 벼슬에서 물러나 초야에 묻혀 사는 삶이 있다. 일반적으로 사람들은 벼슬살이를 하면서 번화한 도시에서 사는 삶은 편안하고 넉넉할 것이라 생각하며, 반면 초야에 묻혀 사는 삶은 누추하고 수고롭고 외로울 것이라 생각한다.

이 작품 속의 화자는 후자의 삶을 살고 있다. 따라서 얼핏 생각하면, 화자는 의식주의 풍요로움 없이 누추하고 궁핍하게 살아갈 것만 같다. 또 주변에 어울리는 벗도 없어 외롭게 지낼 것만 같다. 하지만 화자는 말한다. 자신의 삶은 초야에 묻혀 산채와 박주를 먹으며 생활할망정 벼슬살이와 현실 정치에서 벗어나 있기에 '신고'를 느끼지 못한다고. 반면에 현실 정치에 몸을 담고 있는 이들은 권력도 쥐고 있고 국록國祿도 먹고 있지만 언제든 그것을 잃을 수 있기에 늘 전전긍긍하며 괴롭게 살아갈 수밖에 없다. 이 작품에서 화자는 우리에게 형편이 넉넉하지는 않지만 마음은 안온한 초야에서의 삶을 선택할 것인가, 아니면 권력과 물적 기반을 소유하고 있지만 마음이 괴로운 환로宦路의 삶을 선택할 것인가 하는 처세를 묻고 있는지도 모른다.

조지형

행기에 보리메요

위백규魏伯珪

흥긔예 보리뫼오 사발의 콩닙치라

내 밥 만홀세요 네 반찬 젹글셰라

먹은 뒷 흔숨 좀 경이야 네오 내오 달올소냐

-『사강회문서첩社講會文書帖』5번

행기에 보리메요 사발에 콩잎 채라

내 밥 많을세요 네 반찬 적을세라

먹은 뒤 한숨 잠 경이야 네오 내오 다를쏘냐

- 행기: '놋그릇'의 방언.
- 보리메요: 보리밥이요. '메'는 진지의 옛말.
- 콩잎 채라: 콩잎 나물이라.
- 잠 경: 잠자는 모습.
- 네오 내오: 너나 나나.

실제 농사 경험의 산물

이 작품은 위백규의 연시조「농가구장農歌九章」가운데 한 수이다. 위백규는 18세기 전라도 장흥 지방에 거주한 향촌 사족으로서, 경제적인 어려움 속에서도 학문과 농사를 병행하는 이른바 독경병행讀耕竝行의 삶을 살아갔다. 또한 가문 내 결사結社인 사강회社講會를 조직하여 문중공동체 운동을 실천하기도 하였다. 이 작품은 위백규의 실제적인 궁경躬耕 체험과 사강회 활동을 배경으로 산출된 것이라 할 수 있다.

위백규의 「농가구장」은 전체 9수의 연시조로서, 전6수와 후3수로 유기적으로 연결되는 구조를 가지고 있다. 이 중 전6수는 농번기의 하루 일과를 아침부터 저녁까지의 시간적 순서에 따라 그려 내고 있다. 이 작품은 전6수의 제5수에 해당하는데, 작품 말미에는 '점심點心'이라는 표제가 붙어 있어 작품의 내용을 이해하는 데 도움이 된다. 작품 전체에 어렵고 난삽한 한자어 없이 평이한 생활 용어를 기반으로 일상적인 어투를 사용하고 있는 것이 특징이다.

생활 세계의 토속어로 빚어낸 온정

이 작품에서 가장 주목해야 하는 점은 작품의 생성 공간과 화자의 태도이다. 이는 조선 전기의 사대부 창작의 시조나 한시에서 흔히 보이는 '강호자연' 또는 '전가田家'에서 유유자적하거나 안빈낙도하는 모습과는 사뭇 다르다. 이 작품에서 화자는 일상 생활공간으로서의 전답田畓에 완전히 밀착되어 있으며 그 안에서 실제적인 생산활동으로서의 노동 행위에 종사하고 있다. 국외자의 입장에서 바라보는 공간이거나 다른 사람의 일에 참견하는 행위가 아니라, 화자 스스로 구심적 위치에 자리 잡고 있는 구체적인 행위 공간에서 이루어지는 일들을 서술한다. 따라서 작품에 드러나는 화자의 시적 형상은 작가의 사회경제적 처지와 그 실제 체험을 반영하고 있는 것이라 할 수 있다.

초장에서는 땀 흘려 일한 일꾼에게 제공되는 음식으로 입을 떼고 있다. '행기'는 밥주발의 전라도 사투리로, 아래보다 위가 더 벌어지게 놋쇠로 만든 밥그릇을 가리킨다. 점심으로 제공된 건 밥주발에 담긴 보리밥과 사발에 담긴 콩잎이 전부이다. 비록 보잘것없는 음식이지만 불평이나 타박 등의 심사는 드러나 있지 않다. 오히려 중장에서는 함께 일을 한 사람들에게 밥과 반찬을 서로 권하며 나누고자 하는 온정주의가 엿보인다.

작품에 드러난 발화 형태를 살펴보면, 평교간平交間에 말을 붙이고 건네는 친근한 어투를 사용하면서 '내 것'과 '네 것'을 따지지 않고 나-남의 분별을 넘어선 조화로운 일체감을 강조한다. 이는 화자가 농경 현장의 구심점에 위치하며 함께 일하는 이들은 모두 문중 내 구성원들이므로, 공동체적인 연대감을 바탕으로 내적 결속을 강화하고자 하기 때문이다. 이에 화자는 자신의 음식을 기꺼이 나누면서도 '내게 제공된 양은 너무 많은데, 상대에게 제공된 양은 매우 적어 보인다'는 너스레까지 떨면서 밥을 덜어 주는 상대가 혹여라도 자신에게 미안한 마음을 갖지 않도록 상대방에 대한 세심한 배려의 언사를 구사하는 것으로까지 이어지게 한다.

종장에서는 점심밥 이후 잠깐 동안의 "한숨 잠"을 재촉하며 오전 노동의 피로를 얼마쯤 씻어 냄과 동시에 다시 반복될 오후의 고단한 노동에 대비하려는 모습을 보인다. 종장에서도 화자는 "네오 내오 다를쏘냐"라는 표현으로 작품을 마무리하면서 상대방과의 유대를 지향하려는 태도를 분명하게 드러낸다. 즉 이 작품에서 화자의 시선이나 생각은 자신의 내면에만 머물러 있지 않고 끊임없이 외부에 있는 동료를 향한다. 이러한 점들을 통해 우리는 화자가 지향하는 바를 한층 분명하게 감지할 수 있을 것이다.

조지형

314

072

금단의 사랑, 그리움의 한 자락

중놈도 사람인 양하여

작가 미상

듕놈도 사룹이냥 ᄒ여 자고 가니 그립두고

즁의 송낙 나 볘읍고 내 족도리 즁놈 볘고 즁의 長衫 나 덥습고 내 치마란

즁놈 덥고 자다가 씌드르니 둘희 ᄉ랑이 송낙으로 ᄒ나 족도리로 ᄒ나

이튼날 ᄒ던 일 싱각ᄒ니 흥글항글 ᄒ여라

-『청구영언』(진본) 552번

중놈도 사람인 양하여 자고 가니 그립다고

중의 송낙 나 베읍고 내 족두리 중놈 베고 중의 장삼 나 덮습고 내 치마는

중놈 덮고 자다가 깨달으니 둘의 사랑이 송낙으로 하나 족두리로 하나

이튼날 하던 일 생각하니 흥글항글 하여라

• 송낙: 승려가 쓰던, 송라松蘿를 우산 모양으로 엮어 만든 모자.

• 흥글항글: 어떤 일에 정신을 빼앗겨 마음이 들떠 행동하는 모양. 흥뚱항뚱.

대담한 여성, 일탈과 에로티시즘의 일면

이 작품은 『병와가곡집』, 『청구영언』(진본), 『청구영언』(가람본), 『청구영언』

(육당본), 『흥비부』, 『시가』(박씨본), 『악부』(고대본) 등 여러 가집에 실려 있는 점으로 보아 사설시조 가운데서도 비교적 이른 시기의 작품으로 추정된다. 여타 사설시조에서처럼 이 시조 역시 남녀 간의 사랑 문제를 주된 내용으로 다루고 있다. 그런데 그 대상이 평범한 남녀가 아니라, 바로 엄숙하고 신성해야 할 종교인인 승려와 한 여성이다. 사설시조 속 승려는 떠돌이 장사치와 더불어, 여성들이 비밀스러운 인연을 맺는 외간 남자의 두 유형 중 하나이다. 실제로 이들은 탁발이나 장사를 위해 민가를 떠돌아다니곤 했기에 여성과의 만남이 잦았을 것이다. 이러한 현실이 실제 작품에 반영되었더라도 작품 속 상황은 꽤나 문제적이다.

이 작품에는 발화 주체이자 사건의 주인공인 여성이 등장한다. 이 여성은 여성 고유의 것이라고 여겨지는 수줍음 대신 자신의 욕망을 거침없이 표현하는, 대단히 적극적이고 능동적인 태도를 보여 준다. 우선 초장을 보자. 여기에는 세속적 삶과 비세속적 종교 간의 거리를 무화無化시켜 인간 본연의 성적 욕망에 보다 충실한 모습이 나타난다. '중놈'이라는 비속화된 표현을 통해 종교적 직분을 방기한 승려가 세속적 욕망을 추구한 데 대한 비판적 시선도 살짝 엿보인다. 하지만 작품 전체적으로는 성적 일탈에 대한 윤리적 매도보다는 한 남성(승려)과 여성의 적나라한 애욕 현장이 보다 두드러진다. 그래서 "중놈도 사람인 양하여 자고 가니 그립다"고 표현하고 있는 것이다. 즉, 시적 화자인 여성에게는 '승려'라는 신분이 주는 거리감이나 무게감보다도 자신과 관계를 맺은 '한 남성'이라는 욕망의 대상에 보다 초점이 놓여 있다.

뒤이어 중장에서는 사태가 더욱 심각하다. 시적 화자는 다시 지난밤으로 돌아가 승려와 있었던 일을 생생하게 신술하기 시작한다. 여기서 송낙, 속누리, 장삼, 치마 등 남녀를 상징하고 경계 짓던 의복들은 사랑과 욕정 앞에서 서로 엇바뀌고 뒤엉키며 마구 내던져지고 있다. 격정적인 잠자리의 현장이 적나라하게 묘사되는 것이다. 그러한 열정의 현장이 쓰나미처럼 한바탕 지나가고 난 뒤, 시적 화자는 문득 생각해 본다. 사랑이기만 하면 된 것이지, 족두리로 하나 송낙으로 하나 그게 무슨 상관이냐고. 이는 엄숙하고 신성해야 할 종교라는 것도, 상식적으로는 지탄받아야 할 일인 비세속적인 존재와의 성적 일탈이라는 것도 사랑 앞에서는 아무런 의미가 없다는 선언이기도 하다.

이러한 사랑은 오래도록 여운이 남는 법이다. 그래서 시적 화자는 다음 날까지 지속되는 간밤의 흥분을, '흥글항글'이라며 맛깔스럽게 표현하기까지 한다. 격정의 현장과 이튿날까지 이를 반추하는 감정선들이 여성에 의해 생생하게 서술되는 것도 참신하지만, 그 성적 대상이 신성한 종교적 임무를 수행해야 하는 승려라는 점에서 위 시조는 '여성'과 '종교'의 두 가지 문제가 복합적으로 어우러져 해학성을 드러낸다.

승려와 여성, 두 키워드의 문학적 의미

사설시조에는 여성의 일반적 이미지(수줍음)나 중세적 패러다임에서 훨씬 벗어나는 이러한 적극적인 여성이 심심찮게 발견된다. 이 시조처럼, 승려와의 사랑을 생생하게 서술하며 자신의 욕망이 충족된 상황을 거침없이 표현하는 여성이 있는가 하면, 작품에 따라서는 성불구자인 고자 남편에 대한 강한 불만으로 차라리 버릴 생각까지 하는 욕구 불만의 여성이 등장하기도 한다. 어느 경우든 모두 작중 인물들 간의 성적 욕망과 관련되어 있다는 점에서 사설시조의 에로티시즘적 성격의 한 단면을 읽을 수 있다.

한편, 이 작품과는 달리 성적 일탈이 남성 승려의 관점에서 진술되는 사설시조도 있어 흥미롭다. 『청구영언』(진본)에는,

長衫 쯔어 즁의 젹삼 짓고 念珠 쯔더 당나귀 밀밀치 ᄒ고
釋王世界 極樂世界 觀世音菩薩 南無阿彌陀佛 十年 工夫도 너 갈 듸로 니거
밤즁만 암居士의 품에 드니 念佛경이 업세라.

라는 작품이 보인다. 작중 인물들은 남녀의 욕망 앞에 엄숙해야 할 종교인으로서의 생활도 헌신짝처럼 내팽개쳐 버리고 만다. 장삼을 뜯어 중의 적삼을 만들고 염주를 뜯어서는 당나귀 안장의 부속을 만들고, 10년 수도의 길도 어떻게 되든지 말든지 전혀 상관하지 않은 채 밤마다 암거사의 품에 있으니 그보다 더 좋은 것이 없다는 것이다. 이들에게 있어서 남녀 간의 욕망은 종교적 엄숙함이나 위엄 그 위에 존재하는 대단히 중요한 문제이다. 가히 앞선 사설시조의 남성적 버전이라 할 만하다.

이 시기 승려의 성적 일탈과 관련된 내용은 사설시조 외에도 심심찮게 발견된다. 가령, 여승에게 속인의 삶을 권하는 「승가타령」 연작이나 「가사가」 같은 작품에도 장삼을 뜯어 바지, 저고리를 짓고, 염주로는 당나귀 안장의 부속을 만든다는 대목이 나온다. 또 승려의 성적 일탈은 조선 후기 갈래에서만 발견되는 현상도 아니다. 조선 전기의 대표적 관료 문인이었던 성현의 『용재총화』에는 「도수승 이야기」가 전해진다. 내용인즉슨, 어느 마을의 한 중이 이웃집 과부와 성적 일탈을 기대하고 은근히 혼자 좋아하자, 이를 안 상좌가 일부러 골탕 먹이는 계책을 세워 과부와의 거사를 그르치게 만든다는 이야기이다. 승려의 성적 일탈 및 타락상, 그리고 그 속에서 제시되는 인간 본연의 욕망 문제 등이 한데 어우러진 이야기가 아닐 수 없다.

이처럼 승려의 성적 일탈 문제는 이전 시기 소화笑話 및 여타 갈래에서도 종종 보이던 바라, 비단 조선 후기 사설시조만의 특징이라고는 할 수 없다. 그렇지만 그러한 성적 일탈의 문제가 특히 여성의 입으로 폭로되거나, 그 묘사 또한 전대에 비할 수 없을 만큼 적나라한 것은 사설시조 속 인물들이 보여 주는 한 특징이기도 하다. 이를 두고 승려의 파계에 대한 조롱과 비판이 성적 욕망이라는 큰 가면을 쓰고 작품 전면에 등장한 것인지, 이러한 윤리적 비판에는 전혀 관심 없이 오로지 인간 본연의 성적 욕망 자체만 크게 드러내고 있는지는 현재 작품만으로는 명확히 단언할 길이 없다. 해서 이러한 신성함의 희극적 추락을 두고, 논자에 따라서 단순한 욕정에 휩쓸린 범속한 인물형과 그 행동의 야단스러운 면이 작품화된 것으로 보기도 하고, 당대에 만연했던 이들 계층에 대한 파계나 환속에 대한 비판이 욕망의 문제와 맞물려 제시된 것으로 보기도 한다.

이와 관련하여 다음의 사설시조를 한번 살펴보자.

> 신흥수 즁놈이 암감골 승년에 머리치 쥐고
> 암감골 승녀니 신흥사 즁놈에 상투을 잡고 하나님 전에 등장갈졔 죠막숀이
> 육갑 꼽고 쑵장이는 쟝쵸맛고 안짐방니 탁견ᄒ고 쟝안판슈 좀샹니셰고 벙어
> 리는 판결ᄉ헌다
> 길아리 목업는 돌부처는 앙쳔딕쇼.

이 작품은 앞서 살펴본 시조처럼 성적 일탈 및 욕망과 관련된 내용은 전혀 아니다. 하지만 사설시조 전체를 두고 볼 때, 일련의 승려 관련 작품들의 맥락 속에서 나름대로 시사하는 바가 큰 작품이다. 얼핏 보아도 처음부터 끝까지 기괴하고 이상한 느낌을 지울 수 없는 이 시조의 중심 내용은, 중과 승이 서로 존재하지도 않는 머리채와 상투를 잡고 누가 옳고 그르냐를 따지며 하느님 앞에 판결받으러 간 상황으로 시작한다.

그런데 여기서 재밌는 것은 공정하게 상황을 주시하고 판결 내려야 할 인물들이 한결같이 장애를 지녔고, 실제 판결 자체가 불가능한 상황으로 설정되어 있다는 점이다. 즉 질서 정연한 문장 속에는 도무지 무슨 내용인지 알 수 없이 나열된 기호들만 가득할 뿐이다. 이로써 작중 공간은 언어 기호들의 결집성에 의해 형성된 은유가 아닌, 파편화에 의해 창출된 환유의 성격을 띠며 정상에서 벗어난 공간이자 현실계의 뒤집혀진 반복, 곧 반세계적 성격을 지니게 된다.

이러한 반세계적 공간은 비현실계를 그리면서 동시에 또 시적 화자가 처해 있는 실재계가 마냥 행복한 것이 아님을 역설적으로 드러낸다. 또 종종 정상 상

태와 왜곡된 형상 사이의 불일치를 극대화하여 그로테스크한 웃음을 창출하기도 한다. 즉 실제 만연했던 승려 계층의 타락상과 부패상은 사설시조 속에서 이와 같은 환유 형태의 작품 구조로 표현되기도 했던 것이다.

그렇다면 거시적으로 승려 계층에 대한 문학 담론화의 맥락에서 볼 때, 승려와 여성 간의 성적 일탈 행위를 그린 작품들 또한 단순한 욕망의 문제만을 전면에 내세웠다고 할 수 있을까? 그러한 욕망을 작품 표면에 내세우되 그 이면에는 당대 계층에 대한 문제의식도 함께 내포하고 있었던 것은 아닐까?

자세한 것은 좀 더 살펴봐야겠지만 중요한 것은 무엇보다 이 갈래 속 다양한 인간 군상이 보여 주는 에로티시즘의 한쪽에 욕망의 문제를 둘러싸고 '승려'라는 계층과 '여성'이라는 두 키워드가 분명 무게감 있게 한 자리를 차지하고 있다는 점이다. 그런 점에서 앞으로 한국 시조 문학사에서 에로티시즘이 갖는 의미 및 미학사적 문제와 관련해 이들이 펼치는 '난장', 성적 일탈의 문제는 한번 깊이 고민해 봐야 할 숙제 중 하나일 것이다.

박상영

073

며느리의 불륜을 용서한 시어머니

어이려뇨 어이려뇨

작가 미상

어이려뇨 어이려뇨 싀어마님아 어이려뇨

쇼대남진의 밥을 담다가 놋쥬걱 잘를 부르쳐시니 이를 어이ᄒ려뇨 싀어마님아

져 아기 하 걱정 마스라 우리도 져머신 제 만히 것거 보왓노라

-『청구영언』(진본) 478번

어이려뇨 어이려뇨 시어머님아 어이려뇨

쇼대남진의 밥을 담다가 놋주걱 자룰 부러뜨렸으니 이를 어이하려뇨 시어머님아

저 아기 하 걱정 말아라 우리도 젊었을 제 많이 꺾어 보았노라

• 어이려뇨: 어이하려는가. '-려뇨'는 '-려는가'.

• 쇼대남진: 샛서방. 남편 있는 여자가 몰래 관계하는 남자.

동병상련의 변증법

이 작품은 『청구영언』(진본) 등 6종의 가집에 전하고 있다. 『청구영언』(진본)

「만횡청류」에 실려 있는 점으로 미루어 사설시조 가운데 비교적 이른 시기의 작품으로 추정된다.

사설시조의 형식은 평시조처럼 일정하게 규정하기가 어렵다. 사설시조는 그 형식이 따로 존재하는 것이 아니라 평시조와의 관계 속에서, 평시조의 형식을 파괴함으로써 자신의 정체를 드러내고 있기 때문이다. 그런데 이 시조의 경우에는 평시조의 형식으로부터 일탈하면서도 평시조가 추구하는 구조를 따라 시상을 전개한다는 데 묘미가 있다.

초장은 시적 화자인 며느리가 시어머니에게 무슨 잘못을 했는지 안절부절 못하는 상황을 표현하고 있다. '어이려뇨'는 '어찌하리오', '어찌하면 좋소'라는 의미인데, 며느리의 놀란 가슴을 표현하는 말이다.

중장에서는 며느리가 도대체 무슨 잘못을 저질렀는지 상세한 내용이 드러나고 있다. '쇼대남진'은 '소디남진'으로 표기되기도 한다. '샛서방'이라는 뜻이다. 며느리는 지금 남편을 잃은 지 얼마 안된 젊은 과부다. 한창 좋아야만 할 시절을 독수공방으로 외로이 지내다가 스멀대는 욕정을 견딜 수 없어서였는지 외간남자를 들인 것이다. 샛서방을 몰래 들여 하룻밤을 보내고 새벽 일찍 아무에게도 들키지 않게 보내야만 했으나, 샛서방이 얼마나 사랑스러웠는지 따뜻한 밥이라도 먹여 보내고 싶었나 보다. 솥뚜껑을 조심스레 밀치고 밥을 담다가 놋주걱을 너무 세게 눌러 그만 놋주걱 자루를 부러뜨리고 말았다. 얼마나 사랑을 듬뿍 담아 꾹꾹 눌렀으면 그랬을까? 부러진 조각이 솥뚜껑에라도 떨어졌는지 잠자던 시어머니가 놀라 깨어 부엌으로 뛰쳐나왔던 것이다.

그런데 초장, 중장에 나타난 며느리의 말과 행동은 다소 희화적이나. 며느리가 윤리적으로 부정한 짓을 하다가 시어머니에게 들켜 버린 마당에 놋주걱 자루가 부러진 것이 대수란 말인가? 며느리가 순진한 것일까, 아니면 모자란 것일까? 그것도 아니라면 평소에 부엌살림 문제로 자주 꾸중을 들었던 탓일까? 그러나 어찌 되었든 젊은 과부 며느리의 어처구니없는 상황 인식은 큰 문제가 되지 않는다. 오히려 이 희화화는 '성'이라고 하는 점잖지 않은 주제를 다루는 시적 기교로 이해될 수 있다. 더욱 중요한 것은 젊은 과부 며느리가 외간남자를 들인 윤리적 사태가 지니는 심각성이 그 희화화에도 불구하고 결코 줄어들지 않는다는 사실이다.

종장은 시어머니의 말이다. 잘못을 저지르고 잔뜩 움츠러들어 있는 며느리에게 보인 시어머니의 태도는 매우 뜻밖이다. "저 아기 하 걱정 말아라". '아기'는 며느리를 부르는 사랑스런 말이다. '하'는 '많이'라는 뜻이다. 시어머니가 꾸중 대신 며느리의 놀란 가슴을 진정시키고 있다. 그리고 이어 며느리를 다독이는 말을 건네는데, 내용인즉슨 자기도 젊었을 적에 놋주걱 자루를 한두 개 꺾어 본 것이 아니었다는 것이다. 놀랍게도 시어머니 또한 부정한 과부였던 것이다. 시어머니가 며느리의 부정을 감싸 줄 수 있었던 것은 과부 며느리가 측은했기 때문이다. 늙은 시어머니는 젊은 과부 며느리가 겪고 있는 고통과 또 앞으로 견뎌야 할 세월이 어떤 것일지 경험으로 알고 있었던 것이다.

사람, '정情'이 전부인 존재

성현의 『용재총화』에는 허조許稠를 주인공으로 한 짤막한 이야기가 실려 있다. 그는 마음가짐이 맑고 굳세어 집안을 엄격하게 다스렸고 자제들도 예에 따라 가르쳤다. 그는 자신의 몸단속도 엄격하게 한 사람이었다. 그래서 사람들이 "당신은 평생 남녀의 일은 모르고 살았을 거야."라고 놀리자, "내가 만약 음양의 일을 몰랐다면 큰아들 후와 작은아들 눌이 어디서 나왔단 말이야?" 하고 되받아쳤다고 한다. 제 아무리 깐깐한 도덕군자라도 남녀관계를 맺지 않고 살 수야 없다는 말이 아니겠는가? 양반들이 '성'을 긍정하는 논리는 대체로 이와 같다. 인간의 본성을 '도덕적 본성'과 '정'으로 나눈 전제 위에서, 도덕적 본성을 추구하되 '정'을 외면할 수 없는 것이 인간의 현실이라는 것이다. 그러나 위의 사설시조가 '성'을 긍정하는 논리는 이와 매우 다른 듯하다. 사람은 '정'이 전부인 존재다.

그런 고로, 인생에서 가장 중요한 것은 남녀가 서로 사랑하며 사는 것이다. 그래서 부부간의 최고의 가치도 서로 이별하지 않고 오래오래 사는 것이다. 수숫대 반 단을 얻어 작은 됫박만 한 집을 짓고 구차하게 살더라도 부부간에 서로 사랑하며 이별 없이 사는 것이 소원이라는 사설시조도 있지 않은가? 그것은 도덕군자들이 생각하는 부부의 가치와 매우 다르다. 도덕을 중시하는 사람에게 부부는 한 몸을 둘로 나눈 동체이다. 부부는 살아서나 죽어서나 함께 있어야 하며, 둘 사이에 다른 존재가 끼어들게 해서는 결코 안 된다(정철.「훈민가」).

사람은 '정'이 전부인 존재이므로, 남편과 사별한 여자에게 수절을 강요할 수 없다. 그것은 비인간적이고 잔인하다. 정이 전부인 존재에게 수절이나 열과 같은, 사회가 여성에게 요구하는 덕목들은 도무지 말도 안 되는 수작들이다. 과부로 일생을 살았던 시어머니는 이 시조를 읽는 이들에게, 윤리가 사람을 위해 존재하지, 사람이 윤리를 위해 존재하는 것은 아니지 않느냐고 말하고 있는 듯하다.

김창원

074

밋남편 광주廣州 싸리비 장사 작가 미상

밋난편 廣州ㅣ 뽀리뷔 쟝ᄉ 쇼대난편 朔寧 닛뷔 쟝ᄉ

눈경에 거론 님은 쑤싹 쑤두려 방망치 쟝ᄉ 돌호로 가마 흉도째 쟝ᄉ 뷩뷩
도라 믈레 쟝ᄉ 우믈젼에 치ᄃ라 근댕근댕 ᄒ다가 워렁충창 풍 싸져 믈 듬복 써
내ᄂ 드레곡지 쟝ᄉ

어듸가 이 얼올 가지고 죠릐 쟝ᄉ를 못 어드리

-『청구영언』(진본) 565번

밋남편 광주廣州 싸리비 장사 쇼대난편 삭녕朔寧 잇비 장사

눈경에 걸은 임은 뚝딱 뚜드려 방망치 장사 또로로 감아 홍두깨 장사 빙빙
돌아 물레 장사 우물전에 치달아 간댕간댕하다가 워렁충창 풍 빠져 물 담뿍 떠
내는 드레 꼭지 장사

어디 가 이 얼굴 가지고 조리 장사를 못 얻으리

- 밋남편: 본남편.
- 쇼대난편: 샛서방. 남편 있는 여자가 몰래 관
  계하는 남자.
- 잇비: 메벼의 짚으로 만든 비.
- 눈경에 걸은: 눈빛에 건.
- 방망치: 방망이.
- 워렁충창: 허둥지둥 요란스러운 모양새.
- 드레: 두레박.

해학적으로 표현한 간통 현장

이 작품은 『청구영언』(진본), 『해아수』, 『병와가곡집』, 『영언류초』, 『악부』(서울대본), 『청구영언』(가람본), 『청구영언』(연민본), 『동국가사』, 『가보』, 『가곡원류』(국악원본) 등 35종 이상의 가집 및 문헌에 매우 다양한 형태로 수록되어 전하고 있다. 이로 보아 당대에도 상당한 인기를 끌었던 작품 중 하나로 추정된다. 사설시조는 평시조의 초·중·종장의 3장 구조를 어느 정도 유지하면서도 엮음 원리에 의해 어느 한 장이 4음보 이상 길어지는 것이 특징이다. 또 형식적으로 길어지는 가운데, 담기는 내용도 평시조에 비해 다양하고 인간 군상들의 생생한 묘사와 삶의 모습들이 핍진하게 묘사되는 것도 특징이다.

이러한 다양한 주제 가운데 위 시조는 여성의 '간통' 문제를 중점적으로 다루고 있다. 간통하는 여자[姦婦]의 상대 남성인 간부姦夫는 간부間夫, 밀부密夫, 사부私夫, 샛서방, 군서방 혹은 소대남진, 소대서방 등 다양한 명칭으로 불렸다. 이렇게 다양한 명칭이 존재한 것은 그만큼 남성보다 여성들에게 비밀스러운 상대가 더 절실히 필요했음을 의미한다. 아마 성적 일탈에 보다 관대했던 남성들에 비해, 상대적으로 불합리한 처우를 받았던 여성들의 현실적 처지가 반영된 결과일지도 모른다. 물론 여성에 따라서는 가부장적 제도하에 성적 욕구를 잘 견뎌낸 인고의 여성도 있었지만, 반대로 인간 본연의 욕구를 대놓고 혹은 은밀히 즐기고자 한 대담한 여성들도 상당수 있었다. 위의 작품은 바로 후자에 속한 여성이 자신의 간통 상황을 해학적으로 표현한 작품이다.

우선 이 작품에는 얼굴이 반반하면서 행실은 난잡한 여성 화자가 등장한다. 이 여성은 초장부터 자신의 상대역으로 다양한 남자들을 거론하며 각각의 특징을 형용하는 대담성을 보여 준다. 그런데 그 상황이 심상치 않다. 여기서 '밋남편'은 본남편을 의미하고, '쇼대난편'은 샛서방이며 "눈 정에 걸은 임"은 눈짓 한 번으로 정을 주고받은 가벼운 상대를 의미하는데 이들 남성이 한둘이 아니기 때문이다. 먼저 본남편이나 샛서방은 각각 빗자루를 의미하는 싸리비와 잇비 장사로, 그 은유적 표현이 또 참 재미있다. 빗자루 중 싸리비는 강하나 거칠고, 잇비는 부드러우며 고운데, 이 둘을 나란히 서술하며 대조적으로 묘사한 것은 물건(빗자루) 그 자체를 표현한 것일 수도 있지만, 남성의 성기 및 성적 행위를 은유적으로 표현했을 가능성도 있기 때문이다.

본남편은 장사꾼이다 보니 객지를 돌아다니느라 집을 비우는 일이 많았을 것이다. 그렇기에 여성 화자는 자신의 외로움을 달래 줄 감정적, 성적 교류의 대상, 샛서방이 또 필요했을 법하다. 그러나 샛서방 역시 본남편처럼 여기저기 오가는 신세이고 보니, 여성 화자에게는 여전히 충족되지 못한 결핍의 문제가 늘 그림자처럼 따라다니고 있었을 것이다. 그래서 그동안 오가는 사내들과 눈짓을 주고받으며 소위 하룻밤 정을 나누는 그런 관계를 복잡하게 맺고 있었던 것이다. 그 대상들이 바로 방망이, 홍두깨, 두레박 장사들이다.

이들이 파는 물건에 대해서는 앞서 빗자루의 은유적 표현과 마찬가지로 모두 남성의 성기 혹은 성적 행위를 은유적으로 표현한 것으로 보기도 하고, 여성 화자가 오가는 사내들과 정분을 나누면서 필요한 생활 용구들을 정표로 하나씩 받아 요긴하게 쓴 것으로 보기도 한다. 후자의 경우는 표면상 제시되는 여성 화자의 규범 일탈을 성적 결핍의 문제만이 아니라 소소한 물욕까지 관여한 사건들로 본다는 점에서 여성 화자의 다층적 욕구를 살펴보려 한 해석이다.

어느 경우든지, 눈 정에 걸은 임들에 대한 설명은 사설시조 특유의 장황한 열거, 나열의 수사, 엮음의 방식 속에서 뚜렷이 제시된다. 대개 사설시조의 엮음 원리는 의미의 리듬과 연쇄를 살리고자 같은 계열 관계의 사물들을 제시하는 게 특징이다. 이에 "뚝딱 뚜드려" "또로로 감아" "빙빙 돌아" 등은 각각의 사물에 대응하는 표현인 동시에 의성, 의태어와 함께 경쾌한 리듬감을 형성한다. 실제 진지한 관계인 남편이나 샛서방에 대해서는 초장에 짧게 서술한 반면, 하룻밤 상대들과의 관계는 급박한 리듬과 호흡 속에서 실감 나게 제시하고 있는 것도 인상적이다.

그리고 이들과의 간통 현장은 '우물전'에 이르면 최고조에 다다른다. '우물전'은 여성 화자의 성기를 은유한 것으로 보기도 하지만, 시적 화자와 감정적 실랑이를 벌이던 뭇 남성들이 여성 화자의 매력에 "워렁충창 풍 빠져" 버리는 상황을 은유적으로 표현한 것일 수도 있다. 어떻게 보든지 작중 인물들 간의 간통 현장 그 자체는 그야말로 난장판으로서, 경쾌하고 해학적인 웃음보를 한가득 터뜨려 버린다.

뭇 남성들과 이러한 관계를 맺은 전력이 있다 보니, 여성 화자는 사랑놀음에 관해서만큼은 하늘을 찌를 듯한 자신감으로 가득하다. 따라서 종장에, "어디 가이 얼굴 가지고 조리 장사를 못 얻으리"라고 말하며, 그 많은 간부들을 두고 또 다른 간부(조리 장사)를 갈구하는 모습을 보여 준다. 여기서 '조리'는 곡식을 이는 데 쓰는 도구로, '곡식을 이는 행위'와 성행위 시의 기교를 병치적으로 은유한 것으로 보기도 하고, 그동안 써 온 조리가 낡거나 망가져서 새로 장만해야 할 필요성이 생긴 생활 용구로 보기도 한다.

간부姦婦를 향한 두 가지 시선, 욕망과 저항

'우물전' 및 '조리박'의 상징성을 어떻게 보든지, 많은 간부들을 두었음에도 또 새로운 간부를 희구하는 상황은 오늘날 보아도 실로 대담한 행동이 아닐 수 없다. 사설시조에는 이렇게 자신의 성적 욕망을 거침없이 표현하는 대담한 여성들이 등장하는데, 이를 두고 학계에서는 크게 상반된 시선이 존재한다. 하나는 어느 시대에나 있었던 정욕의 문제가 당대 문화적 분위기 속에서 과감히 표출된 것으로 보는 것이고(개인적인 욕망 주체), 다른 하나는 평범함과 일상성 뒤에 숨어 있는 숭세 실서에 대항하는 것으로 보는 입상(사회사적 저항 주체)이 바로 그것이다.

전자는 양란 이후 조선 후기 사회에서는 전보다 더 강력히 국가적 윤리 담론이 권력을 행사해 갔지만 국가의 통제권이 미치지 못하는 시정 공간에서는 성性 담론들이 자연스럽게 표출될 수밖에 없었고, 그 결과 이러한 여성들이 문학 전면에 등장하게 된 것으로 본다. 이러한 시선의 근거로, 당시 유행하던 춘화나 음사

소설의 성행, 동성애에 대한 관심, 계급을 초월한 애정 문제, 일상에서 발견되는 양반들 혹은 농민들 간의 성적 농담 등 조선 후기의 전반적인 문화 현상을 든다. 그리고 이러한 성의 문학화는 어느 시대에나 있었겠지만 그 전대 문학(특히, 기록 문학)에서 크게 발견되지 않았던 이유는, 그러한 텍스트를 창출할 지식인 계급이 17세기 중반 이후 성리학에 완전히 의식화되었기 때문이며 따라서 이러한 텍스트를 소비할 시장이 부재했기 때문이라고 보기도 한다.

반면 후자는 이들 여성이 보인 대담성을 국가적 통제권이 미치지 않던 곳에서의 '난장'이 아니라, 국가적 통제가 미치던 곳에서의 '난장'으로 읽어 낸다. 즉 조선 후기에는 심각하게 무너진 중세 사회를 재건하려는 남성의 노력이 줄기차게 이어졌는데 그중 하나가 '여성다워야 할 여성상' 만들기 프로젝트였다. 그리고 이는 가정 내 주요 위치에 있던 여성의 일탈을 좌시할 수 없었던 당대 가부장적 시선의 결과였다는 것이다. 사실 사설시조에는 일탈하려는 여성을 제도권 속에 가두고 포섭하려는 노력이 곳곳에서 발견된다. 이는 곧 중앙/지방/시정 할 것 없이, 이미 이들 여성이 존재하던 공간 자체가 국가 윤리의 통제권 속에 있었음을 의미하는 것이지, 통제권이 미치지 못하는 공간에서의 '난장'이 아니라고 보는 것이다. 이 주장의 근거로는, 인간의 성性을 단순한 개인의 정욕 표출, 해방, 일탈로만 한정 지을 수 없는, 육체에 아로새겨진 저항의 기호로 보는 푸코의 권력 이론, 문화 보편주의, 사설시조 전편에서 발견되는 저항적인 여성들, 당대 제도권에 저항 의식을 보여 준 기생들과 이에 대한 사대부들의 동조 여론 등 사회, 문화적인 분위기를 든다. 후자의 관점은 보통 통제가 심한 곳에서는 '저항'의 의지가 싹트기 마련이라는 전제하에, 그런 점에서 본남편, 소대남편, 눈 정에 걸은 임을 여럿 두고도 또 다른 간부를 찾아 나서는 여성은 마조히스트적 집단의 일원으로서, 사디스트적으로 위치 지어진 집단인 남성과 진정으로 대등해질 수 없는 가부장적 조직 그 자체에서 문학적 저항으로서의 최선을 보여 준 것으로 읽어 낸다.

이처럼 사설시조 속 같은 여성을 두고, 욕망의 기호만을 새기려는 쪽과 저항의 기호까지 새기려는 쪽 간에는 여러 면에서 견해차가 발견된다. 하지만 당대의 불합리한 권력에 맞선 저항적 의지와 개인의 본성(본능)을 표출하려는 자유 의지가 늘 평행선만 달려야 하는 문제일까?

사실 조선 후기는 상업의 발달, 연행과 사행을 통한 외래문화의 유입, 경제력을 기반으로 한 새로운 계층(중인)의 등장과 경화사족을 중심으로 한 향락적인 도시 문화의 발달이 다방면으로 진행되던 때였다. 이들의 성격 및 특징에 대해서는 좀 더 살펴봐야 할 지점들이 남아 있지만, 18세기 유흥적인 도시 문화를 이끌어간 이들은 경제적 부와 시간적 여유, 일정한 지식을 소유한 새로운 권력층으로 부상했다. 그리고 당대 음악 문화 또한 이들을 중심으로 생산, 향유되어 갔음을 부정할 순 없다. 이들은 또한 폐쇄적인 자기 집단만의 특수성을 고집하기보다, 급변하던 시대에 문화 상류층으로서 당대의 새로운 문화적 물결과 스펙트럼을 폭넓게 수용하려 한 개방적인 특징도 아울러 지니고 있었을 것으로 추정된다.

그렇다면 이들이 주축이 되어 한바탕 신명이 행해지던 놀이판은 그 성격상 유흥과 향락, 오락의 기능만 있었던 것이 아니라, 때로는 상하 질서를 뒤집는 변혁적 전도가 일어날 때도 있었고, 그 과정에서 긴장의 이완과 더불어 규범으로부터 해방되고 공감적 신명풀이가 가능한 코뮤니타스가 형성될 때도 있었을 것이다. 사설시조 또한 이들 놀이판에서 연행되었을 것으로 추정되는 만큼 이러한 놀이판, 이들의 음악 문화 속에 등장한 대담한 여성들은 자신의 정욕을 자연스레 표출한 여성일 수도 있으면서, 동시에 기존 제도에 저항하고자 한 여성일 수도 있지 않을까? 욕망과 저항, 이 둘은 일면 동전의 양면처럼 양립 불가능해 보이지만 동시에 뒤죽박죽 섞여 하나가 되어 그 사리가 부화無化될 가능성도 있지 않을까?

작품 해석의 열린 가능성은 문학 작품만이 갖는 또 다른 매력이자 묘미이다. 그런 점에서 이들 사설시조 속 대담한 여성들에 대한 해석은 독자의 몫으로 남겨둔다.

박상영

075

삶이 힘겨운 이의 서글픈 소망

창窓 내고자 창을 내고자

작가 미상

창窓 내고쟈 창窓을 내고쟈 이내 가슴에 창窓 내고쟈

고모장지 셰살장지 들장지 열장지 암돌져귀 수돌져귀 비목걸새 크나큰

쟝도리로 쑹닥 바가 이내 가슴에 창窓 내고쟈

잇다감 하 답답홀 제면 여다져 볼가 ᄒ노라

-「청구영언」(진본) 541번

창窓 내고자 창을 내고자 이내 가슴에 창 내고자

고미장지 세살장지 들장지 열장지 암톨쩌귀 수톨쩌귀 배목걸쇠 크나큰

장도리로 뚝딱 박아 이내 가슴에 창 내고자

이따금 하 답답할 제면 여닫아 볼까 하노라

• 고미장지: 고미다락의 맹장지. '장지'는 방과 방, 방과 마루 등의 사이에 칸을 막아 끼우는 문이고, '맹장지'는 창살 안팎으로 종이를 두껍게 겹바른 문이다.

• 세살장지: 가는 살을 가로세로로 좁게 대어 짠 장지.

• 들장지: 들어 올려서 매달아 놓는 장지문.

• 열장지: 옆으로 여닫을 수 있는 미닫이문.

• 암톨쩌귀: 구멍이 뚫린 돌쩌귀로, 수톨쩌귀의 뾰족한 부분을 끼우게 되어 있다.

• 수톨쩌귀: 뾰족한 촉이 달린 돌쩌귀로, 문짝에 박아서 문설주에 있는 암톨쩌귀에 꽂게 되어 있다.

• 배목걸쇠: 배목(문고리를 걸거나 자물쇠를 채우기 위해 둥글게 구부려 만든 고리 걸쇠)으로 거는 쇠.

가슴에 구멍을 뚫어 창문을 내겠다?

좋은 일이 하나면 나쁜 일이 아홉인 것이 우리네 사람살이의 보편적 추세여서 마음에 쌓인 답답함을 토로하고 있는 이 작품의 소재 자체는 그리 신선하지 않을 수도 있다. 그럼에도 삶의 애환을 다루는 동서고금의 그저 그런 작품 목록에서 이 작품을 구출해 내는 것은 시적 화자가 내어놓은 답답함의 해소 방식에 있으니, 가슴에 구멍을 뚫어 창문을 내겠다는 기발한 착상이 바로 그것이다. 가슴에 구멍을 뚫겠다니? 생각만 해도 끔찍한 이 그로테스크한 발상은 의외로 이 작품의 문학적 진정성을 확보하면서, '답답함'이라는 기표만으로는 잘 와닿지 않는 보이지 않는 감정의 존재에 공명하게 한다.

이 작품은 초장부터 대뜸 가슴에 창문을 내고 싶다는 화자의 바람으로 시작한다. 창문이라는 게 일상의 공간에서 흔히 볼 수 있는 사물이어서 대수롭지 않게 여겨질 수도 있겠으나 문제는 창문을 내고 싶은 공간이 '방 안'이 아니라 "이내 가슴"이라는 것. 이로 인해 심상치 않은 시적 사태가 수면 위로 떠오르는데, 초장을 구성하는 네 개의 소리마디 가운데 "창 내고자"라는 동일한 구절이 세 번을 차지한다는 것은 가슴에 창문을 내고 싶은 화자의 소망이 그만큼 간절하다는 것, 그리고 그 간절한 소망을 갖게 한 사태의 원인이 적어도 시적 화자에게는 제법 심각하다는 것을 동시에 말해 준다. 시적 화자가 겪고 있는 심적 고통의 크기가 가슴에 구멍을 뚫을 때 겪게 될 물리적 고통을 감내하고도 남을 만큼이라는 것이다.

이어지는 중장에서는 창문을 다는 일련의 과정이 수다한 사물들과 함께 제시된다. '고미장지'부터 '장도리'에 이르기까지 다양한 종류의 문짝과 문짝을 다는 데 필요한 여러 사물이 숨가쁘게 나열되는데, 이러한 나열은 일견 무질서해 보이지만 이 안에서도 그 나름의 질서가 없지는 않다. 우선, 고미장지, 세살장지, 들장지, 열장지 등은 개폐 방식이나 모양을 달리하는 창문의 여러 종류를, 암톨쩌귀와 수톨쩌귀는 문기둥과 문짝을 연결하는 데 쓰이는 두 개의 쇠붙이를, 배목걸

새는 문을 잠그고 열기 위한 잠금장치를, 마지막으로 장도리는 이 모든 것들을 하나로 합치기 위한 연장을 가리킨다. 그러니까 이 작품의 중장을 앞에서부터 차례대로 읽어 나가면 종국에는 신체의 일부인 가슴에 창문 하나가 매달려 있는 기괴한 장면과 마주하게 된다.

　여기서 잠깐! 사설시조의 묘미를 제대로 느끼려면 일상적인 사물들의 나열로 구성되는, 그리하여 초장과 종장에 비해 적지 않게 길어진 중장의 역할에 좀 더 주목할 필요가 있다. 어떤 측면에서 이 작품의 중장에 제시된 온갖 정보들은 이 시를 언어적으로 이해한다고 할 때 외려 방해가 된다. 이 작품은 현재의 상태에서 중장이 없다 하더라도 전체적인 의미를 이해하는 데 아무런 지장이 없으니, 초장에서 중장을 거치지 않고 종장으로 곧바로 넘어가더라도 '가슴에 창을 내서 답답할 때마다 열어 보고 싶다.'라는 내용 자체에는 크게 변함이 없다. 그렇다면 이 장황하고 번거로운 나열은 굳이 왜 필요한 것일까? 결론부터 말하자면 이와 같은 비시적非詩的 사물들의 나열은 보이지 않는 화자의 내면을 근사하게 재현하는 데 비상한 효과를 발휘한다.

　이 작품의 화자가 원하는 것은 가슴에 쌓인 답답함을 해소하는 것이다. 그런데 '가슴에 쌓인 답답함을 해소한다.'라는 문장은 지극히 추상적이어서 시적 화자가 느끼는 답답함의 정도랄지 거기에서 벗어나고 싶은 열망의 정도 등을 쉽사리 가늠하기 어렵다. 사설시조에 특화된 일상적 사물들의 나열이 개입하는 지점이 바로 여기에 있으니, 이 작품이 노래로 불렸음을 고려하면 중장의 빠르기는 초장과 종장의 그것에 비해 현저하게 빠를 수밖에 없다. '고모장지'부터 '뚝딱 박아'까지 잠깐의 쉼도 없이 단번에 전개되는 시적 흐름은 만약 그것이 가능하다면 한시라도 빨리 이내 가슴에 창문을 달아 자신을 괴롭히는 답답함으로부터 벗어나고 싶다는 화자의 절박한 내면을 여실히 보여 준다.

　그런데 여기에는 세 가지 방식이 있다. 첫째는 명사형의 나열. '고미장지'부터 '배목걸쇠'까지 창문을 구성하는 부속품들은 어떠한 동사도 없이 오로지 명사로만 나열되어 있다. 주지하듯 동사는 시간의 흐름을 전제하는 법, 과도한 의미 부여일 수도 있겠으나 창문을 다는 데 필요한 부속품들이 지금 당장 이 자리에 마련되어 있는 것처럼 순전히 명칭으로만 제시되어 있다는 데에서, 가슴에 창문을 매다는 일에 조금의 지체도 허용할 수 없다는 화자 자신의 조급함을 감지하게 된다.

둘째는 의태어의 활용. 중장에 보이는 의태어는 모두 두 개로, '크나큰'과 '뚝딱'인데, 모두 앞서 나온 부속품들을 물리적으로 결합하는 선상에 위치해 있다. '뚝딱'의 사전적 정의가 "일을 거침없이 손쉽게 해치우는 모양"임을 감안하면, 이 시어에도 시간의 단축 내지는 일의 확실한 마무리에 대한 의지가 깃들어 있으며, 그냥 장도리가 아니라 "크나큰 장도리"인 것도 비슷한 맥락에서 유용하게 기능한다. '제발'과 '부디'에 상응하는 화자의 정서가 중장 전체에 깔려 있다는 것이다.

셋째는 동일한 구절의 반복. 초장 안에서 "창窓 내고자"라는 구절이 세 번 반복된다는 것은 앞에서 이미 언급하였거니와 초장의 말미, 곧 "이내 가슴에 창 내고자"가 중장의 같은 자리에 한 번 더 반복된다는 것도 주목을 요한다. 이와 같은 수법은 중장의 장형화에 따라 자칫 산만해질 수도 있는 작품 전체에 일정한 리듬을 만듦으로써 형식적으로는 특유의 안정성과 통일성을 부여하고, 내용적으로는 가슴에 창문을 달고 싶은 화자의 절실한 열망을 뚜렷하게 부각한다.

삶의 처절한 고통과 상상적 위안

이렇게 해서 도달한 송상은 약산 허부하신 하나. 중상에서 창문을 달아 놓았으니 이제 남은 일은 그것을 열어 보는 일뿐이라는 것이 종장을 채 읽기도 전에 어느 정도 예상되기도 하고, 중장까지 증폭된 감정의 크기가 종장에 와서 갑자기 사그라드는 감도 없지 않기 때문이다. 그럼에도 필자가 이 작품에 박수를 보내는 것은 종장 2음보의 '하'에 있으니, '너무 답답할 때면' 열어 보겠다는 말은 견디고 또 견디다가 도저히 못 견디겠을 때 한 번쯤 열어 보겠다는 말과 그리 다르지 않다. 이제야 우리는 이 작품의 시적 화자가 삶의 국면에서 맞닥뜨리곤 하는 어지간한 답답함은 참고 넘길 줄 아는 사람이며, 그런 이가 이런 상상을 한 만큼 이런 상상을 하게 한 사태의 원인이 꽤나 오래되었고, 끈질기며, 무겁다는 것을 알게 된다. 이 하나의 시어 덕분에 이 작품의 시적 발상이 순간의 재치나 가벼운 장난에서 비롯된 것이 아니라 일상적 삶의 누적된 무게로부터 나온 사뭇 진지한 것임을 확인하게 되는 것이다.

그렇다면 이 작품의 화자는 무엇 때문에 이리도 답답해 하는 것인가? 이 작품에 제시된 정보만으로는 그것을 알기 어려운데, 다만 조선 후기 시조의 연행 현장에서 이 작품을 접했던 적지 않은 사람들은 그 원인을 사랑하는 사람에 대한 그리움으로 생각했던 모양이다. 이 작품이 수록된 총 37종의 가집 중 26개의 판본이 이에 해당하는데, 이를테면 『해동가요』(박씨본)의 경우 위 작품과 초·중장은 거의 동일한 대신 종장이 "님 그려 / 하 답답흔 제여든 / 여다져 볼까 / 흐노라"로 되어 있어서 이 작품의 화자를 수심愁心에 가둔 장본인이 다름 아닌 '연정戀情'임을 분명히 한다. 물론 수심과 연정 사이의 경우의 수는 또 대단히 많아서, 품고 있는 연정을 전했는지 전하지 못했는지, 전하기는 했으나 그것이 받아들여졌는지 받아들여지지 않았는지, 좀 더 극단적으로는 해도 되는 사랑인지 해서는 안 되는 사랑인지 등에 따라 한결같지는 않겠지만, 어떤 경우든 이루어지지 않는 사랑은 모두 아프고, 몹시도 답답하다. 따라서 우리는 가슴에 창문을 내고 싶다는 이 작품의 야단스러움에 얼마간의 미소를 지으면서도 화자가 꺼내 놓은 답답함의 정도에 대해 그럴 수 있다고, 그럴 법하다고 충분히 공감할 수 있다.

이러한 설정하에서라면 화자가 가슴에 내고자 했던 것이 '문'이 아니라 '창문'이었던 데에도 일정한 의미 부여가 가능할 성싶다. '문'의 경우 그것은 열고 나오는 것이어서 머물러 있던 공간에서 전혀 다른 공간으로 이동하는 것을 가리키는 반면, '창문'의 경우는 그렇지 않아서 원래의 공간에 계속 머물러 있다. 이를 적용해 보면, 이 작품의 시적 화자가 머물러 있는 공간은 님에 대한 절절한 그리움으로 가득 찬 열병熱病의 공간일 테니, 현재 화자는 그 공간으로부터 빠져나올 수도, 빠져나올 생각도 없다. 그러니 얼마나 더 오랫동안 답답해야 하겠는가? 이런 점에서, 제 마음대로 되지 않는 사랑은 예나 지금이나 참으로 지독至毒하다.

하윤섭

4부

시조 연행의 예술적 풍경

076

가곡창의 근원을 담아 노래하다

오늘이 오늘이소서

작가 미상

오늘이 오늘이쇼셔 每日에 오늘이쇼셔

뎜그디도 새디도 마르시고

새라난 미양 쟝식에 오늘이쇼셔

-『청구영언』(진본) 1번

오늘이 오늘이소서 매일에 오늘이소서

점글지도 새지도 말으시고

새려면 매양每樣 쟝식長息에 오늘이소서

• 점글지도: 저물지도.

• 매양每樣 쟝식長息에: 늘 숨 쉬듯 계속하여. 늘 언제나.

조선의 생일 축하곡

"생일 축하합니다, 생일 축하합니다." 감사와 축하의 대표 노래인 생일 축하 곡, 이 익숙한 가사를 모르는 사람은 아마 없을 것이다. 즐겁고 행복한 날이면 우리는 서로를 끌어안고 축하하며 가족과 친구, 동료들과 함께 기쁨의 노래를 부른다. 좋은 날에는 노래 한 가락이 빠지지 않으니, 생일에는 생일 축하곡을, 결혼식에서는 축가를 부르는 것이 자연스럽다.

그렇다면 우리의 선조들은 기쁘고 즐거운 날에 어떤 노래를 불렀을까? 조선시대에도 오늘날의 생일 축하곡과 비슷한 노래가 있었으니, 바로 「오ᄂ리(오나리) 시조」로 알려진 '오늘이' 노래이다. 노래 가사는 생각보다 간단하다. "오늘이 오늘이소서, 매일에 오늘이소서. 졈글지도 새지도 말으시고, 새려면 매양 장식에 오늘이소서." 이처럼 짧고 간결한 노래가 어떻게 축하의 노래가 되었을까? 그 단순함 속에 어쩌면 더 깊은 의미가 숨어 있는지도 모른다.

노래의 내용을 잠시 음미해 보자. 초장의 "오늘이 오늘이소서 매일에 오늘이소서"라는 구절은 앞으로 모든 날이, 하루하루가 오늘처럼, 오늘 같은 시간이 이어지기를 기원한다는 뜻이다. 기쁘고 행복한 날인 오늘, 바로 이 순간이 오래도록 계속되기를 바라는 간절한 소망이 담겼다. 마치 영화 속 주인공들이 "이 순간이 영원했으면 좋겠어!"라고 속삭이는 장면처럼 지금의 행복이 계속 이어지기를 바라는 소망의 말이다. 그래서 이 시조의 마지막에서는 "매양 장식(늘 언제나)에 오늘이소서"라고 노래하는 것이다.

'오늘이' 모티프는 이미 조선 초기부터 여러 시조에서 활용되었다. 이현보李賢輔는 자신의 생일을 맞아 "연년年年에 오ᄂ나리 역군은亦君恩이샷다"(시조 「생일가」)라고 노래했고, 노진盧禛의 어머니가 지었다는 시조에서도 "매일每日이 오늘 굿트면 셩이 무슴 가싀리"라고 하였다. 이렇게 보면 '오늘 이날이~, 오늘 같으면~'이라는 표현은 이미 여러 축하의 자리에서 널리 쓰였음을 알 수 있다.

'오늘이' 노래는 왕과 신하가 함께하는 경축의 자리에서도 불렸다. 사암思菴 김구金絿는 어느 날 밤 옥당(홍문관)에서 글을 읽다가 중종을 만나게 되었는데, 그때 불렀다는 시조가 "나온댜 금일今日이야 즐거온댜 오늘이야"이다. '오늘은 참으로 즐거운 날이로다. 여태껏 볼 수 없었던 오늘이다. 매일이 오늘 같다면 무슨 성가신 일이 있겠는가'라고 하며, 김구는 임금과 함께한 그 특별한 순간을 기념하며 이 노래를 지었다. 이 일화는 '오늘이' 모티프가 단순한 생일 축하의 노래를 넘어, 왕을 향한 신하의 충절을 노래하는 충신연주지사忠臣戀主之詞로도 손색이 없었음을 잘 보여 준다.

이 노래와 관련된 조선 중기의 문신 이귀李貴의 일화도 흥미롭다. 이귀의 첩은 '오늘이야 노래'(금일금일지곡今日今日之曲)를 자주 불렀는데, 이귀는 그 노래 듣는 것이 지겨워 하루는 그것을 그만두라고 하자, 첩은 이귀가 상소문을 자주 쓰는 것을 비꼬아서 당신의 '성황성공誠惶誠恐'은 어떠냐고 대답했다는 것이다. 여기서 말하는 '오늘이야 노래'는 「오ᄂ리 시조」를 가리킨다. 물론 이 노래가 우리가 알고 있는 「오ᄂ리 시조」와 똑같은 노랫말의 작품이 아닐 수도 있지만 '오늘이' 모티프를 바탕으로 만들어진 노래였다는 것은 의심의 여지가 없다. 이처럼 이귀가 자주 상소문을 올린 것만큼이나 '오늘이야 노래'가 빈번하게 불렸다고 빗댄 이 이야기는 당시 '오늘이' 모티프의 노래가 상층 사대부들 사이에서도 널리 퍼져 있었음을 알려 주는 좋은 사례이다.

소망과 기원의 노래 '오나리'

앞서의 사례들이 개인적 차원에서 '오늘이' 모티프를 활용하여 부른 예라면, 다음은 좀 더 공적인 자리에서 불린 경우이다. 1572년에 지어진 거문고 악보『금합자보琴合字譜』에는『청구영언』의 「오ᄂ리 시조」와 매우 흡사한 형태의 노랫말이 실려 있다.

오ᄂ리 오ᄂ리나 미일에 오ᄂ리나
졈므디도 새디도 오ᄂ리
새리나 미일 댱샹의 오ᄂ리 오쇼셔.

- 『금합자보』평조 만대엽

『금합자보』는 궁중 악사인 안상安瑺이 편찬한 고악보古樂譜로, 여기에는 16세기 중반 조선의 궁중악 작품들이 다수 수록되어 있다. 특히 가곡창 평조平調 만대엽慢大葉 항목에 이 「오ᄂ리 시조」가 실려 있는데, 이는 가집 『청구영언』(1872)에 수록된 형태보다 훨씬 이른 시기의 기록이며 노랫말의 일부 표현도 조금은 다르다. 이 『금합자보』의 만대엽 「오ᄂ리」는 이후 모든 가곡창 노래들의 원형이 된 시조로 평가된다. 또한 1610년에 악사 양덕수梁德壽가 편찬한 『양금신보梁琴新譜』에도 같은 노래가 실렸는데, 여기의 노랫말은 『청구영언』의 것과 거의 일치한다.

이처럼 '오늘이' 모티프의 「오ᄂ리 시조」는 사대부가家는 물론 궁중에서도 널리 불릴 만큼 당대에 매우 유명한 노래였다. 이렇듯 조선 사회의 보편적 축가로 자리매김한 이 노래는 과연 어디에서 비롯된 것일까? 처음부터 궁중에서 만들어진 노래였을까, 아니면 사대부들 사이에서 유행하던 노랫말이 점차 퍼져 나간 것일까? 다음의 노래는 이러한 궁금증에 대한 해답의 실마리를 제공한다.

오ᄂ리 오ᄂ리라 ᄆᆡ일이 오ᄂ리라	日今日 每日如今日
날은 저물어도 새도록 오ᄂ리라	日者暮亦 日署益如今日
오ᄂ리 오ᄂ리 긑으면 무슨 세世로 긑으라이	今日如今日 何世如也

「학과 거북이 춤의 노래[鶴龜舞ノ歌]」로 알려진 이 노래는 임진왜란 당시 남원에서 일본으로 끌려가 나에시로가와[苗代川]에 정착한 조선 도공들이 부르던 노래이다. 그런데 이들이 낯선 타국에서 고향을 그리워하며 불렀던 노래가 공교롭게도 다름 아닌 「오ᄂ리 시조」였다. 고향에 대한 그리움을 담은 노래가 많았을 텐데, 왜 하필 이 노래를 불렀던 것일까? 흥미로운 점은 이곳에서 불린 '오ᄂ리'는 단군을 모시던 옥산신사玉山神社에서 불리던 신가神歌, 즉 신을 기리는 노래였다는 사실이다. 다시 말해 '오늘이' 모티프의 노래는 단순히 궁중이나 양반 사대

부가에서 축하의 노래로만 불렸던 것이 아니라 기원과 축원의 신가적神歌的 성격을 지닌 노래(무가巫歌)였던 것이다.

'오늘이' 모티프는 다른 무가에서도 쉽게 찾아볼 수 있다. 제주 서사무가「세민황제 본풀이」나「삼공본풀이」에서도 확인되고,「원천강 본풀이」에는 아예 '오늘이', '매일이', '장상이' 등 이 단어들을 이름으로 하는 독특한 캐릭터들이 등장한다. 이처럼 '오늘이' 모티프는 우리의 무속 신앙과 긴밀히 맞닿은 채 오랜 세월 전승되었다. 짐작하건대「오ᄂ리 시조」의 기원과 축원, 소망의 성격은 이러한 무가가 지닌 본질에서 기인한다고 이해할 수 있을 것이다.

"더도 말고 덜도 말고 오늘만 같아라."라는 말이 있다. 이 말에는 지나간 날에 너무 얽매이지 않고, 다가올 미래에 과한 욕심을 내지도 않으며, 현실에 만족하며 살아가고자 하는 사람들의 소박한 염원이 담겨 있다.「오ᄂ리 시조」가 조선 전 시기를 거치며 널리 사랑받았던 데에는 거창한 의미나 특별한 가치가 담겼기 때문만은 아니다. 힘겨웠던 지난날들도 있었지만 그럼에도 지금 이 순간을 살아내고 있다는 것, 지금이 없다면 더 나은 내일도 없다는 단순하고 평범한 진실이 그 속에 담겨 있기 때문이다. '오늘만 같아라'라는 표현은 결국 현재의 삶을 긍정하고 더 나은 내일을 꿈꾸려는 삶의 태도를 보여 준다.「오ᄂ리 시조」는 척박한 삶 속에서도 더 나은 미래를 향해 나아가고자 했던 우리 선조들의 현실 지향적이면서도 긍정적인 삶의 태도를 잘 담아낸 노래라 할 수 있다.

강경호

어져 내 일이야

황진이黃眞伊

어져 내 일이야 그릴 줄을 모로ᄃ냐

이시라 ᄒ더면 가랴마ᄂ 제 구틱야

보내고 그리ᄂ 情은 나도 몰라 ᄒ노라

-『청구영언』(진본) 6번

어져 내 일이야 그릴 줄을 모르더냐

있으라 하더면 가랴마는 제 구태여

보내고 그리는 정情은 나도 몰라 하노라

• 어져: 감탄사 '아' 또는 '아차'.　　　• 하더면: 하면.

삭사 비성比定 및 선승의 과성

황진이의 작품으로 알려진「어져 내 일이야」는 현재 총 78편의 가집歌集 문헌에 수록되어 있어 오랜 시간에 걸쳐 잦은 빈도로 널리 향유되었음을 알 수 있다. 하지만 다수의 황진이 작품이 그러하듯, 이 작품 또한 처음부터 황진이의 작품으로 공고하게 인식되어 전승된 것은 아니다.

「어져 내 일이야」는, 현행 최고最古 가집인 『청구영언』(진본)에서는 무명씨의 작품으로 수록되어 있으며 『해동가요』 계열 가집에서도 그 작자를 무명씨로 전승하고 있다. 이후 『병와가곡집』에서 최초로 그 작자를 황진이로 명기하지만, 동시대 여타 가집들은 여전히 무명씨의 작품으로 기록하고 있다. 이후 19세기에 편찬된 『가곡원류』 계열 가집에 들어서야 해당 작품의 작자를 황진이로 기록하는 경향이 정착된다.

이와 같은 작품의 전승·유통 상황을 분석하자면, 여타 황진이 시조들과 달리 별도의 시화詩話나 한역시漢譯詩가 전해지지 않는 「어져 내 일이야」는 상당 기간, 넓은 범위에 걸쳐 무명씨의 작품으로 전승되다가, 독자적인 편찬 체제와 작자 명기를 보이는 『병와가곡집』에 들어 황진이로 작품의 작자가 비정比定되어 그 연결고리가 생성되고, 19세기 『가곡원류』 계열 가집의 편찬과 광폭한 유통에 힘입어 이전까지 무명씨였던 기존의 작자 전승이 황진이로 고착화되는 양상을 보인다.

행위 주체에 따른 정서의 변주와 향유의 개방성

해당 작품의 내용은 표면상 애정 시조의 전형적 양상을 보이지만, 세밀히 들여다보면 단순치 않은 상황에 부딪히게 된다. 작품의 초장 전구前句와 종장 후구後句에서 각각 화자 '나'가 등장한다. 하지만 작품 전반에 걸쳐 감정과 행위의 주체 모두가 화자 '나'인지에 대해서는 다소 모호하다. 초장의 전구에서 화자는 '어져'라는 한탄과 함께 "내 일이야", 즉 자신에게 벌어진 일련의 사건들에 대해 토로하고자 한다. 이어 후구의 "그릴 줄을 모르더냐"라고 말하며 사건의 핵심이 '그리움'에 있음을 알린다.

하지만 이러한 후구의 주체가 누구인지 문면에는 직접 드러나지 않는다. 이어지는 중장에서도 '있으랴'의 주체와 '가랴마는'의 주체가 감춰져 있다. 이에 따라 종장의 전구에서도 '보내고'의 주체와 '보내지는' 대상이 누구인지 불분명한 상태로 남게 되고, 종장의 후구 "나도 몰라 하노라"에 이르면 화자 '나'가 모르겠다고 하는 것이 대체 무엇이며, 이것이 원망인지 혹은 자책인지 그 어조마저 확신할 수 없게 된다.

해석의 고삐는 아마도 중장의 '제'에 쥐어진 듯하다. 중장의 '제'의 정체가 화자 '나'인지 혹은 화자의 '임'인지에 따라 작품의 전체적 어조와 의미 지향이 달라질 수 있다. 구체적인 비교를 위해 작품 내 주체와 대상을 괄호 안에 삽입하여 현대역을 하면 다음과 같다.

> 아 나의 일이야 (나는 임을) 그리워할 줄 예상치 못했단 말인가
> (내가 임한테) 있으라고 했으면 (임이) 가셨겠냐만 제(나) 구태여
> (임을) 보내고 그리워하는 정은 나도 (내가 왜 그랬는지) 모르겠다

> 아 나의 일이야 (임은 나를) 그리워할 줄을 모르시는가
> (임이 나한테) 있으라 하시면 (내가) 가겠느냐만 제(임) 구태여
> (나를) 보내고 그리워하는 정은 나도 (임께서 왜 그러셨는지) 모르겠다

이처럼 종장의 '제'를 '나'로 설정했을 경우, 임을 떠나보낸 나 자신에 대한 자책과 비애의 정서가 도드라진다. 반면에 종장의 '제'를 '임'으로 이해했을 경우, 나를 떠나보낸 '임'에 대한 원망과 그리움의 정서로 작품을 읽어 낼 수 있다. 이처럼 「어져 내 일이야」는 행위의 주체가 선명하게 드러나지 않음으로써 오히려 어떠한 방향으로도 해석될 수 있는 가능성의 폭을 넉넉하게 지니게 된다. 또한 이러한 해석의 변폭은 삼성 이입의 선백석 사유를 남보아너 항우 남창男唱과 여창女唱을 가리지 않고 연행될 수 있었던 배경으로 작동한 것으로 추정된다.

송태규

346

078

죽음, 그 너머의 허무를 잊다

한 잔 먹세그려

정철鄭澈

혼 盞 먹새 그려 또 혼 盞 먹새 그려 곳 것거 算 노코 無盡無盡 먹새 그려
　이 몸 주근 後에 지게 우희 거적 더퍼 주리혀 미여 가나 流蘇 寶帳에 萬人
이 우러 녜나 어욱새 속새 덥가나무 白楊수페 가기곳 가면 누른 히 흰 둘 ᄀᆞᄂᆞ
비 굴근 눈 쇼쇼리 ᄇᆞ람 불 제 뉘 혼 盞 먹쟈 홀고
　ᄒᆞᄆᆞᆯ며 무덤 우희 진나비 ᄑᆞ람 불 제 뉘우촌들 엇지리

- 『청구영언』(진본) 6번

한 잔 먹세그려 또 한 잔 먹세그려 꽃 꺾어 산算 놓고 무진무진 먹세그려
　이 몸 죽은 후에 지게 위에 거적 덮어 졸라매어 가나 유소보장流蘇寶帳에
만인萬人이 울어 예나 어욱새 속새 떡갈나무 백양白楊숲에 가기곧 가면 누런 해
흰 달 가는 비 굵은 눈 소소리바람 불 제 뉘 한 잔 먹자 할꼬
　하물며 무덤 위에 잔나비 파람 불 제 뉘우친들 어찌하리

- 유소보장流蘇寶帳: (주로 상어 위에 치는) 술이 달려 있는 비단 장막.
- 울어 예나: 울고 가나.
- 어욱새: 억새.
- 소소리바람: 이른 봄에 살 속으로 스며드는 듯한 차고 매서운 바람. 또는 회오리바람.
- 잔나비: 원숭이.
- 파람: 휘파람.

'권주가勸酒歌'의 대표작

이 작품은 송강 정철의 「장진주사將進酒辭」로 그의 시가집 『송강가사』뿐 아니라 『청구영언』(진본) 등 수많은 가집에 널리 수록되어 있다. 정철은 중국 당나라 시인 이백李白, 이하李賀의 「장진주」를 모티프로 하여 이 노래를 지었다.

상대에게 술을 권하는 내용을 담은 노래는 우리 시조에서 어렵지 않게 찾아볼 수 있는데, 정철의 이 작품은 이러한 '권주勸酒歌'를 대표하는 작품이다. 시조는 술과 음악이 한데 어우러지는 연회 자리에서 종종 불렸기 때문에, 권주의 뜻을 담은 작품들은 '현재를 즐기자!'를 표방하며 취흥을 돋우는 역할을 하였을 것이다. 그러나 이러한 유흥적인 정서 이면에는 삶의 덧없음에 대한 인식이 깔려 있다. 위 작품 또한 유한한 생의 감각을 일깨움으로써 지금을 즐겨야 하는 이유를 설득하는 한편, 인생무상의 감회를 일으키는 내용으로 이루어져 있다.

초장에서 화자는 연거푸 술을 권하며 술자리의 흥을 돋우고자 한다. "한 잔 먹세그려"에서 '그려'는 말끝에 붙어 앞의 "한 잔 먹세"를 강조하는 의미로 쓰였는데, 강한 권유의 뜻을 가지면서도 청자를 향한 화자의 친근함 또한 묻어난다.

중장은 초장에서 제시한 "한 잔 먹세"의 이유를 제시하고 청자를 설득하는 내용이다. 우선 "꽃 꺾어 산算 놓고" 먹는 것은 마신 술잔만큼 꽃을 꺾어 세어 가며 먹자는 뜻으로 누가 술을 더 많이 마시는지 겨루어 보기 위함도 있고, 주량을 맞추어 함께 마시려는 의도 또한 있을 것이다. 의도가 무엇이든 '무진무진' 마시자고 권하였으니, 혼자서만 덜 마실 핑계를 대 봤자 이 상황에서는 전혀 통하지 않을 듯하다.

유한한 삶을 향한 건배

이어지는 내용에서 화자는 언젠가 도래할 죽음 후의 모습을 들어 술 권하는 뜻을 더욱 곡진히 드러내었다. 죽은 육신이 지게 위에 거적을 덮고 주리에 칭칭 매어 가나, 화려한 비단으로 장식된 관에 여러 사람 우는 행렬을 뒤로 한 채 가나, 죽고 나면 다 소용없다는 것이다. 그리고 그때가 온다면 해가 뜨고 달이 지는, 때때로 가는 비와 굵은 눈이 내리며 바람이 불기도 하는 산 사람들의 세계에서 지금처럼 술잔을 나눌 길은 영영 없어진다는 것을 청자에게 일깨운다. 그러니 당연히 살아있을 때 권하는 한잔은 더욱 값지며, 함께 즐거움을 나누는 이 순간 또한 다시 오지 않을 기회이다.

종장에서는 무덤 위의 잔나비가 휘파람을 불 때, 즉 세상을 떠나고 난 후에 후회해 봐야 무슨 소용이 있겠냐고 하면서 허무하면서도 쓸쓸한 정조로 마무리하고 있다. 죽은 후 남겨진 자가 느낄 애환과 삶의 무상감이 단번에 드러나 보이는 대목이다.

일찍이 허균, 홍만종 등은 이 작품을 두고 "맑고 장엄하다.", "쓰인 말이 구슬프다."라는 평어를 남겼다. 이처럼 정철의 「장진주사」는 오랜 문학적 전통을 이어받으면서도 우리 말 시가의 정감과 멋을 잘 살린 작품으로, 사대부 향유층에게 크게 애호되었을 뿐 아니라 후대 가집에 널리 수록되어 오래도록 많은 사람들의 사랑을 받았던 작품이다. 누구에게나 공평히 주어지는 삶과 죽음을 다루고 있기 때문일 것이다. 부귀한 자도, 빈천한 자도 모두 죽어 돌아가는 것은 거부할 수 없는 이치이다. 이러한 순리를 들어 권하는 잔을 누가 마다할 수 있을까?

윤지아

079

봄철 농가의 평화로운 일상

동창東窓이 밝았느냐 남구만南九萬

동창이 밝았느냐 노고지리 우지진다

소 칠 아이는 여태 아니 일었느냐

재 너머 사래 긴 밭을 언제 갈려 하나니

- 『청구영언』(진본) 77번

동창東窓이 밝았느냐 노고지리 우짖는다

소 칠 아이는 여태 아니 일었느냐

재 너머 사래 긴 밭을 언제 갈려 하나니

• 노고지리: 종다리. • 사래: 이랑의 길이.
• 일었느냐: 일어났느냐.

농촌의 아침 풍경에 담긴 노래의 생명력

노래는 생명력을 가진다. 그 노래가 얼마나 많은 사람들에게 전승되어 불렸
는지, 또는 얼마나 오랜 시간동안 연행되었는지에 따라 노래의 생명력은 강해지
기도 하고 약해지기도 한다. 이런 점에서 이 시조 「동창이 밝았느냐」는 강한 생

명력을 가진 노래라고 할 수 있다.

이 노랫말의 단단한 생명력은 여러 가집의 수록 상황만 살펴보아도 충분히 짐작할 수 있다. 『청구영언』(진본)부터 시작하여 『해동가요』, 『근화악부』, 『가곡원류』, 『시조집』(평씨본) 등 무려 50여 종의 가집에 작품이 실려 있기 때문이다. 『청구영언』(진본)의 편찬 시기가 1728년이고 『시조집』(평씨본)의 편찬 연대가 1956년인 점, 그리고 그사이에 간행된 수십 종의 가집에 노래가 실려 있음을 고려해 보면 이 시조가 몇 백년 동안 꾸준히 사람들에게 애호되었다는 것을 알 수 있다. 더구나 그 긴 세월동안 수많은 사람들에게 불리며 여러 가집에 수록되었음에도 노랫말의 변용이 거의 없다는 점 역시 이 시조의 생명력을 보여 준다. 그렇다면 이 시조가 변함없이 전승될 수 있었던 동인은 무엇이었을까? 이 노래에 어떤 의미가 담겨 있기에 수많은 시간 동안 수많은 사람들에게 꾸준히 불려 온 것일까?

그 답을 찾기 위해 시조의 장면으로 가 보도록 하자. 시조의 내용은 마치 한 폭의 풍경화를 보고 있는 듯한 느낌을 준다. 먼저 초장에는 아침 무렵 농촌 마을의 한 장면이 펼쳐진다. 동쪽으로 난 창문으로 아침 햇살이 비치고, 이러한 광경에 화답이라도 하듯 노고지리가 경쾌하게 우짖는 소리가 들리는 평화로운 정경이다. 노고지리는 종달새를 이르는 옛말로, 아침 일찍부터 우는 종달새는 예로부터 성실함의 상징으로 여겨지기도 했다.

그런데 중장에 등장하는 소 치는 아이는 종달새와 상황이 사뭇 다르다. 얼른 일어나 소를 돌보고 일하러 나갈 준비를 해야 할 터인데 아침이 일찌감치 밝았는데도 여태 일어날 기미가 보이지 않는 것이다. 결국 종장에서 시적 화자는 재 너머 사래 긴 밭을 언제 갈려고 하느냐는 타이름으로 아이를 재촉하고 있다.

중장에서 아이를 깨우는 어른의 목소리나 종장에서 부지런히 일할 것을 권면하는 어조에는 질책이나 책망이 담겨 있지 않다. 오히려 아이를 부드럽게 깨우는 어른의 점잖은 타이름, 그것도 애정이 묻어나는 따뜻한 목소리로 읽힌다. 이러한 어조는 이 작품이 목가적인 분위기를 가질 수 있도록 돕고 있어서, 노랫말을 들은 청자는 자연스레 농촌의 평화로운 장면에 동화되며 마음을 이완시킬 수 있게 된다. 이러한 지점들이 이 노래를 애호하게 된 요인 중 하나로 작용하지 않았을까?

권농勸農, 자족적 삶, 정치적 함의

이 노래는 표면적으로는 농사일에 힘쓰라는 권농勸農의 주제의식을 드러낸다. 그러나 때로는 자족적 삶의 지취志趣를 드러낸 시조로, 또는 정치적인 함의를 담고 있는 작품으로 읽히기도 한다. 이는 이 작품의 작가와 관련지어 이해해 볼 수 있을 듯하다.

이 시조는 약천藥泉 남구만(1629~1711)의 작품으로 알려져 있다. 작가가 명기되지 않은 가집들을 제외하고 작가가 표기된 가집에서는 예외없이 모두 남구만으로 적혀 있는 것으로 보아 그를 작가로 상정하는 것에는 무리가 없어 보인다. 조선 후기 인조·숙종 연간의 문신이었던 남구만은 과거 급제 후 수많은 관직을 역임했으며 이후 대제학, 병조판서를 거쳐 삼정승의 자리에까지 오른 인물이다. 그가 살던 때는 노론·소론 간 정쟁의 소용돌이가 휘몰아치던 시기였다. 소론의 당수黨首로 손꼽히던 남구만은 이로 인해 여러 어려움을 겪기도 했으며 결국 늘그막에 낙향하여 조용하게 삶을 마무리하게 된다.

이 작품은 작가 남구만이 낙향했던 시기의 흔적과도 연결지어 살펴볼 수 있다. 그렇다면 이 노래는 그가 체험한 평온한 시골 생활의 만족감을 드러내는 작품으로 읽힌다. 혹자는 이 노래를 남구만의 정치적 부침과 연결시어 당내 징지현실에 대한 함의를 지니고 있는 것으로 평가하기도 한다. 이처럼 이 작품은 바라보는 시선에 따라 농사를 권면하는 권농가勸農歌로 읽히기도 하고, 양반이 누리던 시골생활의 자족을 드러내는 작품으로, 또는 정치적인 함의가 있는 작품으로 읽히기도 한다. 그러나 어느 쪽이든 청자들이 느끼는 이 노래의 의미나 가치를 한 가지로 규정하기는 어려울 듯하다. 농사와 관련 있는 청자들에게는 이 노래가 농촌의 일상을 담아낸 권농가로 읽혔을 테고, 처處를 지향하는 양반의 입장에서는 소박하고 자족적인 삶에 대한 노래로, 또 다른 이에게는 평화로운 일상을 담아낸 서정시로 다가왔을 수도 있을 것이다. 이처럼 이 노래를 향유하는 사람들에게 작품의 의미는 아주 다채롭게 해석될 여지가 있다. 이 시조가 오랜 시간 많은 사람들한테 사랑받게 된 이유는 이런데서 찾아 볼 수도 있을 것이다.

이 노래의 생명력은 여전히 현재 진행형이다. 4차 개정 교과서에서부터 시작해 지금까지 중·고등학교의 여러 교과서에서 이 작품을 다루기도 하고, 때론 모의고사나 수능 시험에 문제로 출제되기도 한다. 비록 연행되는 노래가 아니라 문학 작품으로서 시조를 향유하는 것이기는 하지만 이 작품의 문학적 가치가 여전히 지속되고 있다는 점에서 전승의 의미를 찾아 볼 수 있다. 이뿐만이 아니다. 현대 국악 공연에서도 여전히 살아 숨쉬고 있는 이 노래의 존재감을 확인할 수 있다. 이 작품은 가곡창이나 시조창 공연의 주레퍼토리로 애호되는 작품 중 하나로 명창의 목소리를 통해 연행되며 여전히 여러 청자들의 마음에 울림을 주고 있다. 작품이 지닌 지속적이고 강인한 생명력이 현재까지 영향을 미치고 있는 것이다.

최지혜

080

꿈길과 자취 없는 그리움

꿈에 다니는 길이

작가 미상

쭘에 둔이는 길히 주최곳 날쟉시면
님 계신 窓 밧기 石路ㅣ라도 달흐리라
쭘길히 주최 업스니 그를 슬허 ㅎ노라

- 『영언유초永言類抄』199번

꿈에 다니는 길이 자취곧 날작시면
임 계신 창밖에 석로石路라도 달으리라
꿈길이 자취 없으니 그를 슬퍼하노라

• 날작시면: 나면. '-ㄹ작시면'은 '어떤 동작을   • 석로石路: 돌길.
  한번 행하여 보면'.

현실과 꿈, 공간과 감정의 경계를 교차하는 정교한 상징

운문과 산문을 막론하고 문학 작품에서 '꿈'은 다양한 의미로 나타난다. 현실의 억압된 욕망이나 숨겨진 진실을 상징적으로 드러내거나 반대로 현실의 허무함과 무상함을 드러내는 장치로 쓰이기도 한다. 그리고 현실을 넘은 이상향이나 이계異界를 표현하는 탈현실적 공간으로 등장하기도 한다. 사랑을 소재로 하는 작품에서도 꿈은 단골 소재로 등장한다. 우리가 살펴볼 「꿈에 다니는 길이」도 전형적인 애정의 노래라 할 수 있다. 그럼에도 불구하고 이 시조는 꿈으로 시작해 꿈으로 맺는 구조를 지녔다는 점에서 여타 작품들과 뚜렷이 구분된다.

작중 화자는 사랑하는 임에 대한 생각을 단 한 순간도 놓지 못한다. 말 그대로 '자나 깨나' 임 생각뿐이다. 그리움이 너무 크기에 꿈속에서도 임 생각을 놓지 못한다. 꿈은 화자에게 현실을 대체하는 공간이지만, 꿈은 아무리 노력해도 자취를 남기지 못하는 무형無形의 세계이다. 그런 점에서 꿈은 간절하면서도 덧없는 세계이다. 작품의 백미는 종장보다는 중장이다. 돌길이 닳는다는 표현은 단순한 과장이나 비유를 넘어, 보이지 않는 마음의 움직임을 눈에 보이는 풍경으로 구체화한 장치이다. 현실에서는 이루어지지 않는 사랑이 꿈속에서도 계속 반복되며, 그 흔적이 돌길을 마모시킬 정도로 강렬하고 지속적이라는 정서의 강도를 시각적 이미지로 보여 준다. '감정의 물질화'라고 해도 좋을 정서의 물리적 환원은 시가 문학에서 종종 볼 수 있는 표현 기법이지만 여기서는 현실과 꿈, 공간과 감정의 경계를 교차시키면서 정교한 상징으로 표현했다는 점에서 탁월한 시적 성취를 이루었다고 생각한다.

아무리 노력해도 '꿈길'에는 자취가 남을 수 없음을 깨달은 화자는 결국 그것을 슬퍼한다는 귀결에서 정서의 극점에 이른다. 강렬한 표식이 아닌 흔적과도 같은 '자취'를 남기기 위해 돌길을 오가는 반복적인 행위를 통해 자신의 마음을 노골적이지 않고 잔잔하게 표현한 화자는, 자신의 행위가 결국 부질없는 행위였음을 깨닫는 순간에도 특정할 수 없는 '그(것)'를 슬퍼한다고 함으로써 청자/독자에게 진한 여운을 남긴다. 이러한 정제된 감정의 표현이 어쩌면 이 시가 많은 사람의 심금을 울린 주된 요인이었을 것으로 보인다.

시대, 신분, 장르를 넘는 공감의 계보

한편 이 시조는 조선조 최고의 여성 한시 작가로 알려진 이옥봉李玉峰의 7언절구「몽혼夢魂」과 유사하다는 점에서도 주목을 받았다. 헤어진 남편을 그리워하는 작품으로 알려져 있는「몽혼」은 다음과 같다.

요즘 어찌 지내시는지요	近來安否問如何
달빛 드는 창가에 제 슬픔이 깊어 갑니다	月到紗窓妾恨多
만약 꿈속 넋이 오가는 길에 자취 남는다면	若使夢魂行有跡
문 앞 돌길이 반은 모래가 되었을 거예요	門前石路半成沙

작품의 후반부인 전구轉句와 결구結句가 시조 초·중장과 착상 및 표현에서 매우 흡사하다.

추정컨대 이옥봉의「몽혼」이 인구에 회자되면서 풍류마당에서 시조로 재창작되어 향유되었을 것으로 보인다. 실제로 시조 또한 많은 사람들이 애송愛誦했는데, 18세기 후반 편찬된 가집『해아수解我愁』에 수록된 이후 40개가 넘는 가집에 실려 전한다는 것이 이를 방증한다. 사랑하는 임을 향한 간절한 그리움과 반복되는 노력에도 남지 않는 흔적, 그리고 그 허무함에 대한 체념과 슬픔 등을 '꿈', '그리움', '자취 없음'이라는 보편적 언어로 담담하게 담아냈기에 신분의 고하를 막론하고 폭넓은 공감대를 형성했던 것이다.

전승의 과정에서 이 시조는 병자호란 이후 소현세자와 함께 중국 심양에 억류되었다가 돌아온 이명한이 지은 것으로 알려지기도 했다. 이러한 현상은 실제 사실 여부와는 별개로, 작품의 내용과 정서가 갖는 감동의 깊이, 그리고 당대인들에게 끼친 문화적 울림이 특정한 역사적 인물과 연결되기를 바랐던 후대의 인식과 맞닿아 있다. 즉 간절한 그리움이라는 시적 정조가 이명한이라는 비극적 인물의 삶과 겹쳐지면서 설득력을 얻은, 작품의 명성이 빚어낸 서사적 귀속 현상으로 이해할 수 있다.

이렇게 만들어진 공감대는 한시에서 시조를 거쳐 다시 한시에 이르는 경과를 만들어 낸다. 조선 후기 여러 문인들은 단지 시조를 함께 듣는 것에서 그치지 않고 한역漢譯을 통해 그 의미를 자기화하는 데에까지 나아갔다. 대사간과 대사성을 지낸 임정任珽의 문집『치재유고厄齋遺稿』에는,

만약 꿈속 길에	假使夢中路
참으로 자취 남길 수 있다면	眞能有行迹
임 계신 창밖 길은	所歡窓前路
아무리 돌이라 한들 반드시 부서지리	雖石亦必泐
임도 없고 꿈엔 자취도 없으니	無郎夢無蹤
일어나 앉아 부질없이 (눈물이) 마음 적시네	起坐空沾臆

라는 한역시가 남아 있다. 시조의 흐름을 따라 그대로 한역함으로써 원작의 맛을 제대로 구현했다.

또한 서화가이자 시인인 신위申緯의 시문집『경수당전고警修堂全藁』에도 소악부小樂府로 분류되어「몽답흔夢踏痕」이라는 제목으로 한역시가 실렸다.

꿈속의 넋 서로 찾음에 나막신 굽 가벼워도	魂夢相尋屐齒輕
철문과 돌길이 응당 평탄해지리	鐵門石路亦應平
원래 꿈길에 지나간 발자취 없으니	原來夢徑無行跡
저 님 알지 못함이 내 일생의 한이로다	伊不知儂恨一生

가 그것이다. 신위의 경우 '돌길'에 그치지 않고 '철문'을 등장시킴으로써 원작 중장의 내용을 더욱 강조하였으며, 화자의 '한恨'을 보다 직접적으로 드러냈다.

흥미로운 점은, 「몽혼」의 후반부는 서도민요 가운데 대표적인 작품인 「수심가愁心歌」의 가사로도 차용되었다는 사실이다. 「수심가」 사설은 잡가집에 수록된 것만 하더라도 수십여 종에 이르는데, "약사몽혼으로 행유적이면 / 문전석로 반성사로구나~"로 진행되는 사설의 빈도가 가장 높다. 가창자들이 「몽혼」의 3~4구를 「수심가」 1~2장으로 노래하고, 3장은 창자마다 자유롭게 창작하여 불렀다. 「수심가」가 민요임에도 「몽혼」의 한자 원음을 노랫말로 그대로 차용한 것은 시조 「꿈에 다니는 길이」가 널리 알려진 영향도 적지 않았다고 생각한다.

　　이처럼 이 시조가 한시와 시조, 민요 등 다양한 장르에서 향유될 수 있었던 것은 시대와 계층을 초월해 공감할 수 있는 보편적 감성을 담고 있기 때문이다.

신성환

081

봄밤, 태평성대를 꿈꾸다

매창梅窓에 월상月上하고

김천택金天澤

梅窓에 月上ᄒ고 竹逕에 風淸ᄒ 제

素琴을 빗기 안고 두세 曲調 훗ᄐ다가

醉ᄒ고 花塢에 져이셔 夢羲皇을 ᄒ놋다

-『청구영언』(진본) 272번

매창梅窓에 월상月上하고 죽경竹逕에 풍청風淸한 제

소금素琴을 비껴 안고 두세 곡조 흩타다가

취하고 화오花塢에 져이셔 몽희황夢羲皇을 하놋다

- 매창梅窓: 매화가 수놓인 창.
- 월상月上하고: 달이 떠오르고.
- 죽경竹逕: 대나무 우거진 길.
- 풍청風淸한 제: 맑은 바람 불 때.
- 소금素琴: 아무 장식이 없는 수수한 거문고.
- 화오花塢: 꽃이 피어 있는 언덕.

- 져이셔: 의지하여.
- 몽희황夢羲皇: 꿈에서 희황을 만난다는 뜻으로, '희황'은 중국 고대 전설상의 제왕 '복희 씨伏羲氏'를 이른다.
- 하놋다: 하는구나.

현실의 번뇌를 잊고자

이 시조는 가객 김천택의 작품으로 『청구영언』(진본)을 비롯한 4종의 가집에 수록되어 있다. 작품 속에는 김천택이 추구하였던 정신적, 예술적 경지가 잘 드러나 있다. 김천택은 후대에 등장하는 김수장, 안민영과 같은 가객들과 비교하였을 때 사대부적 면모가 강하게 나타나는 작가로 알려져 있다. 이는 예인들이 대개 양반 문인들의 의식 세계와 가치관을 강하게 의식하였기 때문이기도 하지만, 그의 타고난 품성으로부터 기인한 바도 있는 것 같다.

초장은 매화가 아름답게 수 놓고 있는 창밖 풍경과 그 배경으로 떠오른 달이 한 폭의 그림처럼 어우러진 장면을 포착했다. 또한 멀지 않은 대숲 길에서는 신선한 바람이 불어오는 상황이다. 매화와 대나무가 주는 고고하고 깨끗한 이미지는 말할 것도 없거니와, 계절적으로는 이제 막 봄을 알리는 시기일 터, 대숲으로부터 불어오는 바람은 매화 꽃내음을 싣고 와 이른 봄의 청량한 기운을 전해 준다. 이처럼 초장의 시상은 고결하고 단아한 봄밤의 정경으로 집약된다.

중장에서는 거문고를 비스듬히 안고 두세 곡조를 되는 대로 연이어 타는 화자의 모습이 나타난다. 굳이 악보를 보거나 의도적으로 완성된 연주를 하려고 하지 않아도 자연스럽게 곡조가 손에서 절로 흘러나오는, 경지에 오른 예인의 모습이다. 초장에서 불러일으킨 봄밤의 시상이 중장의 음악으로 연결되면서 예인의 우아한 멋스러움이 한층 부각된다.

이처럼 격조 높은 풍류가 종장에서는 취흥으로 이어진다. 술에 취하여 화단에 기대어 있는 화자는 머나먼 태평 시절을 꿈꾸고 있다. 이처럼 음악과 술에 흠뻑 취한 시적 화자가 아득히 먼 옛날의 태평성대를 떠올리는 이유는 지극한 풍류이기도 하지만, 한편으로는 현실의 번뇌를 잊고자 하는 마음과 무관하지 않다. 그렇다면 취흥 이면에 자리한 내적 갈등의 원인은 무엇일까?

고고한 예인의 초상

『청구영언』에 후발을 남긴 마악노초磨嶽老樵는 "김천택은 사람됨이 밝고 유식하여 능히 『시경』300편을 외우니 한갓 노래만 하는 자는 아니다."라고 하였다. 이처럼 김천택은 그저 음률을 잘 알고 노래를 잘하는 가객이 아니라 문인으로서 당시 양반들과 비교해도 전혀 뒤지지 않을 학식과 소양을 갖춘 인물이었다. 그렇지만 신분적 한계로 이러한 그의 능력을 세상에 펼쳐 보일 기회는 주어지지 않았다. 김천택의 시조 곳곳에는 현실에 대한 은근한 불만과 좌절감이 묻어 있다. 그렇기에 작품 속에서 그의 예술적 경지가 세속을 뛰어넘는 수준과 지조를 갖춘 것으로 묘사될수록, 자신을 알아주지 않는 현실에 대한 부정적인 시선은 마치 그림자처럼 짙어지는 것이다.

이 작품은 널리 알려지지는 않았지만, 같은 시기 예인의 정체성을 가지고 살았던 여러 인물들을 대변하고 있는 작품처럼 보인다. 권세가의 무례한 부름 앞에 불호령으로 맞서 두고두고 회자되었던 금객琴客 김성기와 같은 인물이 떠오르기도 한다. 이처럼 우리는 이 작품을 통해 당시 예인들의 고고한 정신세계를 알 수 있다.

윤지아

노래같이 좋고 좋은 줄을

김수장金壽長

노릭 갓치 죠코 죠흔 줄을 벗님네 아돗든가

春花柳 夏淸風과 秋月明 冬雪景에 弼雲 昭格 蕩春臺와 漢北 絶勝處에 酒肴 爛慢ᄒ되 죠흔 벗 가즌 嵇笛 아름다온 아모가히 第一 名唱들이 次例로 벌어 안ᄌ 엇결어 불을 쩍에 中 한닙 數大葉은 堯舜 禹湯 文武 갓고 後庭花 樂時調는 漢唐 宋이 되엿는듸 搔聳이 編樂은 戰國이 되야 이셔 刀槍 劍術이 各自 騰揚ᄒ야 管 絃聲에 어릐엿다 功名도 富貴도 나 몰릭라

男兒의 이 豪氣를 나는 죠화 ᄒ노라

-『해동가요』(주씨본) 548번

노래같이 좋고 좋은 줄을 벗님네 아셨던가

춘화류春花柳 하청풍夏淸風과 추월명秋月明 동설경冬雪景에 필운弼雲 소격昭格 탕춘대蕩春臺와 한북漢北 절승처絶勝處에 주효酒肴 난만爛慢한데 좋은 벗 갖은 혜 적嵇笛 아름다운 아무개 제일 명창名唱들이 차례로 벌여 앉아 엇결어 부를 적에 중中한잎 삭대엽數大葉은 요순우탕문무堯舜禹湯文武 같고 후정화後庭花 낙시조樂時 調는 한당송漢唐宋이 되었는데 소용搔聳이 편락編樂은 전국戰國이 되어 있어 도 창검술刀槍劍術이 각자 등양騰揚하여 관현성管絃聲에 어리었다 공명도 부귀도 나 몰라라

남아의 이 호기豪氣를 나는 좋아하노라

- 춘화류春花柳: 봄의 꽃과 버들.
- 하청풍夏淸風: 여름의 맑은 바람.
- 추월명秋月明: 가을의 밝은 달.
- 동설경冬雪景: 겨울의 설경.
- 필운弼雲 소격昭格 탕춘대蕩春臺: 필운대, 소격대, 탕춘대, 모두 풍류를 즐기던 서울의 명소이다.
- 한북漢北 절승처絶勝處: 한강 이북의 경치가 빼어난 곳.
- 주효酒肴: 술과 안주.
- 난만爛慢한데: 화려하게 펼쳐졌는데.
- 혜적嵇笛: 해금과 피리.
- 중中한잎: 중대엽中大葉. 전통 가곡歌曲의 곡조로, 중간 속도의 곡.
- 삭대엽數大葉: 전통 가곡의 곡조로, 중대엽 다음으로 빠른 곡.
- 요순우탕문무堯舜禹湯文武: 고대 중국의 '요임금'과 '순임금', 하나라의 '우왕'과 은나라

의 '탕왕', 주나라의 '문왕'과 '무왕'으로, 공자가 말한 성인의 계보이다.
- 후정화後庭花: 전통 가곡의 곡조로, 중대엽 다음에 불리던 곡. 중국 남진南陳의 망국亡國 음악으로 알려진 옥수후정화玉樹後庭花에서 유래했다.
- 낙시조樂時調: 전통 가곡의 곡조로, 후정화 다음에 불리던 곡.
- 소용搔聳: 전통 가곡의 하나로, 숙종 때 박후웅朴後雄이 옛날부터 내려오는 희악戲樂을 본받아 지은 것.
- 편락編樂: '장단을 촘촘히 엮은 낙樂'이라는 뜻으로, 낙시조를 엮은 전통 가곡.
- 도창검술刀槍劍術: 칼, 창, 검으로 싸우는 기술.
- 등양騰揚: 세력이나 지위가 높아서 드날림.
- 관현성管絃聲: 관악기와 현악기의 소리.

생생하게 그려 낸 가곡 연행의 현장

이 작품의 작자로 알려진 김수장(1690~?)은 자는 자평子平, 호는 노가재老歌齋로, 중인 신분으로 33세까지 병조서리兵曹書吏를 지내고 노년에는 '절충장군 용양위 부호군折衝將軍龍驤衛副護軍'의 명예직을 수여받아 직무에 종사하였다. 그는 1755년에 가집 『해동가요』(박씨본)를 편찬하고 이후에도 지속적인 개정 작업을 거쳐 1770년에, 현전 3대 가집 중 하나로 불리는『해동가요』(주씨본)를 완성한 가집 편찬자이자 자신을 중심으로 한 '노가재 가단歌壇'을 이끈 선구자이다. 그러

나 무엇보다도 김수장은 그 자신 스스로가 가객으로 현달하였다. 그는 오늘날까지 약 130수에 달하는 시조 작품이 전해지는 다작 작가인 동시에, 1767년 78세 영조의 주도 아래 거행된 친경親耕, 친잠親蠶 의례에 축하 노래 두 곡을 봉하奉賀했을 정도로 당대 최고 수준의 선가자善歌者였다.

18세기의 한양이라는 도시 공간을 활동 무대로 삼아 활약하던 김수장은 이 작품을 통해 당시의 가창 연행 현장의 모습을 손에 잡힐 듯 생생하게 그려 낸다. 그는 자신 앞에 자리한 청중을 '벗님네'라고 부르며 "노래같이 좋고 좋은" 것이 세상에 또 있는지 아느냐고 부러 물으며 놀이판을 연다.

따듯한 봄 만개한 꽃과 흐드러진 버들, 여름날 맑은 바람과 가을밤 투명한 달빛, 겨울의 설경을 배경으로 드리우고, 필운대·소격대·탕춘대를 비롯한 한강 이북의 이름난 명승지를 무대로 삼은 김수장은 화려한 술과 안주를 질펀하게 벌여 놓고 좋은 벗과 갖은 악기, 아름다운 명창들을 대동하여 갖은 곡조를 엮어 내는 '가곡 한바탕'을 현장의 좌중과 독자 모두에게 선보인다.

'가곡 한바탕'은 전문적인 악기 반주와 고도로 훈련된 창자唱者가 여러 곡조들을 순차적인 하나의 레퍼토리로 엮어 5장 체제의 가곡창으로 부르는 연행 방식이다. 이 작품에 나타난 '중中한잎'(중대엽), '삭대엽', '후정화', '낙시조', '소용', '편락'은 바로 여기에 사용되는 각각의 곡조를 말한다. 곡조에 대한 김수장의 깊은 이해와 견해는 그가 편찬한 『해동가요』 서문에 수록된 「각조체격各調體格」, 「가지풍도형용십사조목歌之風度形容十四條目」, 「각가체용이별부동지격各歌體容異別不同之格」을 통해 살펴볼 수 있다. 「각조체격」은 평조平調·우조羽調·계면조界面調가 담지한 고유의 미감과 성서를 논하고 있으며, 「가시풍노형용십사소복」은 중대엽·후정화·삭대엽·낙시조·소용·만횡·편삭대엽 등 각 곡조의 음악적 특징과 성격을 여덟 글자로 집구集句하여 묘사한다. 이는 청자의 입장에서는 비유적 방식을 통한 음악 비평이자 감상의 방향 제시라고 할 수 있으며, 동시에 가창자에게는 일종의 연주 지침이자 악상기호로서의 기능을 수행한다. 「각가체용이별부동지격」은 노래의 형태와 사용, 격식과 지향, 창작과 연주의 방식이 곡마다 서로 다름을 후학에게 전달한다.

예술 주체의 자긍과 음악에 대한 찬가

그러나 해당 작품에서 주목할 부분은 김수장이 음악과 시조, 가곡창과 곡조에 대한 나름의 철학과 이해를 '가객'이라는 자신의 정체성에 걸맞은 방식, 즉 '노래'로 풀어내고 있다는 점이다. 그는 각 곡조를 하나의 시대와 왕조에 빗대어 중대엽과 삭대엽을 '요순우탕문무' 같다고 말한다. 놀이판의 서두를 알리는 중·삭대엽의 위치와 도통道統의 계보를 여는 성왕聖王의 존재를 포개어 놓으며 곡조의 분위기와 정서 또한 마치 태평성대와 같은 평온함을 연상케 한다는 것이다. 이어 후정화와 낙시조는 융성한 문물과 찬란한 제도를 이룩한 통일 제국으로 간주되는 '한당송'에 비견하며 곡조의 풍부한 감정 표현과 서정성을 짚어 낸다. 소용과 편락은 창칼이 휘날리고 군웅이 할거하며 정세가 급변하는 '전국시대'에 비유되는데, 떠들썩하고 높이 질러 부르는 소용과 리듬을 촘촘하게 엮어 부르는 편락의 연주법과 성격을 표현한다.

노래를 통해 곡조에 대한 자신의 철학을 피력한 이후 김수장은 자신이 사랑하고 또 자신을 사랑해 주는 가악歌樂이라는 예술이 그 어떠한 '공명'과 '부귀'와도 바꿀 수 없는, "좋고 좋은" 삶의 지복至福이자 정체성임을 천명한다. 이는 이전까지 시여詩餘나 잡기雜技 등으로 불리며 미성숙한 형태의 비본질적 말단의 기술로 치부되던 시조를 이미 그 자체로 본질적이고 완결적인 당당한 예술의 한 갈래로 인식하고자 하는 '예술 주체로서의 자각'의 표출이며, 음악에 대한 '호기豪氣'로운 찬가讚歌라 하겠다.

송태규

거문고 다스림 하니

김수장金壽長

검은고 다스림ᄒ니 노래 몬져 깃츔이로다

中大葉 긴 腔이 굽의굽의 龍이로다

臺밧침 첫ᄌ즌한닙흔 如意珠ㅣᄂ 하노라

-『해동가요』(박씨본) 316번

거문고 다스림 하니 노래 먼저 끼침이로다

중대엽中大葉 긴 강腔이 굽이굽이 용龍이로다

대臺받침 첫 잦은한잎은 여의주如意珠인가 하노라

- 다스림: 다스름. 국악기를 연주하기 전에 음
  률을 고르게 맞추기 위해 적당히 짧은 곡조
  를 연주해 보는 일.
- 중대엽中大葉: 전통 가곡의 하나로, 만대엽
  보다는 빠르고 삭대엽보다는 느린 중간곡.

- 강腔: 국악에서 곡曲이나 곡의 마디를 이르
  는 말.
- 잦은한잎: 삭대엽數大葉. 전통 가곡 중 가장
  빠른 곡.

다스름에서 삭대엽까지

이 시조는 가객 김수장의 것으로『해동가요』(박씨본)에 유일하게 수록되어 있다. 널리 알려졌던 노래는 아니지만, 이 작품은 가곡의 가창 상황을 생동감 있게 그려 내고 있어 주목할 만하다. 이 시조는 다양한 악곡을 엇결러 부르는 편가編歌의 형식, 즉 가곡 한바탕의 연행 상황을 담았다.

초장의 거문고 다스름〔調音〕은 본격적으로 악곡을 연주하기 전에 속도와 음률, 호흡을 고르기 위해 짧은 곡조를 연주하는 것, 또는 그 곡조를 말한다. 이처럼 음률을 고르는 잠깐의 연주가 끝나고 나면 곧이어 가객의 노래가 이어진다. 이러한 연행 상황을 노래가 '끼쳤다'라고 표현한 것이 묘미라고 할 수 있는데, 보통 '끼치다'라고 하면 어떤 기운이나 느낌 따위가 덮치듯이 확 밀려드는 것을 의미하기 때문이다. 거문고 다스름 뒤에 이어지는 노래의 강렬한 기세를 짐작하게 하는 표현이다.

중장의 '중대엽'은 악곡의 명칭이다. 당시 사람들의 평어를 살펴보면 중대엽은 만대엽에 비해서는 조금 빠르지만 삭대엽에 비해서는 느린 곡조로, 가곡이 성행하였던 18세기 무렵에는 주로 삭대엽이 선호되어 그다지 인기가 있지는 않았다. 그럼에도 중대엽은 나름대로 청자층을 확보하며 지속적으로 연행되고 있었다. 위백규는 중대엽에 대해 "그 소리가 넓고도 느슨하며 더디면서도 중후하여 듣는 사람은 마음이 편해지고 기운이 펴졌다."라고 그 유장한 멋을 칭송하였다. 중장에서는 이와 같은 중대엽의 운치를 굽이치는 용으로 묘사했다. 힘차고 웅장한 기세로 길게 굽이쳐 뻗어 나가는 소리와 가곡 한바탕의 연행 상황을 시각적으로 집약한 것이다.

종장의 대받침은 종결 악곡으로 가곡 한바탕을 마무리하는 기능을 한다. 그리고 곧이어 등장하는 '잦은한잎'은 삭대엽으로, 중대엽 한바탕이 마무리되고 삭대엽으로 이어지는 것을 표현한 것이다. 시적 화자는 이를 용이 입에 문 여의주로 형상화하여, 멋지게 대미를 장식하며 새로운 악곡으로 이어 가는 가객의 빼어난 가창력을 화려하게 표현하고 있다.

노래에 새긴 가객의 자존심

김수장은 『해동가요』(박씨본)에 실린 장복소의 후서後序 뒤에 자신의 글을 남겼는데, 이 글에는 옛 가객들의 풍모를 '넓디넓은 대해'로, 요즘의 소위 호화롭다는 놀음은 '잔잔한 시냇물'에 빗대고 있다. 30년 전에는 깊은 숲이나 폭포에서 종일토록 노래를 불러 득음의 경지에 이르고 일가를 이룬 사람들이 있었지만, 요즘은 이와 같은 부류들이 끊어진 데다 이를 애호하거나 즐기는 사람도 없다는 것이다. 이처럼 그가 흠모하는 옛 예인들의 풍모는 아마도 중대엽과 같이 유장하고 웅장한 흐름의 음악, 호흡이 길어서 웬만한 수련으로는 흉내 낼 수 없는 그런 예술적 수준에 해당할 것이다. 이 작품에는 이처럼 정통 가객의 계보를 잇고자 하였던 작가 김수장의 자긍심과 전문 예인으로서의 의식 세계가 잘 나타나 있다.

윤지아

매영梅影이 부딪힌 창에

안민영安玟英

梅影이 부드친 窓예 玉人金釵 비겨신져

二三 白髮翁은 거문고와 노릐로다

이윽고 盞드러 勸하랄 져 달이 또한 오르더라

-『금옥총부金玉叢部』 6번

매영梅影이 부딪힌 창에 옥인금채玉人金釵 비꼈구나

이삼二三 백발옹白髮翁은 거문고와 노래로다

이윽고 잔 들어 권하랄 제 달이 또한 오르더라

- 매영梅影: 매화 그림자.
- 옥인금채玉人金釵: 아름다운 여인의 금비녀.
- 이삼二三 백발옹白髮翁: 두세 명의 백발 노인.
- 권하랄: 권하려 할.

매화와 비녀, 거문고와 노래

이 시조는 안민영이 경오년(1870) 겨울에 박효관의 별장인 '운애산방雲崖山房'을 찾아가 거문고와 노래를 즐기던 중 그때 마침 꽃망울을 터뜨리기 시작한 매화를 보고 지은 것이다. 8수로 이루어진 「매화사」 연작 가운데 첫 번째 작품이다.

안민영의 개인 시조집 『금옥총부』에 자세한 창작 경위와 함께 실려 있고, 그 외 『가곡원류』 계열 여러 가집에도 수록되어 전하고 있다.

초장은 매화의 그림자와 함께 아름다운 여인의 비녀 그림자가 창에 비치는 장면을 묘사하고 있다. 창에 드리운 매화 그림자는 바야흐로 밤이 들자 등불로 인해 매화가 자아내는 운치라고 할 수 있다. 그런데 왜 매화와 비녀일까? 그것은 반쯤 꽃망울을 터뜨린, 봉긋한 꽃봉오리가 달린 매화 가지의 모습과 여인의 비녀가 닮았기 때문이리라. 매화와 여인의 그림자가 어울려 있는지라, 그림자만으로는 방 안에 모인 여인들이 둘인지 셋인지 구분하기 어렵다. 작가의 부기에 따르면, 이날 박효관의 산방에 모여 '가금歌琴'을 즐기던 다섯 명의 예인 가운데 평양 기 '순희順姬'와 전주기 '향춘香春'이 있었다고 한다.

매화와 아리따운 여인의 그림자가 자아내는 낭만적 흥취는 중장으로 이어지며 더욱 고양된다. 중장은 "이삼 백발옹"이 어울려 거문고의 반주에 맞춰 노래하는 모습을 보여 준다. 여기도 '둘인지 셋인지 모를'이다. 실제로는 박효관, 오기녀, 안민영 셋인데 초장에 맞추어 이렇게 표현한 것이다. 다만 초장은 매화와 아름다운 여인인 반면 중장은 노인들이다. 초장과 중장의 대조가 인상적이다.

매화가 가지고 온 봄소식에 마음이 설레는 것은 젊은 아가씨만이 아니다. 어쩌면 매화에 가장 진심인 사람은 노인일 수 있다. 그것은 '빙자옥질'이나 '아치고절' 등 매화에 투사된 추상적인 아름다움을 두고 말하는 것이 아니다. 춥고 긴 겨울 동안 움츠러들었던 심신이 자연스럽게 느끼는, 처음으로 피는 꽃에 대한 기쁨을 말하는 것이다. 그래서 '반가운 매화'라는 말도 있지 않은가? 왜 매화 앞에 '반가운'이라는 수식어가 붙을 수밖에 없는지 나이 든 사람들은 잘 안다.

매화가 가장 아름다울 때

종장은 절정이다. 이윽고 노래가 끝이 나고 잔을 들어 술을 권하려 할 때 훤하게 달이 떠오른다. 달이 창문에 비친 매화와 여인의 그림자를 보기라도 하는 듯 정겹게 의인화되어 있다. 보통의 매화시라면 달이 떠오르고 뜰의 매화 그림자가 창에 비치고 노래를 부르는데, 여기서는 등불에 매화 그림자가 창에 비치고 노래하고 달이 뜨는 흐름이다. 창밖의 매화가 아닌, 방 안의 매화를 제재로 삼은 까닭에 일반적인 매화 노래의 전개와 달라졌다.

그런데 전자가 되었던 후자가 되었든 매화의 진수는 '밤'의 매화다. 이 시조도 밤 매화의 운치를 노래하고 있다. 밤의 매화에 빠질 수 없는 것이 달이다. "외로운 달과 찬 매화는 일찍 인연이 있었지〔孤月寒梅夙有緣〕"라는 시구처럼 달이 없는 매화는 매화라고 이를 수 없다. 그래서 매화가 피고 달이 뜨는 시점이야말로 매화의 아름다움이 비로소 빛나기 시작하는 때이다. 이 시조가 8수로 된「매화사」연작의 첫 번째 작품이 될 수 있었던 것도 이 때문이다.

김창원

인왕산仁旺山 하下 필운대弼雲臺는

안민영安玟英

仁旺山下 弼雲臺는 雲崖先生 隱居地라

先生이 豪放自逸하야 不拘小節하고 嗜酒善歌허니 酒量은 李白이요 歌聲은 龜年니라 風流才子와 冶遊士女들이 구름갓치 모여들어 날마다 風樂이요 씨마다 노리로다 잇씨예 太陽舘 又石尙書ㅣ 歌音에 皎如허사 遺逸風騷人과 名姬賢伶들을 다 모와 거나리고 날마다 즐기실 제 先生을 愛敬허수 못 미칠 듯 하오시니

아마도 聖代예 豪華樂事ㅣ 이 밧게 쏘 어듸 잇스리

- 『금옥총부金玉叢部』165번

인왕산仁旺山 하下 필운대弼雲臺는 운애雲崖 선생 은거지隱居地라

선생이 호방자일豪放自逸하여 불구소절不拘小節하고 기주선가嗜酒善歌하니 주량酒量은 이백李白이요 가성歌聲은 구년龜年이라 풍류재자風流才子와 야유사녀冶遊士女들이 구름같이 모여들어 날마다 풍악風樂이요 때마다 노래로다 이때에 태양관太陽舘 우석상서又石尙書가 가음歌音에 교여皎如하사 유일풍소인遺逸風騷人과 넝희현령名姬賢伶들을 다 모아 거느리고 날마다 즐기실 제 선생을 애경愛敬하사 못 미칠 듯하오시니

아마도 성대聖代에 호화낙사豪華樂事가 이 밖에 또 어디 있으리

- 필운대弼雲臺: 인왕산 자락에 있는, 봄에 여러 꽃이 피어 아름다운 풍경으로 유명한 곳.
- 운애雲崖: 조선 후기의 가객 박효관朴孝寬. 운애는 그의 호이다.
- 호방자일豪放自逸하여: 거리낌 없이 스스로 편안하여.
- 불구소절不拘小節하고: 사소한 예의범절에 거리끼지 않고.
- 기주선가嗜酒善歌하니: 술 마시고 노래 부르기를 좋아하니.
- 가성歌聲: 노래 부르는 소리.
- 구년龜年: 중국 당나라 현종玄宗 때의 명창 이구년李龜年.
- 풍류재자風流才子: 풍류를 아는 재주가 뛰어난 젊은이.
- 야유사녀冶遊士女: 방탕하게 즐기는 남녀.
- 태양관太陽舘: 이재면의 거처.
- 우석상서又石尚書: 흥선대원군 이하응의 장남인 이재면李載冕.
- 교여교여하사: 매우 밝아.
- 유일풍소인遺逸風騷人: 세상사를 잊고 은일하며 시를 벗 삼는 사람.
- 명희현령名姬賢伶: 뛰어난 기녀와 연주자.
- 호화낙사豪華樂事: 사치스럽고 화려한 즐거운 일.

필운대에 깃든 태평성대

이 시조는 19세기의 대표적인 가객이었던 안민영(1816~?)이 그의 스승 박효관의 풍류적인 삶을 사설시조의 형식 속에 담아낸 작품이다. 음률에 있어서만이 아니라 노랫말을 짓는 데에도 조예가 깊었던 안민영은 자신이 창작한 시조 181수를 모아 개인 가집『금옥총부』를 엮기도 하였다. 위의 시조 역시『금옥총부』에 수록된 작품 중 하나이다.

노래는 박효관의 은거지였던 인왕산 아래 필운대를 비추며 시작된다. 이곳은 박효관이 "평생 시와 술과 노래와 거문고로 시간을 보내며 기로耆老의 나이에 이르렀다"(『금옥총부』 37번의 추기)라고 할 만큼, 그의 삶에서 가장 의미 있는 장소였던 것으로 보인다.

중장에서부터는 본격적으로 안민영의 눈에 비친 박효관의 면모가 드러나고 있다. 그의 모습을 집약적으로 표현한 말은 '기주선가嗜酒善歌', 즉 술을 즐기고 노래를 잘한다는 것이다. 이는 주량이 이백李白과 같고 노랫소리는 당나라 때 음률에 정통한 인물로 알려진 이구년李龜年과 같다는 뒤의 표현과 포개지며 생동감을 얻는다. 또한 그의 주위로 언제나 풍류를 아는 재자才子들과 사녀士女들이 모여들어 풍악과 노래를 즐겼다는 언급은, 그 많은 이들을 두루 불러 모을 만큼 넉넉했던 박효관의 성품과 풍류객으로서의 영향력을 짐작케 한다.

중장에서 가장 중요하게 언급되는 인물은 '우석상서又石尙書', 즉 흥선대원군 이하응李昰應의 장남인 이재면李載冕이다. 당대 최고의 권력자였던 대원군 이하응은 박효관과 안민영이 전문가객으로 활동하는 데 있어 핵심적인 후원자이기도 했다. 특히 안민영은 처음 연을 맺은 1867년 이후 이하응의 사저였던 운현궁에 거의 상주하였을 정도로 각별한 관계를 유지했다. 이러한 배경을 바탕으로 그는 이하응의 회갑이나 이재면의 관직 제수를 축하하는 노래, 함께 즐긴 풍류 마당을 묘사한 노래 등을 창작하였고, 이외에도 왕실 인물들에게 헌정하는 하축시賀祝詩를 짓기도 하면서 당대 최고급 문화 예술의 중심부로 진입하여 활동할 수 있었다.

그런데 이하응과 이재면은 단순한 후원자를 넘어 예술 자체에 조예가 깊은 좌상객座上客이자 탁월한 감식안을 지닌 감상자이기도 했다. 『금옥총부』의 자서自序에는

국태공 석파대로(이하응)가 있어 (…) 음악과 율려律呂의 일에 이르러서는 정통하지 않음이 없었으며, 이어서 우석상서(이재면)는 더욱 교여皦如하였다.

는 기록이 있다. 위 시조에서 역시 우석상서에 대한 언급으로 "가음에 교여하사"라는 구절이 등장하는데, '교여'는 밝고 깨끗하다는 뜻으로 음악에 특히 능했던 이재면의 수준을 단적으로 보여 준다.

그런 이재면이 장안의 최고급 명사와 예인들을 거느리며 잔치를 즐기는 중에

374

도 박효관을 경애敬愛하며 그에 못 미칠 듯하였다는 중장 말미의 언급은, 이재면의 대단한 풍류도 박효관의 것에는 다다르지 못하였음을 암시하고 있다. 이는 곧 이재면이 지닌 풍류객으로서의 위상을 드높이는 동시에 스승 박효관에 대한 경의를 담아낸 부분이라 하겠다. 이처럼 자신의 스승과 후원자를 주축으로 매일같이 풍류가 벌어지던 필운대에서의 나날들은 가객 안민영에게 있어 종장의 표현처럼 그야말로 태평성대의 호화롭고도 즐거운 일("성대에 호화낙사")이 아닐 수 없었을 것이다.

정음正音을 추구한 예술적 동반자, 박효관과 안민영

이 시조는 『가곡원류』 계열 중에서도 『금옥총부』와 친연성이 높다고 알려진 『해동악장』에도 수록되어 있는데, 흥미롭게도 『해동악장』에서는 이 작품 중장의 사설이 확장되어 있어, 작품의 성격을 다른 각도에서 살펴볼 수 있다. 확대된 부분에는 무엇보다 스승 박효관이 술을 마신 뒤 온갖 기악妓樂들을 둘러앉히고 노래를 부르는 모습이 유독 생생하게 묘사되어 눈길을 끈다. 특히 반공半空에 뜬 그의 노랫소리가 너무나 청아하여 대들보의 티끌이 날아다니고 하늘을 나는 구름도 멈출 정도였다든지("春風花柳 好時節의 가즌 기악 안치고서 羽界面을 불을 적의 半空의 썻는 소래 瀏亮 淸越ᄒ여 들보 틘글 나라나고 나는 구름 멈츄우니 이 아니 거록ᄒ냐"), 노래를 다 마친 뒤엔 묻지도 않고 일어나 걸려 있는 옷을 들고 달아나 버리니 어인 뜻인지 알 수 없다든지("編 불너 맛친 後외 뭇지 안코 니라나셔 걸인 큰 옷 벗겨 들고 쪽긴 ᄃ시 다라나니 이 어인 뜻이런고") 하는 대목은 찬탄과 웃음을 동시에 자아낸다. 오랜 세월 스승을 뒤따르며 바라보았던 안민영의 애틋한 시선이 여실히 느껴지는 부분이다.

박효관과 안민영은 스승과 제자 사이였지만 누구보다 가까운 예술적 동반자이기도 했다. 이들은 이하응과 이재면으로 구성된 운현궁 왕실의 후원을 배후에 둔 채 최고 수준의 예인 집단을 이끌며 전에 없던 고도의 음악성을 추구해 나갔다. 특히 두 가객은 전문 예인들을 위한 가집 『가곡원류』를 함께 편찬하기도 했는데, 그 서문에서 박효관은 '최근의 풍속이 경박'하다는 진단과 함께 '근본 없는 잡요雜謠'와 '실없이 해괴한 짓'이 만연해진 현실을 비판적으로 언급하고 있다. 나아가 '정음正音'이 사라지는 것을 개탄하여 『가곡원류』를 제작했다는 목적을 밝히기도 하였다. 이와 같은 말과 행보에는 당시 발흥하기 시작하던 잡가雜歌와 판소리 등의 통속적인 대중예술과 거리를 두면서, 가곡 예술의 고급화를 주도하였던 예인들의 고고한 자부심이 새겨져 있다. 이러한 배경을 염두에 둔다면, 안민영의「인왕산 하 필운대는」속에 담긴 화려한 풍류는 단순히 즐거웠던 한때의 묘사를 넘어 이들이 지켜 내고자 했던 예술의 긍지와 자부심을 형상화한 것으로도 읽을 수 있을 것이다.

윤병용

삼월 삼일 이백도홍李白桃紅

작가 미상

三月三日 李白桃紅 九月九日 黃菊丹楓

青帘에 술이 닉고 洞庭에 秋月인제

白玉杯 竹葉酒 가지고 玩月長醉ᄒ리라

-『가곡원류歌曲源流』(국악원본) 162번

삼월 삼일 이백도홍李白桃紅 구월 구일 황국단풍黃菊丹楓

청렴青帘에 술이 익고 동정洞庭에 추월秋月인 제

백옥배白玉杯 죽엽주竹葉酒 가지고 완월장취玩月長醉하리라

• 이백도홍李白桃紅: 하얀 오얏꽃과 붉은 복숭
  아꽃.
• 황국단풍黃菊丹楓: 노란 국화와 붉은 단풍.
• 청렴青帘: 술집을 표시하기 위해 세워 놓은
  푸른색 깃발로, '술집'을 이른다.
• 동정洞庭: 동정호洞庭湖. 중국 호남성 동북쪽
  에 있는 호수.

• 추월秋月: 가을 달.
• 백옥배白玉杯: 백옥으로 만든 술잔.
• 죽엽주竹葉酒: 댓잎을 삶은 물로 담근 술.
• 완월장취玩月長醉: 달을 벗 삼아 오래도록 술
  에 취함.

지금은 풍류를 즐기기에 가장 좋은 때

이 시조는 초장에서 세시 풍속을 소재로 활용한다. '삼월 삼일'은 세시 명절의 하나인 삼월삼짇날을 말하는데, 이날을 기점으로 강남 갔던 제비도 돌아오고 나비가 나오고 뱀도 동면에서 깨어난다고 생각했다. 이날은 화전花煎과 녹두 국수를 해 먹었다. '이백도홍李白桃紅'은 '하얀 오얏꽃과 붉은 복숭아꽃'으로, 완연한 봄의 모습을 보여준다. '구월 구일'은 중양절重陽節로 삼월삼짇날과 마찬가지로 세시 명절의 하나로 음력 9월 9일을 말한다. 이날 남자들은 시를 짓고 각 가정에서 여자들은 국화전을 만들어 먹고 놀았다. 9월이 되면 황국과 단풍이 빛을 발하는데 '노란 국화와 붉은 단풍'은 완연한 가을의 모습으로 자연에서 흥에 취한 모습을 나타낸다.

중장의 '청렴靑帘'은 술집을 표시하기 위해 세운 깃발로 주기酒旗를 말하는데, 검은색과 푸른색이 있다. 『가곡원류』(국악원본)보다 이전 시기의 가집에는 청렴이 "강호江湖"로 나오는데, 이것은 '이백도홍', '황국단풍'이 피는 곳이 사대부들의 이상 세계를 뜻하지만 『가곡원류』(국악원본) 이후 가집에는 '강호'라는 이상 세계가 아닌 '이백도홍', '황국단풍'을 즐길 수 있는 현실적 공간인 술집으로 변화되었음을 보여 준다. '동정洞庭'은 중국 호남성 동북쪽에 있는 동정호를 뜻하고, '추월秋月'은 가을 달을 말하는 것으로 조선시대 사람들이 가장 아름다운 호수로 생각했던 동정호에 어느 가을날 달이 떠 있는 모습은 풍류를 즐기기에 가장 좋은 때임을 드러내는 것이다.

술잔을 들고 달밤에 취하리

종장에서 '백옥배白玉盃'는 백옥으로 만든 술잔, 또는 술을 따르는 여인의 손을 뜻한다. 따라서 백옥으로 만든 술잔에 죽엽주를 부어 밤새도록 취하며 놀겠다는 의지를 드러낸다. 죽엽주는 댓잎 삶은 물에 담근 술로 풍증風症이나 열병을 치료하는 데 효험이 있는 것으로 알려져 있다.

결국 이 시조는 꽃이 예쁘게 피는 봄, 가을 날 자연의 정취에 흠뻑 취해 밤새도록 술을 마시고 놀고 싶음을 말하고 있다.

그런데 시조는 '시절가조時節歌調'의 줄임말로 '가곡창'으로 불렸다. 이 시조는 『가곡원류』(국악원본) 이후 대다수 가집에 '반엽半葉(返葉)'으로 악곡이 나타난다. 반엽은 전통 성악곡의 한 갈래인 남창가곡에 속하는 노래로, 앞부분은 우조로, 뒷부분은 계면조로 부르는 곡이다. 그 외에 '반엽대엽半葉大葉', '반엇삭대엽半旕葉數葉', '반얼삭대엽半乻數大葉', '반엽삭엽半葉數葉', '밤엿', '밤엿자진한잎', '율당栗糖', '율당삭엽栗糖數葉', '율당삭대엽栗糖數大葉', '반엽율당返葉栗糖', '우롱羽弄' 등으로 불리기도 한다.

이 작품은 우롱으로도 불리는데, 우롱으로 부를 때는 우조「우락」으로 바로 넘어가고 '반엽'으로 부르면 계면조로 넘어가게 된다. 이것은 노래로서 시조의 특징이라고 할 수 있다. 풍류 공간에서 창자의 의도에 따라 가곡 구성이 다르게 나타나는 것이다.

김태웅

087

거짓말 같은 사랑, 끝내 노래로 남은 마음

사랑 거짓말이

작가 미상

스랑 거즛말이 님 날 스랑 거즛말이
꿈에 뵌닷 말이 그 더옥 거즛말이
날ᄀᆞ치 좀 아니 오면 어니 꿈에 뵈이리

-『청구영언』(진본) 369번

사랑 거짓말이 임 날 사랑 거짓말이
꿈에 뵌단 말이 그 더욱 거짓말이
나같이 잠 아니 오면 어느 꿈에 보이리

영화로 조명된 시조

2016년 봄, 한 편의 영화가 개봉했다. 전통과 근대가 충돌하던 격변의 시대 속에서 예인으로 살고자 했던 기생들의 삶을 형상화한 작품 〈해어화〉다. 그간 일제강점기를 배경으로 한 영화는 독립운동가의 삶과 우리 민족의 비극을 역사적 관점에서 재현한 경우가 대부분이었고, 문화예술적 차원의 조명은 미미했다. 20세기 초 기생들의 가창 및 공연 양상은 권번을 중심으로 이루어졌는데, 영화 〈해어화〉에서는 이 권번의 기능과 기생의 역할, 그리고 시조 예술의 중심인 가곡을 소상히 다룬다. 한국 시가예술사에서 큰 비중을 차지하고 있는 기생과 가곡을 미디어에서 다룬 경우는 흔치 않은 일이기에 이 작품의 개봉은 고전시가의 현대적 콘텐츠화를 기다리는 이들에게 너무나 반가운 소식이었다. 이 영화에 나오는 시조가 바로 여기에서 소개하는 「사랑 거짓말이」다.

영화의 줄거리를 간단히 설명하면 다음과 같다. 주인공 소율(한효주 역)은 대성권번의 제일가는 기생으로, 당대 최고의 작곡가이자 어릴 적 첫사랑인 윤우(유연석 역)를 사모한다. 윤우 역시 소율에게 애정을 느끼지만 소율의 친구이자 동기인 연희(천우희 역)에게 마음을 빼앗기고 세 사람의 관계는 결국 파국에 이른다. 소율의 배신과 복수로 모든 것을 잃게 된 윤우는 소율을 찾아가고, 그런 윤우 앞에서 소율은 처연慘然하게 「사랑 거짓말이」를 계면조 평거平擧로 부른다.

잠시 노랫말을 살펴보자. 화자는 사랑한다는 임의 말에 허위가 감추어져 있다고 믿는다. 임은 꿈에서 자신을 보았다고 하지만 화자에게 그것은 사랑의 증표가 아니라 거짓의 증거로 느껴질 뿐이다. "나같이 잠 아니 오면 어느 꿈에 보이리"라는 종장의 탄식은, 사랑하는 사람으로 인해 밤잠을 이루지 못하는 화자의 애절한 마음과 함께, 상대가 느끼는 사랑의 무게가 자신과 다름을 자조적으로 응시하는 장면이라 볼 수 있다. 그리고 여기엔 상대의 마음을 거짓이라고 단정하면서도 실은 믿고 싶었던 마음, 그 사랑이 진심이길 바랐던 마음이 서려 있다. 사랑뿐 아니라 음악적 지원까지 약속했던 윤우가 새로운 연정의 대상으로 연희를 택함으로써 소율이 느꼈을 상처와 쓸쓸한 감정을 절절하게 대변하고 있는 노랫말이다. 「사랑 거짓말이」는 단순한 삽입곡을 넘어 그러한 정서의 집약체로 기능한다.

노랫말의 힘으로 전승된 여창 가곡

애절한 노래 「사랑 거짓말이」는 19세기 후반 대표적인 여창 가곡이지만, 오늘날 우리에게 이 작품의 작가는 김상용金尙容으로 많이 알려졌다. 이는 『병와가곡집』을 비롯한 9종의 가집에서 작가를 김상용으로 표기한 까닭으로 여겨진다.

김상용은 조선 중기의 문신으로, 병자호란 때 원손元孫을 수행해 강화로 피란했다가 성이 함락되자 성 안에 있던 화약에 불을 지르고 순절한 인물이다. 당시 그는 조선 사회에서 오랑캐로 인식된 청나라에 끝까지 저항했다는 사실 때문에 절의節義의 상징으로 기억되며 조선 후기 유학자들에게 존경받았다.

하지만 실제로 이 노래가 수록된 가집을 살펴보면 김상용의 작품이 아닌 무명의 노래로 기록된 경우가 더 많다. 김상용을 작가로 표기한 가집 가운데 18~19세기 가집은 『병와가곡집』, 『동가선』, 육당본 『청구영언』뿐이며, 나머지는 『대동풍아』, 고대본 『악부』 등 20세기 초에 편찬된 가집이다. 20세기 가집들은 육당본 『청구영언』의 기록을 그대로 수용하지 않았을까 생각한다. 김천택 편 『청구영언』은 물론 『해아수』, 일석본 『해동가요』, 『가조별람』, 박상수본 『시가』, 가람본 『청구영언』, 『객악보』, 가곡원류 계열 가집 등 18~19세기 대부분의 가집에서는 작가명을 알 수 없다.

당대인들에게 작가에 대한 정보는 중요하지 않았다. 대신 그들은 노랫말이 가진 정서와 힘에 주목했다. 연모의 대상을 향한 애끓는 사랑의 깊이를 처연하게 드러낸 가사 덕분에 「사랑 거짓말이」는 애절한 여창 가곡의 작품으로 전승된다. 권순회본 『시가곡』과 육당본 『청구영언』에서 여창 가곡의 독립된 편가에 수록되었으며, 19세기 말 가곡원류 계열에서부터는 완전한 여창 가곡으로 자리매김하였다. 김천택이 이 작품을 『청구영언』 '무명씨부'에 수록하고 주제어를 규정閨情이라고 표기했던 배경도 이와 같은 노랫말의 정조情調가 크게 작용했기 때문일 것이다.

정통 여창 가곡 「사랑 거짓말이」의 전승은 20세기 초에 끝나지만 변형 생성된 새로운 버전의 노래가 21세기에 탄생한다. 2014년 정가 앙상블 '소울지기'는 기존 여창 가곡 「사랑 거짓말이」를 화성 기법으로 작업하고 피아노와 바이올린 반주를 곁들여 〈사랑 거짓말이〉라는 여성 중창곡을 발표하였다. 그리고 이 곡이 이후 영화 〈해어화〉의 엔딩곡으로 삽입되면서 노랫말의 생명력은 다시금 되살아

났다. 비록 영화는 흥행에 성공하지 못했지만 극장을 찾은 많은 관객은 한효주 배우가 부른 〈사랑 거짓말이〉에 매료되었다는 반응이었다. 오랜 시간 단절되었다가 다시금 대중의 귀를 매혹시킨 오늘날의 신성新聲이자 신번新飜이 아닐 수 없다.「사랑 거짓말이」는 시조의 가창과 전승이 현대적 양상으로 변형된 21세기적 연행을 보여 주었다는 점에서 주의 깊게 봐야 할 작품이다.

송안나

088

조선 최고의 춤에 대한 시적詩的 찬사

고울사 월하보月下步에

작가 미상

고흘샤 月下步에 깁스미 브롬이라
곳 앏히 셧는 態度 님의 情을 맛져셰라
아마도 舞中最愛는 春鶯囀인가 ᄒ노라

-『가곡원류』(국악원본) 754번

고울사 월하보月下步에 깁 소매 바람이라
꽃 앞에 섰는 태도 임이 정情을 맡겼어라
아마도 무중최애舞中最愛는 춘앵전春鶯囀인가 하노라

• 고울사: 곱구나.
• 월하보月下步: 달빛 아래 발걸음.
• 깁: 명주실로 거칠게 짠 비단.
• 무중최애舞中最愛: 춤 중의 가장 사랑스러운 춤.

• 춘앵전春鶯囀: 궁중 잔치에서 추는 정재무 呈才舞의 하나. 조선 순조 때 효명세자에 의해 새롭게 만들어진 향악鄕樂 정재무이다.

조선 후기, 새롭게 탄생한 궁중무용 '춘앵전'

일반적으로 시조의 노랫말에는 작가의 진솔한 감성이나 애틋한 정서가 잘 드러난다. 시조 작품 중에는 윤리성이 짙거나 교훈적인 내용도 더러 있지만, 대체로 작가의 서정적 감수성이 잘 담겨 있다. 시조는 노래로 불린 시詩이다. 노랫말을 통해 청자(독자)는 화자(작가)의 정서에 공감하게 되고, 더 나아가 자신이 경험해 보지 못했던 시적 세계와 대상에 대해 새롭게 느낄 수 있는 계기가 되기도 한다.

그런데 모든 시조가 꼭 그런 것만은 아니다. 현대시에도 여러 장르가 있듯이 시조도 다양한 성격과 방식의 노래들이 있다. 여기 이 시조는 흔히 볼 수 있는 시조 작품들과는 사뭇 다른 분위기를 자아낸다. 초·중장에서는 작가나 화자의 감성이 느껴지기보다 일종의 '스냅 사진'처럼 순간의 찰나를 담아낸 것 같은 정지된 이미지를 보여 주고 있고, 종장은 그 앵글 안에 담긴 피사체에 대한 감탄으로 마무리된다. 이 시조는 우리나라 궁중 정재呈才(무용)에서 가장 아름답다고 평가받는 종목 중 하나인 '춘앵전'을 묘사한 작품이다.

이 작품을 잘 감상하기 위해서는 우선 궁중 정재 춘앵전에 대한 이해가 필요하다. 춘앵전은 말 그대로 '봄날 꾀꼬리가 지저귄다'라는 뜻인데, 이 춤은 화창한 봄날 아침 버드나무 가지 사이를 날아다니며 지저귀는 꾀꼬리 소리와 그 풍경의 아름다움을 무용화한 것이라고 한다. 춘앵전은 우리나라의 궁중 정재 역사상 특별한 의미를 갖는 춤이다. 이 춤은 19세기 초 효명세자孝明世子에 의해 새롭게 창작된 향악정재鄕樂呈才 20여 종목 중 하나이며, '무산향舞山香'과 함께 궁중 정재로서는 처음 선보인 독무獨舞이다. 춘앵전은 이러한 정재 중에 으뜸가는 춤으로 손꼽는다.

춘앵전이 나오게 된 역사적 배경을 잠시 살펴보면, 효명세자는 아버지 순조의 뜻에 따라 20대 초반의 젊은 나이에 대리청정을 하게 된다. 이는 당시 외척 세력들을 견제하고 왕권을 강화하고자 한 하나의 방편이었다. 효명세자는 여러 제도를 다듬으며 그간의 폐단을 없애는 등 나름의 노력을 기울이는데, 왕실의 권위를 높이기 위하여 진찬進饌, 진작進爵 등 궁중 연향을 열고 여기에 소용되는 궁중 정재와 악장을 새롭게 창작한다. 춘앵전 역시 이때 만들어진 새로운 향악정재 중 하나이다. 그러나 이러한 왕권 강화를 위한 효명세자의 노력은 안타깝게도 그가 22세에 요절함으로써 추진력을 잃게 된다. 아이러니하게도 현전하는 우리 고유의 아름다운 궁중 정재 20여 종목은 이러한 혼란스러운 정치적 상황 속에서 탄생한 것이다.

가장 사랑스러운 춤 '춘앵전', 그 아름다움을 노래에 담다

이 시조의 초장과 중장은 춘앵전의 한문 창사唱詞를 거의 그대로 옮겼다. 춘앵전의 초연을 기록한 무자년(1828) 『진작의궤進爵儀軌』에 따르면,

고울사, 달빛 아래 발걸음이여!	娉婷月下步
비단 옷소매 바람에 일렁이네	羅袖舞風輕
꽃 앞에 서 있는 자태가 참으로 사랑스러우니,	最愛花前態
왕께서도 다정을 맡기시네	君王任多情

이라고 기록되어 있다. 창사 자체도 춘앵전을 추는 무희와 이를 완상하는 군왕의 모습을 묘사한 내용이다.

정재 춘앵전을 먼저 감상해 보자. 다소 장황하지만, 시조를 이해하기 위해서는 이 춤에 대해 잘 알아야 한다. 아리따운 황초삼黃綃衫과 홍초상紅綃裳을 입고 울긋불긋한 화관花冠과 오채한삼五彩汗衫 등으로 단장한 궁중 여령女伶(무희)—무자년 조연에서는 원래 무동舞童이 춤을 췄나—이 와분석 위에 서 있다. ㄱ 작은 공간 안에서 여령은 평조회상平調會相에 맞춰 느릿하면서도 우아하게 춤을 춘다. 춤추는 사람은 혼자이고 춤의 서사는 아주 느리게 전개되지만, 시작할 때부터 끝날 때까지 무대는 악가무樂歌舞의 풍요로움으로 가득 차 있다.

춘앵전의 아름다움은 비록 작은 공간이지만 무대를 가득 채우는 듯한 충만함

과 느릿한 춤사위가 보여 주는 정중동靜中動의 긴장과 이완에서 표출된다. 한 평 남짓한 화문석 위에서 추는 이 춤은 우리 고유의 절제미와 압축미를 선사한다. 작은 화문석 위에서 춤을 춘다고 해서 보는 이들에게 답답함이 느껴지거나 춤사 위가 부족하다고 여겨지지 않는다. 좁은 공간에서 움직임이 일어나는데도 오히 려 여령의 발걸음과 손동작은 무대 전체를 누비는 것 같은 착각을 불러일으킨다. 또한 이 동작들이 과하게 느껴지지도 않는다. 무대 위의 무대(화문석)로 시선이 집중되어서 그런 것일까? 음악과 춤과 노래가 공간을 가득 채우고 있는데도 불 구하고 이 '움직임 속에 고요함'(정중동)과 묘한 긴장감이 일어난다. 그러다가 춤 사위 '화전태花前態'에 이르면 그 긴장감이 잠시나마 이완된다.

'화전태'는 춘앵전 동작 중에서 백미로 평가받는 가장 특징적인 춤사위이다. 춤이 절정에 도달했을 때, 오히려 춤의 서사가 아주 잠시 멈춘 듯 여령은 '꽃 앞 에 서 있는 태도'를 보인다. 두 손으로 오채한삼五彩汗衫을 흩뿌려 내리고 뒤로 여 민 다음, 양 무릎을 굽히면서 오른발과 왼발을 번갈아 들었다가 놓는다. 살랑살 랑 바람을 타듯 움직이는 그 순간, 여령은 정면을 응시하면서 이가 살짝 보일 정 도만 곱게 웃음 짓는 미롱眉弄의 자태를 보인다. 위엄 있는 왕마저도 다정多情을 맡기게 되는 바로 그 순간인 것이다. 이렇듯 춘앵전은 '정중동'과 '동중정動中靜' 의 미학을 한껏 느낄 수 있는 우리 궁중 정재 최고의 춤이라 평가할 만하다.

춤으로 향했던 시선을 다시 시조 「고울사 월하보에」의 노랫말로 옮겨 보자. 춘앵전의 한문 창사를 가져왔다고 해서 단순히 우리말로 옮겨 놓은 수준 정도로 이해하면 안 된다. 오언절구 형태의 창사를 시조에서는 초장과 중장 안에 모두 담아내었다. 시조의 짧은 정형적 틀 안에 어떻게 우리말로 풀어낼 수 있었을까? 초장 "고울사 월하보月下步에 깁 소매 바람이라"를 보자. 춘흥春興이 이는 달밤 아 래 오채한삼을 펼쳐 서고는 사뿐히 무보를 밟고 있는 여령의 특징적인 몸동작을 간결한 어휘로 포착해 내었다. 또한 이 시조는 춤의 묘미와 움직임의 아름다움을 알고 있지 않고서는 쓸 수 없는 담박한 표현들로 이루어졌다. 특히 중장의 노랫말 "꽃 앞에 섰는 태도 임이 정情을 맡기시네"는 '화전태'를 우리말로 풀어 쓰면서 시의 정적인 이미지를 입체적인 모습으로 형상화하였다. 여령의 고혹적인 자태와 미롱을 보이는 순간, 왕마저도 긴장을 풀어내는 그 장면을 이 시조 중장에 그대로 옮겨 놓았다. 춘앵전 절정의 순간을 시조에서도 놓치지 않았다.

종장의 "아마도 무중최애舞中最愛는 춘앵전인가 하노라"는 이 춤을 오롯이 감상한 화자의 벅찬 목소리가 잘 반영된 부분이다. 시조의 감상자들이 초장과 중장에서는 화자의 시선을 그대로 따라가며 춤을 감상할 수 있었다면, 종장에서는 모든 감상을 마치고 난 후의 화자의 정서에 공감할 수 있게 된다. '무중최애'라는 표현이 너무 단순해 보이는가. 그러나 이 표현은 그저 그런 형식적 수사가 아니다. 그 많은 춤 중에 가장 사랑스러운 춤을 춘앵전이라고 하고 있지 않은가. 너무나 훌륭한 공연을 본 청중이 보내는 최고의 찬탄讚歎이다. 요즘으로 따지면, 훌륭한 공연이나 콘서트를 보고 난 후 그 감동에 젖어 감탄의 글이나 영상을 공유하는 것과 같다. 거기에 공감의 댓글을 다는 것처럼, 옛사람들도 그 감동의 순간을 '무중최애 춘앵전!'이라고 표현한 것이다. 더 나아가 그것을 한 편의 시조, 노래로 만들었으니, 이는 최고의 뮤지션에게 보내는 팬들의 '답가', '떼창'과 다르지 않다.

시조 「고울사 월하보에」는 효명세자가 궁중 연향을 주관하던 당시에 창작된 것은 아니다. 아마도 춘앵전이 민간에 회자되고 널리 퍼져 나가면서 그 명성이 장안의 화제가 되었던 시기에 이 '답가'가 만들어졌을 듯싶다. 19세기 말 정재의 무보舞譜를 기록한 『정재무도홀기呈才舞蹈笏記』에서는 창사 결구의 '군왕임다정君王任多情'이 '청춘자임정靑春自任情'으로 바뀌면서 춤을 완상하는 주체도 왕에서 임으로 바뀌었다. 이는 이 춤이 민간에서도 널리 유행했음을 알려 주는 표지標識이다. 더불어 이 춤을 아끼는 애호가들도 많아졌으니 이 시조는 그러한 시기에 만들어져 불렸을 것이다. 시조 중장의 "임이 정을 맡기시네"라는 구절 또한 그러한 사정을 잘 반영하고 있다.

정재 춘앵전은 조선 후기를 지나 근대 전환기인 1910년대 이후까지도 꾸준한 인기를 누렸다. 1918년에 편찬된 『조선미인보감朝鮮美人寶鑑』에도 당시 기생들의 특별한 기예로 춘앵무가 여러 번 언급되는 것을 보면 춘앵전의 인기는 쉽게 사그라지지 않았던 것 같다.

현재도 춘앵전은 우리 고유의 전통 춤 중에서 그 독보적인 가치를 인정받고 있다. 전통예술에 대한 현대인들의 관심이 줄어든 탓에 그 인기가 예전만 못하지만, 지금도 아마 춘앵전을 한번 본 사람들이라면 그 아름다움이 뇌리에 각인되어 쉽게 잊히지 않을 것이다. 시조 「고울사 월하보에」는 그러한 아쉬움을 달래 주며 춤을 기억하고 추억하고자 했던 당대 예술 애호가들의 노래이다.

강경호

089

사랑과 이별, 그 복잡미묘한 감정을 노래에 담다

창외窓外 삼경三更 세우시細雨時에 　　　　작가 미상

窓外三更 細雨時에 兩人心事 兩人知라

新情이 未洽흔디 하날이 장촛 몰가온다

다시곰 羅衫을 븨여 잡고 後ㅅ期約을 定ᄒ노라

-『시가』(박상수본) 558번

창외窓外 삼경三更 세우시細雨時에 양인심사兩人心事 양인지兩人知라

신정新情이 미흡한데 하늘이 장차 맑아 온다

다시금 나삼羅衫을 부여잡고 후後 기약期約을 정하노라

- 창외窓外: 창밖.
- 삼경三更: 밤 11시~새벽 1시 사이.
- 세우시細雨時: 가랑비 내릴 때.
- 양인심사兩人心事 양인지兩人知: 두 사람의
  마음은 두 사람만이 안다.

- 신정新情: 갓 생긴 감정.
- 나삼羅衫: 비단 적삼.
- 후後 기약期約: 훗날 (만날) 약속.

헤어지기 싫은 연인들을 위하여

대중가요에서 가장 많이 다루는 주제는 무엇일까? 아마도 동서고금을 막론

하고 '사랑'일 것이다. 사랑의 범위는 참 넓다. 가장 먼저 떠오르는 건 남녀 간의 사랑이겠지만, 친구 사이의 우정도 사랑이고, 부모의 자식을 향한 헌신적인 사랑 역시 빼놓을 수 없다. 사랑과 연관된 소재로 '이별'도 대중가요에 자주 등장한다. 이별은 결국 '이루어지지 못한 사랑'을 의미하기도 하니, 사랑의 또 다른 형태라고 할 수도 있을 듯하다. 이렇게 보면 사랑 관련 테마의 노래는 헤아릴 수 없이 많다. 예나 지금이나 사람들은 사랑과 이별, 그 복잡하고 미묘한 감정 사이에서 자신의 감성을 노래로 한껏 풀어내곤 했다.

우리의 옛 노래인 시조에는 어떤 사랑 이야기가 담겼을까? 학교에서 배운 시조를 떠올리면, 임금을 그리워하는 신하의 노래인 연군지정戀君之情 작품이나 기녀들이 읊어 낸 애정 시조가 먼저 떠오를지도 모른다. 그러나 시조 속의 사랑은 그보다 훨씬 다채롭고 폭넓다. 남녀 간의 사랑은 물론이거니와 때로는 육체적 사랑의 노래까지, 현대인들이 생각지도 못하는 다양한 소재와 내용이 우리 시조에 담겨 있다. 여기 소개된 이 시조는 남녀가 만나 사랑이 피어나는 찰나의 순간을 섬세하게 포착해 낸 인상적인 작품이다.

일단 작품을 보면 한자가 많아서 한눈에 읽어 내기가 쉽지 않을 수도 있다. 하지만 요즘 노래에도 종종 영어 가사가 절반쯤 섞여 있듯이, 옛 노래에는 이처럼 한자어가 일상어처럼 자연스럽게 녹아 있었다는 것을 이해하면서 읽으면 된다. 대강의 의미를 느끼다 보면, 그 안에는 무한한 상상을 자극하는 흥미로운 스토리가 담겨 있다.

'깊은 밤 창밖에는 가랑비 내리는데, 두 사람의 마음은 오직 두 사람만 알겠지. 이제 막 피어난 감정을 아직 채 나누지도 못했는데, 어느새 하늘이 조금씩 밝아 오네. 다시금 비단 옷깃을 붙들며 훗날 만날 약속을 정하는구나.'

이 짧은 노랫말 속에는 이제 갓 마음을 나누기 시작한 두 남녀의 농축된 감성이 잘 녹아 있다. 그 감성이 몇 글자 안에 압축되어 있으니 그 맛을 살려 풀어내기가 쉽지 않다. 그렇다면 한 편의 뮤직비디오를 보듯 노래를 따라 두 사람이 만나는 장면을 상상해 보자. 보슬비가 내리는 깊은 밤, 창문 밖 골목 어귀에 두 남녀가 서로 마주 보고 있다. 이제 막 시작하는 연인처럼 애틋해 보이기도 하고 수줍어하는 것 같기도 하다. 둘이 무슨 대화를 나누는지, 이제 어디로 갈지는 알 수 없다. 다만 두 사람이 서로 옷깃을 잡고 놓지 못하는 것을 보면 헤어지고 싶은 마음이 없는 건 분명하다. 그러나 비는 계속 내리고 밤은 점점 깊어지니 오늘은 어쩔 수 없이 돌아서야 하는 상황, 둘은 다시 만날 약속을 정하는 걸까?

늦은 밤 길을 걷다가 우연히 이들의 모습을 보게 된다면, 당신은 어떤 생각이 들겠는가. 짧은 세 줄짜리 노래에 너무 많은 상상력이 동원된 듯싶기도 하지만, 아마 옛사람들도 우리와 비슷한 생각을 했던 것 같다. '두 사람의 마음은 오직 두 사람만 알겠지.'

사랑과 이별을 재현하는 예술적 형상들

이 시조는 조선 중기 시인 김명원金命元의 한시 「별리別離」에서 따온 것으로 알려져 있다〔窓外三更細雨時, 兩人心事兩人知, 歡情未洽天將曉, 更把羅衫問後期〕. 시조와 나란히 놓고 보면, 한시의 정서가 거의 그대로 옮겨졌음을 알 수 있다. 한시와 시조는 주로 양반 사대부들이 즐기던 문학이었으니 상황에 따라 한시로 읊기도 하고 때로는 시조로 바꾸어 노래하기도 했을 것이다.

'두 사람의 마음'을 노래한 이 시조는 조선 후기에 상당한 인기를 얻었던 것 같다. 18세기 중반 『해동가요』와 『시가』를 비롯하여 19세기 후반 『가곡원류』 계열 가집까지 유행했음은 물론, 20세기 초 여러 잡가집에도 수록되었다. 복잡미묘한 두 사람의 감정은 세기를 관통하며 여러 사람의 마음과 공유되었다.

이 둘의 마음이 얼마나 궁금했으면 그림으로도 그려졌겠는가. 조선 후기의 천재 화가 신윤복申潤福은 〈월하정인月下情人〉이라는 그림에서 이 두 남녀의 정황을 마치 한 장의 사진처럼 포착했다. 그리고 그림 위에 짤막한 화제畫題도 남겨 두었다. "달빛 침침한 깊은 밤, 두 사람의 마음은 두 사람만 알겠지〔月沈沈夜三更

兩人心事兩人知〕."

이 노래를 즐기는 감상자들이 많았던 탓인지 후속곡까지 등장했다. 아마도 두 남녀의 다음 이야기가 꽤나 궁금했던 모양이다. 누구의 바람이 투영되었는지는 모르겠지만 안타깝게도 이 둘의 만남은 결국 이별로 끝을 맺었다.

> 窓外三更細雨時의 兩人心事 깁푼 情과 夜半無人私語時의 百年同樂 구둔 언약 離別될 줄 몰나더니
> 銅雀春風은 周郎의 取消요 長信秋月은 漢宮人의 懷抱로다 只咫 千里 銀河은 시이ᄒ고 烏鵲이 飛散ᄒ니 건너갈 길 茫然ᄒ다 魚雁조ᄎ 돈絶커널 消息인덜 뉘 傳ᄒ리
> 못 보와 病 되고 못 이저 恨이로다 가득이 셕은 肝腸 이 밤 시우기 어려와라
>
> — 하씨본 시조 64번

앞에 소개한 「창외 삼경 세우시에」의 파생으로 보이는 이 노래는 중장 노랫말을 최대한 늘려 사설시조의 형태로 만들었다. 이별에 관한 온갖 고사故事를 끌어다가 화자의 감정을 구구절절 풀어 놓았는데, 결국은 이별이다. '서로 굳은 약속까지 했기에 차마 헤어질 줄은 몰랐는데, 이런저런 아무 소식조차 없고 물어볼 이마저 없으니 이를 어떻게 할까? 보지 못해 병이 되고 잊지 못해 한이 되며, 그리운 마음, 애타는 마음에 더욱이 잠들 수가 없다.'

짧은 서정시 같던 노래가 요즘 대중가요처럼 긴 사연이 담긴 가사로 바뀌었다. 표현이야 예스러워 다소 낯설기는 하지만, 사랑하고 그리워하는 마음은 시대를 넘어선다. 자신의 속마음을 다 드러낼 수 없으니, 할 수 있는 만큼 구구절절 풀어 놓은 것이 바로 이 사설시조이다.

「창외 삼경 세우시에」와 그 후속작을 보면, 사랑에 누구보다도 진심이었던 옛사람들의 감성을 잘 느낄 수 있다. 사랑 이야기가 담긴 우리 옛 노래는 이 한

편에 그치지 않는다. 단순한 감정 표현에서부터 '찐한' 육체적 사랑에 이르기까지 다양한 상황 속에서 펼쳐지는 흥미진진한 노래들이 곳곳에 숨어 있다. 지금보다 자신의 감정을 솔직하게 드러내지 못하던 시절, 옛사람들은 노래에 마음과 감정을 담아 자기의 생각을 에둘러 표현하였다. 그들의 노래를 하나하나 되짚어 읽어 보는 일은 오늘을 사는 우리에게도 나름의 소소한 재미와 함께 깊은 울림을 준다.

강경호

090

이룰 수 없는 욕망과 상상의 쾌감을 노래한 조선판 플렉스

불 아니 땔지라도

작가 미상

불 아니 찌일지라도 절노 익는 솟과 녀무쥭 아니 먹어도 크고 술져 흔 건는 물과

질숨ᄒᆞᆫ 女妓妾과 술 심는 酒煎子와 胖보로 낫는 감은 암쇼 두고

平生의 이 다섯 가져시면 부를 거시 이시랴

-『병와가곡집』961번

불 아니 땔지라도 절로 익는 솥과 여물죽 아니 먹어도 크고 살져 한 걷는 말과

길쌈하는 여기첩女妓妾과 술 샘솟는 주전자와 양胖보로 낳는 검은 암소 두고

평생에 이 다섯 가졌으면 부러울 것이 있으랴

- 한 걷는: 잘 걷는.
- 여기첩女妓妾: 기생 출신인 첩.
- 양胖보: 소의 위장.

불가능한 상상을 유쾌하게 노래하는 마음

이 노래는 가곡창에서 '소용搔聳' 악곡으로 부르는 사설시조 작품이다. 화자는 자신이 바라는 이상적인 삶을 꿈꾸며 노래한다. 불을 때지 않아도 저절로 익는 솥, 먹이를 주지 않아도 알아서 잘 크는 말, 길쌈 잘하는 기생첩에 저절로 술

이 샘솟는 주전자와 끊임없이 안주거리를 생산하는 소 등 평생 이 다섯 가지만 가지고 있다면 더 이상 부러울 게 없다는 것이다. 화자의 소망처럼 이런 일들이 가능하다면 더 바랄 바가 있겠는가. 하지만 모두가 알다시피 세상에 그런 일은 없다.

끝없는 물질적 풍요, 그것이 불가능하다는 걸 알면서도 화자는 그런 세상을 꿈꾼다. 다섯 가지만 주어진다면 세상 부러울 것 하나 없는 완전한 행복을 누릴 수 있을 것처럼 말이다. 누가 보면 어이없고 허무맹랑한 소리처럼 들릴 수도 있다. "저 사람, 세상 물정 모르는 거 아냐?" 하고 웃을지도 모른다. 하지만 실제로는 그렇지 않았다. 작품의 가집 수록 현황을 살펴보면 『객악보』를 비롯해 육당본 『청구영언』, 그리고 여러 가곡원류 계열 가집에 이 노래가 실려 있다. 그만큼 많은 사람들이 즐겨 부르고 들었다는 뜻이다. 말도 안 되는 상상일지라도, 그것을 함께 나누는 순간 이 노래는 사람들에게 즐거움으로 다가왔을 것이다.

이러한 옛사람들의 모습이 낯설지 않은 이유는 21세기를 살아가는 우리의 마음과 크게 다르지 않기 때문이다. 불가능하더라도 갖고 싶고, 이루어질 수 없더라도 바라고 싶은 것이 인간의 본성이다. 그것은 기말고사에서 전 과목 A+를 꿈꾸는 대학생의 현실적인 바람이기도 하고, 매일이 주말이길 바라는 직장인의 작은 소원이기도 하며, 복권 1등 당첨을 기원하는 소시민의 거대한 꿈이기도 하다. 그 모든 욕망 속에는 현실을 잠시 벗어나고 싶은 인간의 본능적 희구가 담겨 있다. 말이 되지 않는다는 것을 알면서도 툭 던져 보는 농담 같은 바람, 그 속에 「불 아니 땔지라도」의 화자가 묘하게 겹쳐 보인다. 현실의 고단함을 잠시 내려놓고, 불가능한 상상을 유쾌하게 노래한 그 마음. 어쩌면 그건 지금 우리도 종종 하는 일 아닐까? 이제 이 상상이 향유 현장에서 어떤 소리로 구현되었는지 살펴보자.

흥청거리고 거들먹거리는 창법, 소용搔聳

그 가벼운 농담이 실제 연행 공간에 올려지면, 노랫가락은 예상보다 높이 치솟는다. 바로 가곡창 '소용'이 그러하다. 소용은 높은 음역에서 음이 솟구치며 떠들썩한 분위기를 형성하는 악곡으로, 18세기 중반에 활동했던 전문 가객 박후웅朴後雄이 만든 것으로 알려져 있다. 이와 관련한 문헌 기록을 잠시 살펴보자. 가람본 『청구영언』 653번 「아함 긔 뉘옵신고」의 부기에 박후웅과 소용에 대한 언급이 나와 있다.

> 이 한 편은 예전에 낙시조로 부르던 곡이었다. 근자에 박 별장 후웅後雄(즉 옛날 명창 상건尚健의 아들이다)이 높은 음과 소리(황종黃鐘 태려汰呂 소상少商에 속한다)로 한 곡을 특별히 지어 관현管絃에 붙이니 사람들의 귀와 눈을 기쁘게 하고, 마음을 즐겁게 하였다. 세상 호걸들이 흠모하고 말하지 않는 바가 없으니 이것이 소위 소용搔聳이다.

인용문에서 보듯 박후웅이 새로 빚은 이 곡은 당대인의 눈과 귀를 단번에 사로잡았다. 얼마나 강렬했으면 가곡 연행판에 센세이션을 일으켰을까? "세상 호걸들이 흠모"했다는 기록만 보아도, 소용이 당시 풍류의 한복판에서 각별한 위상을 누렸음을 알 수 있다. 무엇보다 소리가 위로 뻗어 오르는 맛이 두드러지니, 조용히 감상만 하는 노래라기보다 무대의 공기를 끌어올리는 전환의 순간에 어울렸을 것이다. 그렇다면, 그 전환의 에너지는 가곡 한바탕 속 어디에 놓였을까?

소용은 가곡 한바탕에서 후반부인 소가곡(농弄·낙樂·편編) 계열로 넘어가기 전 삭대엽 계열의 '본가곡'을 마무리하며 부르는 노래로 알려졌다. 보통 삼삭대엽 다음에 부르며, 속도가 빠르고 옥타브 정도의 높이로 지르는 것이 특징이다. 국악계에서는 소용을 삼삭대엽에서 파생된 악곡으로 본다. 하지만 최근 국문학계에서는 소용의 선율이 '낙樂'이나 '얼롱'과 친연성이 더 높다고 보는 논의가 제출되기도 하였다. 실제 「불 아니 땔지라도」의 가집 수록 양상을 확인해 보면, 18세기 후반 가집인 『병와가곡집』에는 '만횡', 규장각본 『영언』과 나손본 『악부』, 『홍비부』에는 '롱', 경대본 『시조집』에는 '엇롱' 등으로 수록되어 있다. 이 작품이 '소용'이란 악곡으로 가창된 것은 19세기 초반 『객악보』에서 처음 확인되며, 이후 19세기 후반 『가곡원류』 계열 가집에서 소용으로 완전히 고정되어 현행 남창 가곡의 '우조 소용'으로 전승되었다. 선율의 느낌과 작품이 가창된 악곡의 내력을 고려하면 소용은 가곡 한바탕에서 본 가곡을 마무리하는 동시에 소가곡을 여는 역할을 한 것으로 볼 수 있다.

소용은 "흥청거리고 거들먹거리는 창법"으로 가창하기 때문에 유흥적인 성격이 강한 노래로 알려졌다. 이러한 창법을 고려하면 「불 아니 땔지라도」는 소용으로 부르기에 더할 나위 없는 노랫말이다. 초·중장 노랫말만 보면 조선판 플렉스(flex)가 따로 없다. 식재료만 넣어 두면 절로 요리가 되는 솥, 사료를 주지 않아도 알아서 잘 크는 가축, 끊임없이 샘솟는 술병 등 노래의 화자는 별다른 수고 없이 풍족함이 저절로 따라오는 삶을 소망한다. 하지만 「불 아니 땔지라도」는 플렉스라고 일컬어지는 물질적 과시만을 추구하는 노래가 아니다. 초·중장에서 제시한 상황이 절대 이루어질 수 없다는 것은 노래를 부르는 사람과 듣는 사람 모두 알고 있다. 연행 공간에서 이 노래의 향유자들은 그저 말도 안 되는 일을 상상하며 깔깔대고 희희낙락했을 것이다. 요컨대 「불 아니 땔지라도」는 사람들로 하여금 상상력을 통해 불가능을 꿈꾸며 잠시 웃고 떠들던 연행의 순간, 그 자체를 즐기게 한 노래다. 거창하게 포문을 여는 노랫말과 희화화된 상황이 소용이라는 악곡의 성격과 맞물리면서 이 작품은 마침내 소용의 대표곡으로 자리매김하였다.

송안나

091

현장과 함께 호흡하는 노래의 매력

손 약정孫約正은 점심 차리고

작가 미상

孫約正은 點心 출히고 李風憲은 酒肴를 쟝만ᄒ소

거믄고 伽倻ㅅ고 奚琴 琵琶 笛 觱篥 杖鼓 舞 工人으란 禹堂掌이 ᄃ려오시

글 짓고 노래 부르기와 女妓女花看으란 내 다 擔當ᄒ리라

— 『청구영언』(진본) 525번

손 약정孫約正은 점심 차리고 이 풍헌李風憲은 주효酒肴를 장만하소

거문고 가얏고 해금奚琴 비파琵琶 적笛 필률觱篥 장고杖鼓 무舞 공인工人일랑

우 당장禹堂掌이 데려오게

글 짓고 노래 부르기와 여기여화간女妓女花看일랑 내 다 담당하리라

- 약정約正: 조선시대 향약鄕約 조직의 임원.
- 풍헌風憲: 조선시대 유향소留鄕所에서 면面 이나 이里의 일을 맡아보던 사람.
- 주효酒肴: 술과 안주.
- 적笛: 대나무로 만든 관악기의 하나.
- 필률觱篥: 피리. 구멍이 여덟 개 있는 목관악 기.
- 무舞: '무고舞鼓'의 오기. 춤추며 치는 북.
- 공인工人: 악기를 연주하는 사람.
- 당장堂掌: 한 고을의 우두머리.
- 여기여화간女妓女花看: 기녀들을 관리하는 일.

흥성한 잔치를 앞두고

한바탕의 풍류 마당을 준비하는 모습을 담아낸 시조이다. '손 약정'은 손씨 성의 약정을, '이 풍헌'은 이씨 성의 풍헌을 가리키는데, 약정은 고을 내 향약 단체의 임원, 풍헌은 고을의 유향소에서 업무를 담당하는 직책을 뜻한다. 이처럼 중요한 이들과 더불어 이제 곧 마을 잔치가 벌어질 모양이다. 점심 식사와 술, 안주를 장만하라 이르는 화자의 목소리는 대낮부터 거나하게 즐길 생각에 경쾌하기 이를 데 없다.

음식도 음식이지만 이런 자리에 풍악이 빠질 수 없을 것이다. 중장에서는 풍류에 필요한 온갖 악기가 제시되고 있다. 거문고와 가얏고(가야금), 해금과 비파, 피리와 장고 등이 속도감 있게 나열되는 가운데 '고' 자가 수차례 반복되며 생겨나는 리듬감이 예사롭지 않다. 이로써 악기를 나열하는 구절을 읊는 것만으로 음악이 들리는 듯한 효과를 만들어 내면서, 곧 준비될 풍류 마당이 얼마나 풍성할지에 관한 기대감을 한껏 돋우고 있다. 이를 연주할 공인工人을 데려오는 일은 우씨 성의 '당장堂掌'이 맡아볼 예정이다. '당장'은 고을 모임의 우두머리를 뜻하니, 마을에서 벌어질 이 잔치가 꽤나 성대한 것임을 짐작케 한다.

술과 음악이 모두 준비되었다면 이제는 마음껏 취흥을 즐길 일만이 남아 있다. 분위기에 맞추어 멋진 시를 짓고 음악에 따라 노래를 부르는 일, 이를 함께할 기녀들을 맞아들이는 일은 화자 자신이 직접 나선다. 종장의 '여기여화간女妓女花看'은 '기녀들을 돌보는 일' 정도로 해석된다. 『청구영언』이 아닌 다른 가집들에는 '여기 화간女妓 花看'으로 되어 있기도 한데 이 경우엔 '기녀와 꽃구경' 정도로 이해된다. 어느 쪽이든 술과 음악, 시와 노래를 나누는 이들이 한데 어울리는 흥성한 풍류 마당이라는 점엔 변함이 없다.

이 작품은 이렇듯 한바탕 잔치에 동원되는 다양한 요소들을 제시하면서 풍류 현장에 대한 기대감을 높이는 역할을 했을 것으로 보인다. 그런데 노래에서 먼저 눈에 띄는 점은 이러한 준비 과정이 관찰자의 자리에서 묘사되는 것이 아니라,

실제 현장에 참여한 화자가 현장의 또 다른 인물들에게 말을 건네는 방식으로 이루어지고 있다는 것이다. 노래가 실제로 불린다면 작품에 등장하는 이들은 물론, 주변의 다른 참가자들 역시 잔치의 준비 과정을 가까이 엿보며 그 과정에 직접 동참하는 느낌을 받았을 터. 이로써 이 노래는 풍류에 참여하는 모든 이들의 단합력과 소속감을 고취하는 기능까지 수행할 수 있었을 것이다.

노래의 다양한 변주와 무한한 가능성

이 시조는 18세기의 초기 가집 『청구영언』에서부터 19세기 문헌에 이르기까지 상당히 많은 가집들에 두루 수록되어 있어 오랜 세월 동안 인기를 누리던 작품이었음을 알 수 있다. 눈길을 끄는 것은 각 가집들마다 인명과 같은 내용들이 조금씩 달라지고 있다는 점이다. 예를 들어 초장의 경우 『가곡원류』등의 가집에서는 '손약정'과 '이풍헌'이 '김약정'과 '노풍헌'으로 교체되어 있고, 여기에다 김약정 뒤에 '자네는'이라는 호명이 추가된 사례도 다수 보인다. 중장의 경우에는 악기의 목록에서 거문고와 가야금이 빠져있는 경우도 적지 않다. 그런가 하면 원래 우당장이 담당해야 할 공인들을 화자 자신이 데려온다고 하기도 하고, 종장에서는 9, 10월 단풍이 물든 달밤에 모여 취하고 놀자고 언급함으로써 시간적 배경을 가을밤으로 교체한 경우("九十月 丹楓 明月夜에 모혀 醉코 놀니라")도 발견된다.

이러한 현상이 나타난 까닭은 작품이 여러 곳에 전파되어 불리는 가운데 실제 현장의 상황에 따라 담당자의 이름을 바꾸어 부르거나 동원된 악기의 종류를 조정하기도 하고, 잔치가 벌어진 시간대를 자유롭게 변형하였기 때문이다. 아마도 가집에 기록되진 않았지만, 어떤 풍류 마당에서는 노래의 등장인물이 최약정이나 박풍헌으로 바뀌기도 하고, 준비해야 할 차림이 점심이 아닌 저녁상이 되기도 했을 것이다. 요즘을 배경으로 해 본다면 "김 대리는 고깃집 알아보고 백 과장은 생맥줏집 예약하소" 정도로 시작하는 노래가 될 수 있지 않을까?

따라서 이 노래가 널리 유행하였던 가장 큰 요인이란 실제 현장에 따라 시어들을 교체 적용하는 것이 가능하다는 점, 그래서 현장에 모인 청자들과 가까이 호흡할 수 있었다는 점이라 하겠다. 실제로 19세기의 시조 시인이었던 이세보李世輔는 이 노래의 구도를 가져와 주요 인물을 자기 지인들로 교체하고 소재들을 바꾸어,

> (…)
> 전필언은 황계黃溪와 백주白酒를, 이종현은 채소와 현미밥을
> 그중에 나일랑은 풍류와 기생이나 (준비하겠네)

와 같은 작품을 짓기도 하였다. 한편 「손 약정은 점심 차리고」와 유사한 방식의 또 다른 노래가 『청구영언』(진본)에 다음과 같이 수록되어 있기도 하다.

> 이좌수는 암소를 타고 김약정은 질장군 메고
> 남권롱 조당장은 취하여 비틀거리며 장고 무고에 둥더럭궁 춤추는구나
> 협리峽裏에 백성의 순박 천진함과 태고의 순풍淳風을 다시 본 듯하여라

여기에 등장하는 여러 인물들 역시 많은 가집에서 '손권롱', '주권롱', '김풍헌'과 같은 다양한 이름으로 바뀌어 전해진다. 이렇게 보면 역시 노래의 진정한 매력이란 고정불변의 요소가 아니라 현장과 맞닿는 가운데 매 순간 변화하는 언어와 음악의 무한한 가능성에서 찾을 수 있는 것이 아닐까?

윤병룡

092

내 임이 아니어도 사랑이라 부를 수 있을까

저 건너 흰옷 입은 사람

작가 미상

젓 건너 흰 옷 닙은 사룸 준믭고도 양믜왜라

쟈근 돌ᄃ리 건너 큰 돌ᄃ리 너머 밥 뛰여 간다 ᄀ로 뛰여 가ᄂ고 애고애고
내 書房 삼고라쟈

眞實로 내 書房 못 될진대 벗의 님이나 되고라쟈

-『청구영언』(진본) 517번

저 건너 흰옷 입은 사람 잔믭고도 얄미워라

작은 돌다리 건너 큰 돌다리 넘어 바삐 뛰어가는가 가로 뛰어가는고 애고
애고 내 서방 삼고라쟈

진실로 내 서방 못 될진대 벗의 임이나 되고라쟈

- 잔믭고도: 몹시 얄밉고도.
- 삼고라쟈: 삼았으면.
- 되고라쟈: 되었으면.

가질 수 없는 사랑에 대한 현실적 선택

흰옷 입은 한 사람이 돌다리를 바쁘게 뛰어간다. 누군가가 그 사람을 두고 얄
밉다고 표현하면서도 자신의 서방으로 삼고 싶다고 말한다. 잠깐 마주치기라도

하면 좋을 텐데 기회도 주지 않고 뛰어가 버리는 상대가 야속했던 것일까? 아니면 이따금 호감을 표현했는데 상대가 받아 주지 않아 미운 것일까? 그럼에도 불구하고 자신의 사랑에는 변함이 없는 화자이다. 그와 통하지 않더라도 연모의 마음을 드러낸다. 다만 애정의 방향이 다소 파격적이어서 놀라울 뿐이다. 내 서방이 되지 못한다면 친구의 '임'이라도 되길 바란다니!

김천택 편『청구영언』'만횡청류'에 실려 있는 이 시조는 고전시가나 현대 대중가요에서 표현하는 사랑의 보편적 양상과는 결이 조금 다른 것 같다. 일대일의 애절한 관계도, 임자 있는 사람을 흠모하는 금단의 사랑도, 시기와 질투가 난무하는 삼각관계도 아니다. 화자는 누군가에게 호감을 가지고 있고 그와 '혼인'하고 싶은 욕망을 드러내지만, 그것이 이루어지지 못하는 현실에 좌절하기보다는 연모의 대상자와 새로운 '관계'를 형성하며 인연을 이어 가고자 한다. 다만 이때의 관계는 벗이라는 연결 고리를 통해 간접적으로 맺어진다는 점이 특징적이다.

학생들과 수업 시간에 작중 주인공의 심리에 대해 의견을 나누면 다양한 생각들이 쏟아져 나오는데 크게 두 가지로 갈린다.

하나, 내가 좋아하는 사람과 친구가 혼인하면 나와의 인연이 완전히 끊어지는 것은 아니기 때문에 이렇게라도 작은 연결 고리를 맺고 싶은 마음을 표현했다고 보는 관점이다. 화자의 바람이 이루어진다면 타인의 남편, 그것도 친구의 배우자에게 남몰래 연정을 품는 윤리적 긴장이 발생할 수도 있지만, 이 작품의 경우 부도덕함보다는 애정의 깊이와 간절함이라는 차원에서 이해하는 편이 좋을 것 같다는 반응이 대부분이다.

둘, 작중 화자는 친구의 서방이 된 사람을 간혹 훔쳐보고자 하는 것이 아니며, 그저 상대가 '좋은 사람'을 만나 행복한 삶을 살기를 바라는 마음의 발로發露로 나의 벗과 이어지길 소망했다는 시각이다. 오늘날 스타를 좋아하는 이들의 '팬심'이 이와 유사하지 않을까 싶다. 많은 팬은 스타를 좋아하면서 그들의 스타가 무탈하고 편안하며 행복하기를 바란다. 팬심의 최우선은 상대의 안녕安寧이기 때문이다. 어쩌면 사설시조 속 주인공도 이와 비슷한 마음에 내가 원했던 상대의 짝으로 나의 벗을 지목한 것일지도 모르겠다.

　작중 주인공의 심리가 정확히 무엇인지 하나의 결론을 내릴 필요는 없다. 시적 상황과 배경에 대한 다양한 해석을 통해 학생들은 시조 작품의 주제가 단순하지 않으며 당대인들의 정서가 오늘날 우리와 크게 다르지 않음을 인지한다. 고전시가 속 '사랑'이 '애절', '일편단심', '그리움' 등의 이미지로만 표상되지 않음을 알게 되는 것이다. 이 작품은 갈수록 고전시가에 대한 학생들의 외면이 커 가는 상황 속에서 시조에 대한 아주 작은 흥미라도 유발할 수 있는 나름의 의의를 지니고 있다.

노랫말 변주의 동인, 연행 환경

　조선 후기 당대인들도 이 작품에 대해 많은 관심이 있었던 것으로 보인다. 『고시조대전』을 확인하면 김천택 편 『청구영언』에 실린 이래로 『병와가곡집』, 육당본 『청구영언』은 물론 19세기 가곡창의 중심인 『가곡원류』 계열까지 총 22종의 가집에 실려있다. 각각의 가집에 실린 노랫말을 살펴보면 몇 가지 시어의 변화로 미세한 차이가 발생하고, 이로 인해 상당히 다른 의미 지향을 보이는 경향이 발견된다. 김천택 편 『청구영언』과 『병와가곡집』에서는 돌다리를 건너가는 상대를 '서방' 삼고 싶다고 분명히 명시했으나, 육당본 『청구영언』을 비롯한 대부분의 가집에서는 모두 '서방'이 아닌 '사랑'으로 바뀌었다. 경대본 『시조집』과 『가곡원류』 계열 가집에서 남성의 복장은 흰옷이 아닌 색옷으로 달라졌다. 가장 파격적인 것은 단대본 『詩調시죠』이다. 이 가집에서는 등장인물의 성별이 아예 전환된다고 할 수 있다. 다리를 건너는 사람은 '새악시'이다. 그리고 화자는 그 새악시가 나의 사랑이 될 수 없다면 '임의 첩'이라도 되길 소망한다. '서방'과 '사랑'은 유사할 수 있으나 '첩'은 전혀 다른 대상이다. '서방'을 원했던 화자의 성별은 여성이지만, 애정 관계로 이어지지 못한 대상이 '임의 첩'이 되길 바라는 화자는 더 이상 여성이 아니다.

시어의 변화는 크지 않지만, 이 작은 변주가 텍스트에 전혀 다른 해석의 방향을 부여한다. '서방'이 '사랑'이 될 경우 남성 가객이나 여성 가인歌人 가릴 것 없이 가창하기에 적절했을 것이다. 노래를 감상하는 사람들도 성별에 구애받지 않고 자신만의 상황을 상상하며 향유할 수 있다. 반면에 연모의 대상이 누군가의 '첩'이 되기를 바라는 상황의 텍스트는 한껏 고양된 취흥의 현장에서 남성 청중들이 한바탕 웃으며 즐기는 노래로 소용되지 않았을까?

이러한 노랫말 변주의 동인은 연행 환경에 기인했을 가능성이 크다. 시조 작품에서 노랫말 변이는 시점의 이동, 진술의 전환, 상황의 변동 등 많은 것을 변화시킨다. 이는 가곡창이라는 연행 예술로서의 현장성이 보장될 때 가능한 일이며 이 작품을 향유하는 연행 집단의 합의가 있어야만 시도할 수 있다. 가집에 수록된 시조 작품에는 가곡 연창에 참여한 가창자는 물론 청중들의 취향까지 반영되어 때론 전폭적인 개작이 이루어지기도, 소소한 변이가 발생하기도 한다. 이를 통해 우리는 당시 연행 현장에 다채롭게 존재했던 흥미로운 분위기를 짐작할 수 있다. 「저 건너 흰옷 입은 사람」은 시조를 연행 텍스트로 바라볼 때 얼마나 풍부한 해석과 이해가 가능한지 알려 주는 의미 있는 작품이라 하겠다.

송안나

천한天寒코 설심雪深한 날에

작가 미상

　　天寒코 雪深호 날에 님 츠즈라 天上으로 갈 제

　　신 버서 손에 쥐고 보션 버서 품에 품고 곰뷔님뷔 님뷔곰뷔 천방지방 지방

천방 호번도 쉬지 말고 허위허위 올라가니

　　보션 버슨 발은 아니 스리되 녑의온 가슴이 산득산득 호여라

-『청구영언』(진본) 542번

　　천한天寒코 설심雪深한 날에 임 찾으러 천상天上으로 갈 제

　　신 벗어 손에 쥐고 버선 벗어 품에 품고 곰비임비 임비곰비 천방지방 지방

천방 한 번도 쉬지 말고 허위허위 올라가니

　　버선 벗은 발은 아니 시리되 여미온 가슴이 산득산득하여라

- 천한天寒코: 날씨가 춥고.
- 설심雪深한: 눈이 심하게 내리는.
- 곰비임비: 일이 계속해서 일어남을 나타내는 말.
- 천방지방: 너무 급하여 허둥지둥 함부로 날

뛰는 모양.
- 허위허위: 손이나 발을 이리저리 내두르는 모양.
- 산득산득하여라: 갑자기 싸늘한 느낌이 잇따라 들어라.

임을 향한 절박한 발걸음

사랑에 빠진 사람은 얼마나 무모해질 수 있을까? 눈보라가 몰아치는 한겨울 밤, 맨발로 산을 오르며 임을 하늘 끝까지라도 쫓아가겠다고 하는 사람을 상상해 보자. 어쩌면 우리 모두 그런 순간을 한 번쯤은 경험했을 것이다. 조선시대 사람들도 마찬가지였다. 18세기 김천택 편 『청구영언』 만횡청류蔓橫淸流에 처음 수록된 한 편의 사설시조가 이를 증명한다.

이 노래를 이해하려면 먼저 사설시조 장르의 특성을 알아야 한다. 조선 전기 평시조가 정형적 틀 안에 함축적이고 절제된 표현미를 추구했다면, 17세기 말 무렵 등장한 사설시조는 그 틀을 과감히 깨트렸다. 나아가 기존의 고상한 품격에서 벗어나 일상적이고 솔직한 감정을 거침없이 쏟아냈다. 조선 후기 평민들의 생생한 삶, 애환, 해학 넘치는 이야기, 그리고 이름 모를 민중의 사랑 고백까지 말이다. 「천한코 설심한 날에」 역시 그런 맥락에서 산출된 노래다.

초장의 '천상天上'이라는 공간 설정부터 심상치 않다. 작중 화자가 사랑하는 임이 계신 곳이 바로 천상이다. 아마도 화자는 신분 차이나 혹은 다른 현실적 장벽으로 사랑하는 이에게 다가갈 수 없는 처지였을 것이다. 이에 감히 닿을 수 없는 높디높은 곳 '천상'은 지리적 표현이라기보다 심리적 거리감의 상징일 터다. 그럼에도 화자는 포기하지 않는다. '천한天寒'하고 '설심雪深'한 날에 오히려 험난한 길을 선택한다. 한겨울 눈보라가 휘몰아치는, 일반적으로는 집 안에 웅크리고 있어야 할 상황에 화자는 정반대의 행동을 한다. 사랑의 열정이 이성적 판단을 압도한 것일까? 안 될 걸 알지만 그래도 가야 하겠다는 비애의 심정이 읽힌다.

중장에서부터 화자의 본격적인 움직임이 시작된다. 신발과 버선을 벗어 들고 걸음을 재촉하는 과정, 숨 돌릴 틈 없이 허둥지둥 앞만 보고 달려가는 모습에서 눈 쌓인 산길을 맨발로 걷는 고통쯤이야 얼마든지 감수하겠다는 의지가 느껴진다. 그리고 화자의 가쁜 숨과 뛰는 발걸음, 마음의 조급함을 모두 담아 "곰비

임비 임비곰비 천방지방 지방천방"이라 표현했다. 마치 영화의 몽타주 기법처럼 연속된 의성어를 통해 화자의 절박함과 우스꽝스러움을 생생하게 전달한 것이다. 사랑의 절실함은 언어로 정확히 표현하기 어렵다. 때로는 의미보다 어감이나 리듬이 더 많은 것을 전달할 수도 있다. 이 작품을 노래한 그들은 그것을 직관적으로 알고 있었던 것 같다.

그렇다면 과연 화자는 천상에 도착해 사랑하는 임을 만났을까? 작품은 직접적인 답을 주지 않는다. 하지만 종장에서 우리는 그 결과를 짐작할 수 있다. 화자는 눈 덮인 산길을 버선까지 벗고 걸었지만 발은 시리지 않다고 했다. 사랑의 열정이 추위조차 잊게 만든 것이다. 하지만 마음은 서늘하고 허전하여 '산득산득' 하다. 마음의 허허로움은 어찌할 도리가 없다는 뜻이다. 화자는 임을 만나지 못했거나, 설사 만났다 하더라도 기대했던 결과를 얻지 못했던 것으로 보인다.

이런 결말은 사랑의 본질적 특성을 잘 보여 준다. 사랑하는 사람을 향한 열망은 종종 현실의 벽에 부딪힌다. 신분의 차이든, 경제적 조건이든, 상대방의 마음이든 상관없이 말이다. 하지만 그렇다고 해서 그 열망 자체가 무의미해지는 것은 아니다. 사랑한다는 것 자체가 이미 의미이고 경험이기 때문이다.

여성에서 남성으로, 작중 화자의 전환

흥미롭게도 이 노래는 전승 과정에서 의미 있는 변화를 겪는다. 바로 중장의 "신 벗어 손에 쥐고 버선 벗어 품에 품고"라는 표현이 후기 이본에서는 "갓 벗어 등에 지고 버선 벗어 품에 품고"(『객악보』 등)로 바뀐 것이다. 반드시 그런 것은 아니라 하더라도 관습적 구도상 '신'과 '버선'이 주로 여성에게 부여되는 사물이라면, '갓'은 화자가 남성임을 명시하는 소재다. 작중 화자가 여성에서 남성으로 전환된 것이다. 더욱 주목해야 할 사항은 후기로 갈수록 "갓 벗어"의 유형이 더 많은 가집에 수록되어 전승과 향유를 주도했다는 점이다.

먼저 초기 노래에서 여성 화자가 보여 준 적극적이고 주체적인 모습은 당시로서는 상당히 파격적인 것이었다. 일반적으로 시조에서 여성 화자는 주로 기다리는 존재, 임을 그리워하며 한탄만 하는 존재로 그려졌다. 그런데 이 작품의 여성 화자는 스스로 임을 찾아 나선다. 그것도 '천상'이라는 도달 불가능한 장소까지 말이다. 게다가 맨발로 눈 덮인 산을 허둥지둥 달려가는 모습 역시 조선시대 여성의 이상적 덕목인 정중靜重함과는 괴리가 있다. 이러한 설정은 당시 여성들에게 요구되던 정숙한 몸가짐과는 결이 다른 탈규범적 실천이다. 여성임에도 욕망을 실현하고자 하는 주체적 의지의 발현인 셈이다.

그렇다면 왜 후기로 갈수록 남성 화자 버전이 주류가 되었던 것일까? 전통적으로 감정적이고 충동적인 행동 양식은 주로 여성성과 연결되어 왔다. 남성은 이성적이고 절제된 모습을 보여야 한다는 것이 시조사에서의 지배적 관념이었다. 그런데 이 작품에서는 남성 화자로의 변화가 일어나면서도, 행동 양상과 감정 구조의 측면에서는 달라진 것이 없다. 무모할 정도의 열망, 익살스럽기까지 한 과장된 행동, 결국 맞닥뜨리게 되는 허망함의 정서, 이 모든 것들이 남성 화자에게도 그대로 적용되고 있기 때문이다. 이는 시조 향유층의 다수를 차지하던 남성들이 여성성과 그 감정 구조를 긍정적으로 받아들였음을 뜻한다. 만약 "갓 벗어"의 유형을 시조 향유자들이 탐탁지 않게 여겼다면 주류가 되지 못했을 것이다. 임을 찾아 허둥지둥 천상으로 가는 남성 화자의 해학적이면서도 애잔한 모습이 남성 향유자들에게도 긍정적으로 수용되었던 것이다. "갓 벗어" 유형의 작품이 31종이나 되는 가집에 수록되어 있다는 사실이 이를 방증한다.

이렇듯 화자 성별의 변화는 매우 특별한 의미를 지닌다. 대부분의 시조 작품이 고정된 화자로 전승되는 것과 달리, 이 작품은 전승 과정에서 화자의 성별이 자유롭게 변화했다. 이는 작품 내부의 감정 구조가 특정 성별에 국한되지 않는 호소력을 지니고 있었기 때문이다. '천상'을 향한 무모한 질주와 상실이라는 정서적 경험은 성별의 경계를 넘어서는 인간적 진실을 담고 있다. 유교적 질서와 엄격한 신분제 사회에서도 사랑의 감정만큼은 누구도 통제할 수 없었던 것이다.

그리고 바로 이러한 개방성과 탄력성이 노래의 전승과 향유를 지속시킨 기반이 되었다.

여성의 목소리로 시작된 이 노래가 남성의 목소리로도 자연스럽게 노래된 것은, 사랑이라는 감정 앞에서 사회적 규범이나 성 역할의 경계가 무의미해졌음을 시사한다. 임을 향해 내달리는 화자의 모습은 인간이 감정에 이끌릴 때 얼마나 무모해질 수 있는지, 동시에 그 감정이 얼마나 보편적인지 설득력 있게 보여 준다. 이러한 감정의 진폭과 보편성이야말로 「천한코 설심한 날에」를 오랫동안 공명하는 작품으로 만든 핵심 요소라 할 수 있다.

유정란

사랑을 찬찬

작가 미상

사랑을 찬찬 얽도혀 뒤셜머지고

틱산쥰령를 허위허위 넘어가니 모로는 벗님네는 그만 ㅎ 야 바리고 가랴 ㅎ

것마는

가다가 자즐녀 죽을셴졍 나는 아니 바리고 갈까 ㅎ 노라

－『가곡원류』(가람본) 413번

사랑을 찬찬 얽동여 뒤셜머지고

태산준령泰山峻嶺을 허위허위 넘어가니 모르는 벗님네는 그만하여 버리고

가라 하건마는

가다가 자지러져 죽을망정 나는 아니 버리고 갈까 하노라

• 찬찬: 단단하게 자꾸 감거나 동여매는 모양.
• 얽동여: 얽어서 동여 묶어.
• 뒤섈머지고: 짊어지고.

• 태산준령泰山峻嶺: 큰 산과 험한 고개.
• 허위허위: 손이나 발을 이리저리 내두르는
　모양.

목숨보다 소중한 사랑에 대한 우직함

이 시조는 사랑하는 것이 힘듦을 시어를 통해 비유적으로 표현하면서 힘들어도 사랑을 이어 가겠다는 화자의 의지를 보여 주고 있다. 추상적 대상인 사랑을 동여맬 수 없는 구체적 사물인 짐으로 표현하여, 임을 사랑하는 일이 무거운 짐을 몸에 친친 동여매고 높은 산의 고개를 힘들게 넘어가는 것처럼 어려움을 구체화하였다. 그러면서 비록 남들이 만류하더라도 힘들어 죽을지라도 포기하지 않겠다는 다짐을 하면서 사랑을 향한 의지를 불태우고 있다.

결국 이 시조는 세상이 아무리 어리석다 손가락질해도 목숨보다 중요한 사랑을 결코 포기하지 않겠다는 우직함을 노래한다. 초장에서는 '사랑'이라는 추상적인 개념을 한 덩어리로 묶어 등에 진다는 표현을 통해 구체적 상황으로 변환하여 표현한다. 중장에서 큰 산과 험한 고개로 힘에 겨워하며 넘어갈 때, 잘 모르는 벗님네들은 그만하고 버리고 가라고 하지만 종장에서 화자는 가다가 사랑에 눌려서 죽을지언정 절대 등에 진 사랑을 버리지 않겠다는 의지를 드러낸다. 끝까지 변하지 않겠다는 영원한 사랑의 다짐이다.

사랑하는 일이 때로는 죽을 만큼 힘들 수도 있다. 아무리 힘들어도 버릴 수 없는 사랑이 있다. 이것은 임을 향한 마음 때문이다.

"사랑을 찬찬 얽동여"는 사랑을 하나하나 엮어 나간다는 의미로, 사랑을 지속하려는 의지의 표현이다. '태산준령'은 사랑의 무거움과 험난한 여정을 상징하고, "벗님네는 그만하여 버리고 가라 하건마는"은 주변 사람들이 현실적인 충고를 하지만, 화자는 사랑을 포기하지 않겠다는 다짐을 보여 주고, 결국 종장에서 화자는 사랑에 대한 강한 의지와 희생적이고 결연한 태도를 보인다.

이 시조는 '허위허위', '찬찬' 등 의태어 활용을 통해 화자의 강한 의지를 드러낸다.

우조에서 계면조로, 넘어갈 준비 됐나요?

『가곡원류』(가람본)에 이 시조는 악곡이 '환계락還界樂'으로 나타난다. 환계락은 여창가곡의 하나로, 앞부분은 '우락'의 선율, 즉 우조로 되어 있고, 뒷부분은 '계락', 즉 계면조로 되어 있는 '반우반계'의 노래이다. 여창만 이어 부를 때 열두 번째로 부르는데, 열한 번째 '우락'과 열세 번째 '계락' 사이에서 악조를 변화시키기는 변조용變調用 악곡이다.

「사랑을 찬찬」은 우락으로 부르다 계락으로 불러 다음 악곡을 준비하는 가교의 역할을 하는 것으로서 연행 공간에서 관객이 가곡을 들을 때 우조에서 계면조로 넘어가는 준비를 할 수 있게 도와주는 역할을 한다. 이것은 문학으로서의 시조는 가질 수 없는, 노래로서의 시조에만 나타나는 특징이라고 할 수 있다.

김태웅

북두칠성 하나 둘 셋 넷 작가 미상

北斗七星 ᄒᆞ나 둘 셋 넷 닷ᄉᆞᆺ 여ᄉᆞᆺ 일곱분게 민망ᄒᆞ온 白活 所志 ᄒᆞᆫ丈 알외ᄂᆞ니다

그리던 님을 맛나 情에 말 ᄎᆡ 못ᄒᆞ여 날 쉬 시니 글노 민망

밤듕만 三台星 差使 노하 싯별 업게 ᄒᆞ소셔

- 『병와가곡집』 960번

북두칠성 하나 둘 셋 넷 다섯 여섯 일곱 분께 민망하온 발괄白活 소지所志 한 장丈 아뢰나이다

그리던 임을 만나 정情의 말 채 못하여 날 쉬 새니 그로 민망

밤중만 삼태성三台星 차사差使 놓아 샛별 없게 하소서

- 발괄白活: 민속신앙에서 신령님께 소원을 빎.
- 소지所志: 청원 서면.
- 삼태성三台星: 큰곰자리에 있는 자미성을 지키는 별.
- 차사差使: 중요한 임무를 위해 파견하던 임시 벼슬.

한 여성의 절절한 청원

예로부터 북두칠성은 하늘을 주관하고 인간의 운명을 좌우하는 신으로서 모

시는 민간신앙이 전해 온다. 시가에서 흔히 보이는 '칠성님', '칠성단', '칠성' 등의 표현들은 모두 칠성신앙을 기반으로 한다. 「북두칠성 하나 둘 셋 넷」 또한 칠성신앙을 보여 주는데, 여기에서 절대자인 칠성에게 자신이 처한 상황을 솔직하게 아뢰고 해결방법을 적극적으로 모색하는 화자가 눈에 띈다.

여성으로 보이는 화자는 사랑하는 임과 재회 후 이내 헤어져야 하는 상황에 놓여 있다. 화자는 그리워하던 임을 오랜만에 만나 그간 하지 못했던 이야기들을 오래도록 나누며 함께하고 싶었을 것이다. 그러나 시간은 빠르게 흘러 벌써 다음 날 아침이 오려 한다. '아침'이라는 시간적 설정은 다른 작품들에서는 주로 불행하고 암울한 현실을 극복한 뒤 얻는 성취, 또는 희망의 상징으로 쓰이곤 한다. 그런데 이 작품에서 아침은 오히려 절망을 의미한다. 아침이 오면 화자는 임과 이별해야 하기 때문이다.

동이 트려 하는 절망적인 상황에서 화자는 임과 이별해야 한다는 안타까운 감정을 누르거나 단순히 토로하며 서글퍼하는 등 소극적인 태도에 머무르지 않는다. 오히려 북두칠성을 구성하는 일곱 별을 일일이 호명하면서 북두칠성 하단에 위치한 삼태성을 보내어 아침을 알리는 샛별, 즉 금성金星이 오지 않도록 해 달라고 청원한다.

억울한 사정을 호소하는 '발괄白活', 소송을 제기하는 '소지所志' 등의 표현으로 직면한 문제를 적극적으로 해결하려는 화자의 의지를 알 수 있다. '발괄'과 '소지' 모두 원통하고 한스러운 상황에 놓인 인물이 자신의 억울함을 피력하고 문제 해결을 도모하기 위한 수단이기 때문이다. 이때 '한 장'이라는 시어는 화자의 간절함을 좀 더 간명하고 분명하게 드러낸다. 화자의 소원은 여러 가지가 아닌 '단 하나'라는 것이다. 화자는 북두칠성에게 오직 한 가지 소원, 즉 임과 함께하는 시간을 조금 더 연장해 달라는 이 소원에만 집중해서 자신의 처지를 살피고 도와달라는 메시지를 분명하게 던지고 있다.

장르, 매체, 시대를 넘나들며 사랑받아 온 작품의 생명력

「북두칠성 하나 둘 셋 넷」은 예로부터 소원을 비는 대상으로 자주 등장하던 북두칠성을 소재로, 아침과 밤이 내포하는 상징을 도치시키고, 적극적으로 문제를 해결하려는 의지를 보이는 여성 화자를 내세움으로써 시조 향유자들에게 신선한 자극을 주었을 것으로 보인다. 여기에 사랑과 그리움이라는 인류의 보편적인 감정, 이에 대한 정서적 공감을 기반으로 적극적인 향유를 이끌었고, 여러 이본을 만들어 내었던 것으로 보인다. 이본 중 한 편을 소개한다.

北斗七星 하나 둘 싯 넛 다셧 여섯 일 칠星임 前 원통코 민망훈 소지 일장을 발괄ᄒᆞ여 아리오난이다
알들훈 정든 숨 만나 萬端愁懷을 풀야던니 날리 장찻 발거 온다
밤중만 三台星 치사노와 싀별 웁게

- 『시조』(하씨본)

시조창 노랫말로 사용된 이 이본의 초장 '원통코'라는 시어는 화자의 심정이 단순히 임을 그리워하는 데에 그친 기존 노랫말과 달리 화자의 감정이 '원통함'에 기반을 두고 있음을 분명히 하였다. 중장에서는 "그리던 임", "정의 말"이라는 기존 노랫말을 '알뜰하고 정든 사람', '만단정회萬端情懷를 풀려고 했더니'로 구체적으로 표현하여 임이 어떠한 의미를 가지고 있는 인물인지, 임과 무엇을 해소하고 싶었는지를 보여 주었다. 여기에서 '만단정회'는 '온갖 정과 회포'라는 뜻으로, 다양한 감정들이 마음에 가득 차 있는 상태를 의미한다. 이는 주로 이별, 회한, 그리움 등의 정서를 묘사할 때 등장하는데, 이를 통해 화자의 감정이 보다 분명하게 드러나게 되었다.

이렇게 변개된 노랫말은 주로 19세기 말에서 20세기 초에 편찬된 가집과 잡가집들에서 나타난다. 시조가 처음 창작된 모습 그대로 전승되었던 것이 아니라

여러 번 가창되고 당대의 향유 공간과 향유 상황에 맞추어 향유되면서 노랫말에 변개가 이루어졌다는 것이다.

가곡창과 시조창의 노랫말로서 향유된 데에서 더 나아가 서도잡가의 대표적인 가창물인 「수심가」의 노랫말로도 사용되었던 것으로 보인다. 20세기 초에 출판되었던 잡가집 『조선속가』와 『대증보무쌍유행신구잡가부가곡선』 소재 「엮음(자진수심가)」 노랫말에서 이를 확인할 수 있다.

> 하나, 둘, 셋, 넷, 다섯, 여섯, 일곱, 칠성님 전에 소지백괄을 드리기딴은 의신에 평생 애중지하던 님을 잃고 밤중 샛별같이 잠시 만나 만단설화를 다 못하여 동방이 장차 밝아를 온다. 동자야 네 나가서 새벽샛별을 머물러주렴으나 오늘밤 삼경에 미진한 회포심사를 풀어를 볼가나

잡가집 소재 수심가 사설로 사용된 이 노랫말은, 기존 시조 노랫말에서 상황을 구체적으로 묘사하는 방향으로 서술하고 단어를 삽입하는 방식을 통해 기존 작품의 노랫말보다 길이가 더욱 늘어났다. 이는 이 시조의 노랫말에서 화자의 심사를 더욱 적극적으로 그려 낸 『시조』(하씨본)보다 더 개작된 형태이다. 임을 '평생에 애지중지하며 사랑'했던 화자는 어떠한 계기로 임과 이별하였다가 오늘 극적으로 재회하게 되었다. 임과 '미진했던 회포를 풀기 위해 아침이 더디 오게 해달라' 부탁하는 모습으로 임과 화자의 상황이 「북두칠성 하나 둘 셋 넷」보다 구체화하였음을 알 수 있다.

이 작품은 가곡창 세번調弄Ⅲ調 평롱半弄으로 불리며 현재까지도 이어지고 있다. 가집뿐만 아니라 거문고 악보인 『현금오음통론』(1886), 『학포금보』(1919)에도 해당 악곡의 대표 작품으로 수록되어 있고, 20세기 초 가곡창 악보 모음집인 『하규일 가곡보』에도 수록되어 있어, 평롱으로 불리며 사랑받았던 작품임이 확인된다. 특히 1927년에 개국한 경성 라디오 방송에서 1930년 8월에 조선권번朝

鮮券番 소속 기녀 네 명이 가창한 기록이 전해지고 있다. 변개된 노랫말로도 가창되고 20세기에 이르러 다른 가창물의 노랫말로서도 향유되었던 사실을 통해, 「북두칠성 하나 둘 셋 넷」은 단순히 시조 노랫말로서 고정되고 전승된 작품이 아니라 장르와 매체와 시대를 넘나들며 지속적으로 사랑받아 현대에까지도 생명력을 이어 온 작품임을 알 수 있다.

이고은

096

임을 향한 간절한 결백 호소

조그만 실배암이

작가 미상

조고만 실비암이 龍의 쵸리 홈벅 믈고

高峰 峻嶺을 넘단 말이 이세이다 님아 님아

百 놈이 外ᄂ 말을 ᄒ여도 님이 斟酌 ᄒ쇼셔

- 『시가』(박씨본) 508번

조그만 실배암이 용龍의 초리 흠뻑 물고

고봉준령高峰峻嶺을 넘단 말이 있사이다 임아 임아

백 놈이 외外 말을 하여도 임이 짐작하소서

- 실배암: 실뱀.
- 초리: 꼬리.
- 고봉준령高峰峻嶺: 높은 산봉우리와 험한 고개.
- 넘단: 넘는다는.
- 외外 말: 틀린 말.

임이여, 나의 결백을 짐작해 주세요

시조는 인간의 응축된 정서가 잘 드러나는 갈래다. 때로는 진득한 애정이나 그리움이, 때로는 삶에 대한 만족감이나 의지가, 또는 울분이나 서러움이 켜켜

이 드러나기도 한다. 이 작품 「조그만 실배암이」에서도 자신의 결백을 간곡하게 주장하는 화자의 감정이 강하게 드러난다. 그런데 이 작품에서 임에게 자신의 결백을 호소하는 방법은 자못 독특하다. 사실을 바탕으로 사건의 선후나 인과를 따져 가며 자신에게 잘못이 없음을 드러내는 것이 무죄를 드러내는 흔한 방법인데 이 작품에서는 전혀 다른 방식을 사용하고 있기 때문이다.

그럼 흥미로운 작품 속 상황으로 들어가 보자. 언뜻 보면 이 작품은 자신의 결백을 주장하는 내용처럼 보이지 않는 데다가 오히려 이치에 맞지 않는 말을 하고 있는 것처럼 보인다. 초장에 등장하는 실뱀의 행동을 따라 중장까지 쭉 읽다 보면 그 내용이 얼토당토않다는 생각이 들기 때문이다. 작품의 초장은 실뱀, 그것도 조그마한 실뱀이 무려 용의 꼬리를 입에 한가득 물고 가는 모습으로 시작된다. 이 모습을 상상해 보라. 전설상의 동물인 용이 등장하는 것부터가 믿을 수 없는 일인데 거기다 뱀이 용의 꼬리를 물고 높이 솟은 산봉우리와 험준한 산마루를 넘기까지 한다니 가당치도 않은 말이다.

초장과 중장에 서술되는 이런 모순된 상황은 모두 중장 끄트머리에 등장하는 '임'을 향한 메시지다. 도대체 화자는 임을 향해 무엇을 말하고자 했던 것일까? 그 답은 종장에서 찾아볼 수 있다. 시적 화자는 초장과 중장에 제시된 자신의 이야기가 이미 '있을 수 없는 일'임을 알고 있다. 그럼에도 불구하고 그런 말을 한 이유는 "백 놈", 즉 모든 사람이 자신에 대해 무슨 말을 해도 그것은 실뱀이 용의 꼬리를 물고 높은 산을 지나간다는 것과 같이 말도 안 되는 "외 말"(틀린 말)이니 자신을 믿어 달라는 강력한 호소를 하기 위함이다. 자신이 드러내고자 하는 바를 효과적으로 강조하기 위해 터무니없는 일을 제시하여 결백을 호소하는 흥미로운 문학적 장치를 사용하고 있는 것이다.

그러나 위와 같은 서술 전략이 이 작품에서 처음 시도되었거나 또는 이 작품에만 유일하게 나타나는 것은 아니다. 그렇다면 결백을 호소하기 위해, 또는 소문이 거짓임을 주장하기 위해 위와 같은 표현 방식을 사용하게 된 것은 어디서부터였을까?

과거의 작품을 비슷하게 또는 새롭게 변용하는 전승 양상

그 단서는 『고려사高麗史』「악지樂誌」에 실려 있는 「사룡蛇龍」에서 찾을 수 있
는데, 작품은 다음과 같다.

뱀이 용의 꼬리를 물고	有蛇含龍尾
태산 봉우리를 지난다는 말을 들었네	聞過太山岑
모든 사람이 각각 한마디씩 해도	萬人各一語
짐작하는 것은 두 마음에 달려 있네	斟酌在兩心

첫 번째, 두 번째 구에는 뱀이 용의 꼬리를 물고 태산 봉우리를 건넌다는 터
무니없는 일이 제시되어 있고, 세 번째, 네 번째 구는 사람들에 의해 온갖 말들
이 오고가도 그것의 진실 여부는 두 사람의 마음에 달렸다는 내용이다. 위의 「사
룡」에서의 뱀이 이 작품에서는 실뱀으로, 태산 봉우리〔太山岑〕가 고봉준령으로
바뀐 점 말고는 노랫말과 내용이 매우 유사한 구조로 전개되는 것을 확인할 수
있다.

「사룡」은 고려시대 궁중 연회에 사용되던 속악俗樂이었다. 노래가 실려 있는
『고려사』에 "위의 「삼장三藏」과 「사룡」 두 노래는 충렬왕 시대에 지어진 것이
다."라는 기록이 남아 있는 것으로 보아 이 작품이 고려 후기에 향유되던 노래임
은 틀림없다. 즉, 고려시대 노랫말 속에 등장했던 표현 방식이 긴 세월을 거치며
전승되어 조선의 사설시조에까지 그 영향력을 발휘하고 있는 것이다.

다시 조선시대 사설시조 작품으로 넘어가 보면, 『청구영언』(진본)「만횡청류
蔓橫清流」에 다음과 같은 작품이 실려 있다.

개야미 불개야미 준등 부러진 불개야미

　　　압발에 종기[疔腫]나고 뒷발에 종귀난 불개야미 광릉廣陵 십재 너머 드러

　가람의 허리를 ㄱ르 무러 추혀들고 북해北海를 건너닷 말이 이셔이다 님아님아

　　　온놈이 온말을 ㅎ여도 님이 짐쟉ㅎ쇼셔

　　이 사설시조의 내용을 조금 더 풀어서 살펴보면 아주 재미있는 내용이 펼쳐
진다.

　　이 작품의 주인공은 '불개미'다. 그런데 초·중장에 묘사된 개미는 등허리가
부러지고 앞발, 뒷발에 종기가 난, 제대로 거동하기가 어려운 모습으로 등장한
다. 심지어 이런 불개미가 광릉 샘고개 넘어 가람, 즉 범의 허리를 물고 북쪽 바
다를 건너고 있기까지 하다. 화자는 이런 터무니없는 상황을 제시하며 다른 사람
이 어떤 말을 해도 임이 자신의 결백을 짐작해 달라고 호소한다. 이러한 설정은
앞서 살펴본 「조그만 실배암이」와 유사하다. 각 작품의 주인공이 실뱀이나 개미
처럼 아주 조그만 존재라는 점, 그리고 그 작은 존재가 용이나 범같이 대단한 존
재를 물고 가는 비현실적인 상황이 등장한다는 점, 마지막으로 이러한 있을 수
없는 상황 설정을 통해 자신에 대한 소문들이 거짓임을 호소하고 있다는 점이 그
러하다.

　　비슷한 전략이 드러난 또 다른 사설시조 작품도 있다.

　　　대천大川바다 한가온대 중침中針 세침細針 싸지거다

　　　열나믄 사공沙工놈이 긋 므된 사엇대를 긋긋치 두러메여 일시一時에 소릐치

　고 귀쩌여 내닷 말이 이셔 이다 님아님아

　　　온놈이 온 말을 ㅎ여도 님이 짐쟉 ㅎ쇼셔

넓은 바다 한가운데 아차차 작은 바늘이 퐁당 빠져 버렸다. 너른 바다에서 아

주 작은 바늘을 찾아낸다는 것은 거의 불가능한 일인데도 사공들은 바늘을 건져 낼 준비를 한다. 그런데 중장에 묘사된 사공들의 행동과 그 결과는 청자를 어이없게 만든다. 사공들은 바늘을 건지기 위해 끝이 무딘 상앗대 끝을 들어서 어깨에 메고 일시에 큰 소리를 내고 있다. 배를 젓는 장대인 큰 상앗대로 바늘을 건지려는 것도 말이 안 되는데 더 황당한 것은 바닷물에 상앗대를 넣지도 않고 소리만 질러서 바늘을 건져 냈다는 점이다. 이 얼마나 이치에 맞지 않는 말인가.

이 작품의 초·중장에 제시된 상황은 앞서 살펴본 작품들과 그 목적이 비슷하다. 비록 위에서 살펴본 「조그만 실배암이」나 「개야미 불개야미」처럼 작은 동물이 큰 존재를 물고 높은 곳을 넘어간다는 설정에서는 벗어나 있지만, 말도 안 되는 터무니없는 상황이 초장과 중장에 제시되고, 이어 종장에서 결백을 주장한다는 점에서 앞 작품들과 궤를 같이한다.

시조의 노랫말은 이처럼 과거에 존재했던 작품을 이어받아 때로는 비슷하게 또는 새롭게 변용하여 다채롭고 풍성한 작품들을 산출해 내기도 한다. 이 시조는 이러한 전승 양상을 잘 보여 주는 작품이다.

최지혜

097

바람도 쉬어 넘는 고개

작가 미상

ㅂ롬도 쉬여 넘눈 고기 구름이라도 쉬여 넘눈 고기

山진이 水진이 海東靑 보리미 쉬눈 高峯 長城嶺 고기

그 너머 님이 왔다 ㅎ면 나눈 아니 훈번도 쉬여 넘어 가리라

— 『병와가곡집』 993번

바람도 쉬어 넘는 고개 구름이라도 쉬어 넘는 고개

산山지니 수水지니 해동청海東靑 보라매 쉬어 넘는 고봉高峯 장성령長城嶺 고개

그 너머 임이 왔다 하면 나는 아니 한 번도 쉬어 넘어가리라

- 산山지니: 산에서 자라 여러 해를 묵은 매.
- 수水지니: 수手지니. 사람 손에 길들여진 매.
- 해동청海東靑: 맷과의 새 이름.
- 보라매: 길들여서 사냥에 쓰는, 태어난 지 1년이 안 된 새끼 매.

자연과 인간 감정의 상호작용으로 형상화한 사랑과 그리움

바람도, 구름도, 심지어 하늘을 나는 맹금조차 머뭇거리는 고개. 그러나 '임'이 그 너머에 있다면, 그 어떤 장애도 마다하지 않겠다는 결연한 태도. 이 시조는

자연과 인간 감정의 상호작용을 통해 사랑과 그리움의 절정을 형상화한 서정적 노래로, 반복과 대구의 운율, 상징적 공간 구조를 통해 내면의 정서를 강하게 드러낸다.

초장은 '고개'를 중심으로 대구의 구조를 취한다. '바람'과 '구름'은 자연을 자유롭게 유영하는 존재로, 일반적으로는 어떤 경계도 가볍게 넘나드는 상징이다. 그러나 본 구절에서는 그러한 존재들조차 '쉬어 넘는다'. 바람과 구름조차 잠시 멈추고 쉬어야만 할 정도로 고개가 크고 험하다는 점을 강조한다. 이 표현은 단순한 공간 묘사를 넘어서 감정의 지체, 시간의 정체, 그리고 그리움의 무게를 암시한다. 즉 이 고개는 현실적 장애물이라기보다 정서적 임계점으로 기능한다. 사랑의 거리, 이별의 상흔, 혹은 마음속 갈등이 물리적 고개의 이미지로 형상화된 것이다. 바람과 구름조차 멈추게 하는 거대한 고개는 이후 이어질 정서적 긴장의 시작점이기도 하다.

중장에서는 초장에서 제시된 고개의 상징성과 위상을 더욱 강화하고 확장한다. '산지니', '수지니', '해동청', '보라매'는 모두 매의 일종으로 맹금류이다. 이들은 단순한 자연의 동물이 아니라 하늘을 지배하고 고개쯤은 손쉽게 넘을 수 있는 권능의 존재이다. 이들조차도 "쉬어 넘는" 대상이 됨으로써 그 험준함의 무게가 다시 한번 강조된다. 바람과 구름이 눈에 보이지 않는 존재였다면, 눈으로 명확히 확인할 수 있는 새들을 등장시켜, 그들마저 지체하는 장소로 제시함으로써 그 상징성을 극대화하는 것이다. 이는 종장의 카타르시스를 위한 예비적 과정을 충실하게 다지는 것이기도 하다. 일종의 빌드업인 셈이다.

결국 화자가 하고 싶은 말은 종장이다. 초·중장에서 화자는 자신의 앞에 놓일 수 있는 장애의 심각성을 강조했다. 이는 결국 마음의 정도를 보여 주기 위한 장치이다. 정작 화자 자신은 이 험준한 고개를 한 번도 쉬지 않고 단숨에 넘겠다고 다짐한다. 이때 제시된 조건은 단 하나, "그 너머 임이 왔다 하면"이다. 흥미로운 지점은 화자가 실제로 '임'을 보았거나 확실한 연락을 받은 것이 아니라. 단지 그 너머에 있다는 말만 들어도 당장 행동으로 옮길 듯한 태도를 취하는 모습이다. 즉 이 구절은 결단을 위한 조건을 제시한 것이기보다는, 아주 작은 희망 하나만으로도 행동에 나설 수 있는 주체의 폭발적인 감정 상태를 보여 주는 것으로 이해된다. 여기서 '임'은 단순한 사랑이나 그리움의 대상에서 그치지 않고, 고개를 넘지 못하게 하던 모든 물리적·감정적 장벽을 무화無化시키는 촉매이자 화자의 행위를 추동하는 절대적 존재라 할 수 있다.

정리하자면 이 시조는 반복과 강조를 통해 누적된 장애의 무게를 화자의 폭발적인 반응으로 해체함으로써 서정의 절정과 해방을 동시에 성취하는 구조를 지닌다. 이를 통해 연행의 현장에서 청자들은 일종의 카타르시스를 느꼈을 것이며, 그렇기에 많은 사람들이 즐기는 노래가 될 수 있었다. 60개 가까운 가집에 수록되었다는 점은 이를 단적으로 드러낸다. 또한 판소리 사설로도 삽입되면서 그 향유의 폭을 확장하는 면모가 나타난다.

한 편의 시조에서 집단의 감수성으로

이 시조는 판소리 「춘향가」의 여러 창본에 다양한 형태로 수용되었다.

> 장자백 창본 – 바람도 슈여 넘쏘 구름도 슈여 넘고 산진이 슈진이 히동창 보라미 모도 다 슈여넘난 동셜영 고기 너메 임이 왔다 흐면 나는 발 벗고 안이 슈여 너무련만 임언 어이 못오넌가

> 김여란 창본 – 바람도 쉬어 넘고 구름도 쉬어 넘는 해동청 보라매, 모도 쉬어 넘는 동설령 고개, 님이 오셨다하면 나는 쉬지 않고 넘으련마는

> 김세종 바디 – 바람도 쉬어 넘고, 구름도 쉬어 넘는, 수지니, 날지니, 해동청, 보라매 다 쉬어 넘는 동설령 고개라도 임 따라 갈까부다

판소리 사설에서의 시조 차용은 일회성으로 또는 우연히 일어나는 것이 아니라, 동일한 상황에서 특정한 내용을 표현할 때 거의 고정적으로 일어난다. 전승이나 구연의 상황에 따라 다소 변개가 일어나기는 하지만, 사설이 등장하는 대목의 위치가 달라지지는 않는다.「바람도 쉬어 넘는 고개」의 경우에도 창본에 따라 어구의 출입이 있지만, 이몽룡이 떠난 후 춘향이 그를 그리워하며 탄식하는 대목에서 임과의 재회를 간절히 바라는 춘향이의 목소리로 등장한다.

또한 판소리 연창의 과정에서 시조 작품이 온전히 그 창법—가곡창 혹은 시조창—을 유지한 채 차용되지 않는다는 것이 특징이다. 상황적 표현의 일부로서 시조의 구절이 활용되는 것이 일반적이다. 이는 음악적 이질성과도 관련이 깊다. 널리 알려진 바와 같이 시조를 부르는 방법과 판소리를 부르는 방법은 발성법부터 구분될 정도로 음악적 성격이 판이하다. 그렇기에 주로 언어 표현의 차원에서 사설을 중심으로 교섭이 이루어지는 경우가 많았고, 판소리 창자들은 기존 노래가 갖는 고유성을 일부 유지하면서도 판소리에 맞게 편곡하여 불렀다.

판소리에는 시조뿐만 아니라 가사나 무가巫歌, 민요에 이르기까지 실로 다양한 장르의 시가가 녹아 있다. 이는 판소리가 지닌 개방성, 즉 길고 길고 다채로운 사설을 다양한 음악적 양식으로 구현해 내는 그 특성이 다른 장르와 교섭을 활발하게 만들었던 요인이라고 생각한다. 판소리 역시 관객을 대상으로 하는 연행예술이기에 당대인들이 즐겼던 노래에 관심이 갔을 것은 자명한 일이다.

흥미로운 지점은 진도 씻김굿에서 부르는 무가에서도 이 시조를 찾을 수 있다는 것이다.

> 실무어라 배무어라 - 실무산 저 고개
> 바람도 수여 넘고 구름도 수여 넘든
> 수진이 날진이 해동창 보라매
> 쉬여 넘던 그 고개를 인정 없던 망재들은

그 고개 못 넘으고 여기저기 중졌난데

오늘날 불쌍하신 금일 망재

실무산 고개 넘을 적에 게 어이 서러워

라는 대목이다. 씻김굿이 망자를 위한 천도굿인 만큼 이별한 남녀의 사이가 산 자와 죽은 자, 이승과 저승 사이의 거리로 치환되어 나타난다는 점이 특징이다.

이렇듯 시조, 판소리, 무가 등 가창되었던 장르들 사이에서 확인되는 상호텍 스트성은 한 편의 서정시가 개인의 감정 표현에서 벗어나, 집단의 감수성을 담아 내는 통로로 확장되었음을 보여 주는 사례라 할 수 있다.

한편 이렇게 다양한 방식으로 널리 향유되던 작품은 신분과 계급을 초월하여 공감을 얻기 마련이다. 풍속화「보부상」을 그린 것으로 알려진 권용정權用正은 우리말 노래를 한역한「동구東謳」에서

바람도 멈추고 구름도 쉬며, 송골매도 쉬어 넘는	風停雲歇海靑休
하늘 한복판 높은 봉우리	天半高峰嶺上頭
만약 내 님 그곳에 있다면	若道情人那邊在
나는 응당 조금도 지체 않고 가리라	我行應不少遲留

라고 남겼다. 비슷한 시기에 정현석鄭顯奭은 당시 지방의 교방에서 연행되던 춤 과 노래를 기록한『교방가요教坊歌謠』를 편찬했는데, 이 책에서도

구름도 쉬기를 바라는 산봉우리 꼭대기	願憨雲留嶺上頭
푸른 매가 넘려 해도 또한 응당 시름겨워 하리	蒼鷹欲度亦應愁
만약 고개 너머 그대 와서 머무른다는 소식 듣는다면	如聞嶺外君來住
결단코 나는 조금도 지체 않고 가리라	判不吾行一刻休

라는 한역시를 남겼다. 이러한 한역시의 존재는 위 시조가 특정 지역에 국한되지 않고 전국적으로 널리 향유되었음을 짐작케 한다.

19세기에 이르면 18세기와 달리 다양한 악곡의 사설이, 특히 사설시조가 적극적으로 한역되었으며, 애정 관련 시조가 한역의 대상이 되는 경우가 많았다. 이러한 특성은 개인의 취향을 반영한 것이기는 하지만 악곡이 다양하게 분화되어 개인의 한바탕 체제를 갖추는 19세기 가곡 연행의 추이와도 부합한다. 이러한 문화적 상황의 변화가 노래와 언어의 경계를 넘나들게 했을 것이다.

요컨대 이 시조는 우리에게 경계를 가로지르며 다양한 방면에서 향유되었던 유통과 전이의 계보를 보여 준다는 점에서, 고전문학이 시대적 맥락 속에서 끊임없이 변형되고 계승되는, 살아 있는 문화적 실천의 사례로 이해할 수 있다.

신성환

098

모란은 화중왕花中王이요

작가 미상

牧丹은 花中王이요 向日花는 忠臣이로다

蓮花는 君子요 杏花 小人이라 菊花는 隱逸士오 梅花 寒士ㅣ로다 박꼿즌 노인이요 石竹花는 少年이라 葵花 巫儻이요 海棠花는 娼女ㅣ로다

이 中에 李花詩客이요 紅桃碧桃三色桃는 風流郎인가 ᄒ노라

－『가곡원류』(국립국악원본) 842번(여창 177번)

모란은 화중왕花中王이요 향일화向日花는 충신이로다

연화蓮花는 군자요 행화杏花 소인이라 국화는 은일사隱逸士요 매화 한사寒士로다 박꽃은 노인이요 석죽화石竹花는 소년이라 규화葵花 무당이요 해당화는 창녀로다

이 중에 이화李花 시객詩客이요 홍도紅桃 벽도碧桃 삼절도三色桃는 풍류랑風流郎인가 하노라

- 화중왕花中王: 꽃 중의 왕.
- 향일화向日花: 해바라기꽃.
- 연화蓮花: 연꽃.
- 행화杏花: 살구꽃.
- 은일사隱逸士: 자연에 묻혀 지내는 선비.
- 한사寒士: 가난하거나 권력 없는 선비.
- 석죽화石竹花: 패랭이꽃.
- 규화葵花: 닥풀.
- 이화李花: 배꽃.
- 홍도紅桃 벽도碧桃 삼색도三色桃: 모두 복숭아꽃의 종류로, 꽃잎이 홍도는 붉은색, 벽도는 푸른색, 삼색도는 세 가지 색이다.

• 풍류랑風流郎 : 풍류가 있는 멋진 남자.

가곡창의 또 다른 얼굴, 가곡창의 힙한 변주

가곡창의 선율은 장중하고 우아하다. 보통 가곡창 장단은 16박으로 이루어져 있는데, 요즘 사람들이 들으면 그 선율이 상당히 더디고 느리게 느껴진다. 게다가 오묘하고 나긋한 목소리로 퍼지는 발성은 듣는 이의 마음을 차분하게 가라앉히고, 전주와 간주에 해당하는 대여음大餘音과 중여음中餘音 또한 세상 느긋한 선율로 흘러가니 체감되는 속도는 더욱더 느리게 느껴진다. 가곡창은 세상에서 가장 느린 클래식 음악이라고 해도 과언이 아니다.

이렇듯 가곡창은 장중하고 우아한 클래식 음악이지만, 현재를 살아가는 우리에게는 아직 상당히 낯설고 익숙하지 않은 미지의 음악이다. 전통 음악이라는 것을 감안하고 듣더라도 요즘의 빠르고 경쾌한 음악에 친숙한 우리에게 가곡창은 거리감 있고 낯선 음악일 수밖에 없다.

그런데 여기 이 시조는 좀 다르다. 아마 음악을 직접 들어 보면 다른 가곡창에 비해 빠른 템포로 진행되고 노랫말도 생각보다 잘 들리니 상대적으로 들을 만하다고 생각할 것이다. 노랫말만 보면 한자도 많고 가사도 길어 지루할 것 같지만, 막상 음악을 들으면 빠르고 흥겨운 선율에 자신도 모르게 어깨를 들썩이게 된다.

시조 「모란은 화중왕이요」는 「화편花編」이라는 제목으로 잘 알려진 여창女唱 가곡의 대표 노래로, 편삭대엽編數大葉 악곡에 실어 부르는 가곡창 작품이다. 가곡 한바탕(편가)의 맨 마지막 악곡에 해당하는 편삭대엽은 16박 장단에 맞춰 부르는 다른 악곡에 비해 빠른 10박 장단에 부른다는 특징이 있으며, 대부분 노랫말이 긴 사설시조 작품을 부른다. 다른 가곡창에 비해 장단은 더 빠른데 불러야 할 노랫말은 많다 보니, 이삭대엽二數大葉처럼 느리고 장중한 노래에 비해 음악

432

이 더욱 빠르고 흥겹게 느껴진다.

45자 내외의 평시조 노랫말을 15분 정도에 부르는 것과 평시조보다 최소 두 배나 많은 노랫말을 3~4분 안팎의 시간에 부르는 것은 체감상 큰 차이를 느끼게 한다. 게다가 노랫말도 대부분 흥미와 재미를 추구하고 장단도 경쾌하게 들리니, 이 노래야말로 듣는 이로 하여금 가곡창의 흥겨움을 충분히 느끼게 하는 것이다. 조금 과장해서 말하자면 「화편」은 가곡창계의 랩(rap)이다.

보통 시조 작품들은 특별한 경우가 아니면 제목이 없다. 조선 전기 유명 작가들의 작품에는 「도산십이곡」이니 「오우가」니 하는 제목이 있지만, 대부분의 시조에는 제목이 달리지 않았다. 특히 조선 후기에 불린 많은 가곡창 작품들 역시 거의 제목이 없는데, 이 노래에는 특별히 '화편'이라는 이름이 달렸다. 아마도 노랫말의 주 소재가 꽃이어서 '꽃〔花〕'에 대해 부르는 '편삭대엽'이라는 의미로 「화편」이라 했을 것이다. '특별히' 제목이 달린 것은 그만큼 대중의 사랑을 받았다는 것을 뜻한다.

노랫말이 긴 것에 비해 시조의 내용은 생각보다 단순하다. 꽃말 풀이를 하듯이 꽃과 여러 신분의 사람들을 빗대어 풀어 주는 것이 나름의 재미를 준다. '모란은 꽃 중의 왕이요, 해바라기는 충신이로다. 연꽃은 군자요, 살구꽃은 소인이라. 국화는 자연에 묻혀 지내는 선비요, 매화는 가난한 선비로다. 박꽃은 노인이고, 석죽화(패랭이꽃)는 소년이라. 규화(닥풀)는 무당이요, 해당화는 창녀로다. 이 중에 배꽃은 시객詩客이요, 붉은 복사꽃, 푸른 복사꽃, 삼색 복사꽃은 풍류가 있는 멋진 남자인가 하노라.'

모란이 왕이라면 해바라기는 충신이고, 연꽃이 군자라면 살구꽃은 소인이라는 방식으로 두 꽃에 대한 평가가 대구對句를 이루면서 노래가 전개된다. 자연에 묻혀 지내는 선비와 가난한 선비, 노인과 소년, 무당과 창녀, 시객과 풍류랑. 아마도 당시 사람들이 생각하던 꽃의 이미지와 인물이나 신분에 대한 평가가 함께 어우러져 이렇게 웃음 짓게 하는 가사가 나왔다. 특별히 돋보이거나 뛰어난 표현력은 보이지 않지만, 고개를 끄덕이며 노랫말을 따라가게 하는 매력이 있다. 이렇게 누구나 편히 들으며 흥얼거릴 수 있는데 인기까지 있는 노래, 이런 노래를 '대중가요'라 할 수 있을 것이다.

요즘의 꽃말 풀이를 찾아보니, 모란은 부귀영화, 해바라기는 희망·일편단심, 연꽃은 청결과 신성 또는 소원해진 사랑, 살구꽃은 아가씨의 수줍음, 두근거리는 사랑, 박꽃은 기다림, 패랭이꽃은 무욕과 정절, 닥풀은 유혹, 해당화는 원망과 온화 등 다양한 의미로 풀어내고 있다. 「화편」의 경우는 꽃말 풀이가 인물이나 신분에 한정되다 보니 요즘 꽃말 풀이에 비하면 다소 밋밋한 감도 없지는 않지만, 꽃을 보며 사람의 형상을 떠올리는 방식은 오히려 최근 인기 있는 동물상을 보는 것과 유사한 감이 없지 않다. 동물상과 더불어 식물상, 꽃상을 보는 것도 퍽 재미있을 것 같다.

오랫동안 사랑받아 온 스테디셀러 노래

「모란은 화중왕이요」의 노랫말 모티프는 중국 송나라 유학자 주돈이周敦頤의 「애련설愛蓮說」에서 따왔을 것이다. 여기에는 "국화는 은일자이고, 모란은 부귀한 자이고, 연꽃은 군자이다"라는 표현이 나오는데, 시조의 노랫말과 어느 정도 일치하는 부분이 있다. 시조는 본래 상층 사대부들이 주로 누리던 음악이었으니 이러한 내용이 시조 노랫말에 스며들어 간 게 자연스럽다고 볼 수 있다.

「모란은 화중왕이요」는 18세기를 대표하는 가객이자 『해동가요』를 편찬한 김수장金壽長의 작품으로 알려졌지만, 이후에는 가사도 좀 바뀌면서 무명無名의 노래로 널리 퍼져 나갔다. 특히 19세기 후반 가집 『교방가요』에 나타난 노랫말 변주가 인상적이다. 중장 마지막의 "해당화는 창녀로다"라는 부분이 "해당화는 기생이로구나"로 바뀌었다. 이전에는 이 부분이 '갓나희'(주씨본 『해동가요』) 또는 '창기'(『병와가곡집』), '창녀'(국립국악원본 『가곡원류』) 등으로 다소 격하게 표현된 데 반해 『교방가요』에서는 '기생'으로 바뀌었다. 『교방가요』가 교방 관기官妓들의 연행 기록을 담은 자료이니만큼 당시 기생들의 시각이 반영되어 표현이 이렇게 바뀐 것이라고 볼 수 있다. 조선 후기 교방 예기藝妓들의 자존감과 가치관이 반영된 노랫말 변화라는 점에서 그 의미가 작지 않다고 하겠다.

이 시조는 조선 후기를 지나 20세기 초까지도 전해졌다. 유성기 음반으로 발매되는가 하면 1930년대 라디오가 각광받던 때에는 가곡창의 대표 레퍼토리 곡으로 빠지지 않았고, 전파를 타며 전국으로 퍼져 나갔다. 이후 시간이 꽤 흘렀지만 「화편: 모란은 화중왕이요」는 아직도 가곡창의 대표곡으로 불리며 현대의 대중들에게 다가서고 있다.

솔직히 옛 노래인 가곡창은 요즘 사람들에게 좀 어렵다. 민요나 판소리에 비해 덜 대중적이고 흥겨움도 떨어진다. 삶에 흥겨움이 필요했고 흥겨움으로 힘든 삶도 이겨 냈던 우리네 인생에서 가곡창은 너무 장중하고 고요하게 느껴질 수 있다. 하지만 모든 일에는 고요함도 있고 흥겨움도 있는 법. 삶에 기승전결이 있듯이 가곡창에도 기승전결이 있다. 가곡창에는 그렇게 진중한 노래만 있는 것이 아니라 다양한 색깔의 노래가 있다. 「화편」은 가곡창 한바탕에서 '전轉'에 해당한다. 선율이 빠르고 흥겨우며, 느낌이 살아 있고 충만하다. 「화편」을 통해 가곡창의 또 다른 묘미를 느껴 보자.

강경호

이리하여도 태평성대

작가 미상

이리ㅎ여도 太平聖代 져리ㅎ여도 聖代로다

堯之日月이요 舜之乾坤이라

우리도 太平聖代니 놀고 놀녀 ㅎ노라

— 『가곡원류』 (국악원본) 842번

이리하여도 태평성대 저리하여도 성대聖代로다

요지일월堯之日月이요 순지건곤舜之乾坤이라

우리도 태평성대니 놀고 놀려 하노라

• 요지일월堯之日月: '요임금의 해와 달'이라는
뜻으로, 요임금이 다스리던 태평스런 시대를
말한다.

• 순지건곤舜之乾坤: '순임금의 하늘과 땅'이라
는 뜻으로, 순임금이 다스리던 태평스런 시
대를 말한다.

소소한 일상을 근심 없이 살아가는 태도

이 시조에는 복잡하고 특별한 이야기는 담겨 있지 않다. 그저 '좋은 시절이니
놀자.'라는 간단한 문장으로 정리된다. 그러나 특별하지는 않아도 소소한 일상

을 영위하는 것, 걱정 없이 이러한 일상을 누리는 일은 누구나 바라는 일일 것이며 이것이 좋은 시절이라 할 수 있겠다.

작품 초장과 종장에서 지칭하는 태평성대는 화자가 서 있는 현장을, 중장에 쓰인 태평성대의 대명사 격인 '요순시대堯舜時代'는 이상향을 지칭한다고 볼 수 있을 것도 같다. 시조 전반에 '성대', 혹은 '태평성대', 태평성대를 드러내는 구절을 반복 사용하여 전체를 구성했다는 점이 독특하다.

고대 중국에서 요임금은 70년 동안 세상을 평화롭게 다스리다가 순임금에게 선양禪讓하였다. 순임금 또한 선정善政을 베풀었다. 『예기禮記』「악기樂記」에 의하면, 순임금이 오현금五絃琴을 타면서 백성들의 행복을 바라며 「남훈가南薰歌」를 지어 불렀더니 백성들이 모두 태평하게 살았다고 한다.

남풍의 훈훈함이여,	南風之薰兮
우리 백성의 원망을 풀어 주네	解吾民之慍兮
남풍이 때에 맞춰 불어옴이여,	南風之時兮
우리 백성의 재물을 풍성하게 하네	可以阜吾民之財兮

「남훈가」의 노랫말이다. 백성들이 원망도 노여움도 없이 풍요롭고 따뜻하게 살기를 염원하는 순임금의 어진 마음이 이 노래에 드러난다.

이처럼 백성들의 안락과 평안을 기원했던 요·순 두 임금의 치세, '요순시대'는 이상적인 정치로 평화를 누리던 시대를 가리킨다. 시조 속 화자는 지금 자신이 살아가는 이 세상이 마치 요순시대와 같으니 그저 실컷 놀아 보자고 한다. 중장에 '요지일월堯之日月'과 '순지건곤舜之乾坤'을 배치하여 시간적으로도 공간적으로도 낙원과 같았던 요순시대가 바로 지금임을 강조하고 있다.

일명 「태평가」로 불리는 이 시조는, 시조시를 노랫말로 부르는 가곡의 편가編歌 형식에서 맨 마지막에 불러 마무리하는 역할을 한다. '편가 형식'이란, 여러 가곡을 정해진 순서에 따라 부르는 연창방식으로, 느린 곡에서 시작해서 점차 빠른 곡으로 부르다가 다시 느린 「태평가」를 부르며 마무리하는 방식을 말한다. 속도감 있는 노래들을 연이어 부르면서 고조된 흥을 유장한 속도의 「태평가」를 부르면서 차분하게 마무리 짓게 되는 것이다.

마무리 가곡 「태평가」, 라디오를 만나다

그런데 처음부터 이 시조가 「태평가」로 지칭되었던 것은 아니다. 이 시조는 19세기에 이르러 가곡을 마무리하는 곡으로 자리 잡게 되었는데, 이때에는 '가 필주대歌畢奏臺', '결종창대関終唱臺', '편대編臺', '대臺받침' 등으로 불렸다. 이러한 용어들은 모두 노래를 마무리하는 곡이라는 의미를 담고 있다. 그런데 이 시조를 실제 가창할 때에는 초장 첫 구 '이려도'를 제외하고 '태평성대'부터 부른다. 이러한 실제적인 가창 양상에 맞춰 노랫말의 첫 구절을 따와 '태평가'라는 이름으로 불렀고, 이것이 노래의 제목으로 정착되었던 것이다.

「태평가」라는 이름으로 이 시조를 수록하고 있는 악보로는 『휘금가곡보徽琴 歌曲譜』, 『방산한씨금보芳山韓氏琴譜』 등이 있고, 가집으로는 20세기 초에 편찬된 『시가요곡詩歌謠曲』과 『가곡보감歌曲寶鑑』 등이 있다. 모두 19세기 말에서 20세기 초의 자료들인데, 이로 보건대 이 시기 즈음에 「태평가」라는 이름이 보편적으로 자리 잡기 시작했던 것으로 보인다.

「태평가」는 20세기에 새롭게 등장한 매체인 라디오를 만나면서 대중적인 향유에까지 나아가게 되었다. 경성라디오방송의 정규방송 이전에 시험방송으로 1926년에 조선권번 소속 기녀들이 가곡을 처음 공연하게 된 것을 시작으로 주로 조선권번 기생과 하규일과 관련된 인물들을 중심으로 가곡 공연이 지속적으로 방송되면서, 1930년대에는 인기 있는 라디오 방송 레퍼토리에 가곡 공연이 포함되기도 하였다. 이러한 라디오방송에서도 전통적인 가곡 편가 형식이 유지되기도 했지만, 방송의 특성상 유장한 길이의 가곡 한바탕을 온전히 담기는 어려웠다. 따라서 간소화한 형태로 가곡 한바탕을 부르기도 했는데, 그럼에도 불구하고「태평가」는 가곡 연행을 마무리하는 기존 역할을 그대로 담당했다.

「태평가」는 가곡을 마무리하는 곡으로서 의의를 지니며, 이는 현재까지 이어지고 있다. 현대적 관점에서「태평가」는 자신에게 주어진 것들을 소중히 생각하고 불평불만보다는 알뜰살뜰히 일상을 누리라는 메시지로 읽힌다. 이것이야말로 마음에 아무 근심이 없는 상태이자 인생을 차분히 갈무리하는 태도, 진정한 '태평'일 것이다.

이고은

파연곡罷宴曲 하사이다　　　　　　　　　　　　　작가 미상

　　　　파연곡 하사이다 북두칠성이 잉도라젓네

　　　　잡을 님 잡으시고 날갓튼 님은 보니소서

　　　　동자야 신 돌너노아라 갈길 밧바 하노라

　　　　　　　　　　　　　　　　　　　　　　-『가곡보감歌曲寶鑑』265번

　　　　파연곡罷宴曲 하사이다 북두칠성이 앵돌아졌네

　　　　잡을 임 잡으시고 나 같은 임은 보내소서

　　　　동자야 신 돌려 놓아라 갈 길 바빠 하노라

• 파연곡罷宴曲: 잔치를 끝낼 때 부르는 노래　• 앵돌아졌네: 노여워서 토라졌네.
　나 연주하는 음악. 또는 시조 삼장을 부른 후
　에 부르는 마무리곡.

시조 삼장과 파연곡

　　이 시조는 「파연곡罷宴曲」이라는 곡목으로 향유된 시조창 작품이다. 18세기 중엽 무렵 서울에서 형성된 시조창은 여항閭巷을 중심으로 확대되어 나갔다. 시조창은 가곡창과 구별되는 독특한 특징을 갖고 있다. 먼저 장단면에서 가곡창의 10점點 16박자와 달리 3점 5박과 5점 8박을 기본형으로 한다. 지금의 관점에서는 가곡창이든 시조창이든 모두 느린 음악이지만, 당시만 해도 시조창의 빠르기는 가곡창에 비해 매우 빨라서, 휘모리장단처럼 느껴졌을 정도다. 또한, 가곡창과 달리 장고 반주로 연주되거나 무릎장단만으로도 불려 향유의 폭이 넓었다. 기본 음계는 계면조에 속해 애상적 정조가 강하며, 가곡창과 달리 세성細聲, 즉 가성이 허용되어 더 깊은 울림과 애절한 느낌을 준다.

19세기 중엽에 이르러 시조창은 가곡 한바탕에 대응하는 연창 형식을 확립한다. 이른바 '시조 삼장'으로, '평시조→지름시조→사설시조' 순으로 시조를 연창하는 편가이다. 시조 삼장을 부른 후에는 마무리곡으로「파연곡」을 불렀다. 가곡이「태평가」로 한바탕을 마무리했다면, 시조창은 '파연곡'으로 소리판을 정리하는 구조를 갖추었던 셈이다. 경상남도 진주의 시조 문화가 반영된『교방가요』를 비롯해 20세기 초 편찬된『고금잡가편古今雜歌編』,『가곡보감歌曲寶鑑』등에서도 시조 연창이 파연곡으로 마무리되는 점을 확인할 수 있다.

「파연곡 하사이다」라는 제목에서도 알 수 있듯 이 시조는 노래판 끝자락의 분위기를 담고 있다. 시조의 형식을 갖추고 있지만 내용은 형식적이지 않으며, 시적 화자의 발화는 직접적이면서도 익살스럽다. 무엇보다 파연곡은 '지금 이 자리'를 다루는 현장성이 매력이다. 한바탕 술자리나 떠들썩한 잔치가 끝나갈 무렵, 모두가 흥에 겨워 있지만 집으로 돌아가야 할 시간에 마지막으로 부르는 파연곡의 가사를 살펴보도록 하자.

이제는 우리가 헤어져야 할 시간

「파연곡」의 화자는 연회 참석자들에게 직접 말을 건네며 노래를 시작한다. "파연곡 하사이다"는 마지막 노래를 부를 테니, 슬슬 자리를 정리하자는 뜻이다. 그리고는 "북두칠성이 앵돌아졌네"라 하였다. 밤하늘의 북두칠성은 시간을 가

늠하는 별자리로, 이미 깊은 밤이 되었음을 상징한다. '앵돌다'는 토라지다 또는
삐쳤다는 뜻인데 파연곡을 부르기 시작하니 북두칠성이 삐쳤다는 것인지, 빨리
연회를 마무리하지 않아 토라졌다는 것인지는 알기 어렵다. 어느 쪽이든 별이 투
정을 부리는 듯한 상상력을 담고 있는데 '늦었으니 집에 가자는 말'도 이렇게 멋
들어진 비유로 풀어냈다.

　운치 있는 노래의 시작에 흥이 깨지기는커녕 오히려 청중의 마음은 더 달아
올랐던 모양이다. 분위기가 쉽게 가라앉지 않자, 화자는 다시금 조심스럽게 연
회의 끝맺음을 제안한다. "잡을 임은 잡으시고 나 같은 임은 보내소서". 더 머물
고 싶은 이는 붙잡고, 그저 흥을 돋우던 나 같은 이는 슬그머니 보내 달라는 말이
다. 주목할 만한 점은 이 작품이 수록된 가장 이른 시기의 가집『시조』(경대본)에
"나 같은 임"이 "쇼녀량"으로 등장한다는 사실이다. 이를 통해 이 노래의 가창자
가 연회를 위해 초청된 기녀였음을 짐작할 수 있다. 다만, 연회 참석자 중 누구라
도 그 역할을 담당할 수 있었기에 이후에는 '나'로 조정되었던 듯하다. 어찌 되
었든 노래를 부르던 이가 자리를 뜨려 하니, 듣던 이들 역시 '이제는 그만 파해야
하나?'라는 생각이 자연스럽게 들 수밖에 없다. 노래가 그치면 연회의 흥도 금세
잦아들기 때문이다. 그렇지만 파연곡의 묘미는 바로 "잡을 임 잡으시고"라는 이
구절에 있다. 화자 스스로는 노래를 마치고 물러날 사람이라 했지만, 붙잡아 줄
누군가를 은근히 바라는 마음이 엿보인다. 어쩌면 그 순간을 내심 기다렸던 것은
아닐까? 시조창 특유의 애절한 창법에 얹히면, 그 기대 섞인 마음은 더욱 아련하
게 울려 퍼졌을 것이다.

　이어지는 송상에서 화자는 농사를 무르고는 살 심이 널나녀 돌아살 채비를
서두르라 이른다. 이쯤 되면 마무리하자는 제안이 아니라 퇴장 선언에 가깝다.
연회의 중심에 있던 이가 물러나겠다고 나서니, 자리를 함께한 풍류객들로선 아
쉬움을 감추기 어려웠을 것이다. 노래하는 이가 떠나면 연회의 흐름도 함께 꺼져
버릴 것임을 모두가 알고 있었기 때문이다. 이 마지막 구절이 시조창 특유의 높

낮이 변화와 격한 발성, 그리고 빠르게 치고 나가는 창법으로 불렸을 것을 떠올려 보면, 그를 붙잡고 싶은 청중의 마음은 더욱 다급해졌을 것이다. 그러나 창자는 그 점을 누구보다 잘 알고 있었다. 그래서 종장에서 묘사된 화자의 행동은 자신을 붙잡을 명분을 건네는 계산된 몸짓이었을지 모른다. 마치 콘서트 공연에서 앙코르를 유도하는 가수의 마지막 곡처럼 말이다. 이처럼 파연곡은 연회의 끝을 알리면서도, 조금은 더 이어지기를 바라는 마음을 함께 흘려보내고 있다. 그렇게 얼마간 더 이어진 연회는 파연곡이 남긴 여운 속에서 조용히 막을 내렸을 것이다.

파연곡이 시조 연창의 마지막 곡으로 이어져 온 데에는 연회의 분위기를 절묘하게 마무리하는 운치가 있었기 때문이다. 20세기 중반 이후 제작된 시조 음반이나 연회 기록에서도 그 전통이 확인된다. 오늘날에도 이 노래는 정가 발표회나 시조 공연의 마지막에 자주 등장하는데, 현대의 청중들 역시 이 노래를 들으며 공연의 끝을 예감한다. 시조창의 절제된 감정과 여운을 남기는 듯한 정조가 고스란히 담긴 노래. 그래서 파연곡은 현재까지도 시조창의 마지막을 장식하는 데 가장 자연스러운 선택으로 남아 있다.

유정란